〈지식을만드는지식 고전선집〉은
인류의 유산으로 남을 만한 작품만을 선정합니다.
읽을 수 없는 고전이 없도록 세상의 모든 고전을 출판합니다.
오랜 시간 그 작품을 연구한 전문가가
정확한 번역, 전문적인 해설, 풍부한 작가 소개, 친절한 주석을
제공합니다.

太平廣記鈔
태평광기초 14

太平廣記鈔

태평광기초 14

풍몽룡(馮夢龍) 엮음
김장환(金長煥) 옮김

대한민국, 서울, 지식을만드는지식, 2024

편집자 일러두기

- 이 책은 명나라 천계(天啓) 간본을 저본으로 교점한 배인본 중에서 번체자본(繁體字本)인 웨이퉁셴(魏同賢)의 교점본[2책, 《풍몽룡전집(馮夢龍全集)》 8·9, 펑황출판사(鳳凰出版社), 2007]을 바탕으로 하고 기타 배인본을 참고했습니다. 아울러 《태평광기》와의 대조를 통해 교감이 필요한 원문에 한해 해당 부분에 교감문을 붙이고, 풍몽룡의 비주(批注)와 평어(評語)까지 포함해 80권 2584조 전체를 완역하고 주석을 달았습니다. 《태평광기》는 왕샤오잉(汪紹楹)의 점교본[베이징중화수쥐(中華書局), 1961]을 사용했습니다.
- 《태평광기초》는 총 80권으로 되어 있습니다. 이 번역본에는 편의상 한 권에 원서 5권씩을 묶었습니다. 마지막 권인 16권에는 전체 편목·고사명 찾아보기, 해설, 엮은이 소개, 옮긴이 소개를 수록했습니다.
제14권은 전체 80권 중 권66~권70을 실었습니다.
- 국내에서 처음으로 소개됩니다.
- 해설 및 주석은 독자들의 이해를 돕기 위해 모두 옮긴이가 붙인 것입니다.
- 옮긴이는 독자들이 이해하기 쉽도록 각 고사에는 맨 위에 번역 제목을 붙였고 그 아래에 연구자들이 작품을 찾아보기 쉽도록 원제를 한자 독음과 함께 제시했습니다. 주석이나 해설 등에서 작품을 언급할 때는 원제의 한자 독음으로 지칭했습니다.
- 옮긴이는 원전에서 제시한 작품의 출전을 원제 아래에 "출《신선전(神仙傳)》"과 같이 밝혔습니다. 또한 원문 뒤에는 해당 작품이 《태평광기》의 어느 부분에 실려 있는지도 밝혀 《태평광기》와 비교 연구할 수 있도록 했습니다.
  - 본문에서 "미:"로 표기한 것은 엮은이 풍몽룡이 본문 문장 위쪽에 단 미주(眉注)이고 "협:"으로 표기한 것은 문장과 문장

사이에 단 협주(夾注)입니다. "평 : "으로 표기한 것은 풍몽룡이 본문을 읽고 자신의 평을 추가한 것입니다.
- 한글에 한자를 병기할 때 괄호 안의 말과 바깥 말의 독음이 다르면 [ ]를 사용하고, 번역어의 원문을 표시할 때는 ( )를 사용했습니다. 또 괄호가 중복될 때에도 [ ]를 사용했습니다.
- 고대 인명과 지명은 한자 독음으로 표기하고 현대 인명과 현대 지명은 국립국어원의 중국어 표기법에 따라 표기했습니다.

차 례

권66 수부(獸部)

축수(畜獸)

66-1(2128) 기이한 소(異牛) · · · · · · · · · · · · 6563

66-2(2129) 죽우(竹牛) · · · · · · · · · · · · · · · 6564

66-3(2130) 대문(戴文) · · · · · · · · · · · · · · · 6567

66-4(2131) 하내태수 최 아무개(河內崔守) · · · · · 6569

66-5(2132) 주 목왕(周穆王) · · · · · · · · · · · · · 6571

66-6(2133) 한 문제(漢文帝) · · · · · · · · · · · · · 6573

66-7(2134) 수 문제(隋文帝) · · · · · · · · · · · · · 6575

66-8(2135) 춤추는 말(舞馬) · · · · · · · · · · · · · 6577

66-9(2136) 대종(代宗) · · · · · · · · · · · · · · · · 6580

66-10(2137) 덕종(德宗) · · · · · · · · · · · · · · · 6582

66-11(2138) 속곤(續坤) · · · · · · · · · · · · · · · 6583

66-12(2139) 조홍(曹洪) · · · · · · · · · · · · · · · 6587

66-13(2140) 사마휴지(司馬休之) · · · · · · · · · · 6589

66-14(2141) 모용외(慕容廆) · · · · · · · · · · · · 6590

66-15(2142) 진숙보(秦叔寶) · · · · · · · · · · · · 6591

66-16(2143) 송채(宋蔡) · · · · · · · · · · · · · · · 6592

66-17(2144) 명타(明駝) · · · · · · · · · · · · 6594

66-18(2145) 수맥을 아는 낙타(知水脈) · · · · · · 6595

66-19(2146) 바람처럼 빨리 달리는 낙타(風脚駝) · · 6596

66-20(2147) 흰 낙타(白駱駝) · · · · · · · · · · 6597

66-21(2148) 흰 노새(白騾) · · · · · · · · · · · 6598

66-22(2149) 황금 나귀(金驢) · · · · · · · · · · 6600

66-23(2150) 월지국의 양(月氏羊) · · · · · · · · 6601

66-24(2151) 효성스러운 양(孝羊) · · · · · · · · 6603

66-25(2152) 화융(華隆) · · · · · · · · · · · · 6605

66-26(2153) 양생(楊生) · · · · · · · · · · · · 6606

66-27(2154) 장연(張然) · · · · · · · · · · · · 6608

66-28(2155) 범익(范翊) · · · · · · · · · · · · 6610

66-29(2156) 곽쇠(郭釗) · · · · · · · · · · · · 6612

66-30(2157) 노언(盧言) · · · · · · · · · · · · 6614

66-31(2158) 육기(陸機) · · · · · · · · · · · · 6615

66-32(2159) 석현도(石玄度) · · · · · · · · · · 6617

66-33(2160) 제경(齊瓊) · · · · · · · · · · · · 6619

66-34(2161) 석종의(石從義) · · · · · · · · · · 6621

66-35(2162) 원수를 갚은 개(報讎犬) · · · · · · · 6622

66-36(2163) 배도(裴度) · · · · · · · · · · · · 6624

66-37(2164) 원계겸(袁繼謙) · · · · · · · · · · 6626

66-38(2165) 연나라 재상(燕相) · · · · · · · · · 6628

66-39(2166) 진주의 백정(晉州屠兒) ·······6630
66-40(2167) 고양이에 대한 잡설(猫雜說) ······6632
66-41(2168) 식초 파는 사람(賣醋人) ········6634
66-42(2169) 계서 등(磎鼠等) ···········6636
66-43(2170) 쥐의 보답(鼠報) ··········6640
66-44(2171) 치사미(郗士美) ············6642

야수(野獸)

66-45(2172) 호랑이에 대한 잡설(虎雜說) ······6647
66-46(2173) 진짜 호랑이(眞虎) ··········6649
66-47(2174) 추이(酋耳) ············6651
66-48(2175) 상산의 길(商山路) ·········6653
66-49(2176) 장갈충(張竭忠) ··········6655
66-50(2177) 부황중(傅黃中) ··········6658
66-51(2178) 주웅(周雄) ···········6659
66-52(2179) 장준(張俊) ············6661
66-53(2180) 호랑이 부인(虎婦) ·········6664
66-54(2181) 한 경제(漢景帝) ··········6667
66-55(2182) 정암(丁巖) ············6668
66-56(2183) 사람을 돌봐 주는 호랑이(虎恤人) ···6672
66-57(2184) 충동(种㠉) ············6675
66-58(2185) 이대가(李大可) ··········6676

66-59(2186) 근자려(勤自勵) · · · · · · · · · · 6678

66-60(2187) 노조(盧造) · · · · · · · · · · · 6681

66-61(2188) 진포(陳褒) · · · · · · · · · · · 6682

66-62(2189) 선주의 아이(宣州兒) · · · · · · 6687

66-63(2190) 유씨 노인(劉老) · · · · · · · · · 6689

66-64(2191) 낭패(狼狽) · · · · · · · · · · · 6692

66-65(2192) 사자에 대한 잡설(獅雜說) · · · · · · 6693

66-66(2193) 조 공(曹公) · · · · · · · · · · · 6694

66-67(2194) 후위 장제(後魏莊帝) · · · · · · · 6696

66-68(2195) 자로(子路) · · · · · · · · · · · 6698

66-69(2196) 코끼리에 대한 잡설(象雜說) · · · · · 6699

66-70(2197) 흰 코끼리(白象) · · · · · · · · · 6703

66-71(2198) 낭주의 막요(閬州莫傜) · · · · · · 6704

66-72(2199) 안남의 사냥꾼(安南獵者) · · · · · 6709

66-73(2200) 이영(李嬰) · · · · · · · · · · · 6713

66-74(2201) 사슴에 대한 잡설(鹿雜說) · · · · · 6714

66-75(2202) 녹마(鹿馬) · · · · · · · · · · · 6717

66-76(2203) 토끼 귀신(兎鬼) · · · · · · · · · 6719

66-77(2204) 왕인유(王仁裕) · · · · · · · · · 6721

66-78(2205) 양우도(楊于度) · · · · · · · · · 6727

66-79(2206) 여우에 대한 잡설(狐雜說) · · · · · 6730

66-80(2207) 왕씨 노인(王老) · · · · · · · · · 6733

66-81(2208) 구미호와 청호(九尾狐·靑狐) ・・・・・6735

66-82(2209) 성성(猩猩) ・・・・・・・・・・・・・6736

66-83(2210) 과연(猓㹛) ・・・・・・・・・・・・・6738

권67 곤충부(昆蟲部)

독충(毒蟲)

67-1(2211) 뱀에 대한 잡설(蛇雜說) ・・・・・・・・6743

67-2(2212) 염사(蚦蛇) ・・・・・・・・・・・・・6744

67-3(2213) 염사의 쓸개(蚦蛇膽) ・・・・・・・・・6747

67-4(2214) 냉사(冷蛇) ・・・・・・・・・・・・・6748

67-5(2215) 신사(神蛇) ・・・・・・・・・・・・・6749

67-6(2216) 원한을 갚는 뱀(報冤蛇) ・・・・・・・6751

67-7(2217) 독사(毒蛇) ・・・・・・・・・・・・・6752

67-8(2218) 남사(藍蛇) ・・・・・・・・・・・・・6755

67-9(2219) 파사(巴蛇) ・・・・・・・・・・・・・6756

67-10(2220) 양두사(兩頭蛇) ・・・・・・・・・・6757

67-11(2221) 등 아무개(鄧甲) ・・・・・・・・・・6758

67-12(2222) 잠씨 노인(昝老) ・・・・・・・・・・6763

67-13(2223) 근씨 노인(靳老) ・・・・・・・・・・6765

67-14(2224) 장 기사(張騎士) ・・・・・・・・・・6767

67-15(2225) 마령산(馬嶺山) ・・・・・・・・・・6770

67-16(2226) 공도현의 노파(邛都老姥) ・・・・・・6771

67-17(2227) 안륙 사람(安陸人) · · · · · · · · · 6773

67-18(2228) 서주 사람(舒州人) · · · · · · · · · 6775

67-19(2229) 가담(賈潭) · · · · · · · · · · · 6777

67-20(2230) 오공(蜈蚣) · · · · · · · · · · · 6778

67-21(2231) 역사(蜮射) · · · · · · · · · · · 6780

67-22(2232) 사슬과 수노(沙虱 · 水弩) · · · · · · 6782

67-23(2233) 주부충(主簿蟲) · · · · · · · · · · 6784

67-24(2234) 벽충(壁蟲) · · · · · · · · · · · 6785

67-25(2235) 사독(舍毒) · · · · · · · · · · · 6788

67-26(2236) 남해의 독충(南海毒蟲) · · · · · · · 6790

잡충(雜蟲)

67-27(2237) 곡식을 먹는 곤충(食穀蟲) · · · · · · 6793

67-28(2238) 육지(肉芝) · · · · · · · · · · · 6794

67-29(2239) 박쥐(蝙蝠) · · · · · · · · · · · 6795

67-30(2240) 언정(蝘蜓) · · · · · · · · · · · 6799

67-31(2241) 사의(蛇醫) · · · · · · · · · · · 6800

67-32(2242) 거미(蜘蛛) · · · · · · · · · · · 6802

67-33(2243) 속살이게(寄居) · · · · · · · · · 6805

67-34(2244) 나나니벌(蠮螉) · · · · · · · · · 6806

67-35(2245) 전당(顚當) · · · · · · · · · · · 6807

67-36(2246) 조마(竈馬) · · · · · · · · · · · 6809

67-37(2247) 탁고(度古) ·············6810

67-38(2248) 개미(蟻) ··············6811

67-39(2249) 땅강아지(螻蛄) ···········6813

67-40(2250) 사면령을 알린 파리(蠅赦) ······6815

67-41(2251) 윤주의 누각(潤州樓) ········6818

67-42(2252) 허물을 벗지 않은 매미(腹育) ····6820

67-43(2253) 등왕의 봉접도(滕王圖) ·······6821

이충(異蟲)

67-44(2254) 사표(謝豹) ·············6825

67-45(2255) 쇄거충(碎車蟲) ··········6826

67-46(2256) 금귀자(金龜子) ···········6827

67-47(2257) 피역(避役) ·············6828

67-48(2258) 청부(青蚨) ·············6830

67-49(2259) 사부(砂俘) ·············6832

67-50(2260) 낙롱(諾龍) ·············6833

권68 용부(龍部)

용(龍) 1

68-1(2261) 용에 대한 잡설(龍雜說) ·······6837

68-2(2262) 용을 팔다(賣龍) ··········6842

68-3(2263) 진택의 동굴(震澤洞) ·········6844

68-4(2264) 스님 현조(釋玄照) · · · · · · · · · · 6851

68-5(2265) 장씨 노인(張老) · · · · · · · · · 6856

68-6(2266) 법희사의 토룡(法喜寺土龍) · · · · · · 6858

68-7(2267) 위씨(韋氏) · · · · · · · · · · · · 6861

68-8(2268) 사주의 흑하(沙州黑河) · · · · · · · 6866

68-9(2269) 자주의 용(資州龍) · · · · · · · · · 6869

68-10(2270) 공위(孔威) · · · · · · · · · · · 6870

68-11(2271) 용을 불태우다(燒龍) · · · · · · · 6872

68-12(2272) 용으로 변한 비녀(釵化龍) · · · · · 6874

68-13(2273) 유척담(遺尺潭) · · · · · · · · · · 6875

68-14(2274) 위유(韋宥) · · · · · · · · · · · 6876

68-15(2275) 용으로 변한 고양이(猫化龍) · · · · · 6879

권69 용부(龍部)

용(龍) 2

69-1(2276) 이정(李靖) · · · · · · · · · · · · 6885

69-2(2277) 주한(周邯) · · · · · · · · · · · · 6893

69-3(2278) 화음현의 못(華陰湫) · · · · · · · · · 6895

69-4(2279) 영응전(靈應傳) · · · · · · · · · · 6897

69-5(2280) 유의(柳毅) · · · · · · · · · · · · 6917

69-6(2281) 유관사(劉貫詞) · · · · · · · · · · 6944

69-7(2282) 허한양(許漢陽) · · · · · · · · · · 6954

권70 수족부(水族部)

인족(鱗族)

70-1(2283) 교룡을 베다(伐蛟) · · · · · · · · · · · 6965

70-2(2284) 한 무제가 낚은 흰 교룡(漢武白蛟) · · · · 6967

70-3(2285) 낙수의 아이(洛水豎子) · · · · · · · · · 6969

70-4(2286) 바다의 거대한 물고기(海大魚) · · · · · 6970

70-5(2287) 악어(鱷魚) · · · · · · · · · · · · · · 6974

70-6(2288) 오여회(吳餘鱠) · · · · · · · · · · · · 6978

70-7(2289) 석두어(石頭魚) · · · · · · · · · · · · 6979

70-8(2290) 황랍어(黃臘魚) · · · · · · · · · · · · 6980

70-9(2291) 오징어(烏賊) · · · · · · · · · · · · · 6982

70-10(2292) 횡공(橫公) · · · · · · · · · · · · · 6983

70-11(2293) 분부(奔鮬) · · · · · · · · · · · · · 6984

70-12(2294) 해인어(海人魚) · · · · · · · · · · · 6986

70-13(2295) 능어(鯪魚) · · · · · · · · · · · · · 6987

70-14(2296) 석반어(石斑魚) · · · · · · · · · · · 6988

70-15(2297) 예어(鯢魚) · · · · · · · · · · · · · 6989

70-16(2298) 녹자어(鹿子魚) · · · · · · · · · · · 6990

70-17(2299) 작어(䱜魚) · · · · · · · · · · · · · 6991

70-18(2300) 후이어(鯸鮧魚) · · · · · · · · · · · 6992

70-19(2301) 비목어(比目魚) · · · · · · · · · · · 6994

70-20(2302) 즉어(鯽魚) · · · · · · · · · · · · 6995

70-21(2303) 적혼공(赤鯶公) · · · · · · · · · · 6996

70-22(2304) 뇌혈어(雷穴魚) · · · · · · · · · · 6997

70-23(2305) 적령 계곡(赤嶺溪) · · · · · · · · · 6998

70-24(2306) 몸에 글자가 적혀 있는 물고기(魚身有字) 6999

개족(介族)

70-25(2307) 거대한 자라(巨鼇) · · · · · · · · · 7003

70-26(2308) 거북에 대한 잡설(龜雜說) · · · · · · 7006

70-27(2309) 왕 거북(王者龜) · · · · · · · · · · 7007

70-28(2310) 뱀을 물리친 거북(辟蛇龜) · · · · · · 7009

70-29(2311) 성스러운 거북(聖龜) · · · · · · · · 7012

70-30(2312) 고숭문(高崇文) · · · · · · · · · · 7013

70-31(2313) 염거경(閻居敬) · · · · · · · · · · 7015

70-32(2314) 게의 배 속에 있는 까끄라기(輸芒) · · · 7016

70-33(2315) 남해의 거대한 게(南海大蟹) · · · · · 7017

70-34(2316) 호랑이 무늬 게(虎蟹) · · · · · · · · 7020

70-35(2317) 추모(蝤蝥) · · · · · · · · · · · 7021

70-36(2318) 팽월(彭蚏) · · · · · · · · · · · 7022

해 잡산(海雜産)

70-37(2319) 바다 새우(海蝦) · · · · · · · · · · 7025

70-38(2320) 계비(係臂) · · · · · · · · · · · · · ·7027

70-39(2321) 호(蠔) · · · · · · · · · · · · · · · · ·7028

70-40(2322) 후(鱟) · · · · · · · · · · · · · · · · ·7029

70-41(2323) 와옥자(瓦屋子) · · · · · · · · · ·7031

70-42(2324) 대모(玳瑁) · · · · · · · · · · · · ·7032

70-43(2325) 해출(海朮) · · · · · · · · · · · · ·7033

70-44(2326) 해경과 수모(海鏡·水母) · · · · · · ·7034

권66 수부(獸部)

축수(畜獸)

이 권은 모두 가축의 무리다.
此卷皆家畜之屬.

66-1(2128) 기이한 소

이우(異牛)

출《금루자(金樓子)》미 : 이하는 소다(以下牛).

　대월지(大月支)와 서호(西胡)에 "백급(白及)"이라고 하는 소가 있었는데, 오늘 살점을 베어 내면 이튿날 그 상처가 즉시 아문다. 옛날에 어떤 한족(漢族) 사람이 그 나라에 갔을 때, 서호에서 그 소를 보여 주자 한족 사람이 대답했다.

　"우리 나라에는 '잠(蠶 : 누에)'이라고 하는 벌레가 있는데, 그것으로 사람의 옷을 만듭니다. 그것은 나뭇잎을 먹고 실을 토해 냅니다."

　외국 사람은 또한 누에가 있다는 사실을 믿지 않았다.

大月支及西胡有牛, 名曰"白及", 今日割取其肉, 明日其瘡卽愈. 故漢人有至其國者, 西胡以此牛示之, 漢人對曰 : "吾國蟲名爲'蠶', 爲人衣. 食樹葉而吐絲." 外國人復不信有蠶.

* 이 고사는《태평광기》권434〈축수 · 우(牛)〉에 실려 있다.

66-2(2129) 죽우

죽우(竹牛)

출《옥당한화(玉堂閑話)》

　임조군(臨洮郡)에서 서쪽으로 몇몇 군에 좋은 전답이 있었는데, 안녹산(安祿山)의 난 이후로 모두 황무지로 변했다. 그곳에서 일명 "야우(野牛)"라고 하는 죽우가 많이 났는데, 색깔은 순흑색이고 한 마리가 예닐곱 마리의 낙타를 대적할 수 있었으며 천만 근이나 나갈 만큼 육중했다. 매번 죽우가 먹이를 먹는 곳은 아름드리나무와 대나무 숲이 모두 짓밟혀 흙먼지로 변했다. 사냥꾼은 죽우를 잡을 때 먼저 불을 놓아 몰다가 죽우가 달아나길 기다려 화살에 독을 발라 곧바로 쏘았다. 죽우가 화살에 맞으면 사냥꾼은 가마솥과 양식을 메고 그 종적을 밟으면서 천천히 쫓아갔다. 화살에 묻은 독이 퍼지면 죽우는 죽었는데, 엎어져 있는 덩치는 산만 하고 쌓인 고기는 언덕만 했다. 죽우 한 마리에서 수천 근의 고기를 얻었는데, 신선한 것은 아주 맛있었으며 가늘게 썬 것은 붉은 실 같았다. [당나라] 건녕(乾寧) 연간(894~898)에 산에 사는 중소소(仲小小)라는 백성이 사냥하다가 석가산(石家山)에서 소 떼를 만나자 개를 풀어 뒤쫓게 했다. 소 떼는 깜짝 놀라 한 깊은 계곡으로 달아났는데, 계곡이 끝나는 곳에서 남쪽으로 절벽이 있었다. 개의 추격이 급해지자 소들이 서로 밀치는 바람에 맨 앞에 있던 소가 실족해 절벽 아래로 떨어졌는데, 뒤에 있던 소들은 그 사실을 모른 채 앞의 소를 따라 나아갔다. 결국 36마리의 소가 절벽 아래로 떨어져 죽었다. 미 : 죽우가 개를 두려워하는 것은 생각건대 또한 추이(酋耳)[1])가 호랑이를 제압하고 지네가 뱀을 제압하는 것과 같은가? 쌓인 고기가 셀 수 없을 정도로 많아 진주(秦州)·성주(成州)·계주(階州) 3주의 백성은 다 짊어지고 가지도 못했다. 미 : 이 또한 죽우의 한차례 겁난(劫難)이다.

臨洮已西, 數郡良田, 自祿山以來, 陷爲荒徼. 其間多産竹牛, 一名"野牛", 色純黑, 其一可敵六七駱駝, 肉重千萬斤. 每飮齕之處, 則拱木叢竹, 踐之成塵. 獵人先縱火逐之, 俟其奔迸, 則毒其矢, 向便射之. 洎中鏃, 則挈鍋釜, 負糧糗, 躡其踪, 緩逐之. 矢毒旣發, 卽斃, 踣之如山, 積肉如阜. 一牛致肉數千斤, 鮮者甚美, 縷如紅絲. 乾寧中, 山民仲小小田獵, 遇牛群於石家山, 嗾犬逐之. 其牛驚擾, 奔一深谷, 谷盡, 南抵一懸崖. 犬逐旣急, 牛相排擠, 居首者失脚墮崖, 居次者不知, 累累接跡而進. 三十六頭, 皆斃於崖下. 眉 : 竹牛畏犬, 意者亦如酋耳之制虎, 蜈蚣之制蛇乎? 積肉不知紀極, 秦·成·

---

1) 추이(酋耳) : '추이'에 관한 고사는 본서 66-47(2174) 〈추이〉에 나온다.

階三州士民, 荷擔之不盡. 眉 : 亦竹牛之一劫.

* 이 고사는 《태평광기》 권434 〈축수 · 중소소(仲小小)〉에 실려 있다.

66-3(2130) 대문

대문(戴文)

출《원화기(原化記)》

[당나라] 정원(貞元) 연간(785~805)에 해염현(海鹽縣)에 대문이라는 사람이 있었는데, 집안은 부유했지만 천성이 탐욕스러웠다. 그는 매번 빚을 받을 때면 반드시 몇 배의 이자를 요구했다. 한 이웃 사람이 그에게 아주 많은 돈을 뜯기자 원한이 쌓여서 말했다.

"반드시 천지신명께서 굽어보고 계실 것이오."

몇 년 뒤에 대문은 병으로 죽었다. 이웃 사람 집의 소가 검은 송아지 한 마리를 낳았는데, 그 옆구리 아래에 "대문"이라는 글자 모양의 흰 털이 나 있었다. 마을 사람이 모두 그 사실을 알게 되자, 대문의 아들은 부끄러워서 이웃 사람에게 용서를 구하며 인두로 그 글자를 없애 달라고 청했는데, 이웃 사람은 그의 말대로 해 주었다. 얼마 뒤에 대문의 아들은 송아지의 몸에서 글자가 없어지자, 곧바로 이웃 사람이 송아지의 몸에 글자가 있다고 터무니없는 말을 했다며 고소했다. 미:음험함이 이와 같으니, 장차 대대로 소가 될 것이다. 현에서 이웃 사람과 송아지를 잡아 오게 했더니, 송아지의 몸에서 흰 털이 다시 돋아 분명하게 글자를 이루고 있었다. "대문"을 부르기만 하면 송아지가 곧바로 다가왔다. 이웃 사람은 대문의 아들이 송아지를 훔쳐 갈까 두려워서 밤이면 별채에 송아지를 가둬 놓았는데, 몇 년이 지나서 소가 죽었다.

貞元中, 海鹽縣有戴文者, 家富性貪. 每擧債, 必須利數倍. 有鄰人被剝刻至多, 積恨, 乃曰: "必有神明照鑒." 數年後, 戴文病死. 鄰家牛生一黑犢, 脅下白毛, 字曰"戴文". 閭里咸知, 文子恥之, 乃求謝, 乞以物熨去其字, 鄰人從之. 旣而文子以牛身無驗, 乃訟鄰人妄稱牛犢有字. 眉: ㅋ險如此, 將世世爲牛矣. 縣追鄰人及牛至, 則白毛復出, 成字分明. 但呼"戴文", 牛則應聲而至. 鄰人恐文子盜去, 則夜閉於別廡, 經數年方死.

* 이 고사는 《태평광기》 권434 〈축수·대문〉에 실려 있다.

66-4(2131) 하내태수 최 아무개

하내최수(河內崔守)

출《선실지(宣室志)》

[당나라] 정원(貞元) 연간(785~805)에 하내태수(河內太守) 최 군(崔君)은 탐욕스럽고 각박해서 백성이 고통을 겪었다. 그는 늘 절에서 불상을 만드는 금을 빌려 모두 몇 일(鎰: 1일은 20냥)이 되었지만 결국 그 값을 치르지 않았는데, 스님은 그가 태수였기 때문에 감히 말하지 못했다. 얼마 지나지 않아 최 군은 하내군에서 죽었다. 그가 죽던 날 절의 소가 송아지 한 마리를 낳았는데, 그 이마 위에 난 흰 털이 마치 "최 아무개"라는 글자를 이루고 있는 것 같았다. 절의 스님들은 그 연유를 깨닫고 함께 살펴보면서 탄식했다. 최 군의 집에서 그 소문을 듣고 곧장 다른 소를 가지고 가서 그 송아지와 바꾸었다. 송아지를 끌고 오자 그 글자를 잘라 버리게 했는데, 잠시 뒤에 다시 자라났다. 그 송아지를 집에 데려온 뒤에 꼴과 여물을 주었지만 송아지는 끝내 먹지 않았다. 최 군의 집에서 크게 괴이하게 생각해 결국 그 송아지를 절로 돌려보냈다.

貞元中, 河內守崔君者貪而刻, 百姓苦之. 常於佛寺中假佛像金, 凡數鎰, 竟不酬直, 僧以太守故, 不敢言. 未幾, 崔卒於郡. 是日, 寺有牛産一犢, 其犢頂上有白毛, 若縷出文字曰 "崔某"者. 寺僧悟其由, 相與觀嘆. 崔家聞之, 卽以他牛易其犢. 旣至, 命剪去文字, 已而便生. 及至其家, 雖豢以芻粟, 卒不食. 崔氏大以爲異, 竟歸其寺.

* 이 고사는 《태평광기》 권434 〈축수·하내최수〉에 실려 있다.

66-5(2132) 주 목왕

주목왕(周穆王)

출'왕자년(王子年)《습유기(拾遺記)》' 미 : 이하는 말이다(以下馬).

주(周)나라 목왕(穆王)은 즉위한 지 32년째 되던 해에 천하를 순행(巡行)하면서 여덟 마리의 용마(龍馬)를 몰았다.

첫째는 "절지(絶地)"라고 했는데, 발로 땅을 밟지 않았다. 둘째는 "번우(翻羽)"라고 했는데, 가는 것이 나는 새를 뛰어넘었다. 셋째는 "분소(奔霄)"라고 했는데, 밤에 만 리를 갔다. 넷째는 "월영(越影)"이라 했는데, 해를 쫓아서 갔다. 다섯째는 "유휘(逾輝)"라고 했는데, 털빛이 찬란히 빛났다. 여섯째는 "초광(超光)"이라 했는데, 하나의 몸에 열 개의 그림자가 있었다. 일곱째는 "등무(騰霧)"라고 했는데, 구름을 타고 달렸다. 여덟째는 "협익(挾翼)"이라 했는데, 몸에 날개가 돋아 있었다. 목왕은 이 여덟 마리의 말을 두루 몰며 고삐를 쥐고 천천히 다니면서 천하의 영역을 순행했다.

周穆王卽位三十二年, 巡行天下, 馭八龍之馬. 一名"絶地", 足不踐土. 二名"翻羽", 行越飛禽. 三名"奔霄", 夜行萬里. 四名"越影", 逐日而行. 五名"逾輝", 毛色炳耀. 六名"超光", 一形十影. 七名"騰霧", 乘雲而趨. 八名"挾翼", 身有肉翅. 遍而駕焉, 按轡徐行, 以巡天下之域.

* 이 고사는《태평광기》권435〈축수・주목왕팔준(八駿)〉에 실려 있다.

66-6(2133) 한 문제

한문제(漢文帝)

출《서경잡기(西京雜記)》

한(漢)나라 문제(文帝)가 대국(代國)2)에서 돌아올 때 아홉 필의 훌륭한 말이 있었는데, 모두 천하의 준마들이었다.

첫째는 "부운(浮雲)", 둘째는 "적전(赤電)", 셋째는 "절군(絶群)", 넷째는 "일표(逸驃)", 다섯째는 "자연류(紫燕騮)", 여섯째는 "녹리총(綠螭驄)", 일곱째는 "용자(龍子)", 여덟째는 "인구(驎駒)", 아홉째는 "절진(絶塵)"이라 했는데, 이 말들을 "구일(九逸)"이라 불렀다. 내선(來宣)이라는 사람이 이 말들을 잘 몰자, 대왕(代王 : 문제)은 그를 "왕양(王良 : 춘추시대 진(晉)나라의 뛰어난 말 조련사)"이라 불렀다.

漢文帝自代還, 有良馬九匹, 皆天下之駿. 一名"浮雲", 二名"赤電", 三名"絶群". 四名"逸驃", 五名"紫燕騮", 六名"綠螭驄". 七名"龍子", 八名"驎駒", 九名"絶塵", 號爲"九逸". 有來

---

2) 대국(代國) : 한나라 초기의 동성(同姓) 9국(國) 가운데 하나로, 준마의 산지로 유명했다. 문제는 대왕(代王)으로 있다가 황제가 되었다.

宣能御馬, 代王號爲"王良"焉.

* 이 고사는 《태평광기》 권435 〈축수 · 한문제구일(九逸)〉에 실려 있다.

66-7(2134) 수 문제

수문제(隋文帝)

출《조야첨재(朝野僉載)》

 수(隋)나라 문황제(文皇帝) 때 대완국(大宛國)에서 천리마를 바쳤는데, 갈기가 땅에 끌릴 정도여서 "사자총(獅子驄)"이라 불렸다. 누구도 그 말을 제어할 수 없자 황상이 좌우 신하들에게 말했다.

"누가 이 말을 몰 수 있소?"

그러자 낭장(郎將) 배인기(裵仁基)가 마침내 소매를 걷어붙이고 앞으로 나아갔는데, 말에서 10여 보쯤 떨어진 곳에서 몸을 솟구쳐 말 위로 올라타더니 한 손으로 말의 귀를 잡고 다른 한 손으로 눈을 찌르자, 말이 겁을 먹고 감히 움직이지 못했다. 이에 배인기는 마구(馬具)를 채운 뒤 그 말을 타고 아침에 서경(西京 : 장안)을 출발해 저녁에 동락(東洛 : 낙양)에 도착했다. 나중에 수나라 말에 그 말은 어디론가 사라졌다. 당(唐)나라 문황제(文皇帝 : 태종)가 천하에 칙령을 내려 그 말을 찾게 하자, 동주자사(同州刺史) 우문사급(宇文士及)이 그 말을 수소문해 찾아냈는데, 조읍(朝邑) 시장의 국수집에서 맷돌을 끌면서 늙어 가고 있었다. 말은 갈기와 꼬리털이 다 빠지고 가죽과 살에 구멍이 뚫려 있었다. 미 : 소를 먹이던 백리해(百里奚)와 백정의 칼을 두드리던 강태공(姜太公)도 그들을 알아본 사람3)을 만나지 않았다면 또한 이와 같았을 뿐이니 슬프도다! 우문사급은 그 모습을 보고 슬피 울었다. 황제는 친히 장락파(長樂坡)로 나갔으며, 말은 신풍(新豐)에 도착하자 서쪽을 향해 울면서 뛰어올랐다. 황제는 그 말을 얻고 매우 기뻐했다. 말은 이빨이 모두 빠져 있었지만 종유석(鍾乳石)을 먹였더니 망아지 다섯 마리를 낳았는데, 모두 천리마였다. 미 : 여러 차례 버려진 데에서 거두었으니 어찌 사람을 저버리겠는가?

隋文皇時, 大宛國獻千里馬, 鬃曳地, 號"獅子驄". 人莫能制, 上謂左右曰:"誰能馭之?" 郎將裵仁基遂攘袂向前, 去十餘步, 踴身騰上, 一手撮耳, 一手摳目, 馬戰不敢動. 乃鞴乘之, 朝發西京, 暮至東洛. 後隋末, 不知所在. 唐文皇敕天下訪之, 同州刺史宇文士及訪得其馬, 老於朝邑市麵家挽磑. 鬃尾焦禿, 皮肉穿穴. 眉 : 百里食牛, 太公鼓刀, 不遇識者, 亦猶是耳, 悲夫! 及見之悲泣. 帝自出長樂坡, 馬到新豐, 向西鳴躍. 帝得之甚喜. 齒口並平, 飼以鍾乳, 仍生五駒, 皆千里足也. 眉 : 收之衆棄, 何負於人?

* 이 고사는 《태평광기》 권435 〈축수·수문제사자총(獅子驄)〉에 실려 있다.

3) 그들을 알아본 사람 : 춘추 시대 진(秦)나라 목공(穆公)은 소를 키우고 있던 백리해를 검은 양가죽 다섯 장을 주고 사서 그에게 국정을 맡겼고, 주(周)나라 문왕(文王)은 초야에 묻혀 있던 강태공을 발탁해 스승으로 모셨다.

66-8(2135) 춤추는 말

무마(舞馬)

[당나라] 현종(玄宗)은 일찍이 말 400필에게 춤을 가르쳐서 좌우로 각각 부대(部隊)를 편성하고, 말들을 아무개 총마(寵馬), 아무개 교마(驕馬)라고 불렀다. 또한 말에게 무늬 비단옷을 입히고 금은으로 줄을 엮어 갈기를 꾸몄으며 사이사이에 주옥을 박아 넣었다. 〈경배악(傾盃樂)〉이라 불리는 곡 수십 장(章)을 연주하면, 말들이 머리를 휘젓고 꼬리를 흔들며 박자에 맞춰 종횡무진 춤을 추었다. 또 3층으로 된 평상을 펼쳐 놓은 다음 말을 타고 그 위로 올라가 마치 나는 듯이 빙빙 돌며 춤을 추었다. 현종이 간혹 장사에게 명해 평상 하나를 들어 올리게 하면, 말이 평상 위에서 춤을 추었다. 그 둘레를 빙 둘러서 있는 악공 몇 명은 모두 미소년으로, 담황색 적삼을 입고 무늬 옥 의대를 두르고 있었다. 매년 천추절(千秋節)4)이 되면 현종은 근정루(勤政樓) 아래에서 말들을 춤추게 했다. 후에 현종이 촉(蜀)으로 몽진하자 무마들도

---

4) 천추절(千秋節) : 당나라 때 천자의 탄신일. 현종의 경우, 생일인 8월 5일을 천추절로 정했으며, 나중에 천장절(天長節)로 개칭했다.

민간으로 뿔뿔이 흩어졌다. 안녹산(安祿山)은 일찍이 말들이 춤추는 것을 보고 마음속으로 좋아했기에 그중 몇 필을 범양(范陽)으로 가져왔다. 그 뒤에 그 말은 여러 사람을 거쳐 전승사(田承嗣)의 손에 들어갔는데, 전승사는 그 말을 알지 못해 전마(戰馬)들과 섞어 바깥 우리에 두었다. 그러던 어느 날 군대에서 병사들에게 향연을 베풀어 주었는데, 음악이 연주되자 그 말이 춤을 추면서 멈추지 않았다. 마부들이 모두 그 말이 요상한 짓을 한다고 생각해 빗자루를 들고 때리자 그 말은 춤이 박자에 맞지 않아 그러는 줄로 생각했는데, 노래의 높낮이와 변화에 맞춘 말의 춤동작에는 옛날 모습이 여전히 남아 있었다. 마구간 관리가 말들이 해괴한 짓을 한다며 황급히 보고하자, 전승사는 매우 모질게 매질하라고 명했다. 말은 매우 완벽하게 춤을 추었지만 그럴수록 채찍질은 더욱 심해져 결국 말구유 아래에서 죽고 말았다. 협 : 슬프도다! 미 : 고금의 재인(才人)이 재액을 당한 것도 그 뜻이 서로 통하지 않았기 때문이다. 당시 사람 중에 그 무마를 알아본 자도 있었지만 해를 입을까 두려워서 끝내 감히 말하지 못했다.

玄宗嘗命敎舞馬四百蹄, 左右各分部, 目爲某寵某家驕. 衣以文繡, 絡以金銀, 飾其鬃鬣, 間以珠玉. 其曲謂之〈傾盤¹樂〉者數十回, 奮首鼓尾, 縱橫應節. 又施三層板牀, 乘馬而上, 旋轉如飛. 或命壯士擧一榻, 馬舞於榻上. 樂工數人環立, 皆美少年, 衣淡黃衫, 文玉帶. 每千秋節, 命舞於勤政樓下. 其後上旣幸蜀, 舞馬亦散在人間. 祿山常睹其舞而心愛之, 因致數匹於范陽. 後轉爲田承嗣所得, 不之知也, 雜之戰馬, 置之外棧. 忽一日, 軍中享士, 樂作, 馬舞不能已. 厮養皆謂其爲妖, 擁箒以擊之, 馬謂其舞不中節, 抑揚頓挫, 猶存故態. 廐吏遽以馬怪白, 承嗣命棰之, 甚酷. 馬舞甚整, 而鞭撻愈加, 竟斃於櫪下. 夾:哀哉! 眉:古今才人遭厄, 亦由志意不相通耳. 時人亦有知其舞馬者, 懼暴而終不敢言.

* 이 고사는 《태평광기》 권435 〈축수·무마〉에 실려 있는데, 출전이 "《명황잡록(明皇雜錄)》"이라 되어 있다.

1 반(槃):《태평광기》와《명황잡록》권3에는 "배(盃)"라 되어 있는데, 문맥상 보다 타당하다.

66-9(2136) 대종

대종(代宗)

출《두양편(杜陽編)》

[당나라] 대종은 어마(御馬) 구화규(九花虬)와 자옥(紫玉)으로 된 채찍과 고삐를 곽자의(郭子儀)에게 하사했는데, 곽자의가 한참을 한사코 사양하자 황상이 말했다.

"이 말은 높고 커서 경의 풍채와 어울리니 사양할 필요 없소."

곽자의는 신장이 6척 8촌이었다. 구화규는 범양절도사(范陽節度使) 이회선(李懷仙)이 진상한 것이었는데, 이마까지의 높이가 9척이나 되었고 털이 마치 비늘처럼 말려 있었으며 머리와 목덜미의 갈기까지 진짜 규룡(虬龍) 같았다. 구화규가 한번 울 때마다 뭇 말들이 모두 귀를 기울였다. 그 말은 몸이 아홉 무늬로 덮여 있었기 때문에 "구화규"라 불렀다. 황상은 이전에 동쪽으로 행차해 들에서 수렵을 구경했는데, 어느새 날이 저물자 갑자기 시종 신하를 돌아보며 말했다.

"행궁(行宮)이 여기서 몇 리나 떨어져 있느냐?"

시종 신하가 아뢰었다.

"40리입니다."

황상은 서둘러 말을 몰게 하면서 밤에 길이 막힐까 걱정했는데, 구화규는 천천히 마치 3~5리밖에 가지 않은 것 같았지만, 시종들이 급하게 말을 몰아도 구화규를 따라잡은 자가 없었다.

代宗命御馬九花虯·紫玉鞭轡, 以賜郭子儀, 子儀固讓久之, 上曰: "此馬高大, 稱卿儀質, 不必讓也." 子儀身長六尺八寸. 九花虯, 卽范陽節度使李懷仙所貢也, 額高九尺, 毛拳如鱗, 頭頸鬖鬛, 眞虯龍也. 每一嘶, 卽群馬聳耳. 以身被九花, 故曰"九花虯". 上往日東幸, 觀獵於田, 不覺日暮, 忽顧謂侍臣曰: "行宮去此幾里?" 奏曰: "四十里." 上令速鞭, 恐礙夜, 而九花虯緩緩然, 如三五里而已, 侍從奔驟, 無有及者.

* 이 고사는 《태평광기》 권435 〈축수·대종구화규(九花虯)〉에 실려 있다.

66-10(2137) 덕종

덕종(德宗)

출《두양편》·《국사보(國史補)》

　[당나라] 덕종이 서쪽으로 행차할 때 말 두 마리가 있었는데, 한 마리는 "신지총(神智驄)"이라 불렀고 다른 한 마리는 "여의류(如意騮)"라 불렀다. 두 말은 모두 황상의 뜻대로 따랐기 때문에 늘 공신(功臣)이라 불렀다. 말의 귓속에 난 털을 뽑아 보니 1척이나 되었는데, 《마경(馬經)》에서 "귓속에 털이 나 있는 말은 하루에 1000리를 간다"라고 했다.

　덕종은 양양(梁洋)으로 행차할 때 오추마(烏騅馬)만을 몰았는데, 그 말을 "망운추(望雲騅)"라고 불렀다. 어가가 도성으로 돌아오고 나서 그 말에게 최고의 사료를 먹였는데, 한가한 날에 끌고 나와 살펴보면 반드시 길게 울며 사방을 돌아보는 것이 마치 은혜에 감사하는 모습 같았다.

德宗西幸, 有二馬, 一號"神智驄", 一號"如意騮". 皆如上意, 故常謂之功臣. 耳中有毛, 引之一尺,《馬經》云:"耳中有毛者, 日行千里."
德宗幸梁洋, 唯御騅馬, 號曰"望雲騅". 駕還, 飼以一品料, 暇日牽而視之, 必長鳴四顧, 若感恩之狀.

* 이 고사는《태평광기》권435〈축수·덕종신지총(神智驄)〉에 실려 있다.

66-11(2138) 속곤

속곤(續坤)

출《극담록(劇談錄)》

  [당나라] 함통(咸通) 연간(860~874)과 건부(乾符) 연간(874~879)에 도성에 속곤이라는 의원이 있었는데, 연중(燕中)의 주사대장(奏事大將 : 절도사가 파견해 상주문을 전달하던 대장)이 갑자기 풍질(風疾 : 중풍)에 걸리자 속곤이 처방한 약을 복용하고 나았다. 대장은 속곤에게 아주 많은 사례를 하고 아울러 변방의 말 한 필도 주었다. 그 말은 골격이 매우 기이했으나 걷거나 달릴 때 자주 넘어졌는데[蹶], 미 : 궐(蹶)은 음이 궐(厥)이다. 넘어지다[跌]·뛰다[跳]·달리다[走]·빠르다[速]는 뜻이며, 또 특출하다[拔]는 뜻도 있다. 재갈을 물려 제어하고 채찍질을 했지만 노둔한 본성은 끝내 고칠 수 없었다. 속곤은 여물만 낭비한다고 여겨 다른 사람에게 싼값에 팔아 달라고 부탁했는데, 준마를 구하는 사람은 그 말을 시험해 보자마자 다시 돌려주었기에 이렇게 몇 달 동안 팔지 못했다. 속곤의 이웃인 왕생(王生)은 중귀인(中貴人 : 환관)의 집을 드나들며 장사했는데 몹시 가난했다. 그가 갑자기 속곤을 찾아와서 말했다.

  "청주감군(靑州監軍)께서 곧 떠나려고 하시는데, 짐 실을 안장 얹은 말이 필요합니다."

속곤은 그저 쓸모없는 가축이라 생각하고 그에게 넘겨주면서 얼마에 말을 팔지도 정하지 않았다. 그로부터 열흘이 지나도록 왕생이 오지 않자 속곤은 그가 도망쳤을 것이라고 생각했는데, 어느 날 왕생이 와서 10만 냥이 넘는 값을 지불했다. 속곤은 좋은 값을 받게 되자 만 냥을 왕생에게 주었다. 얼마 후에 속곤이 왕생을 만났더니, 옷차림이 바뀌었고 노복과 말을 거느리고 있었으며 처자식의 옷과 치장까지도 모두 깨끗했다. 어떤 사람이 말했다.

"왕생은 말을 팔아서 금과 비단을 합쳐 300만~400만 냥을 벌었다."

속곤은 몹시 놀라며 왕생에게 그 일을 물어보았는데, 왕생이 처음에 자세히 얘기하지 않자 속곤이 말했다.

"나는 쓸모없는 물건을 팔아 제법 많은 값을 받았지만, 그런 노둔한 말이 어떻게 그렇게까지 값이 나가는지 모르겠소."

그러자 왕생이 말했다.

"처음에 청주감군에게 말을 가져가서 발을 들어 올렸더니 마치 줄에 묶여 있는 것 같았습니다. 그래서 다시 끌고 돌아오는 길에 소마방(小馬坊)의 중사(中使)[5]를 만났는데, 그에게 말을 맡기고 시험해 보게 한 뒤에 이틀이 지나서 갔더니 중사와 말이 보이지 않았습니다. 좌우 사람들에게 물어

보니 며칠 전에 위박(魏博)에서 말 한 마리를 진상했는데, 털과 골격의 크기가 그 말과 똑같다고 했습니다. 황제께서는 늘 말을 타고 격구(擊球)를 하시는데, 그 준마에게 아직 짝이 없었다고 합니다.[6] 그래서 그 말이 도착한 날에 소마방으로 보내 걷고 달리는 것을 조련하게 했더니 마치 바람처럼 빨리 돌았다고 합니다. 지금 그 말을 바쳐 황제께서 여러 날을 타셨으며, 아주 많은 물건을 하사하셨습니다." 미: 무릇 만물이 제대로 인정받는 것은 본디 그 때가 있는 법이니, 하물며 사람이랴! 그 후에 왕생은 그 말의 값을 높이 불러 마침내 400만 냥을 받았다.

咸通·乾符中, 京師醫者續坤, 有燕中奏事大將暴得風疾, 服藥而愈. 所酬甚多, 仍以邊馬一匹留贈. 馬骨相甚奇, 而步驟多蹶, 眉: 音厥, 跌也·跳也·走也·速也, 又拔也. 雖制以銜勒, 加之鞭策, 而款段之性, 竟莫能改. 坤以浪費芻粟, 托人賤賣之, 求駿者纔試還復, 如此累月不售. 鄰伍有王生, 貨易於中貴之門, 頗甚貪饕. 忽詣坤云: "有青州監軍將發, 須

---

5) 소마방(小馬坊)의 중사(中使): 내마방(內馬坊)의 환관. 당나라 때는 황제의 말을 관리하기 위해 12한(閑)과 6구(廐)를 두었는데, 모두 전중성(殿中省)에 속해 있었으며 대부분 환관이 그 관직을 맡았다.
6) 그 준마에게 아직 짝이 없다고 합니다: 당시 궁궐의 마구간에 있는 말은 털빛이 비슷한 것끼리 모두 짝이 있었다고 한다.

鞍馬備行李." 坤直以無用之畜付焉, 亦不約鬻馬之價. 自此經旬不至, 謂其亡逸, 一旦復來, 所直且逾十萬. 坤旣獲善價, 因以十千遺之. 俄見王生, 易衣裝, 致僕馬, 至於妻孥服飾, 亦皆鮮潔. 或曰:"王生賣馬, 金帛兼資, 計三四百萬." 坤甚驚, 試詢其事, 王生初不備說, 坤曰:"某以無用之物, 獲價頗多, 但未知駑材何以至此." 云:"初致馬於靑州監軍, 舉足如有羈絆. 及將還, 途遇小馬坊中使, 因遣留試, 信宿而往, 不復見焉. 密詢左右, 數日前, 魏博進一馬, 毛骨大小與此同. 聖人常乘打球, 駿異未有偶. 將到日, 方遣調習步驟, 縈轉如風. 今則進御數朝, 所賜之物甚厚." 眉: 凡物遇合, 自有其時, 況於人乎! 其後王生因大索起價, 遂以四百萬酬之.

* 이 고사는 《태평광기》 권435 〈축수·속곤〉에 실려 있다.

66-12(2139) 조홍

조홍(曹洪)

출‘왕자년《습유기》’

[삼국 시대] 위(魏)나라의 조홍은 무제(武帝 : 조조)의 사촌 동생이었는데, 집에 재산이 가득했으며 준마가 무리를 이루었다. 무제는 동탁(董卓)을 토벌하고 밤길을 가던 중에 말을 잃어버렸는데, 조홍은 자신이 타고 있던 "백학(白鶴)"이라는 말을 무제에게 타게 했다. 이 말은 타고 달릴 때 귓속에서 바람 소리만 느껴질 뿐 발로 땅을 밟는 것 같지 않았다. 도중에 깊은 물을 만났는데, 조홍이 건널 수 없자 무제는 조홍을 잡아끌어 말 위에 태우고 함께 수백 리를 건너가서 순식간에 도착했다. 말의 발을 내려다보았더니 터럭 하나도 젖지 않았지만, 무제의 옷은 오히려 젖어 있었다. 당시 사람들은 백학이 바람을 타고 다닌다고 생각했다. 그래서 민간에서 이렇게 말했다.

"허공을 타고 도약하는 조씨 집안의 백학!"

魏曹洪, 武帝從弟, 家盈産業, 駿馬成群. 武帝討董卓, 夜行失馬, 洪以其所乘馬曰"白鶴", 與武帝乘. 此馬走, 唯覺耳中風聲, 脚似不踐地. 至深水, 洪不得渡, 武帝引洪上馬, 共濟行數百里, 瞬息而至. 下視馬足, 毛皆不濕, 帝衣猶沾濡. 時人謂乘風也. 諺云: "憑空而躍, 曹家白鶴!"

* 이 고사는 《태평광기》 권435 〈축수·조홍〉에 실려 있다.

66-13(2140) 사마휴지

사마휴지(司馬休之)

출《제궁고사(諸宮故事)》

　진(晉)나라의 사마휴지가 형주자사(荊州刺史)로 있을 때 송공[宋公 : 유송 무제 유유(劉裕)]이 사신을 보내 포위했으나, 사마휴지는 알아차리지 못했다. 그는 늘 타고 다니는 말을 침상 앞에서 길렀는데, 말이 갑자기 잇달아 울면서 먹지도 않은 채 안장을 뚫어지게 쳐다보았다. 사마휴지가 시험 삼아 마구(馬具)를 채웠더니 말이 움직이지 않았다. 마구를 다 채우고 나서 돌아와 자리에 앉자 말이 또 놀라 뛰었는데, 그렇게 한 것이 서너 번이었다. 그래서 사마휴지가 말을 타고 급히 문을 나가 몇 리를 내달리고 나서 뒤돌아보았더니, 이미 송공의 사신이 도착해 있었다. 마침내 사마휴지는 그곳을 떠나 화를 면할 수 있었다.

晉司馬休之爲荊州, 宋公遣使圍之, 休之未覺. 常所乘馬, 養於牀前, 忽連鳴不食, 注目視鞍. 休之試鞴之, 卽不動. 鞴訖還坐, 馬又驚跳, 如此者數四. 騎馬卽驟出門, 奔馳數里, 休之顧望, 已有使至矣. 遂去而獲免.

* 이 고사는 《태평광기》 권435 〈축수·사마휴지〉에 실려 있는데, 출전이 "《저궁고사(渚宮故事)》"라 되어 있다.

66-14(2141) 모용외

모용외(慕容廆)

출《광이오행기(廣異五行記)》

　　모용외[오호 십육국 전연(前燕)의 개국 군주]에게 자백마(赭白馬)라는 말이 있었는데, 그는 늘 그 말을 타고 다녔다. 모용외는 석호[石虎 : 오호 십육국 후조(後趙)의 군주]의 포위가 급박해지자 무리를 버리고 도망치려 했는데, 그 말을 타고 가려고 마구(馬具)를 채웠으나 말이 안장을 보고 발길질하며 물어뜯어서 다가갈 수 없자 그만두었다. 미 : 늙은 말의 지혜는 쓸 만하니, 어찌 길을 아는 것뿐이겠는가? 얼마 후 업(鄴)에서 보낸 사신이 도착해서 석호의 나라[후조]에 난이 일어났다고 하자 석호는 곧 돌아갔다. 그때에 그 말은 마흔아홉 살이었다.

慕容廆有赭白馬, 常自乘之. 石虎圍急, 棄衆將逃, 以此馬奔而鞴之, 馬見鞍, 輒蹄嚙不得近, 乃止. 眉 : 老馬之智可用, 豈惟識途? 俄而鄴使至, 石虎國有難, 虎旋歸. 至是時, 馬年四十九歲矣.

* 이 고사는 《태평광기》 권435 〈축수 · 모용외〉에 실려 있는데, 출전이 "《광고금오행기(廣古今五行記)》"라 되어 있다.

66-15(2142) 진숙보

진숙보(秦叔寶)

출《유양잡조(酉陽雜俎)》

　당(唐)나라의 진숙보[진경(秦瓊)]가 타던 말은 "홀뢰박(忽雷駁)"이라 불렸다. 그는 늘 술을 마시고 밝은 달빛 아래서 말을 시험해 보곤 했는데, 말은 석 장의 검은 양탄자를 가로로 뛰어넘을 수 있었다. 나중에 호국공(胡國公: 진경)이 죽자 그 말은 울면서 먹지 않다가 죽었다.

唐秦叔寶所乘馬, 號"忽雷駁". 常飲酒, 每於月明中試, 能竪越三領黑氈. 及胡公卒, 嘶鳴不食而死.

* 이 고사는 《태평광기》 권435 〈축수·진숙보〉에 실려 있다.

66-16(2143) 송채

송채(宋蔡)

출《조야첨재》

　　광평(廣平) 사람 송채는 같은 군(郡) 유창(游昌)의 딸을 부인으로 맞이했다. 송채의 선조는 호인(胡人)이었으나 한족(漢族)으로 귀화한 지 3대가 지났다. 송채가 뜻밖에 아들 하나를 낳았는데 눈이 깊숙하고 콧날이 높자, 송채는 자신의 핏줄이 아니라고 의심해 그 아들을 거두지 않으려 했다. 얼마 후에 붉은 암말이 흰 망아지를 낳자 송채는 깨닫고서 말했다.

　　"우리 집에 예전에 백마가 있었는데, 씨가 끊긴 지 이미 25년이 되었는데도 지금 백마가 다시 태어났구나. 내 증조부는 모습이 호인이었는데, 지금 이 아들이 선대의 모습으로 돌아갔구나."

　　그러고는 마침내 아들을 거두어 길렀다. 그래서 "백마가 호아(胡兒)를 살렸다"는 말은 바로 이 일을 말하는 것이다.

廣平宋蔡娶同郡游昌女. 蔡先胡人, 歸漢三世矣. 忽生一子, 深目而高鼻, 蔡疑非嗣, 將不舉. 須臾赤馬生一白駒, 蔡悟曰: "我家先有白馬, 種絶已二十五年, 今又復生. 吾曾祖貌胡,今此子復其先也." 遂食之. 故曰 "白馬活胡兒", 此謂也.

* 이 고사는 《태평광기》 권435 〈축수·송채〉에 실려 있다.

66-17(2144) 명타

명타(明駝)

출《유양잡조》

    명타는 1000리를 가는 발을 가졌는데, 대부분 ["명(明)" 자를] "명(鳴)" 자로 잘못 쓴다. 명타는 누웠을 때 배가 땅에 닿지 않고 구부린 발에서 빛이 새어 나오면 1000리를 갈 수 있다.

明駝千里脚, 多誤作"鳴"字. 駝臥, 腹不貼地, 屈足漏明, 則行千里.

* 이 고사는 《태평광기》 권436 〈축수·명타〉에 실려 있다.

66-18(2145) 수맥을 아는 낙타

지수맥(知水脈)

출《박물지(博物志)》

돈황(敦煌)의 서쪽으로 사막을 건너야 외국으로 갈 수 있는데, 1000여 리에 달하는 사막을 건너는 동안 물이 없다. 때때로 물이 땅 아래로 흐르는 곳이 있지만 사람들은 알지 못한다. 낙타는 수맥을 알아 그곳을 지날 때면 가지 않고 발로 땅을 밟는다. 사람들은 낙타가 밟은 곳을 파면 매번 물을 얻을 수 있다.

敦煌西, 渡流沙, 往外國, 濟沙千餘里, 無水. 時有伏流處, 人不能知. 駱駝知水脉, 過其處輒不行, 以足踏地. 人於其所踏處掘之, 輒得水.

* 이 고사는 《태평광기》 권436 〈축수·지수맥〉에 실려 있다.

66-19(2146) 바람처럼 빨리 달리는 낙타

풍각타(風脚駝)

출《흡문기(洽聞記)》

    우전국(于闐國)에 작은 사슴이 있는데, 그 뿔이 가늘고 길다. 이 사슴이 낙타와 교배해 새끼를 낳으면 "풍각타"라고 하는데, 하루에 700리를 가고 바람처럼 빠르다.

于闐國有小鹿, 角細而長. 與駝交, 生子曰"風脚駝", 日行七百里, 其疾如吹.

* 이 고사는 《태평광기》 권436 〈축수·풍각타〉에 실려 있다.

66-20(2147) 흰 낙타

백낙타(白駱駝)

출《명황잡록(明皇雜錄)》

    가서한(哥舒翰)이 청해(靑海)를 진수할 때 길이 너무 멀어서 사자를 보낼 때면 항상 흰 낙타를 타고 가서 일을 상주하게 했는데, 흰 낙타는 하루에 500리를 달렸다.

哥舒翰鎭靑海, 路旣遙遠, 遣使常乘白駱駝以奏事, 日馳五百里.

*   이 고사는 《태평광기》 권436 〈축수·백낙타〉에 실려 있다.

66-21(2148) 흰 노새

백라(白騾)

출《개천전신기(開天傳信記)》

당(唐)나라 현종(玄宗)이 장차 태산(泰山)을 오르려고 할 때 익주(益州)에서 흰 노새를 진상했는데, 그 노새는 깨끗하고 윤기가 흘렀다. 황상은 친히 그것을 타고 갔는데, 안락하고 편안해서 산을 오르락내리락하는 피곤함을 느끼지 못했다. 황상은 봉선(封禪) 의식을 끝내고 다시 그것을 타고 내려왔다. 막 산 밑에 이르러 얼마 쉬지 않았을 때 담당 관리가 와서 흰 노새가 병도 없이 죽었다고 아뢰었다. 황상은 한참 동안 탄식하며 기이해하더니 흰 노새에게 "백라장군(白騾將軍)"이란 시호를 내리고, 미 : 흰 노새는 비록 괴이하지만 오히려 하루의 탈것을 제공했으니 죽었어도 유감이 없다. 담당 관리에게 관을 만들고 돌을 쌓아 무덤을 만들게 했는데, 그 무덤은 봉선단(封禪壇)에서 북쪽으로 몇 리 떨어진 곳에 있었다.

唐玄宗將登泰山, 益州進白騾至, 潔朗豊潤. 上遂親乘之, 柔習安便, 不知登降之勞也. 告成禮畢, 復乘而下. 纔及山, 休息未久, 有司言白騾無疾而殪. 上嘆異久之, 謚之曰"白騾將軍", 眉 : 白騾雖妖, 猶得備一日之乘, 死可無憾. 命有司具櫬櫝,壘石爲墓, 在封禪壇北數里.

* 이 고사는《태평광기》권436〈축수·백라〉에 실려 있다.

66-22(2149) 황금 나귀

금려(金驢)

출《유양잡조》미 : 나귀다(驢).

　진(晉)나라의 승낭(僧朗)은 금유산(金楡山)에서 살았는데, 그가 죽자 그가 타던 나귀가 산으로 올라가더니 사라졌다. 당시 어떤 사람이 그것을 보았는데, 바로 황금 나귀였다. 나무꾼들은 종종 그 나귀의 울음소리를 들었다. 그곳 사람들은 "황금 나귀가 울면 천하가 태평하다"고 말했다.

晉僧朗住金楡山, 及卒, 所乘驢上山失之. 時有人見者, 乃金驢矣. 樵者往往聽其鳴響. 土人言 : "金驢一鳴, 天下太平."

* 이 고사는《태평광기》권436〈축수·승낭(僧朗)〉에 실려 있다.

66-23(2150) 월지국의 양

월지양(月氏羊)

출《이물지(異物志)》미 : 이하는 양이다(以下羊).

월지국(月氏國)에 커다란 꼬리를 가진 양이 있는데, 그 꼬리를 조금 잘라서 손님을 대접하면 잠시 후에 자른 꼬리가 저절로 복구된다. 대진국(大秦國 : 로마 제국)의 북쪽에 양 새끼가 있는데 흙 속에서 태어난다. 대진국 사람들은 양 새끼의 싹이 나오려 할 때를 기다렸다가 빙 둘러 담을 쳐 준다. 양 새끼는 배꼽이 땅에 연결되어 있는데, 칼로 잘라서는 안 되고 북을 두드려 놀라게 해야 떨어진다. 배꼽이 떨어지면 뛰어다니고 울면서 풀을 뜯어 먹는데, 100~200마리가 무리를 이룬다.

평 : 청전핵(青田核)[7]을 얻어 술을 만들고, 또 서호(西胡)의 소[8]와 월지국의 양을 얻어 안주를 만들면, 날마다 공북해(孔北海 : 공융)[9]가 되어도 좋다.

---

7) 청전핵(青田核) : 본서 46-4(1329) 〈청전주(青田酒)〉에 나온다.

8) 서호(西胡)의 소 : 본서 66-1(2128) 〈이우(異牛)〉에 나온다.

9) 공북해(孔北海) : 공융(孔融). 후한의 명사로 건안 칠자(建安七子)

月氏有羊大尾, 稍割以供賓, 亦稍自補復. 大秦國北有羊子, 生於土中. 秦人候其欲萌, 爲垣以繞之. 其臍連地, 不可以刀截, 擊鼓驚之而絶. 因跳鳴食草, 以一二百口爲群.

評 : 得靑田核爲酒, 又得西胡牛・月氏羊爲膳, 日日可作孔北海矣.

* 이 고사는 《태평광기》 권439 〈축수・월지초할(月氏稍割)〉에 실려 있다.

가운데 하나다. 일찍이 북해군의 태수를 지낸 적이 있었기에 '공북해'라고 불렸다. 그는 늘 손님들을 모아 놓고 술잔에 술이 담겨 있어야 아무 근심이 없다고 했다.

66-24(2151) 효성스러운 양

효양(孝羊)

출《옥당한화》

빈주(邠州)의 백정 안(安) 아무개는 집에 암양과 새끼 양이 있었다. 하루는 어미 양을 잡으려고 묶어서 틀에 올릴 때, 새끼 양이 갑자기 그를 향해 다가와 두 무릎을 꿇고 두 눈에서 눈물을 흘렸다. 안 아무개는 한참 동안 놀라고 기이해하다가 마침내 칼을 땅에 놓아두고 떠났다. 그러고는 아이 한 명을 불러와 함께 양을 잡으려 했는데, 눈 깜짝할 사이에 칼이 사라져 버렸다. 그 칼은 새끼 양이 물고 가서 담장 밑에 놓아두고 그 위에 누워 있었다. 안 아무개는 이웃 사람이 훔쳐갔을 것이라 의심했는데, 시장에 갈 시간이 지나 버릴까 걱정되기도 하고 다른 칼도 없고 해서, 급히 몸을 돌려 새끼 양을 집어 들고 보았더니 칼이 새끼 양의 배 밑에 있었다. 마침내 안 아무개는 크게 깨닫고 어미 양과 새끼 양을 놓아주고 절로 보내 장생을 빌어 주었다. 그리고 자신은 곧 처자식을 버리고 절의 축 대사(竺大師)에게 귀의해 스님이 되었는데, 법명은 수사(守思)였다.

邠州屠者安姓, 家有牝羊並羔. 一日, 欲刲其母, 縛上架之次, 其羔忽向安前, 雙跪前膝, 兩目涕零. 安驚異良久, 遂致刀於地去. 喚一童稚共事刲宰, 及回, 遽失刀. 乃爲羔子銜之, 致牆根下, 而臥其上. 安疑爲鄰人所竊, 又懼詣市過時, 且無他刀, 極揮霍, 忽轉身趯起羔兒, 見刀在其腹下. 遂頓悟, 解下母羊並羔, 並送寺內, 乞長生. 自身尋捨妻孥, 投寺內竺大師爲僧, 名守思.

*   이 고사는 《태평광기》 권439 〈축수·안갑(安甲)〉에 실려 있다.

66-25(2152) 화융

화융(華隆)

출《유명록(幽明錄)》 미 : 이하는 개다(以下犬).

진(晉)나라 태흥(泰[太]興) 2년(319)에 오(吳) 사람 화융은 사냥을 좋아했다. 그는 "적미(的尾)"라고 부르는 개 한 마리를 길렀는데, 늘 그 개를 데리고 다녔다. 나중에 화융이 강가에 갔다가 커다란 뱀에게 온몸이 칭칭 감겼는데, 개가 뱀을 물어 죽였지만 미 : 용감한 개다. 화융은 몸이 뻣뻣한 채로 쓰러져서 감각이 없었다. 개가 서성이고 짖으면서 길을 왔다 갔다 하자, 그의 가족이 개의 그와 같은 행동을 이상히 여겨 개를 따라가서 화융을 싣고 돌아왔는데, 화융은 이틀 후에야 깨어났다. 화융이 깨어나지 못하고 있는 동안에 개는 끝까지 밥을 먹지 않았다. 그 이후로 화융은 친척과 똑같이 그 개를 아끼고 사랑했다.

晉泰興二年, 吳人華隆好弋獵. 畜一犬, 號曰"的尾", 每將自隨. 隆後至江邊, 被一大蛇圍繞周身, 犬遂咋蛇死焉, 眉 : 勇犬. 而隆僵仆無所知矣. 犬徬徨嗥吠, 往復路間. 家人怪其如此, 因隨犬往, 載隆歸, 二日乃甦. 隆未甦之際, 犬終不食. 自此愛惜如同親戚焉.

* 이 고사는 《태평광기》 권437 〈축수 · 화융〉에 실려 있다.

66-26(2153) 양생

양생(楊生)

출《기문(紀聞)》

 진(晉)나라 태화(太和) 연간(366~371)에 광릉(廣陵) 사람 양생은 개 한 마리를 아껴서 항상 데리고 다녔다. 나중에 양생이 술에 취해 잡초 속에 누워 있었는데, 그때는 한창 겨울이라 들판에 쥐불을 놓았으며 바람이 아주 강하게 불었다. 개가 양생의 주위를 빙빙 돌면서 짖어 댔으나 양생은 도무지 깨어나지 못했다. 그러자 개는 곧장 물가로 가서 자신의 몸을 물에 적시고 돌아와 풀 위에서 뒹굴었다. 이렇게 서너 차례 해서 양생 주위의 반 보(步)가량의 풀이 모두 축축해진 덕분에 양생은 불에 타는 화를 면했다. 그 후에 양생이 또 어두운 밤길을 가다가 우물에 빠졌는데, 개가 새벽까지 짖어 댔다. 어떤 사람이 지나가다가 이상히 여겨 우물로 다가가서 보았더니 양생이 그곳에 있었다. 그래서 양생은 그 사람에게 자기를 구출해 달라고 부탁하면서 후한 보답을 하겠다고 약속했는데, 그 사람이 그 개로 보답해 달라고 청하자 양생이 말했다.

 "이 개는 나를 살려 주었으니 그럴 수 없습니다. 그 밖의 것이라면 당신이 필요한 대로 드리겠습니다."

그 사람이 머뭇거리며 대답하지 않자, 개가 목을 빼서 우물 속을 들여다보았다. 그러자 양생은 그 뜻을 알아차리고 그 사람에게 개를 주겠다고 허락했다. 그 사람은 양생을 구출해 주고 나서 개를 묶어 가지고 떠났다. 그런데 닷새 뒤에 개가 밤에 도망쳐 돌아왔다. 미 : 이 개는 의롭고도 지혜롭다.

晉太和中, 廣陵人楊生憐一犬, 常以自隨. 後生飮醉, 臥荒草中, 時方冬燎原, 風勢極盛. 犬周匝嗥吠, 生都不覺. 犬乃就水自濡, 還卽臥於草上. 如此數四, 周旋跬步, 草皆沾濕, 火至免焚. 後又因暗行墮井, 犬嗥吠至曉. 有人經過, 怪之, 因就視, 見生在焉. 遂求出己, 許以厚報, 其人欲請此犬爲酬, 生曰 : "此犬活我. 餘可任君所須也." 路人遲疑未答, 犬乃引領視井. 生知其意, 乃許焉. 旣而出之, 繫之而去. 却後五日, 犬夜走還. 眉 : 此犬義而且智.

* 이 고사는 《태평광기》 권437 〈축수·양생〉에 실려 있다.

66-27(2154) 장연

장연(張然)

출《속수신기(續搜神記)》

회계(會稽) 사람 장연은 오랫동안 노역(勞役)에 나가 있었는데, 젊은 부인이 자식도 없이 오직 노복 한 명과 집을 지켰다. 그러다가 결국 노복과 부인이 사통하게 되었다. 장연은 평소 "오룡(烏龍)"이라고 하는 개 한 마리를 길러 늘 데리고 다녔다. 나중에 장연이 돌아오자 노복은 음모를 꾸며 장연을 살해하려고 성대하게 음식을 차렸다. 부인이 장연에게 말했다.

"이제 당신과 영원히 이별할 때가 되었으니, 당신은 억지로라도 이 음식을 드세요."

노복은 이미 칼을 잡고 팔을 걷어붙인 채 장연이 식사를 마치길 기다렸다. 장연은 눈물을 흘리며 음식을 먹지 못하고, 고기와 밥을 개에게 던져 주면서 속으로 빌었다.

"너를 수년 동안 길렀으니 네가 날 좀 구해 줄 수 있겠니?"

그러자 개는 음식을 받고도 먹지 않으면서 노복만 노려보았다. 그때 장연이 무릎을 치며 큰 소리로 외쳤다.

"오룡아!"

그 소리가 떨어지자마자 개가 노복을 덮쳤는데, 노복이 칼을 놓치고 넘어지자 개가 그의 음부를 물었다. 그 틈에 장연은 칼을 집어 노복을 죽였으며, 미 : 이 개는 의롭고도 용감하다. 부인을 현(縣)으로 보내 처형시켰다.

會稽張然滯役, 有少婦無子, 唯與一奴守舍. 奴遂與婦通. 然素養一犬, 名"烏龍", 常以自隨. 後歸, 奴欲謀殺然, 盛作飲食. 婦曰 : "與君當大別離, 君可強啖." 奴已握刀露臂, 須然食畢. 然涕泣不能食, 以肉及飯擲狗, 嘿祝曰 : "養汝經年, 汝能救我否?" 狗得食不啖, 唯注睛視奴. 然拍膝大喚曰 : "烏龍!" 狗應聲傷奴, 奴失刀, 遂倒, 狗咋其陰. 然因取刀殺奴, 眉 : 此犬義而勇. 以妻付縣, 殺之.

* 이 고사는 《태평광기》 권437 〈축수 · 장연〉에 실려 있다.

66-28(2155) 범익

범익(范翊)

출《집이기(集異記)》

　　범익은 하동(河東) 사람으로, 무예가 뛰어나 비장(裨將 : 부장)에 임명되었다. 그는 개 한 마리를 길렀는데 아주 남달랐다. 범익의 친지인 진복(陳福)도 비장에 임명되었는데, 범익이 회남(淮南)에 사신으로 파견되어 솜과 비단을 수매할 때 진복이 그의 부사(副使)로 충임되었다. 그런데 범익이 술자리에서 자신의 기세를 믿고 진복을 멸시하자, 진복은 앙심을 품고 있다가 협 : 종종 이런 일이 있으니 경계할 만하도다! 경계할 만하도다! 몰래 범익의 죄상을 엮어 주수(主帥 : 절도사)에게 은밀히 보고했다. 주수는 사실을 살펴보지 않고 곧장 범익을 정직시켰다. 범익은 한을 삼킨 채 돌아갔고 대신 진복이 그 자리에 보임되었다. 그 개는 범익이 몰락한 것을 보고 곧장 진복의 집으로 가서 그가 잠들기를 기다렸다가 그의 머리를 물어뜯어 물고 돌아와서 범익에게 보여 주었다. 범익은 놀라고 두려워서 진복의 머리와 개를 가지고 주수를 찾아가서 죄를 청했다. 주수가 어찌 된 일인지 캐묻자 범익은 이전의 일을 말해 주었다. 주수는 사실을 살펴보고 범익에게 본래 관직을 돌려주었다. 그 개는 주수가 절도사의 저택에 남겨 두었다. 미:개가 절도사의 저택에 남기를 원한 것은 그로써 주인을 살려 준 은혜에 보답한 것이다.

范翊者, 河東人, 以武藝授裨將. 養一犬, 甚異. 翊有親知陳福, 亦署裨將, 翊差往淮南充使, 收市綿綺, 時福充副焉. 翊因酒席, 恃氣而蔑福, 因成仇恨. 夾:往往有此, 可戒! 可戒! 乃暗搆翊罪, 潛申主帥. 主帥不察, 乃停翊職. 翊飮恨而歸, 福獲補署. 其犬見翊沉廢, 乃往福舍, 伺其睡, 咋斷其首, 銜歸示翊. 翊驚懼, 將福首及犬領詣主帥請罪. 主帥詰之, 翊以前事聞. 主帥察之, 却歸翊本職. 其犬, 主帥留在使宅. 眉:犬願留, 以報活主之恩也.

* 이 고사는《태평광기》권437〈축수·범익〉에 실려 있다.

66-29(2156) 곽쇠

곽쇠(郭釗)

출《선실지》

　사공(司空) 곽쇠가 서량(西凉)을 진수할 때 아주 근실한 문지기가 있었는데, 곽쇠는 일을 그에게 믿고 맡겼다. 하루는 곽쇠가 문지기에게 무늬 비단과 명주 비단 100여 단(段)을 사 오게 했는데, 그 값이 평소의 배나 되자 곽쇠는 자기를 속였다고 생각해 마당에서 그에게 볼기를 치게 했다. 그때 갑자기 10여 마리의 개가 다투어 그의 등을 에워싸는 바람에 이졸들이 막을 수 없었다. 미 : 영험한 개다. 곽쇠가 크게 이상해하면서 어찌 된 일이냐고 물었더니 문지기가 말했다.

　"제가 아이였을 때부터 늘 개들을 먹여 키웠을 뿐이고 그 밖의 일은 모르겠습니다."

　그러자 곽쇠가 탄식하며 말했다.

　"개도 은혜에 감사할 줄 아는데 내가 어찌 은혜를 베풀지 않을 수 있겠는가!"

　그러고는 마침내 문지기를 풀어 주었다.

郭司空釗鎭西凉時, 有閽者甚謹朴, 釗所委任. 一日, 命市紋繒絲帛百餘段, 其價倍直, 以爲欺也, 命笞於庭. 忽有十餘犬, 爭擁其背, 吏卒莫能制. 眉 : 靈犬. 釗大異之, 且訊其事,閽者曰:"自孩稚常以食飼群犬, 不知其他." 釗嘆曰:"犬尙能感其惠, 吾安可不施恩!" 遂釋閽者.

* 이 고사는 《태평광기》 권437 〈축수·곽쇠〉에 실려 있다.

66-30(2157) 노언

노언(盧言)

출《집이기》

　　상당(上黨) 사람 노언은 일찍이 다른 읍에서 개 한 마리를 보았는데, 비쩍 마르고 비실비실해서 곧 죽을 것 같았다. 노언은 그 개를 불쌍히 여겨 거두어 길렀는데, 열흘쯤 지나자 매우 토실토실하게 건강해졌다. 그 후부터 노언은 다른 군읍에 갈 때마다 언제나 그 개를 데리고 다녔다. 어느 날 노언이 취해서 잠이 들었는데 이웃 객점에서 불이 났다. 그러자 개가 다급하게 침상으로 올라가더니 노언의 머리맡에서 짖어 대며 옷자락을 물고 잡아끌었다. 미 : 영험한 개다. 노언이 깜짝 놀라 일어나서 보았더니 불이 이미 집 기둥을 태우고 있었다. 노언은 재빨리 빠져나와 가까스로 화를 면했다.

上黨人盧言, 嘗於他邑見一犬, 贏瘦將死. 憫而收養之, 經旬日, 其犬甚肥悅. 自爾凡歷郡邑, 悉領之. 忽一日醉寢, 而鄰店火發. 犬忙迫, 乃上牀, 於言首噪吠, 復銜衣拽之. 眉 : 靈犬. 言驚起, 火已爇其屋柱. 趨出方免.

* 이 고사는《태평광기》권437〈축수 · 노언〉에 실려 있다.

66-31(2158) 육기

육기(陸機)

출《술이기(述異記)》

　진(晉)나라의 육기(陸機)는 젊었을 때 사냥을 매우 좋아했다. 그가 오군(吳郡)에 있을 때 어떤 문객(門客)이 "황이(黃耳)"라고 하는 빠른 개를 바쳤는데, 육기는 낙양(洛陽)에서 벼슬할 때 항상 그 개를 데리고 다녔다. 그 개는 굉장히 총명해서 사람의 말을 알아들을 수 있었다. 미 : 재주 있는 개다. 한번은 육기가 그 개를 300리 밖에 떨어져 있는 사람에게 빌려준 적이 있었는데, 그 개는 길을 알고서 스스로 돌아왔다. 육기는 도성에서 벼슬하며 지내느라 오랫동안 집안 소식을 듣지 못했는데, 하루는 장난삼아 개에게 말했다.

　"네가 편지를 가지고 달려가서 소식 좀 알아 올 수 있겠느냐?"

　개는 꼬리를 흔들고 짖어 대답했다. 육기는 시험 삼아 편지를 써서 대나무 통에 담아 개의 목에 매어 주었다. 개는 역로(驛路)로 나가 오군으로 달려갔는데, 배가 고프면 풀 속으로 들어가서 짐승을 잡아먹었다. 매번 큰 강을 지날 때면 뱃사공을 따라다니면서 그를 향해 귀를 늘어뜨리고 꼬리를 흔든 끝에 배를 얻어 타고 건너갈 수 있었다. 개는 육기의 집에 도착하자 입에 대나무 통을 물고 짖어 보여 주었다. 육기의 가족이 대나무 통을 열고 편지를 꺼내 다 읽고 나자, 개는 또 뭔가 달라는 것이라도 있는 것처럼 사람들을 향해 짖었다. 그래서 육기의 가족이 답장을 써서 대나무 통에 넣어 다시 개의 목에 매어 주었더니, 개는 다시 내달려 낙양으로 돌아갔다. 헤아려 보니 사람이라면 50일이 걸릴 거리를 개는 겨우 절반 만에 갔다 온 것이었다. 나중에 개가 죽자, 육기는 개의 시체를 자기 집으로 돌려보내 마을에서 남쪽으로 200보 떨어진 곳에 묻고 흙을 쌓아 봉분을 만들어 주었다. 마을 사람들은 그 무덤을 "황이총(黃耳冢)"이라 불렀다.

晉陸機少時, 頗好獵. 在吳, 有家客獻快犬曰"黃耳", 機任洛, 常將自隨. 此犬點慧, 能解人語. 眉: 才犬. 又常借人三百里外, 犬識路自歸. 機羈官京師, 久無家問, 戲語犬曰: "汝能賣書馳取消息否?" 犬搖尾作聲應之. 機試爲書, 盛以竹筒繫犬頸. 犬出馹路走吳, 饑則入草噬肉. 每經大水, 輒依渡者, 弭毛[1]掉尾向之, 因得載渡. 到機家, 口銜筒作聲示之. 機家開筒取書, 看畢, 犬又向人作聲, 如有所求. 其家作答書內筒, 復繫犬頸, 犬復馳還洛. 計人行五旬, 犬往還纔半. 後犬死, 還葬機家村南二百步, 聚土爲墳. 村人呼爲"黃耳冢".

* 이 고사는 《태평광기》 권437 〈축수·육기〉에 실려 있다.
1 모(毛) : 조충지(祖冲之)의 《술이기》에는 "이(耳)"라 되어 있는데, 문맥상 보다 타당하다.

66-32(2159) 석현도

석현도(石玄度)

출《술이기》

　　[남조] 송(宋)나라 원휘(元徽) 연간(473~477)에 석현도라는 사람이 누렁개 한 마리를 길렀는데, 그 개가 백구 새끼 한 마리를 낳았다. 어미 개는 새끼를 남달리 사랑해 매번 음식을 물어다가 먹였다. 미 : 자애로운 개다. 백구가 다 자랐을 때, 석현도가 [백구를 데리고] 사냥에 나갔다가 돌아오지 않으면 어미 개는 늘 문밖에서 기다렸다. 나중에 석현도가 해수병(咳嗽病)에 걸려 점점 위독해지자 의원이 처방을 내렸는데, 흰 개의 폐로 만든 탕약이 필요하다고 했다. 그래서 시장에서 구했지만 얻을 수 없자, 집에서 기르던 백구를 잡아 폐를 꺼내 탕약에 썼다. 그랬더니 어미 개가 펄쩍 뛰고 울부짖으며 며칠 동안 그치지 않았다. 집안사람들은 백구를 삶아 손님들과 나눠 먹고 뼈를 땅에 던졌는데, 그때마다 어미 개는 그 뼈를 물어다 개집 속에 두었다. 사람들이 다 먹고 나자, 어미 개는 그 뼈들을 후원의 한 뽕나무 아래로 옮겨 가더니 땅을 파고 묻었다. 그러고는 밤낮으로 뽕나무를 향해 울부짖다가 달포가 지나서야 멈추었다. 하지만 석현도는 결국 병이 낫지 않아 임종할 때 주위 사람들에게 말했다.

"탕약으로 내 병을 고치지 못했는데 괜히 억울하게 그 개만 죽였구나!"

그의 동생 석법도(石法度)는 그 이후로 개고기를 먹지 않았다.

宋元徽中, 有石玄度者, 畜一黃犬, 生一子而色白. 犬母愛之異常, 每銜食飼之. 眉 : 慈犬. 及長成, 玄度出獵未歸, 犬母輒門外望之. 後玄度患氣嗽, 漸就危篤, 醫爲處方, 須白犬肺作湯. 市之不得, 乃殺所畜白狗, 取肺供用. 而犬母跳躍嗥叫, 累日不息. 其家人煮犬, 與客食之, 投骨於地, 犬母輒銜至屋中. 食畢, 乃移入後園中一桑樹下, 爬土埋之. 日夕向樹嗥吠, 月餘方止. 而玄度疾竟不瘳, 臨終謂左右曰 : "湯不救我疾, 枉殺此狗!" 其弟法度, 自此斷狗肉.

* 이 고사는 《태평광기》 권437 〈축수 · 석현도〉에 실려 있다.

66-33(2160) 제경

제경(齊瓊)

출《술이기》

　당(唐)나라의 금군대교(禁軍大校) 제경은 본디 뛰어난 말타기로 황제의 총애를 받았다. 그는 집에서 명견 네 마리를 길렀는데, 황제를 수행해 드넓은 원유(苑囿)에서 사냥하고 돌아오면 늘 개들에게 쌀밥과 고기를 먹였다. 개들 중에서 한 마리만은 목구멍과 이빨 사이에 먹이를 담아 가지고 나갔는데, 마치 덤불 속에 감춰 놓는 것 같았다. 제경은 속으로 이상하다고 생각했다. 그래서 하루는 노복에게 그 개가 가는 곳을 살펴보게 했더니, 북쪽 담의 오래된 구멍 속에 그 개의 어미가 있었는데, 늙고 앙상한 데다 더럽기 짝이 없었다. 그 개는 입에 넣어 온 먹이를 뱉어 내서 어미에게 먹였다. 미 : 효성스러운 개다. 제경은 한참 동안 그 기이함에 감탄하다가, 광주리에 어미 개를 담아 오게 해 자리를 깔아 주고 음식을 배불리 먹였다. 그 개는 꼬리를 흔들고 머리를 숙여 마치 감사하는 마음을 표시하는 것 같았다. 그 후로 제경이 간사한 짐승을 사로잡거나 교활한 짐승을 뒤쫓을 때 손짓이나 눈짓만 해도 그 개는 나는 듯이 내달렸다. 제경이 그 개를 데리고 황제를 수행해 어가(御駕) 앞에서 사냥을 하면, 반드시 많은 짐승을 잡아 상을 받곤 했다. 1년이 지나 어미 개가 죽자, 그 개는 더욱 열심히 힘을 바쳤다. 제경이 죽자 그 개는 저녁 내내 울부짖었다. 한 달이 지나 군영에서 장례를 치를 때 맹견들을 남겨 두어 도적을 막게 했는데, 하관한 날 저녁에 그 개 혼자만 발로 흙을 긁어내 구덩이를 만들더니 제경의 관에 머리를 찧어 피가 났다. 무덤의 흙을 다 덮기 전에 그 개도 죽었다.

唐禁軍大校齊瓊, 本以馳騁獲寵. 家畜良犬四, 常畋回廣圃, 輒飼以粱肉. 其一獨塡茹咽喉齒牙間以出, 如隱叢薄. 齊竊異之. 一日, 令僕伺其所往, 則北垣枯竇有母存焉, 老瘠疥穢. 吐哺以飼. 眉: 孝犬. 齊奇嘆久之, 乃命篋牝犬歸, 臥以茵席, 飽以餠餌. 犬則搖尾俯首, 若懷知感. 爾後擒奸逐狡, 指顧如飛. 將扈獵駕前, 必獲豐賞. 逾年牝死, 犬加勤効. 及齊死, 犬嗥吠終夕. 越月營葬, 則留獒以禦奸盜, 下棺之夕, 犬獨以足踣¹土成坳, 首扣棺見血. 掩土未畢, 而犬亦斃.

* 이 고사는《태평광기》권437 〈축수·제경〉에 실려 있다.

1 부(踣):《태평광기》명초본에는 "파(爬)"라 되어 있는데, 문맥상 보다 타당하다.

66-34(2161) 석종의

석종의(石從義)

출《옥당한화》

　　진주(秦州)의 도압아(都押衙) 석종의의 집에서 기르던 개가 새끼 몇 마리를 낳았는데, 그중 한 마리를 주수(主帥) 낭야공[瑯琊公 : 왕동교(王同皎)]에게 바쳤다. 그래서 그 개는 어려서부터 다 자랄 때까지 어미 개와 떨어져 있었다. 나중에 절도사(節度使 : 주수)가 대장과 장교들을 거느리고 교외 들판에서 사냥하고 있을 때, 그 개가 뜻밖에 밭 사이에서 어미 개를 만났는데, 서로 기뻐하는 모습을 말로 형언할 수 없었다. 하지만 사냥이 끝나자 두 개는 각자 주인을 따라 돌아갔다. 그 후로 그 개는 날마다 절도사 관부의 주방 안에서 고기를 훔쳐 내 어미 개에게 돌아가 먹였다. 미 : 효성스러운 개다.

秦州都押衙石從義家有犬, 生數子, 其一獻戎帥瑯琊公. 自小至長, 與母相隔. 及節使率大將與諸校會獵於郊原, 其犬忽子母相遇於田中, 欣喜之貌, 不可狀名. 獵罷, 各逐主歸. 自是其子逐日於使廚內竊肉, 歸飼其母. 眉 : 孝犬.

*　이 고사는 《태평광기》 권437 〈축수 · 석종의〉에 실려 있다.

66-35(2162) 원수를 갚은 개

보수견(報讎犬)

출《집이기》

[당나라] 정원(貞元) 연간(785~805) 초에 광릉(廣陵) 사람 전초(田招)는 다른 일로 완릉(宛陵)에 가서 외사촌 동생 설습(薛襲)의 집에 머물렀다. 하루는 전초가 갑자기 개고기가 먹고 싶다고 하자, 설습이 널리 개고기를 구했지만 얻지 못했다. 그러자 전초가 말했다.

"어찌하여 집의 개를 잡지 않느냐?"

설습이 말했다.

"오랫동안 길렀는데 누가 차마 손을 대겠습니까?"

전초가 말했다.

"내가 너를 위해 잡아 주겠다."

전초가 막 개를 붙잡으려 했는데, 갑자기 사라져 찾을 수 없었다. 열흘쯤 지나서 전초가 광릉으로 돌아가겠다고 고하자 설습이 그를 전송했다. 전초는 성곽을 나와서 죽실(竹室)에 이르러 쉬고 있었는데, 문득 보았더니 설습의 개가 길옆에 있었다. 전초가 그 개를 알아보고 불렀더니 개가 꼬리를 흔들며 그를 따랐다. 전초는 객점에 도착해 묵어가려 했는데, 그 개도 따라오더니 전초가 잠들기를 기다렸다가 그의 머리를 물어뜯어 입에 물고 집으로 돌아갔다. 미 : 흉악한 개다! 설습은 두려워서 마침내 그 일을 주현(州縣)에 보고했는데, 태수는 사람을 보내 사실을 조사하게 한 뒤 기이해하면서 설습과 개를 풀어 주었다.

평 : 온장(溫璋)은 새끼 새를 잡은 사람을 중형으로 다스렸고,10) 이 태수는 사람을 죽인 개를 풀어 주었으니, 모두 짐승을 귀히 여기고 사람을 천히 여긴 것이다.

貞元初, 廣陵人田招以他事至宛陵, 住表弟薛襲家. 一日, 招忽思犬肉, 襲廣覓之不得. 招曰 : "何不殺家犬?" 襲曰 : "養多時, 誰忍下手?" 招曰 : "吾與汝殺之." 方欲取犬, 忽失之, 莫可求覓. 經旬, 招告歸廣陵, 襲送之. 出郭, 至竹室步歇次, 忽見襲犬在道側. 招認而呼之, 犬乃搖尾隨招. 招至旅店, 將宿, 其犬亦隨, 伺招睡, 乃咋其首, 銜歸焉. 眉 : 狠犬! 襲懼, 遂以此事白於州縣, 太守遣人覆驗, 異而釋之.
評 : 溫璋重捕雛之刑, 此守釋殺人之犬, 均貴物而賤人矣.

* 이 고사는 《태평광기》 권437 〈축수·전초(田招)〉에 실려 있다.

---

10) 온장(溫璋)은 새끼 새를 잡은 사람을 중형으로 다스렸고 : 본서 65-19(2091) 〈아(鴉)〉에 관련 고사가 나온다.

66-36(2163) 배도

배도(裴度)

출《집이기》

　영공(令公) 배도는 본디 개를 기르길 좋아해, 연회가 열리는 곳이면 모두 그 개를 데리고 갔으며, 먹다 남은 음식은 그릇째로 개에게 줘서 먹게 했다. 당시 배 영공(裴令公 : 배도)의 사위인 이(李) 아무개가 그것을 보고 여러 번 말리자 배 영공이 말했다.

　"사람과 개는 비슷한데 어째서 이토록 심하게 개를 싫어하는가?"

　개는 한창 음식을 먹고 있다가 이 아무개가 말리는 것을 보더니, 음식을 내버리고 이 아무개를 노려보다가 떠났다. 배 영공이 말했다.

　"이 개는 사람의 성정을 지니고 있어서 필시 자네에게 복수할 것이니, 마음속으로 자네가 걱정되네."

　이 아무개는 그 말을 농담이라고 생각했다. 이 아무개가 낮잠을 자려고 하자, 그 개는 웅크리고 그를 쳐다보다가 이 아무개가 잠들지 않은 것을 보고 다시 떠났다. 이 아무개도 두려운 마음이 들어서 자기의 두건을 베개에 놓고 옷을 많이 펼쳐 놓은 다음에 이불로 덮어 놓았는데, 그 모양이 마치 사람이 자고 있는 것 같았다. 그러고 나서 이 아무개는 다른 곳에서 지켜보았다. 잠시 후에 개가 문으로 들어오더니 그가 잠든 줄로 생각하고 곧장 침상으로 뛰어올라 목을 물었다. 미: 흉악한 개다! 개는 물고 난 뒤에야 속았다는 것을 알고 침상에서 내려와 분에 못 이겨 날뛰며 마구 짖다가 죽었다.

裴令公度性好養犬, 凡燕會處, 悉領之, 所食餘, 便和碗與犬食. 時子壻李甲見之, 數諫, 裴令曰: "人與犬類, 何惡之甚?" 犬正食, 見李諫, 乃棄食, 以目視李而去. 裴令曰: "此犬人性, 必讎於子, 竊慮之." 李以爲戲言, 將欲午寢, 其犬乃蹲而向李, 見未寢, 復去. 李亦心動, 乃以巾櫛安枕, 多排衣服, 以被覆之, 狀如人寢. 而藏身於別處視之. 逡巡, 犬入戶, 以李爲睡, 乃跳上寢牀, 當喉而嚙. 眉: 狠犬! 嚙訖知謬, 犬乃下牀, 憤跳號吠而死.

* 이 고사는 《태평광기》 권437 〈축수·배도〉에 실려 있다.

66-37(2164) 원계겸

원계겸(袁繼謙)

출《옥당한화》

낭중(郎中) 원계겸이 일찍이 청사(靑社 : 청주)에서 집 한 채를 빌려서 기거했는데, 그 집은 평소에 흉악한 요괴가 많다는 말을 듣고 온 가족이 두려워하면서 편안하게 잠을 자지 못했다. 어느 날 저녁에 갑자기 아우성치는 소리가 들렸는데, 마치 항아리 안에서 소리치는 것처럼 그 소리가 아주 둔탁했다. 온 가족은 공포에 떨면서 요괴 중에서도 가장 흉악한 놈이 틀림없다고 생각했다. 마침내 창틈으로 엿보았더니, 검푸른 색깔의 물체 하나가 정원을 왔다 갔다 하고 있었다. 그날 밤은 달빛이 어두워서 한참 동안 살펴보았는데, 그 물체의 몸은 누렁개 같았지만 머리를 들지 못하고 있었다. 결국 쇠몽둥이로 그 머리를 내리치자 갑자기 쿵! 하는 소리와 함께 집에서 기르던 개가 놀라 소리치며 달아났다. 아마도 그날 집에 기름을 들여왔는데, 개가 머리를 기름통에 넣었다가 빼내지 못해 그렇게 된 것 같았다. 온 가족은 크게 웃고 편안하게 잠을 잤다. 미 : 활 그림자를 뱀으로 착각해 병이 생겼고,[11] 항아리에 머리가 낀 개를 모두 요괴로 여겼으니, 일마다 어찌 살피지 않을 수 있겠는가!

袁繼謙郎中, 嘗於青社假居一第, 聞一第素多凶怪, 合門徹懼, 莫遂安寢. 忽一夕, 聞吼聲, 若有呼於甕中者, 聲至濁. 舉家怖恐, 謂其必怪之尤者. 遂於窗隙中窺之, 見一物蒼黑色來往庭中. 是夕月晦, 觀之既久, 似黃狗身而首不能舉. 遂以鐵撾擊其腦, 忽轟然一聲, 家犬驚叫而去. 蓋其日莊上輸油至, 犬以首入油器中, 不能出故也. 舉家大笑而安寢. 眉: 弓蛇致疾, 甕犬咸妖, 事何可以不察!

* 이 고사는《태평광기》권438〈축수·원계겸〉에 실려 있다.

11) 활 그림자를 뱀으로 착각해 병이 생겼고 : 이른바 "배궁사영(杯弓蛇影)"을 말한다. "술잔 속에 비친 활 그림자를 뱀으로 착각하다"라는 뜻으로, 쓸데없는 의심으로 지나치게 근심하는 것을 비유한다. 진(晉)나라 때 악광(樂廣)이 손님을 초청해 주연을 베풀었는데, 그중 한 사람이 벽에 걸린 활 그림자가 술잔에 비친 것을 뱀으로 잘못 알고 뱀을 삼켰다고 생각해서 병이 났다고 한다.

66-38(2165) 연나라 재상

연상(燕相)

미 : 이하는 돼지다(以下豕).

삭방(朔方 : 북방) 사람이 연(燕)나라에 커다란 돼지를 바쳤는데, 그 돼지는 120년이 되었으며, 커다란 측간이 아니면 거하지 않았고 사람의 똥이 아니면 맛있게 먹지 않았다. 소왕(昭王)이 말했다.

"이것은 시선(豕仙)이다."

그러고는 요리사에게 그것을 키우게 했는데, 15년이 되자 모래 언덕만큼이나 커져서 다리가 그 몸을 가눌 수 없을 것 같았다. 소왕이 형관(衡官 : 저울을 관장하는 관리)에게 명해 다리[橋]로 그 무게를 재게 했는데, 다리가 부러져서 재지 못했다. 또 수관(水官 : 물을 관장하는 관리)에게 명해 배로 재게 했는데, 그 무게가 1000균(鈞 : 1균은 30근)이었다. 연나라 재상이 소왕에게 말했다.

"크기만 하고 쓸모가 없으니 어찌하여 삶아 먹지 않으십니까?"

돼지가 죽은 뒤에 연나라 재상의 꿈에 나타나 말했다.

"조화주(造化主 : 조물주)는 돼지의 몸으로 나를 수고롭게 하고, 사람의 더러운 똥을 나에게 먹였습니다. 하지만 당신의 신령함 덕분에 변화할 수 있게 되어, 지금 비로소 노진(魯津)의 방백(方伯)[12]이 되었고, 뱃사공은 나에게 쌀밥을 먹여 줍니다. 당신의 은혜에 기뻐하며 장차 당신에게 보답할 것입니다."

후에 연나라 재상이 노진에 갔을 때 붉은 거북이 야광주를 물고 와서 바쳤다.

朔人有獻大豕於燕者, 年百二十矣, 非大圈不居, 非人便不珍. 昭王曰: "此豕仙也." 命宰養之, 十五年, 大如沙𧱴[1], 足如不勝其體. 王命衡官橋而量之, 折橋, 豕不量. 又命水官舟而量之, 其重千鈞. 燕相曰: "巨而無用, 何不烹之?" 豕旣死, 見夢於燕相曰: "造化勞我以豕形, 食我以人穢. 仗君之靈得化, 今始得爲魯津之伯, 而浮舟者食我以粳糧. 欣君之惠, 將報子焉." 後燕相遊於魯津, 而赤龜銜夜光而獻.

* 이 고사는 《태평광기》 권439 〈축수·연상〉에 실려 있는데, 출전이 "《부자(符[苻]子)》"라 되어 있다.

1 분(𧱴) : 《전진문(全晉文)》 권152에 집록된 《부자(苻子)》에는 "분(墳)"이라 되어 있는데, 문맥상 보다 타당하다.

12) 노진(魯津)의 방백(方伯) : 원문은 "노진백(魯津伯)". '노진'은 연나라의 지명이다. 돼지의 별칭 가운데 하나인 '노진백'이 이 고사에서 비롯했다.

66-39(2166) 진주의 백정

진주도아(晉州屠兒)

출《법원주림(法苑珠林)》

　당(唐)나라 현경(顯慶) 3년(658)에 진주(晉州) 시장의 동쪽 골목에 백정이 있었는데, 돼지 한 마리를 도살해 반나절이 지났고 이미 삶아 털을 벗겨 놓았지만, 마침 다른 돼지들을 도살하느라 그 돼지를 미처 해체하지 못했다. 아침이 되어서 칼로 그 돼지의 배를 갈랐는데, 칼로 한 번 긋고 아직 배 속으로 칼이 들어가지 않았을 때, 그 돼지가 갑자기 일어나 문으로 달려 나가더니 곧장 시장 서쪽으로 들어가서 한 상인의 가게 안에 있는 평상 밑에 이르러 드러누웠다. 시장 사람들이 다투어 가서 그 광경을 구경했다. 백정이 칼을 들고 쫓아와서 돼지를 끌고 가려 하자, 수백 명의 구경꾼이 그 기이한 일의 내막을 물어 알고 나서 모두 백정을 꾸짖으며 다투어 돈을 내서 돼지를 사고 함께 우리를 지어 그곳에 돼지를 두었다. 돼지의 몸에 털과 가죽이 다시 생겨났으며, 목 아래에서 배 아래까지 난 상처 부위가 아물고 나서 팔뚝만 한 굵기의 커다란 살점이 돋아났다. 그 돼지는 우리를 들락거리며 왔다 갔다 했으나 우리를 더럽히지 않았으며, 천성이 깨끗해 다른 돼지들과는 달랐다. 그 돼지는 45년을 살고 나서 죽었다.

唐顯慶三年, 晉州市東巷有屠兒, 殺一猪, 經半日, 已燖去毛, 會殺餘猪, 未及開解. 至曉, 以刀破腹, 纔劃一刀, 猶未入腹, 其猪忽起走出門, 直入市西, 至一賈者店內牀下而臥. 市人競往看之. 屠兒執刀走逐, 猶欲將去, 看者數百人, 詢知其異, 皆嗔責屠兒, 競出錢贖猪, 共爲造舍安置. 猪身毛皮復生, 咽下及腹下瘡處差已, 作大肉塊, 粗如臂許. 出入來去, 不汚其室, 性潔不同餘猪. 四十五年, 方卒.

* 이 고사는 《태평광기》 권439 〈축수·진주도아〉에 실려 있다.

66-40(2167) 고양이에 대한 잡설
묘잡설(猫雜說)

출《유양잡조》미 : 이하는 고양이다(以下猫).

고양이의 눈동자는 아침과 저녁에는 동그랗고, 정오가 되면 실처럼 세로로 선다. 그 코끝은 항상 차가운데, 오직 하지(夏至) 하루만 따뜻하다. 그 털에는 벼룩과 이가 생기지 않는다. 검은 고양이는 어두운 곳에서 그 털을 역방향으로 쓰다듬으면 마치 불꽃이 튀는 것 같다. 민간에서는 고양이가 세수할 때 귀까지 씻으면 손님이 온다고 한다. 초주(楚州) 사양현(謝陽縣)에서는 갈색 무늬의 고양이가 나오고, 영무(靈武)에는 홍질발(紅叱撥 : 준마 이름)과 청총마(靑驄馬) 색깔의 고양이가 있다. 고양이는 일명 "몽귀(蒙貴)"라고도 하고, 일명 "오원(烏員)"이라고도 한다. 평릉성(平陵城)은 옛 담국(譚國)으로 그 성안에 있는 고양이 한 마리는 항상 황금 목걸이를 차고 있는데, 그곳 사람들은 종종 그 고양이를 보았다고 한다.

猫目睛, 旦暮圓, 及午, 竪斂如綖. 其鼻端常冷, 唯夏至一日暖. 其毛不容蚤虱. 黑者暗中逆循其毛, 卽如火星. 俗云, 猫洗面過耳, 則客至. 楚州謝陽出猫有褐花者, 靈武有紅叱撥及靑驄色者. 猫, 一名"蒙貴", 一名"烏員". 平陵城, 古譚國也, 城中有一猫, 常帶金鎖, 土人往往見之.

* 이 고사는 《태평광기》 권440 〈축수・묘(猫)〉에 실려 있다.

66-41(2168) 식초 파는 사람

매초인(賣醋人)

출《계신록(稽神錄)》

　　건강(建康)에서 식초를 파는 사람이 고양이 한 마리를 길렀는데, 매우 잘생기고 튼튼해서 그가 매우 아꼈다. 고양이가 죽자 그는 차마 버리지 못하고 자리 옆에 고양이를 놓아두었다. 며칠이 지나 고양이가 썩어 악취가 나자, 그는 할 수 없이 가져가서 진회수(秦淮水)에 버렸다. 그런데 죽은 고양이를 물에 넣었더니 고양이가 살아나자, 그는 직접 물로 들어가 고양이를 구하려다가 익사했고, 고양이는 강 언덕으로 올라가 달아났다. 미: 해묵은 원한이다. 금오포리(金烏鋪吏: 역참 관리)가 그 고양이를 붙잡아 역참 안에 묶어 놓고 문을 잠근 뒤에 그 일을 관부에 아뢰러 나가면서 장차 그 고양이를 증거로 삼으려고 했다. 그런데 돌아와서 보았더니 고양이는 이미 밧줄을 끊고 벽을 갉아 뚫고 도망갔으며, 결국 더 이상 나타나지 않았다.

建康有賣醋人, 畜一猫, 甚俊健, 愛之甚. 及死, 不忍棄, 置猫坐側. 數日, 腐而且臭, 不得已, 携棄秦淮水. 旣入水, 猫活, 某自下救之, 遂溺死, 而猫登岸走. 眉: 宿寃也. 金烏鋪吏獲之, 縛置鋪中, 鎖其戶, 出白官司, 將以其猫爲證. 旣還,則已斷其索, 齧壁而去矣, 竟不復見.

* 이 고사는 《태평광기》 권440 〈축수·매초인〉에 실려 있다.

66-42(2169) 계서 등

계서등(磎鼠等)

출'《신이기(神異記)》·《이원(異苑)》·《녹이기(錄異記)》 제서(諸書)'

북방에는 층층이 쌓인 얼음이 만 리나 되고 얼음의 두께가 100장(丈)에 달한다. 그 얼음 밑의 흙 속에 계서가 있는데, 그 모양은 쥐와 같고 풀과 나무를 먹는다. 그 몸은 무게가 1000근이고 육포를 만들 수 있는데, 그것을 먹으면 열이 내린다. 그 털은 길이가 8척이고 요를 만들 수 있는데, 그것을 깔고 누우면 추위가 달아난다. 그 가죽은 북을 만들 수 있는데, 그 소리가 1000리까지 들린다. 그 털은 쥐를 부를 수 있어서 그 꼬리가 있는 곳에는 쥐들이 모여든다.

홍비서(紅飛鼠)는 대부분 교지국(交趾國: 지금의 베트남 북부)과 광주(廣州) 관할의 농주(隴州)에서 난다. 그 쥐는 모두 무성하고 진한 색의 털을 가지고 있는데, 날갯죽지만은 엷은 검은색이다. 그 쥐는 대부분 쌍으로 붉은 파초꽃 사이에 숨어 있는데, 쥐를 잡는 사람이 한 마리를 잡으면 다른 한 마리는 도망가지 않는다. 남방의 부녀자들은 그 쥐를 사서 차고 다니면서 미약(媚藥: 최음제)으로 쓴다.

공서(拱鼠)는 그 모습이 보통 쥐와 같은데, 밭과 들 사이를 다니다가 사람을 보면 두 손을 모으고 선다. 미:《시경(詩

經)》[〈용풍(鄘風)·상서(相鼠)〉]에서 말한 "상서"가 이것이다. 사람이 다가가서 잡으려고 하면 뛰어 도망간다. 진천(秦川)에 그 쥐가 있다.

언서(鼴鼠)는 머리와 꼬리가 쥐처럼 생겼고 검푸른 색이며 짧은 다리에 발가락이 있다. 그 쥐는 몸집이 커서 무게가 1000여 근이나 나가는데, 또한 그것이 많은 물을 마시기 때문이다. 미 : 《장자(莊子)》[〈소요유(逍遙遊)〉]에서는 이르길, "언서가 황하를 마셔도 배를 채우는 데 불과하다"라고 했다. 영릉군(零陵郡)의 경계에서 나는데, 어디서 왔는지는 모른다. 백성 중에 남에게 해를 입히고 나쁜 짓을 하는 사람이 있으면, 그 쥐가 번번이 그의 밭으로 들어가서 털을 털어 떨어뜨리는데, 그러면 그 털들이 모두 작은 쥐로 변해 밭의 농작물을 먹어 치우고 가 버린다. 간혹 언서를 잡는 사람은 그 가죽을 가공해서 끈을 만들어 장식한다. 그 가죽은 한 모공에서 털이 세 가닥씩 나와서 보통 가죽과는 다르기 때문에 사람들이 대부분 보배로 여긴다.

의서(義鼠)는 모양이 쥐와 같지만 꼬리가 짧다. 그 쥐는 매번 길을 갈 때 차례로 꼬리를 물고 서너댓 마리가 무리 지어 가다가 놀라면 즉시 흩어진다. 민간의 말에 따르면, 그 쥐를 본 사람은 반드시 좋은 일이 생긴다고 한다. 성도(成都)에 그 쥐가 있다.

당서(唐鼠)는 그 모양이 일반 쥐처럼 생겼지만, 그보다 조금 길고 검푸른 색이다. 배 주변에 창자와 같은 물체가 나와 있는데, 또한 "역장서(易腸鼠 : 창자를 바꾸는 쥐)"라고도 한다. 옛날에 선인(仙人) 당공방(唐公房)이 집을 통째로 들어 승천할 때 닭과 개까지 모두 떠났고 쥐만 떨어졌는데, 쥐는 죽지 않고 창자가 몇 촌 터져 나왔으며 3년마다 이것을 바꾼다. 민간에서는 이것을 "당서"라고 부른다. 성고현(城固縣)의 냇가에 그 쥐가 있다.

백서(白鼠)는 몸이 하얗고 귀와 다리가 홍색이며 눈자위가 적색이다. 눈자위가 붉은 것은 바로 금옥(金玉)의 정기를 받은 것으로, 그 쥐가 나온 곳을 파면 금옥을 얻을 수 있다. 그 쥐는 500년이 되면 하얗게 되는데, 귀와 발이 홍색이 아닌 것은 보통 쥐다.

北方層冰萬里, 厚百丈. 有礛鼠在冰下土中, 其形如鼠, 食草木. 肉重千斤, 可以作脯, 食之已熱. 其毛八尺, 可以爲褥, 臥之却寒. 其皮可以蒙鼓, 聲聞千里. 其毛可以來鼠, 此尾所在鼠聚.
紅飛鼠, 多出交趾及廣管隴州. 皆有深毛茸茸然, 唯肉翼淺黑色. 多雙伏紅蕉花間, 採捕者若獲一, 則其一不去. 南中婦人買而帶之, 以爲媚藥.
拱鼠, 形如常鼠, 行田野中, 見人卽拱手而立. 眉:《詩》云"相鼠"是也. 人近欲捕之, 跳躍而去. 秦川中有之.
鼯鼠, 首尾如鼠, 色靑黑, 短足有指, 形大, 重千餘斤, 亦爲其洪飮也. 眉:《莊》云:"鼯鼠飮河, 不過滿腹." 出零陵郡界, 不知所來. 民有災及爲惡者, 鼠輒入其田中, 振落毛衣, 皆成小鼠, 食其苗稼而去. 或捕得鼩鼠者, 治其皮, 飾爲帶. 爲其三毛出於一孔, 與常皮有異, 人多寶之.

義鼠, 形如鼠, 短尾. 每行, 遞相咬尾, 三五爲群, 驚之則散. 俗云, 見之者當有吉兆. 成都有之.

唐鼠, 形如鼠, 稍長, 靑黑色. 腹邊有餘物如腸, 亦名"易腸鼠". 昔仙人唐昉拔宅升天, 雞犬皆去, 唯鼠墜下, 不死而腸出數寸, 三年易之. 俗呼爲"唐鼠". 城固川中有之.

白鼠, 身白, 耳足紅色, 眼眶赤. 赤者乃金玉之精, 伺其所出掘之, 當獲金玉. 鼠五百歲卽白, 耳足不紅, 乃常鼠也.

* 이 고사는《태평광기》권440〈축수·서(鼠)〉에 실려 있다.

66-43(2170) 쥐의 보답

서보(鼠報)

출《선실지》·《문기록(聞奇錄)》

[당나라] 보응(寶應) 연간(762~763)에 이씨(李氏)가 낙양(洛陽)에 살고 있었는데, 대대로 고양이를 기르지 않았다. 어느 날 이씨가 친구들을 많이 불러 모아 당에서 식사했는데, 모두 자리에 앉고 났더니 문밖에서 쥐 수백 마리가 모두 사람처럼 서서 앞발로 박수 치는 것이 마치 매우 기뻐하는 모습 같았다. 가동이 그 기이함에 놀라 이씨에게 알렸더니, 이씨와 친구들이 당을 비우고 구경하러 나갔다. 사람들이 다 떠난 다음에 당이 갑자기 무너졌지만 그 집에는 한 명도 다친 사람이 없었다. 당이 무너지고 나서 쥐 떼도 떠났다.

이소하(李昭嘏)는 진사시(進士試)에 응시했으나 급제하지 못했다. 나중에 그가 급제한 해에 주사(主司: 주고관)는 이미 정해졌으나 그를 추천해 주는 사람이 아무도 없었다. 하루는 주사가 낮잠을 자다가 갑자기 깨어나서 보았더니, 두루마리 하나가 베개 앞에 있었다. 그 제목을 보았더니 바로 이소하의 시권(試卷)이었다. 주사는 그것을 서가 위에 올려놓게 하고 다시 잠든 척하면서 몰래 보았더니, 큰 쥐 한 마리가 그 시권을 꺼내 입에 물고 다시 베개 앞에 가져다 놓았는데, 이렇게 두세 번을 계속했다. 이소하가 이듬해 봄에 급제하자 주사가 그 연유를 물어보았더니, 3대 동안 고양이를 기르지 않았다고 했다. 사람들은 모두 쥐가 은혜에 보답한 것이라고 했다.

寶應中, 有李氏子, 家於洛陽, 世未嘗畜猫. 忽一日, 李氏大集親友, 會食於堂, 旣坐, 而門外有數百鼠, 俱人立, 以前足相鼓, 如甚喜狀. 家僮驚異, 告於李氏, 李氏親友, 乃空其堂而縱觀. 人去且盡, 堂忽摧圮, 其家無一傷者. 堂旣摧, 群鼠亦去.
李昭嘏擧進士不第. 登科年, 已有主司, 並無薦託之地. 主司晝寢, 忽寤, 見一卷軸在枕前. 看其題, 乃昭嘏之卷. 令送於架上, 復寢, 暗視, 有一大鼠取其卷, 銜其軸, 復送枕前, 如此再三. 昭嘏來春及第, 主司問其故, 乃三世不養猫. 皆云鼠報.

* 이 고사는 《태평광기》 권440 〈축수 · 이갑(李甲)〉과 〈이소하(李昭嘏)〉에 실려 있다.

66-44(2171) 치사미

치사미(郗士美)

출《궐사(闕史)》

    허창(許昌) 사람인 상서(尙書) 치사미는 [당나라] 원화(元和) 연간(806~820) 말에 악주관찰사(鄂州觀察使)를 지냈다. 하루는 그가 새벽에 일어나 일을 보러 나가려고 의대를 다 매고 나서 왼손으로 가죽신을 들고 아직 발을 넣지 않았을 때, 갑자기 커다란 쥐 한 마리가 정원을 가로질러 가더니 북쪽을 향해 손을 모으고 춤을 췄다. 팔좌(八座 : 치사미)[13]가 크게 화내며 겁주어 쫓아내려고 했지만, 쥐는 조금도 두려워하지 않았다. 이에 치사미가 가죽신을 던져 맞히자 쥐가 즉시 도망쳤다. 가죽신 속에 독사가 떨어져 있었는데, 독사는 구슬 같은 눈에 비단 같은 몸을 하고 화염을 내뿜듯이 독을 쏘았다. 아까 쥐 요괴가 없었다면 치사미는 이미 발가락이 붓고 발이 썩는 해를 입었을 것이다. 참료재[參蓼子 :《당궐사(唐闕史)》의 찬자인 고언휴(高彦休)의 회]가 말했다.

---

13) 팔좌(八座) : 육부상서(六部尙書)와 좌우복야(左右僕射). 여기서는 상서 치사미를 말한다.

"이로써 알겠나니, 올빼미가 울고[14] 쥐가 춤추는 것이 항상 재난을 암시하는 것은 아니며 대인군자가 이런 일을 만나면 길조가 된다."

許昌郤尙書士美, 元和末, 爲鄂州觀察. 一日晨興, 出視事, 束帶已畢, 左手引靴, 未及陷足, 忽有一巨鼠過庭, 北面拱手而舞. 八座大怒, 驚叱之, 略無懼意. 因擲靴以擊, 鼠卽奔走. 有毒虺墮於靴中, 珠貝[1]錦身, 螫焰勃勃. 向無鼠妖, 則已致臁指潰足之患. 參寥子曰 : "是知鳥[2]鳴鼠舞, 不恒爲災, 大人君子, 遇之則吉."

* 이 고사는 《태평광기》 권440 〈축수·치사미〉에 실려 있다.

1 패(貝) : 《태평광기》와 《당궐사(唐闕史)》 권상에는 "목(目)"이라 되어 있는데, 문맥상 보다 타당하다.

2 조(鳥) : 《태평광기》와 《당궐사(唐闕史)》 권상에는 "효(梟)"라 되어 있는데, 문맥상 보다 타당하다.

14) 올빼미가 울고 : 민간에서는 올빼미가 우는 것을 불길한 징조로 여겼다.

야수(野獸)

66-45(2172) 호랑이에 대한 잡설

호잡설(虎雜說)

출《유양잡조》·《술이기》 미 : 이하는 호랑이다(以下虎).

호랑이가 교배를 하면 달무리가 진다. 선인(仙人) 정사원(鄭思遠)은 늘 호랑이를 타고 다녔는데, 그의 친구 허은(許隱)이 이가 아프다며 치료해 달라고 하자 정사원이 말했다.

"호랑이 수염을 얻어 열이 날 때 이 사이에 끼우면 바로 나을 걸세."

그러고는 호랑이 수염 몇 가닥을 뽑아 그에게 주었다. 이로써 호랑이 수염으로 치통을 치료할 수 있음을 알겠다. 호랑이는 사람을 죽이고 나서 그 시체로 하여금 스스로 일어나 옷을 벗게 한 후에 그 시체를 먹는다. 호위(虎威)[15]는 '을(乙)' 자처럼 생겼는데, 길이는 1촌쯤 되고 겨드랑이 양쪽 옆 가죽 속에 있으며 꼬리 끝에는 없다. 호위를 찬 사람이 관직에 부임하면 사람들에게 미움을 받지 않는다. 호랑이는 밤에 사물을 볼 때 한쪽 눈으로 빛을 내고 다른 한쪽 눈으로 사

---

15) 호위(虎威) : 호랑이의 겨드랑이 양쪽에 난 뼈를 말한다.

물을 본다. 사냥꾼이 기다렸다가 활을 쏘면 빛을 내던 눈이 떨어져 땅속으로 들어가 흰 돌로 변하는데, 이것은 아이들의 경기를 멈추게 하는 데 효험이 있다.

한중군(漢中郡)에 머리에 뿔이 난 호랑이가 있는데, 도가(道家)의 말에 따르면, 호랑이가 천 살이 되면 어금니가 빠지고 뿔이 생겨난다고 한다.

虎交而月暈. 仙人鄭思遠嘗騎虎, 故人許隱齒痛求治, 鄭曰: "唯得虎鬚, 及熱揷齒間, 卽愈." 乃拔數莖與之. 因知虎鬚治齒也. 虎殺人, 能令屍起自解衣, 方食之. 虎威如'一'字, 長一寸, 在脅兩傍皮內, 尾端無之. 佩之者臨官, 使無憎疾. 虎夜視, 一目放光, 一目看物. 獵人候而射之, 光墜入地, 成白石, 主止小兒驚.
漢中有虎生角, 道家云, 虎千歲則牙蛻而角生.

* 이 고사는《태평광기》권430〈호(虎)·정사원(鄭思遠)〉, 권426〈호(虎)·봉소(封邵)〉에 실려 있다.

66-46(2173) 진짜 호랑이

진호(眞虎)

출《국사보》

배민이 북평태수(北平太守)로 있을 때 북평에는 호랑이가 많았다. 배민은 활을 잘 쏘았는데, 한번은 하루에 31마리의 호랑이를 죽이고 나서 산 아래에서 사방을 둘러보며 득의양양해하고 있을 때, 한 노인이 와서 말했다.

"이것은 모두 표범으로 호랑이와 비슷하지만 호랑이는 아닙니다. 만약 장군께서 진짜 호랑이를 만났다면 이렇게 할 수 없었을 것입니다."

배민이 물었다.

"진짜 호랑이는 어디에 있소?"

노인이 말했다.

"여기서 북쪽으로 30리 되는 곳에 종종 호랑이가 나타납니다."

배민이 말에 뛰어올라 그곳으로 가서 우거진 수풀 속에 이르렀을 때 과연 호랑이 한 마리가 뛰어나왔는데, 몸집은 작았지만 기세가 사나웠다. 호랑이가 땅을 박차고 한 번 포효했더니 산과 바위가 흔들리며 갈라져, 배민의 말이 놀라 뒷걸음치는 바람에 활과 화살을 모두 떨어뜨려 하마터면 호랑이에게 잡아먹힐 뻔했다. 그때부터 배민은 부끄럽고도 두려워서 다시는 호랑이 사냥을 하지 않았다. 미 : 31마리가 반드시 호랑이가 아닌 것은 아니다. 노인은 아마도 산신의 무리로서 호랑이의 영혼을 빌려 그의 살기를 멈추게 했을 뿐이다.

裴旻守北平, 北平多虎. 旻善射, 嘗一日斃虎三十有一, 旣而於山下四顧自矜, 有父老至曰 : "此皆彪也, 似虎而非. 將軍若遇眞虎, 無能爲也." 旻曰 : "眞虎安在?" 老父曰 : "自此而北三十里, 往往有之." 旻躍馬而往, 次叢薄中, 果有一虎騰出, 狀小而勢猛. 據地一吼, 山石震裂, 旻馬辟易, 弓矢皆墜, 殆不得免. 自此慚懼, 不復射虎. 眉 : 三十一頭, 未必非虎. 父老疑是山神之屬, 假虎靈以止其殺機耳.

* 이 고사는 《태평광기》 권428 〈호(虎)·배민(裴旻)〉에 실려 있다.

66-47(2174) 추이

추이(酋耳)

출《조야첨재》

    천후(天后 : 측천무후) 때 부주(涪州) 무룡현(武龍縣)의 경계에 호랑이가 자주 나타나 사람들을 해쳤다. 어느 날 호랑이처럼 생겼지만 그보다 훨씬 큰 짐승 한 마리가 정오에 호랑이 한 마리를 쫓아 곧장 인가로 들어가더니, 호랑이를 물어 죽였지만 먹지는 않았다. 그리하여 현의 경계에 더 이상 호랑이가 나타나지 않았다. 상주한 내용을 바탕으로《서도(瑞圖)》16)를 살펴보았더니, 그것은 다름 아닌 추이17)였다. 그것은 살아 있는 동물은 잡아먹지 않고, 사람들에게 해를 끼치는 호랑이가 있으면 그 호랑이를 죽였다.

天后時, 涪州武龍界多虎暴. 有一獸似虎而絶大, 日正午, 逐一虎, 直入人家, 噬殺之, 亦不食. 於是縣界不復有虎矣. 錄奏, 檢《瑞圖》, 乃酋耳. 不食生物, 有虎暴則殺之.

---

16)《서도(瑞圖)》: 상서로운 기물이나 동물을 그려 놓은 도보(圖譜).

17) 추이 : 전설 속 동물로, 호랑이처럼 생겼지만 그보다 크고 꼬리가 특히 길며 호랑이나 표범을 잡아먹는다고 한다.

* 이 고사는 《태평광기》 권426 〈호(虎)·추이수(酋耳獸)〉에 실려 있다.

66-48(2175) 상산의 길

상산로(商山路)

출《옥당한화》

 옛날에는 상산(商山)의 길에 맹수가 많아 행인들을 해쳤다. 한번은 사람들이 노새 떼를 몰고 일찍 길을 나섰는데, 동이 아직 트지 않았을 때 노새 떼가 간혹 놀라며 두려워했다. 잠시 뒤에 호랑이 한 마리가 우거진 수풀 속에서 뛰어나오더니 한 사람을 낚아채 갔다. 그의 동료들은 감히 돌아보지 못했다. 그런데 밥 먹을 때가 되었을 때 호랑이에게 잡혀갔던 사람이 그들을 따라왔다. 사람들이 놀라고 기이해하면서 다투어 그 이유를 물었더니 그 사람이 천천히 말했다.

 "나는 처음에 호랑이에게 잡혀 길 왼쪽의 절벽 위로 갔는데, 앞에는 만 길 낭떠러지에 맑은 계곡이 있었고 계곡 남쪽에는 동굴이 있었소. 동굴에는 어린 새끼 호랑이 몇 마리가 그 어미를 쳐다보면서 기뻐하며 마치 뭔가를 기대하는 것 같았소. 그 호랑이는 나를 벼랑 옆에 두었는데 조금도 다치게 하지 않았소. 호랑이는 계곡의 동굴을 향해 포효하며 새끼들을 불렀소. 그때 내가 호랑이 뒤에서 몰래 발을 뻗어 있는 힘을 다해 한 번 찼더니, 협 : 또한 힘이 세다. 호랑이가 실족해 깊은 계곡으로 떨어져 더 이상 올라올 수 없었소. 그래서 나는 위험에서 벗어나 여기로 오게 되었소."

그 호랑이는 아마도 이 사람을 산 채로 잡아 와서 새끼들에게 사람을 잡아먹는 방법을 가르치려 했기 때문에 상처를 내지 않았던 것 같다. 정말로 "호랑이 입에서 몸을 빼냈다"고 할 수 있으니, 위험하도다! 위험하도다!

舊商山路多鷙獸, 害其行旅. 適有騾群早行, 天未平曉, 群騾或驚駭. 俄有一虎, 自叢薄中躍出, 攫一夫而去. 其同群者莫敢回顧. 至食時, 遭攫者却趕來相及. 衆驚異, 競問其由, 徐曰 : "某初銜至路左巖崖之上, 前有萬仞淸溪, 溪南有洞. 洞口有小虎子數枚, 顧望其母, 忻忻然若有所待. 其虎置某崖側, 略不損傷. 而面其溪洞叫吼, 以呼諸子. 某因便潛脚於虎背, 盡力一踏, 夾: 亦有大力. 其虎失脚, 墮於深澗, 不復可登. 是以脫身至此." 獸蓋欲生致此人, 敎演諸子, 是以不傷. 眞可謂"脫身虎口", 危哉! 危哉!

* 이 고사는 《태평광기》 권432 〈호(虎)·상산로〉에 실려 있다.

66-49(2176) 장갈충

장갈충(張竭忠)

출《박이기(博異記)》

    [당나라] 천보(天寶) 연간(742~756)에 하남(河南) 구씨현(緱氏縣) 동쪽 태자릉(太子陵)의 선학관(仙鶴觀)에 항상 70여 명의 도사가 있었는데, 그들은 모두 법록(法籙)을 닦는 데 전념했고 재계(齋戒)를 잘 지켰다. 도사 가운데 수행에 전념하지 않는 자는 그곳에 머물 수 없었다. 매년 9월 3일 밤에는 도사 한 명이 신선이 되었는데, 이는 이미 오래된 상례였다. 다음 날 새벽이 되면 득선한 도사의 성명을 적어 보고하는 것을 늘 있는 일로 여겼다. 그래서 선학관의 도사들은 매년 그날 밤이 되면, 모두 방문을 닫아걸지 않고 각자 혼자 잠을 자며 하늘로 올라갈 응답을 구했다. 후에 장갈충은 구씨현령으로 부임했지만 그 일을 믿지 않았다. 그는 그날이 되자 용사 두 명에게 무기를 들고 그곳을 몰래 살펴보게 했다. 처음에는 보이는 것이 없었지만 삼경(三更)이 지난 뒤에 보았더니, 검은 호랑이 한 마리가 선학관으로 들어오더니 잠시 후에 도사 한 명을 물고 나왔다. 두 용사가 화살을 쏘아 맞히지는 못했지만 호랑이는 도사를 버리고 떠났다. 날이 밝았으나 신선이 된 사람은 없었다. 용사들이 그 일을 장갈

충에게 보고하자, 장갈충은 관부에 궁수를 신청해 태자릉 동쪽 석굴에서 대대적으로 사냥한 끝에 호랑이 몇 마리를 때려죽였다. 동굴 속에는 금간(金簡)과 옥록(玉籙), 도관(道冠)과 어깨걸이, 사람의 머리카락과 뼈들이 매우 많았는데, 그것은 모두 매년 득선했다는 도사들의 것이었다. 그 후로 선학관은 점점 버려져 철폐되었다.

평 : 《변의지(辨疑志)》의 기록에 따르면, 장안(長安) 혜거사(惠炬寺)의 서남쪽에 영응대(靈應臺)가 있고 그 영응대 위로 늘 쌍성등(雙聖燈)이 나타났는데, 그것은 다름 아닌 호랑이의 눈에서 나오는 빛이었다. 또 《옥당한화(玉堂閑話)》의 기록에 따르면, 남중(南中)의 선선장(選仙場)에서는 매년 중원일(中元日 : 백중날. 음력 7월 15일)이 되면 도행이 높은 사람 한 명을 추천해 단정하고 장중하게 제단 위에 서서 오색구름이 내려오기를 기다렸다가 그 구름을 타고 하늘로 올라갔다. 나중에 어떤 도사가 한 스님의 가르침에 따라 웅황(雄黃) 1근을 가슴에 품고 제단에서 하늘로 올라갔다. 10여 일 후에 바위산에서 악취가 나자 사냥꾼이 보았더니 커다란 이무기가 썩어 문드러져 있었다. 오색구름은 바로 그 이무기의 독기였다. 위의 〈장갈충〉 고사는 이것과 비슷하다.

天寶中, 河南緱氏縣東太子陵仙鶴觀, 常有道士七十餘人, 皆精專修習法籙, 齋戒咸備. 有不專者, 不之住矣. 每年九月三日夜, 有一道士得仙, 已有舊例. 至旦, 則具姓名申報, 以爲常. 其中道士, 每年到其夜, 皆不扃戶, 各自獨寢, 以求上昇之應. 後張竭忠攝緱氏令, 不信. 至時, 乃令二勇士持兵器潛覘之. 初無所睹, 至三更後, 見一黑虎入觀來, 須臾, 銜出一道士. 二人射之, 不中, 虎棄道士而去. 至明, 無人得仙者. 具以白竭忠, 乃申府請弓矢, 大獵於太子陵東石穴中, 格殺數虎. 有金簡玉籙泊冠帔, 及人之髮骨甚多, 此皆每年得仙道士也. 自後仙鶴觀卽漸休廢.

評:《辨疑志》載: 長安惠炬寺西南有靈應臺, 臺上嘗見雙聖燈出, 乃虎目光也. 又《玉堂閑話》載: 南中有選佛[1]場, 每年中元日, 推一道高者, 端簡立於壇上, 俟五色雲至, 躡而上昇. 後有道士, 從一比丘敎, 懷雄黃一斤, 旣昇壇. 後旬餘, 山巖臭穢, 獵人見大蟒蛇腐爛. 五色雲乃此蟒之毒氣也. 事類此.

* 이 고사는 《태평광기》 권428 〈호(虎)・장갈충〉, 권289 〈요망(妖妄)・쌍성등(雙聖燈)〉, 권458 〈사(蛇)・선선장(選仙場)〉에 실려 있다.

1 불(佛):《태평광기》에는 "선(仙)"이라 되어 있는데, 문맥상 보다 타당하다.

66-50(2177) 부황중

부황중(傅黃中)

출《조야첨재》

　당(唐)나라의 부황중이 월주(越州) 제기현령(諸暨縣令)으로 있을 때, 관할 경내의 한 백성이 술에 몹시 취해 밤중에 산길을 가다가 벼랑 가까이에서 잠이 들었다. 그런데 갑자기 호랑이가 그에게 다가가서 냄새를 맡았는데, 그때 호랑이의 수염이 그 취한 사람의 콧속으로 들어가는 바람에 천둥 치듯이 크게 재채기를 했다. 호랑이는 놀라 뛰다가 곧바로 벼랑 아래로 떨어져서 허리와 다리가 부러져 사람들에게 잡혔다.

唐傅黃中爲越州諸暨縣令, 有部人飮大醉, 夜中山行, 臨崖而睡. 忽有虎臨其上而嗅之, 虎鬚入醉人鼻中, 遂噴嚔聲震. 虎遂驚躍, 便卽落崖, 腰胯不遂, 爲人所得.

* 이 고사는 《태평광기》 권426 〈호(虎)·부황중〉에 실려 있다.

66-51(2178) 주웅

주웅(周雄)

출《북몽쇄언(北夢瑣言)》

당(唐)나라 대순(大順) 연간(890~891)과 경복(景福) 연간(892~893) 이후에 촉도(蜀道)의 검주(劍州)·이주(利州) 사이의 백위령(白衛嶺)과 석통계(石筒溪) 일대는 호랑이의 피해가 매우 심해 "세인장(稅人場)"이라 불렸다. 그래서 상인과 여행객은 무리를 지어 갔고 군인들은 무기를 들고 대오를 이루어 지나갔지만 역시 호랑이의 습격을 받았다.

당시에 주웅이라는 체포졸(遞鋪卒: 역참 군졸)이 있었는데 힘과 담력이 남달랐다. 그는 밤낮으로 일을 하면서 굳이 피하려 하지 않고 작살과 날카로운 검을 가지고 전후로 세인장에서 여러 마리의 호랑이를 잇달아 죽였기에 행인들이 그에게 의지했다. 촉수(蜀帥)는 그를 군직(軍職)에 임명해 격려했다.

唐大順·景福已後, 蜀路劍利之間, 白衛嶺·石筒溪, 虎暴尤甚, 號"稅人場". 商旅結伴而行, 軍人帶甲列隊而過, 亦遭攫搏. 時遞鋪卒有周雄者, 膂力心膽, 有異於常. 日夜行役, 不肯規避, 仍持托杈利劍, 前後於稅人場連斃數虎, 行旅賴之. 蜀帥補軍職以壯之.

* 이 고사는 《태평광기》 권432 〈호(虎)·주웅〉에 실려 있다.

66-52(2179) 장준

장준(張俊)

출《원화기》

　선주(宣州) 율수현위(溧水縣尉) 원담(元澹)은 집이 회주(懷州)에 있었다. 이전에 그는 장준이라는 장객(莊客: 소작농) 한 명을 데리고 명을 받들어 부임지로 갔는데, 임기가 만료되어 회주로 돌아갈 때 장준도 그를 따라갔다. 장준에게는 아내와 세 살 된 아들 하나가 있었는데, 그들도 역시 함께 갔다. 원담 일행이 송주(宋州)에 이르러 밤길을 가고 있었는데, 장준은 아이를 안고 원담을 따라갔고, 그의 아내는 나귀를 타고 10보 뒤에 있었다. 그때 갑자기 뒤에서 비명이 들리자 장준이 급히 달려가서 보았더니, 아내가 이미 호랑이에게 잡혀간 뒤였다. 장준이 원담에게 아뢰었다.

　"제 처가 지금 호랑이에게 죽임을 당했으니, 맹세코 반드시 복수하고자 합니다. 지금 어린 아들을 나리께 삼가 맡기오니, 제가 만약 살아 돌아온다면 반드시 먹여 주신 은혜에 보답할 것입니다. 그렇지 않다면 이 아들을 평생 노복으로 삼으십시오."

　원담은 그를 극구 말렸으나 그럴 수 없었다. 장준은 화살 두 개를 옆에 끼고 활을 들고 도끼를 허리에 차고 떠났다. 3

~4리를 갔더니 온통 깊은 숲이 겹겹이 가로막았다. 얼마 후 한 곳으로 점점 다가갔더니 산골짜기 가까이에 커다란 나무 100여 그루가 있었다. 장준은 근처에 호랑이 굴이 있을 것이라고 생각해 나무 위로 올라가서 지켜보았다. 날이 점차 밝아 왔을 때 보았더니, 산 아래로 수십 보 안에서 마치 어떤 물체가 웅크린 채 엎드려 있다가 일어나 움직이는 듯했다. 계속 기다렸다가 날이 밝을 무렵에 보았더니 바로 호랑이였다. 이미 죽은 그의 아내는 호랑이의 주술에 걸려 시체가 저절로 일어나더니 호랑이에게 절을 한 뒤 스스로 옷을 벗어 알몸인 채로 다시 쓰러졌다. 호랑이는 또 굴속에서 새끼 네 마리를 데리고 나왔는데, 모두 살쾡이만 했으며 꼬리를 흔들면서 좋아라고 뛰었다. 호랑이가 혓바닥으로 죽은 사람을 핥자 호랑이 새끼들이 달려들어 다투어 먹었다. 장준은 나무 위에서 그 광경을 보고 화살 한 발을 쏘아 호랑이의 이마에 명중시켰다. 호랑이가 펄쩍 뛰어오르자 또 화살 한 발을 쏘아 그 옆구리에 명중시켰다. 화살에는 모두 독이 발라져 있었다. 장준은 호랑이 새끼 네 마리까지 모두 죽여 그 머리를 칡넝쿨로 꿰었으며, 미:용사로다! 아내의 시체를 업고 걸어서 돌아와서 동틀 무렵에 원담을 따라잡았다.

宣州溧水縣尉元澹, 家在懷州. 先將一壯[1]客張俊祇承至官, 官滿却歸, 俊亦從之. 俊有妻, 一子三歲, 亦與同行. 至宋州衝夜, 俊抱兒從澹, 妻乘驢在後十步. 忽聞叫聲, 俊奔視之,妻已被虎所取. 俊白元:"妻今爲虎殺, 誓欲報讎. 今以孩子奉托, 倘生歸, 當酬哺食之恩. 不爾, 便爲僕賤終身." 元固止之, 不可. 復挾兩矢, 携弓腰斧而行. 去三四餘里, 皆深林重阻. 旣而漸至一處, 依近山谷, 有大樹百餘株. 疑近虎穴, 俊上樹伺之. 時漸明, 見山下數十步內, 如有物蹲伏起動之狀. 更候之, 欲明, 乃是虎也. 其妻已死, 爲虎所禁, 屍自起, 拜虎訖, 自解其衣, 裸而復僵. 虎又於窟中引四子, 皆大如狸, 掉尾歡躍. 虎以舌舐死人, 虎子競來爭食. 俊在樹上見之, 遂發一箭, 正中虎額. 其虎騰躍, 又發一箭, 中其脅. 箭皆傅毒. 並殺四子, 皆取其首, 葛蔓貫之, 眉:勇哉士乎! 亦負妻屍, 步走而歸, 日曉追及澹.

* 이 고사는 《태평광기》 권433 〈호(虎)·장준〉에 실려 있다.

1 장(壯):《태평광기》에는 "장(莊)"이라 되어 있는데, 문맥상 보다 타당하다.

66-53(2180) 호랑이 부인

호부(虎婦)

출《광이기(廣異記)》

　이주(利州)에 밥장사를 하는 사람이 있었는데, 그의 며느리가 산밭에서 나물을 캐다가 호랑이에게 잡혀갔다. 그 며느리는 12년이 지난 뒤에 돌아와서 스스로 이렇게 얘기했다.

　그녀는 깊은 산속의 석굴 안으로 들어갔는데, 본래 호랑이에게 잡아먹힐 것이라고 생각했지만 오래도록 호랑이와 더불어 굴속에서 생활하며 잠자리를 함께했다. 굴속에는 네 마리의 호랑이가 있었는데, 그녀를 아내로 맞이한 호랑이가 가장 나이가 많았다. 늙은 호랑이는 항상 고라니나 사슴 등의 고기를 가져와서 그녀를 먹였으며, 때로는 물을 입에 머금어 그녀의 입 속에 뱉어 주기도 했다. 그러나 그녀가 밖으로 나가려고 하면 번번이 화를 내면서 굴속으로 몰아넣었다. 그녀가 6~7년의 세월을 보낸 후에 다른 호랑이들은 점차 사라지고 늙은 호랑이 혼자만 남았다. 그 후로 하루는 갑자기 호랑이가 밤에 돌아오지 않자, 그녀는 마음속으로 이상해하면서 밖으로 나가려 했지만 감히 그러지 못했다. 그렇게 또 하루를 보내고 나서 그녀는 천천히 나와 수십 걸음을 갔지만 더 이상 호랑이가 보이지 않았다. 그녀는 마침내 있는 힘을 다해 5~6리를 갔더니 산속에서 나무 베는 소리가 들려와 그곳으로 곧장 갔다. 그러나 나무 베던 사람들은 그녀를 귀신이라 생각하고 돌멩이를 던졌다. 그녀가 큰 소리로 자초지종을 이야기하자, 사람들이 그제야 서로 이것저것을 캐물었더니 그녀가 말했다.

"저는 아무개 집의 며느리입니다."

사람들 중에 그녀의 이웃이 있었는데, 그 이웃이 이전에 그녀가 호랑이에게 잡혀갔다는 사실을 알고 있었기에 다른 사람들도 그제야 그녀의 말을 믿었다. 이웃 사람은 적삼을 벗어 그녀에게 입힌 다음 그녀를 데리고 돌아왔다. 그때 그녀의 남편은 이미 죽었지만 시부모는 그녀를 불쌍히 여겨 거두어 주었다. 그러나 그녀는 바보 같았고 정신도 나가 있어서 늘 오가는 사람들의 놀림거리가 되었다. 유전백(劉全白)이 직접 그 부인을 만나 보고 그 일을 말해 주었다.

利州賣飯人, 其子之婦山園採菜, 爲虎所取. 經十二載而後還, 自云:入深山石窟中, 本謂被食, 久之相與寢處窟中. 窟有四虎, 妻婦人最老. 老虎恒持麋鹿等肉還以哺妻, 或時含水吐其口中. 婦人欲出, 輒爲所怒, 驅以入窟. 積六七年後, 漸失餘虎, 老者獨在. 後一日, 忽夜不還, 婦人心怪之, 欲出而不敢. 如是又一日, 乃徐出, 行數十步, 不復見虎. 乃極力行五六里, 聞山中伐木聲, 徑往就之. 伐木人謂是鬼魅, 以礫石投擲. 婦人大言其故, 乃相率詰問. 婦人云:"己是某家新婦." 諸人亦有是鄰里者, 先知婦人爲虎所取, 衆人方信之. 鄰人因脫衫衣之, 將還. 會其夫已死, 翁姥憫而收養之. 婦人亦憨戇, 乏精神, 恒爲往來之所狎. 劉全白親見婦人, 說其事云.

* 이 고사는 《태평광기》 권431 〈호(虎)·호부〉에 실려 있다.

66-54(2181) 한 경제

한경제(漢景帝)

출《독이지(獨異志)》

　　한나라 경제는 사냥을 좋아했다. 하루는 호랑이를 발견했는데 잡을 수 없자, 진수성찬을 차려 이전에 보았던 호랑이에게 제사를 지냈다. 그날 밤에 경제의 꿈에 호랑이가 나타나 말했다.

　　"네가 나에게 제사를 올린 것은 내 이빨과 가죽을 얻고 싶어서냐? 내가 스스로 죽어서 너의 바람을 들어줄 테니 가져가거라."

　　이튿날 경제가 산에 들어가서 보았더니 과연 제사 지냈던 곳에 그 호랑이가 죽어 있었다. 그래서 그 호랑이의 가죽을 벗기고 이빨을 가져오라 명했는데, 남은 살이 다시 호랑이로 변했다. 미 : 또한 호랑이 요괴다.

漢景帝好遊獵. 見虎不能得之, 乃爲珍饌, 祭所見之虎. 帝乃夢虎曰 : "汝祭我, 欲得我牙皮耶? 我自殺, 從汝取之." 明日, 帝入山, 果見此虎死在祭所. 乃命剝取皮牙. 餘肉復爲虎. 眉 : 亦虎怪.

* 이 고사는 《태평광기》 권426 〈호(虎)·한경제〉에 실려 있다.

66-55(2182) 정암

정암(丁巖)

출《집이기》

[당나라] 정원(貞元) 연간(785~805)에 회상(淮上) 일대가 병란으로 길이 막혔기 때문에 무장(武將) 왕징(王徵)에게 신주(申州)를 다스리게 했다. 당시 포악한 호랑이가 많아서 대낮에 사람을 잡아먹었다. 왕징은 부임하자 호랑이를 잡는 도구를 대대적으로 준비했으며, 또 많은 현상금을 내걸어 호랑이 한 마리를 잡는 자에게 비단 10필을 주겠다고 했다. 정암이라는 늙은 군졸은 함정을 잘 만들었는데, 마침내 태수(太守: 왕징)를 찾아뵙고 산간과 길모퉁이에 함정을 설치해 호랑이를 잡아 보겠다고 청했다. 왕징이 허락한 후 며칠 지나지 않아서 정암은 호랑이 한 마리를 잡았다. 호랑이는 깊은 구덩이에서 힘을 쓸 수가 없었다. 정암이 몸을 구부려 구덩이 아래를 내려다보며 욕하고 꾸짖자, 호랑이가 펄쩍 뛰면서 포효했는데 그 성난 소리가 천둥 치는 것 같았다. 몰려든 구경꾼들이 수백수천 명이나 되었다. 정암은 자신의 계책으로 호랑이를 잡은 것을 뽐내며 굉장히 기뻐했는데, 한창 술을 마시던 중에 옷자락이 나무뿌리에 걸려서 함정 속으로 떨어지고 말았다. 사람들은 모두 놀라 소리치며

정암이 호랑이의 날카로운 이빨에 가루가 될 것이라고 생각했다. 사람들이 다가가서 들여다보았더니, 정암은 단정히 앉아 있고 호랑이는 그저 그를 똑바로 쳐다보고만 있었다. 정암의 친지들이 정암을 걱정해 함께 방법을 생각한 끝에 도르래로 굵은 밧줄을 내려보냈는데, 정암이 자신을 밧줄로 묶기를 기다렸다가 재빨리 끌어 올리면 어쩌면 만에 하나 목숨을 구할 수도 있다는 희망을 가졌다. 정암이 밧줄을 붙잡고 바닥에서 2~3척쯤 떨어졌을 때 호랑이가 앞발로 밧줄을 붙잡아 정암을 주저앉혔는데 그 태도가 매우 다소곳했다. 이렇게 서너 번 계속되자, 미: 사람을 붙들어 인질로 삼았으니 호랑이가 대단히 지혜롭다. 만약 사람을 씹어 먹어 그 분노를 드러낸다면, 모두 죽을 것이니 무슨 도움이 되겠는가? 정암이 호랑이에게 말했다.

"너희들은 포악함을 자행해 성곽으로 들어와 사람들을 해쳤다. 이 일은 모름지기 제거해야 하니 이런 지경에 이른 것은 이치상 마땅하다. 다만 너의 목숨이 경각에 달려 있는 상황에서 내가 술에 만취해 실수로 이곳에 떨어졌는데, 사람들이 아직 곧바로 너를 죽이지 않는 것은 나 때문이다. 네가 만약 나를 해친다면 사람들을 격노하게 해, 내 숨이 끊어지기도 전에 즉시 장작불을 마구 던져 너를 재로 만들어 버릴 것이다. 네가 내 뜻을 따를 수 있다면, 내가 틀림없이 태수께 아뢰어 너의 목숨을 살려 주겠다. 너는 너희 무리를 이

끌고 이곳에서 멀리 떠나길 바란다. 나는 하늘의 태양에 대고 맹세하건대 이 약속을 어기지 않겠다."

호랑이는 정암의 말을 자세히 듣고 마치 이해하는 듯했다. 미 : 진실로 동물의 마음을 움직일 수 있다면, 어찌하여 포악함을 순하게 만들지 않는가? 정암이 밧줄을 잡아당기자 사람들이 함께 그를 끌어냈는데, 호랑이는 그저 귀를 늘어뜨리고 쳐다보기만 할 뿐 더 이상 정암을 붙잡지 않았다. 정암은 함정에서 나온 뒤에 그 일을 방백(邦伯 : 왕징)에게 아뢰면서 말했다.

"지금 호랑이 한 마리를 죽이는 것으로는 그 무리의 포악함을 없애기에 부족합니다. 게다가 제가 굳게 약속했으니 호랑이를 놓아주길 청합니다. 바라건대 호랑이가 무리를 데리고 사방으로 떠난다면 관할 경계가 평안함을 얻게 될 것입니다."

왕징이 허락하자 정암은 태수의 뜻을 호랑이에게 재삼 자세히 일러 주었다. 호랑이는 함정 속에서 뛰어오르고 빙빙 돌면서 마치 은혜를 입은 것에 고마워하는 것 같았다. 정암은 곧장 구덩이 측면에 흙을 쌓아 점점 얕게 만들었는데, 구덩이의 깊이가 1장(丈)쯤 되었을 때 호랑이가 펄쩍 뛰어 밖으로 나와 급하게 몸을 떨며 뛰어오르더니 바람 소리를 내며 떠났다. 그 후로 열흘 안에 호랑이 떼가 자취를 감추었다.

貞元間, 淮上阻兵, 因以武將王徵牧申州. 時多虎暴, 白晝噬人. 徵至, 大修擒虎具, 又重懸購, 得一虎者酬十縑. 有老卒丁巖, 善爲陷井, 遂列於太守, 請山間至路隅, 張設以圖之. 徵旣許, 不數日而獲一虎. 虎在深坑, 無施勇力. 巖遂俯而下視, 加以侮誚, 虎則跳躍哮吼, 怒聲如雷. 而聚觀之徒, 千百其衆. 巖炫其計得, 誇喜異常, 時方被酒, 因爲衣襟胃掛樹根, 而墜穽中. 衆共嗟駭, 謂靡粉於銛牙矣. 及就窺, 巖乃端坐, 而虎但瞪視耳. 巖之親愛憂巖, 乃共設計, 以轆轤下巨索, 伺巖自縛, 當遽引上, 或希十一之全. 巖得索引, 去地三二尺, 其虎則以前足捉其索而留焉, 意態極仁. 如此數四, 眉: 留人爲質, 虎大有智術. 若夫噬以逞其怒, 俱死何益? 巖因謂曰: "爾輩縱暴, 入郭犯人. 事須剪除, 理宜及此. 顧爾命在頃刻, 吾因沉醉, 誤落此中, 衆所未便屠者, 以我故也. 爾若損我, 激怒衆人, 我氣未絶, 卽當薪火亂投, 爾爲灰燼矣. 爾能從我, 當啓白太守, 捨爾之命. 冀爾率領群輩, 遠離此土. 我當質之天日, 不渝此約." 其虎諦聽, 若有知解. 眉: 誠能動物, 何暴不馴? 巖則引繩, 衆共出之, 虎乃弭耳矐目, 不復留. 巖旣得出, 遂以其事白於邦伯, 曰: "今殺一虎, 不足禳群輩之暴. 況與誠約, 乞捨之. 冀其率侶四出, 管界獲寧耳." 徵許之, 巖遂以太守之意, 丁寧告諭. 虎於陷中, 踴躍盤旋, 如荷恩施. 巖卽積土坑側, 稍益淺, 猶深丈許, 虎乃躍而出, 奮迅躑騰, 嘯風而逝. 自是旬朔之內, 群虎屛跡.

* 이 고사는 《태평광기》 권429 〈호(虎)·정암〉에 실려 있다.

66-56(2183) 사람을 돌봐 주는 호랑이

호휼인(虎恤人)

출《광이기》

봉상부(鳳翔府)의 이 장군(李將軍)은 호랑이에게 잡혀 갔는데, 호랑이가 그의 위에 웅크리고 앉자 이 장군은 연거푸 "대왕"이라 부르면서 목숨을 살려 달라고 빌었다. 그러자 호랑이는 기뻐하는 것처럼 귀를 늘어뜨렸다. 미 : 호랑이가 아첨을 좋아하다니 신기하도다! 잠시 뒤에 호랑이는 이 장군을 업고 10여 리를 가서 동굴 속에 그를 던져 넣었는데, 두세 마리의 새끼 호랑이들이 사람을 보고 기뻐 뛰었다. 호랑이는 동굴 위에서 한참을 내려다보다가 떠났다. 그 후로 호랑이는 동굴로 들어오면 잡은 짐승 고기를 항상 이 장군에게 나눠 주었다. 10여 일이 지나자 새끼 호랑이들은 개만큼 커져서 모두 들판을 뛰어다닐 수 있었다. 그러자 호랑이는 새끼를 업고 동굴을 나갔는데, 세 번째 새끼의 차례가 되자 이 장군은 새끼들이 모두 떠나가면 자신은 동굴 속에서 죽게 될까 봐 두려워서 새끼를 끌어안고 말했다.

"대왕님은 어찌하여 저만 끌어내 주지 않으십니까?"

호랑이가 꼬리를 내리자 이 장군은 그것을 잡고 마침내 동굴을 빠져나올 수 있었다. 이 장군이 다시 말했다.

"기왕 도와주셨는데 어찌하여 저의 집까지 데려다주지 않으십니까?"

호랑이는 또 이 장군을 업고 그를 잡아갔던 장소에 도착한 뒤에 작별했다. 호랑이는 사흘에 한 번씩 이 장군의 집에 왔는데, 마치 그를 만나 보러 오는 것 같았다. 20일이 지나는 동안 대여섯 번 호랑이가 나타나자 마을 사람들이 두려워했다. 그 뒤에 호랑이가 또 오자 이 장군이 마침내 아뢰었다.

"대왕님께서 저를 만나 보러 오시는 것은 매우 좋지만, 마을 사람들이 두려워하니 오지 마시길 바랍니다." 미 : 호랑이의 위세를 빌려 마을 사람들을 겁주지 않았으니 이 장군은 또한 훌륭한 사람이다.

달포쯤 지나서 다시 한번 호랑이가 오더니 그 후로는 나타나지 않았다.

鳳翔府李將軍者爲虎所取, 蹲踞其上, 李頻呼"大王", 乞一生命. 虎乃弭耳如喜狀. 眉 : 虎好諛, 奇哉! 須臾, 負李行十餘里, 投一窟中, 二三子見人喜躍. 虎於窟上俯視久之, 方去. 其後入窟, 恒分所得肉及李. 積十餘日, 子大如犬, 悉能陸梁. 虎因負出窟, 至第三子, 李恐去盡, 則已死窟中, 乃抱之云 : "大王獨不相引?" 虎因垂尾, 李持之, 遂得出. 李復云 : "幸已相祐, 豈不送至某家?" 虎又負至所取處而訣. 每三日, 一至李舍, 如相看. 經二十日, 前後五六度, 村人怕懼. 其後又來, 李遂白云 : "大王相看甚善, 然村人恐懼, 願勿來." 眉 :

不假虎威以嚇鄕里, 李亦妙人. 經月餘, 復一來, 自爾乃絶.

* 이 고사는 《태평광기》 권432 〈호(虎)·호흘인〉에 실려 있다.

66-57(2184) 충동

충동(种僮)

출《독이지》

 충동이 경기(京畿) 지역의 현령으로 있을 때, 늘 호랑이가 사람을 해쳤다. 충동은 우리를 설치하게 해서 호랑이 두 마리를 잡았다. 충동이 말했다.

 "사람을 해친 놈은 머리를 숙여라."

 그러자 호랑이 한 마리가 머리를 숙였다. 충동은 다른 한 마리를 풀어 주었다. 그 이후로 맹수들이 모두 경내를 떠났다. 관리들은 충동을 "신군(神君)"이라 불렀다.

种僮爲畿令, 常有虎害人. 僮令設檻, 得二虎. 僮曰 : "害人者低頭." 一虎低頭. 僮取一虎放之. 自是猛獸皆出境. 吏目之爲"神君".

* 이 고사는《태평광기》권426〈호(虎)·충동〉에 실려 있다.

66-58(2185) 이대가

이대가(李大可)

　종정경(宗正卿) 이대가는 일찍이 창주(滄州)에 갔는데, 창주 요안현(饒安縣)의 어떤 사람이 들길을 가다가 호랑이에게 쫓겼다. 호랑이는 그 사람을 따라잡은 뒤 왼발을 뻗어 보여 주었는데, 커다란 대나무 가시가 다리를 관통하고 있었다. 호랑이는 엎드려 귀를 늘어뜨렸는데, 마치 그 대나무를 뽑아 달라고 부탁하는 것 같았다. 그 사람이 대나무를 뽑아 주자 호랑이는 매우 기뻐하면서 자리를 맴돌며 꼬리를 흔들더니, 그 사람을 따라 집까지 간 다음에 떠났다가 그날 밤에 그 집 마당에 사슴 한 마리를 던져 놓았다. 이렇게 1년이 넘도록 달마다 그치지 않고 그의 집에 멧돼지나 노루와 사슴을 던져 놓았다. 어쩌다 들에서 마주치면 호랑이는 그를 따라다니기도 했다. 그 사람은 집이 점차 부유해지자 깨끗한 옷으로 갈아입었는데, 나중에 호랑이가 옷을 갈아입은 그를 만났지만 알아보지 못해 결국 그를 물어 죽였다. 미 : 호랑이는 권세와 이욕의 마음이 없다. 그의 가족이 그를 거두어 장사 지낸 뒤에 호랑이가 다시 그 집을 찾아오자, 그의 어머니가 호랑이에게 욕하며 말했다.

　"내 아들이 너를 위해 가시를 뽑아 주었건만, 은덕에 보답할 줄도 모르고 오히려 죽이다니! 지금 다시 내 집에 오다니 부끄럽지도 않단 말이냐?"

호랑이는 몹시 부끄러워하며 나갔다. 하지만 며칠 동안 늘 그 집 옆을 서성이다가 그 사람이 보이지 않자, 그제야 자기가 실수로 그 사람을 죽였다는 사실을 알고 소리쳐 울면서 매우 슬퍼했다. 그러더니 집으로 들어와 마당 앞에 이른 뒤에 펄쩍 뛰어올라 스스로 등뼈를 부러뜨려 죽었다. 이 광경을 본 사람들은 모두 기이해했다.

宗正卿李大可嘗至滄州, 州之饒安縣有人野行, 爲虎所逐. 旣及, 伸其左足示之, 有大竹刺, 貫其臂. 虎俯伏貼耳, 若請去之者. 其人爲拔之, 虎甚悅, 宛轉搖尾, 隨其人至家, 乃去, 是夜, 投一鹿於庭. 如此歲餘, 投野豕獐鹿, 月月不絶. 或野外逢之, 則隨行. 其人家漸豐, 因潔其衣服, 虎後見改服, 不識, 遂嚙殺之. 眉:虎無勢利之心. 家人收葬訖, 虎復來其家, 母罵之曰:"吾子爲汝去刺, 不知報德, 反見殺傷! 今更來吾舍, 豈不愧乎?" 虎羞慚而出. 然數日常旁其家, 旣不見其人, 知其誤殺, 乃號呼甚悲. 因入至庭前, 奮躍拆脊而死. 見者咸異之.

* 이 고사는 《태평광기》 권431 〈호(虎)·이대가〉에 실려 있다.

66-59(2186) 근자려

근자려(勤自勵)

출《광이기》

    장포(漳浦) 사람 근자려는 [당나라] 천보(天寶) 연간(742~756) 말에 건아(健兒 : 변방 군진의 병사)로 충원되어, 군대를 따라 안남(安南)으로 갔다가 나중에 토번(吐蕃)을 격퇴할 때까지 10년 동안 돌아오지 못했다. 근자려의 아내 임씨(林氏)는 부모의 강요로 장차 같은 현의 진씨(陳氏)에게 개가할 참이었다. 그런데 혼례를 치르던 날 저녁에 근자려가 돌아왔다. 부모가 그의 아내가 개가하게 된 자초지종을 자세히 말하자, 근자려는 그 말을 듣고 분노를 이기지 못했다. 근자려는 토번을 격파할 때 날카로운 검 하나를 얻었는데, 그날 저녁에 검을 들고 임씨를 찾아갔다. 8~9리를 갔을 때 폭우가 쏟아지고 날이 어두워서 나아갈 수도 되돌아갈 수도 없었다. 그때 갑자기 벼락이 번쩍 치면서 길옆의 커다란 나무에 넓은 구멍이 보이자, 근자려는 임시로 구멍 속에 들어가 비를 피했다. 그런데 사람의 신음 소리가 들려 곧장 앞으로 다가가서 더듬어 보았더니 바로 여인이었다. 근자려가 누구냐고 물었더니 여인이 말했다.

    "저는 임씨의 딸로 이전에 근자려에게 시집가서 그의 아내가 되었습니다. 근자려가 군대에 들어가서 돌아오지 않자 부모님이 도리를 무시하고 억지로 개가시켰는데, 오늘 저녁에 혼례를 올리게 되었습니다. 저는 마음속으로 옛 임을 그리워해 개가하고 싶지 않아서, 마침내 수건을 가지고 집 뒤의 뽕나무에 스스로 목을 맸다가 호랑이에게 잡혀왔는데, 다행히 당신을 만나게 되었습니다. 지금 아직 호랑이에게 해를 입지 않았으니, 만약 저를 구해 주신다면 반드시 나중에 보답해 드리겠습니다."

근자려가 말했다.

"내가 바로 근자려요. 새벽에 집으로 돌아왔는데 부모님이 당신이 다른 사람에게 시집갔다고 얘기했소. 그래서 검을 빼 들고 당신을 찾아가는 길이었는데, 여기에서 만나게 될 줄을 어찌 알았겠소?"

그러고는 서로 붙잡고 울었다. 잠시 후에 호랑이가 오더니, 먼저 크게 포효하고 난 뒤에 몸을 거꾸로 한 채 구멍으로 들어왔다. 근자려는 검을 휘둘러 호랑이의 허리를 잘랐다.
미 : 이 나무 구멍은 바로 호랑이 굴이다. 기이한 호랑이로다! 원망이 도리어 덕이 되었고 덕을 베풀었지만 그 보답을 받지 않은 것은 진실한 마음에 속하니, 어찌 하늘의 뜻이 아니겠는가! 하지만 또 다른 호랑이가 올까 봐 두려워서 감히 밖으로 나가지 못했다. 잠시 후 달이 밝은 뒤에 과연 또 한 마리의 호랑이가 오더니, 짝이 죽은 것을 보고 더욱 심하게 포효했다. 그러고 나서 호랑이가

다시 거꾸로 들어오자 근자려가 또 죽였다. 근자려는 마침내 아내를 업고 집으로 돌아왔다.

漳浦人勤自勵者, 以天寶末充健兒, 隨軍安南, 及擊吐蕃, 十年不還. 自勵妻林氏爲父母奪志, 將改嫁同縣陳氏. 其婚夕, 而自勵還. 父母具言其婦改嫁始末, 自勵聞之, 不勝忿怒. 當破吐蕃, 得利劍, 是晚, 因仗劍以詣林氏. 行八九里, 屬暴雨天晦, 進退不可. 忽遇電明, 見道左大樹有旁孔, 自勵權避雨孔中. 聞有人呻吟, 徑前捫之, 卽婦人也. 問其爲誰, 婦人云:"己是林氏女, 先嫁勤自勵爲妻. 自勵從軍未還, 父母無狀, 見逼改嫁, 以今夕成親. 我心念舊, 不肯再適, 遂持巾於宅後桑林自縊, 爲虎所取, 幸而遇君. 今猶未損, 倘能相救, 必有後報." 自勵謂曰:"我卽自勵也. 曉還至舍, 父母言君適人. 故拔劍來訪, 何期此遇?" 乃相持而泣. 頃之, 虎至, 初大吼叫, 然後倒身入孔. 自勵以劍揮之, 虎腰中斷. 眉:此樹孔乃虎穴也. 異哉虎乎! 怨反爲德, 德而不食其報, 忠之屬也, 豈非天哉! 恐又有虎, 故未敢出. 尋而月明後, 果有虎至, 見其偶斃, 吼叫益甚. 自爾復倒入, 又爲自勵所殺. 乃負妻還家.

* 이 고사는《태평광기》권428〈호(虎)·근자려〉에 실려 있다.

66-60(2187) 노조

노조(盧造)

출《광이기》

　섭현령(葉縣令) 노조에게 어린 딸이 있었는데, [당나라] 대력(大曆) 연간(766~779)에 같은 현읍에 사는 정초(鄭楚)의 아들 정원방(鄭元方)에게 시집보내기로 허락했다. 얼마 후에 정초는 담주군사(潭州軍事)에 임명되었고, 노조도 관직을 그만두고 섭현에서 지냈다. 그 후에 정초가 죽자 정원방은 장례를 치르고 강릉(江陵)에 머물렀는데, 몇 년 동안 양쪽의 소식이 끊어지자 현령 위계(韋計)가 노조의 딸을 며느리로 삼으려 했다. 혼례를 치르는 날에 [섭현에 도착한] 정원방은 몸을 들일 곳이 없어서 곧장 현의 동쪽에서 10리 남짓 떨어진 불사로 갔다. 불사의 서북쪽 모퉁이에서 작은 짐승이 우는 것 같은 소리가 들리자, 횃불을 들고 나가서 보았더니 바로 호랑이 새끼 세 마리가 있었다. 호랑이 새끼들은 아직 눈도 뜨지 못했고 너무 작아서 사람을 해칠 수도 없었다. 정원방은 호랑이 새끼들을 차마 죽이지 못하고 문을 굳게 닫아걸었다. 삼경(三更) 초쯤 되었을 때 어미 호랑이가 와서 그 문을 들이받았으나 들어올 수 없었다. 서쪽에도 창문이 있었지만 역시 매우 견고했다. 호랑이는 화가 나서 창문을 쳐서 격자창이 부서지자 그 속으로 머리를 넣었는데, 좌우의 창살에 끼어 들이밀지도 빼지도 못했다. 정원방이 불탑의 벽돌을 가져다 호랑이를 내려치자, 호랑이는 분노의 포효를 하면서 그를 낚아채려 했으나 끝내 빠져나갈 수 없었다. 정원방이 잇달아 내려치자 잠시 뒤에 호랑이가 죽었다. 얼마 후 문밖에서 여인이 신음하는 것 같은 소리가 들렸는데, 기운이 빠져 몹시 지친 듯했다. 정원방이 물었다.

"문밖에서 신음하는 자는 사람이오, 귀신이오?"

여인이 말했다.

"사람입니다."

정원방이 말했다.

"어떻게 여기에 왔소?"

여인이 말했다.

"저는 전(前) 노 현령(盧縣令 : 노조)의 딸인데, 오늘 저녁에 위씨(韋氏)에게 시집가려고 막 수레에 올랐다가 호랑이에게 업혀 이곳에 왔습니다. 미 : 바로 호랑이 매파다. 다행히 지금 해를 입지 않았지만 호랑이가 다시 올까 두려우니 저를 구해 주실 수 있겠습니까?"

정원방이 기이해하며 횃불을 들고 나가서 보았더니 17~18세쯤 된 여자였는데, 단정한 혼례복에 온통 흙탕물이 튀어 있었다. 정원방은 그녀를 부축해 들어와서 다시 문을 단단히 잠갔으며, 불상을 쪼개서 계속 불을 밝혔다. 여인이 말했다.

"이곳은 어디입니까?"

정원방이 말했다.

"현 동쪽의 불사요."

정원방이 마침내 자신의 성명을 밝히고 옛 약속을 말했더니, 여인도 그 일을 기억하며 말했다.

"저의 아버지께서 일찍이 저를 당신에게 시집보내기로 허락하셨는데, 어느 날부터 당신에게서 소식이 끊어지자 위씨에게 시집보내려 하셨습니다. 천명은 바꾸기가 어려운지라 호랑이가 저를 당신에게 돌려보냈습니다. 저의 집이 이곳에서 아주 가까우니 당신이 저를 돌려보내 주신다면, 위씨와의 혼약을 끊고 당신을 모시겠습니다."

날이 밝자 정원방은 그녀를 집으로 돌려보내 주었다. 그녀의 집에서는 그녀가 호랑이에게 잡혀간 후 이미 상복을 만들어 놓았는데, 갑자기 그녀가 돌아온 것을 보고 마치 하늘에서 내려온 것처럼 기뻐했다. 정원방은 호랑이를 현으로 가져가서 그 일을 자세히 말했다. 현령은 기이해하며 노씨를 정원방에게 돌아가게 했다.

葉縣令盧造有幼女, 大曆中, 許嫁同邑鄭楚之子元方. 俄而楚錄潭州軍事, 造亦辭而寓葉. 後楚卒, 元方護喪居江陵, 數年間, 音問兩絶, 縣令韋計爲子娶焉. 其吉辰, 元方無所容, 徑往縣東十里餘佛舍. 西北隅有若小獸號鳴者, 出火視之,乃三虎雛. 目尙未開, 以其小, 未能害人. 且不忍殺, 閉門堅拒而已. 約三更初, 虎來觸其門, 不得入. 其西有窗, 亦甚堅. 虎怒搏之, 櫺拆, 陷頭於中, 爲左右所轄, 進退不得. 元方取佛塔磚擊之, 虎吼怒拏攫, 終不能去. 連擊之, 俄頃而斃. 旣而門外若女人呻吟, 氣甚困劣. 元方問曰: "門外呻吟者, 人邪? 鬼邪?" 曰: "人也." 曰: "何以到此?" 曰: "妾前盧令女也, 今夕將適韋氏, 方登車, 爲虎負荷至此. 眉: 讒是虎媒. 幸今無損, 又畏其復來, 能救乎?" 元方奇之, 執炬出視, 乃十七八歲女子也, 禮服儼然, 泥水皆澈. 扶入, 復固其門, 遂毀像以繼其明. 女曰: "此何處也?" 曰: "縣東佛舍爾." 元方言姓名, 且話舊諾, 女亦能記之, 曰: "妾父曾許妻君, 一旦以君之絶耗, 將嫁韋氏. 天命難改, 虎送回君. 莊去此甚近, 君能送歸, 請絶韋氏而奉巾櫛." 及明, 送回家. 其家以虎攫去, 方已制服, 忽見其來, 喜若天降. 元方致虎於縣, 且具言其事. 縣宰異之, 以盧氏歸於鄭焉.

* 이 고사는 《태평광기》 권428 〈호(虎)·노조〉에 실려 있는데, 출전이 "《속현괴록(續玄怪錄)》"이라 되어 있다.

66-61(2188) 진포

진포(陳褒)

출《계신록》 미 : 이하는 모두 호창(虎倀 : 호랑이에게 잡아먹힌 사람의 혼)이다(以下皆虎倀).

 청원(淸源) 사람 진포는 별장에서 은거하고 있었는데, 어느 날 밤에 창가에 앉아 있었다. 창밖은 드넓은 들판이었는데, 갑자기 사람과 말[馬] 소리가 났다. 진포가 보았더니 한 여인이 호랑이를 타고 창 아래를 지나 곧장 서쪽 별채 안으로 들어갔다. 그 전에 벽 아래에 한 하녀가 누워 있었는데, 여인은 가는 대나무 가지를 가져다 벽 틈으로 하녀를 찔렀다. 그러자 하녀는 갑자기 배가 아파 문을 열고 측간으로 갔다. 진포가 너무 놀라 미처 말하지 못하고 있을 때, 하녀가 측간에서 나오자 곧바로 호랑이에게 잡혔다. 진포가 황급히 나아가 구해 준 덕분에 하녀는 겨우 화를 면할 수 있었다. 마을 사람들이 말하길, "마을에는 늘 이 요괴가 있는데 이른바 '호귀(虎鬼)'라는 것이다"라고 했다.

淸源人陳褒, 隱居別業, 臨窓夜坐. 窓外卽曠野, 忽聞有人馬聲. 視之, 見一婦人騎虎自窓下過, 徑入西屋內. 壁下先有一婢臥, 婦人卽取細竹枝從壁隙中刺之. 婢忽爾腹痛, 開戶如厠. 褒方愕駭, 未及言, 婢已出, 卽爲虎所搏. 遽前救之,僅免. 鄕人云:"村中恒有此怪, 所謂'虎鬼'者也."

* 이 고사는 《태평광기》 권432 〈호(虎)·진포〉에 실려 있다.

66-62(2189) 선주의 아이

선주아(宣州兒)

출《광이기》

[당나라] 천보(天寶) 연간(742~756) 말에 선주(宣州)에 한 아이가 있었는데, 그의 집은 산 가까이에 있었다. 매번 밤이 되면 아이는 항상 한 귀신이 호랑이를 인도해 자기를 쫓아오는 것을 보았는데, 이런 일이 이미 10여 번이나 계속됐다. 아이가 부모에게 말했다.

"귀신이 호랑이를 인도해 오면 반드시 죽게 됩니다. 세상 사람들이 말하길, '호랑이에게 잡아먹힌 사람은 창귀(倀鬼)가 된다'고 합니다. 내가 죽으면 틀림없이 창귀가 될 것입니다. 만약 호랑이가 나를 부리게 되면 호랑이를 인도해 마을로 올 것이니, 반드시 길목에 함정을 설치하고 기다리면 호랑이를 잡을 수 있을 것입니다." 미 : 소계자(蘇季子 : 전국 시대 책사 소진(蘇秦))는 죽어서까지 그 원수에 복수했으니, 이 아이가 그와 비슷하다.

며칠 뒤에 과연 아이는 호랑이에게 잡아먹혔다. 한참 후에 아이가 아버지의 꿈에 나타나 말했다.

"저는 이미 창귀가 되어서 내일 호랑이를 인도해 올 것이니, 반드시 서쪽 모퉁이에 함정 하나를 속히 설치하십시오."

이에 아버지는 마을 사람들과 함께 함정을 만들었는데, 함정이 완성된 날에 과연 호랑이를 잡았다.

天寶末, 宣州有小兒, 其居近山. 每至夜, 恒見一鬼引虎逐己, 如是已十數度. 小兒謂父母云:"鬼引虎來, 則必死. 世人云:'爲虎所食, 其鬼爲倀.' 我死, 爲倀必矣. 若虎使我, 則引來村中, 宜設阱要路以待, 虎可得也." 眉:蘇季子且死能復其讎, 小兒近之矣. 後數日, 果死於虎. 久之, 見夢於父云:"身已爲倀, 明日引虎來, 宜於西偏速修一井." 父乃與村人作井, 井成之日, 果得虎.

* 이 고사는 《태평광기》 권428 〈호(虎)·선주아〉에 실려 있다.

66-63(2190) 유씨 노인

유노(劉老)

출《광이기》

　신주(信州)의 유씨(劉氏) 노인은 평민의 신분으로 산골짜기에서 절의 주지로 있었다. 그때 어떤 사람이 거위 200여 마리를 가지고 유씨를 찾아와 방생하자, 유씨는 늘 그 거위들을 돌보며 길렀다. 그런데 몇 달 후에 매일 거위가 호랑이에게 잡혀가서 이미 30여 마리가 없어졌다. 마을 사람들이 이를 근심해 거위를 방생한 곳곳에 그물과 함정을 두루 설치하자, 그 후로는 호랑이가 더 이상 오지 않았다. 며칠 뒤에 갑자기 머리가 커다랗고 수염이 기다란 노인이 유씨를 찾아와서 물었다.

　"거위가 어찌하여 줄어들었습니까?"

　유씨가 대답했다.

　"호랑이에게 잡혀갔습니다."

　노인이 또 물었다.

　"어찌하여 호랑이를 잡지 않습니까?"

　유씨가 대답했다.

　"이미 함정을 설치했더니 그때부터 더 이상 오지 않습니다."

노인이 말했다.

"그것은 창귀(倀鬼)가 시킨 것이니, 창귀를 먼저 제압한다면 틀림없이 호랑이를 잡을 수 있을 것입니다."

유씨가 물었다.

"어떤 방법으로 창귀를 잡을 수 있습니까?"

노인이 말했다.

"그 창귀는 신 것을 좋아하니, 미 : 창귀는 신 것을 좋아한다. 오매(烏梅 : 훈제해 말린 매실)와 백매(白梅 : 소금에 절인 매실), 그리고 양매(楊梅 : 소귀나무 열매)를 길목에 뿌려 놓으십시오. 창귀가 그것을 먹으면 사물을 보지 못하게 되니, 그러면 호랑이를 잡을 수 있습니다."

노인은 말을 마치고 사라졌다. 그날 저녁에 노인의 말대로 여러 매실을 길목에 뿌려 놓았더니, 사고(四鼓 : 사경)가 지났을 때 호랑이가 함정에 빠지는 소리가 들렸다. 그 후로 호랑이가 자취를 감추었다.

信州劉老者, 以白衣住持於山溪之間. 人有鵝二百餘隻詣劉放生, 恒自看養. 數月後, 每日爲虎所取, 已耗三十餘頭. 村人患之, 羅落陷阱, 遍於放生所, 自爾虎不復來. 後數日, 忽有老叟, 巨首長鬣, 來詣劉, 問 : "鵝何以少減?" 答曰 : "爲虎所取." 又問 : "何不取虎?" 答云 : "已設陷阱, 此不復來." 叟曰 : "此爲倀鬼所敎, 若先制倀, 卽當得虎." 劉問 : "何法取之?" 叟云 : "此鬼好酸, 眉 : 倀好酸. 可以烏白等梅及楊梅, 布之要路. 倀若食之, 便不見物, 虎乃可獲." 言訖不見. 是夕,如言布之, 四鼓後, 聞虎落井. 自爾絶焉.

* 이 고사는 《태평광기》 권431 〈호(虎)·유노〉에 실려 있다.

66-64(2191) 낭패

낭패(狼狽)

출《유양잡조》 미 : 이리다(狼).

 이리는 크기가 개만 하고 푸른색이며, 짖을 때 온몸의 구멍이 모두 떨린다. 또한 대퇴부의 힘줄은 굵기가 오리알만 하다. 도둑질한 사람이 그 힘줄을 태운 연기를 쐬면 반드시 손을 오그라들게 만든다. 이리 똥을 태운 연기는 곧장 위로 올라가므로, 봉화를 피울 때 사용한다. 혹은 낭(狼)와 패(狽)는 서로 다른 두 동물이라고 한다. 패는 앞다리가 아주 짧기 때문에 매번 걸을 때면 항상 낭 두 마리를 타고 다니는데, 만약 낭을 잃어버리면 움직일 수 없다. 그래서 세상에서는 일이 잘못된 것을 "낭패"라고 말한다.

狼大如狗, 蒼色, 作聲諸竅皆沸. 膌中筋大如鴨卵. 有犯盜者熏之, 當令手攣縮. 狼糞烟直上, 烽火用之. 或言狼狽是兩物. 狽前足絶短, 每行常駕兩狼, 失狼則不能動. 故世言事乖者稱"狼狽".

* 이 고사는 《태평광기》 권442 〈축수 · 낭패〉에 실려 있다.

66-65(2192) 사자에 대한 잡설

사잡설(獅雜說)

출《유양잡조》미 : 이하는 사자다(以下獅).

　석씨(釋氏 : 불교) 책에서 말했다.

　"사자의 힘줄로 현을 만들어 타면 다른 현들이 모두 끊어진다."

　집현교리(集賢校理) 장희복(張希復)이 말했다.

　"예전에 사자 꼬리로 만든 총채가 있었는데, 여름철에 파리와 모기가 감히 그 위에 앉지 못했다."

　옛말에 따르면, 소합향(蘇合香 : 소합향나무의 수지)은 사자의 똥이라고 한다.

釋氏書言 : "獅子筋爲弦, 鼓之, 衆絃皆絶." 集賢校理張希復言 : "舊有獅子尾拂, 夏月蠅蚋不敢集其上." 舊說, 蘇合香, 獅子糞也.

* 이 고사는《태평광기》권441〈축수 · 사잡설〉에 실려 있다.

66-66(2193) 조 공

조공(曹公)

출《박물지》

조 공(曹公 : 조조)이 모돈(冒頓: 묵특 · 묵돌)18)을 정벌하고 백랑산(白狼山)을 지나다가 사자를 만났는데, 사람들에게 사자를 때려잡게 했지만 사상자가 굉장히 많았다. 그래서 조 공은 늘 따르는 건아(健兒) 수백 명을 직접 거느리고 사자를 공격했는데, 사자가 포효하며 급히 떨쳐 일어나자 주위 사람들이 모두 겁에 질려 식은땀을 흘렸다. 그때 갑자기 숲속에서 살쾡이처럼 생긴 한 짐승이 나오더니, 미 : 어찌하여 이름이 없는가? 조 공의 수레 멍에로 뛰어올랐다. 사자가 막 달려들려고 할 때 그 짐승이 곧장 사자의 머리 위로 뛰어오르자, 사자는 즉시 땅에 엎드린 채 감히 일어나지 못했다. 그리하여 마침내 사자를 죽였다. 조 공은 사자 새끼 한

---

18) 모돈(冒頓) : 묵특 · 묵돌이라고도 한다. 모돈은 진(秦)나라 말과 한(漢)나라 초 흉노족(匈奴族) 선우(單于)의 이름이므로, 시대상 답돈(蹋頓)의 오기로 보인다. 답돈은 후한 헌제(獻帝) 때 오환국(烏桓國) 왕의 이름으로, 후한 건안(建安) 12년(207)에 조조가 오환국을 정벌했을 때 피살당했다.

마리와 그 짐승을 얻어서 돌아왔는데, 낙양(洛陽)까지 30리 남았을 때 길에 있던 닭과 개들이 모두 엎드린 채 울지도 짖지도 않았다.

曹公伐冒頓, 經白狼山, 逢獅子, 使人格之, 殺傷甚衆. 公乃自率常從健兒數百人擊之, 獅子哮吼奮迅, 左右咸驚汗. 忽見一物從林中出, 眉 : 豈無名乎? 如狸, 超上車軛. 獅子將至, 此獸便跳於獅子頭上, 獅子卽伏不敢起. 於是遂殺之. 得獅子一子・此獸還, 未至洛陽三十里, 路中鷄狗皆伏, 無鳴吠者.

* 이 고사는 《태평광기》 권441 〈축수・위무제(魏武帝)〉에 실려 있다.

66-67(2194) 후위 장제

후위장제(後魏莊帝)

출《가람기(伽藍記)》

  [북조] 후위(後魏 : 북위) 때 파사국(波斯國 : 페르시아 제국)에서 사자를 바쳤는데, 영안(永安) 연간(528~530) 말에 비로소 도성에 도착했다. 효장제(孝莊帝)가 시중(侍中) 이욱(李彧)에게 말했다.

  "짐이 듣건대 호랑이가 사자를 보면 반드시 복종한다고 하니, 호랑이를 구해서 시험해 보시오."

  그래서 산 근처에 있는 군현(郡縣)에 조서를 내려 호랑이를 잡아 보내도록 했는데, 공현(鞏縣)과 산양현(山陽縣)에서 모두 호랑이 두 마리와 표범 한 마리를 보내왔다. 호랑이와 표범은 사자를 보더니 모두 눈을 감은 채 감히 쳐다보지 못했다. 화림원(華林園)에는 이전부터 눈먼 곰 한 마리가 있었는데 성질이 매우 온순했다. 효장제가 한번 시험해 보게 하자, 우인(虞人 : 사냥터를 관장하는 관리)이 눈먼 곰을 끌고 와서 사자의 기척을 들려주었더니, 놀라 날뛰면서 사슬을 끌고 달아났다. 효장제는 그 광경을 보고 크게 웃었다.

後魏, 波斯國獻獅子, 永安末, 始達京師. 莊帝謂侍中李彧曰 : "朕聞虎見獅子必伏, 可覓試之." 於是詔近山郡縣, 捕虎以送, 鞏縣·山陽並送二虎一豹. 見獅子, 悉皆瞑目, 不敢仰視. 園中素有一盲熊, 性甚馴善. 帝令取試之, 虞人牽盲熊至, 聞獅子氣, 驚怖跳踉, 曳鎖而走. 帝大笑.

* 이 고사는 《태평광기》 권441 〈축수·후위장제〉에 실려 있다.

66-68(2195) 자로

자로(子路)

출《이원》·《유양잡조》 미 : 곰이다(熊).

  동토(東土)에서는 곰을 "자로"라고 불렀는데, 사람들이 물건으로 나무를 치면서 "자로는 일어나시오!"라고 말하면, 곰이 바로 아래로 내려왔다. 그러나 그 이름을 부르지 않으면 움직이지 않았다.

  곰의 쓸개는 봄에는 머리에 있고, 여름에는 배에 있으며, 가을에는 왼발에 있고, 겨울에는 오른발에 있다.

東土呼熊爲"子路", 以物擊樹云 : "子路可起!" 於是便下. 不呼則不動也.

熊膽, 春在首, 夏在腹, 秋在左足, 冬在右足.

* 이 고사는《태평광기》권442〈축수·자로〉에 실려 있다.

66-69(2196) 코끼리에 대한 잡설

상잡설(象雜說)

출《유양잡조》·《영표녹이(嶺表錄異)》 미 : 이하는 코끼리다(以下 象).

용상(龍象)은 예순 살이 되어야 뼈가 비로소 다 자란다. 코끼리의 쓸개는 간에 붙어 있지 않으며, 사계절에 따라 네 다리로 옮겨 다니는데, 봄에는 앞 왼다리에 있고 여름에는 앞 오른다리에 있어서 몸에 일정한 곳이 없는 것 같다. 코끝에는 바늘도 주울 수 있는 손톱이 있다. 그 살은 12부위가 있는데 오직 코만이 본래 살이다. 도정백[陶貞白 : 도홍경(陶弘景)]이 말했다.

"여름철에 약을 배합할 때는 반드시 약 옆에 상아를 놓아두어야 한다."

남방 사람들이 말했다.

"코끼리는 개 짖는 소리를 특히 싫어한다. 그래서 사냥꾼들은 식량을 싸 들고 높은 나무로 올라가서 곰 집을 만들어 놓고 지켜보고 있다가 코끼리 떼가 지나가면 곧장 개 짖는 소리를 낸다. 그러면 코끼리들이 모두 코를 쳐들고 울부짖으면서 그 자리를 맴돌고 지키며 더 이상 떠나지 않는다. 그렇게 5~6일이 지나 코끼리가 지쳐 쓰러지면, 사람들이 나무에서 내려와 은밀히 찔러 죽인다. 코끼리의 귓구멍은 북

가죽처럼 얇아서 한 번 찌르면 곧 죽는다. 코끼리의 가슴 앞에 있는 작은 가로 뼈를 태워서 재로 만들어 술과 함께 먹으면 사람을 물에 떠다니게 할 수 있다. 그 고기를 먹으면 사람의 체중을 무겁게 만든다."

옛말에 따르면, "코끼리는 수태한 지 5년 만에 비로소 새끼를 낳는다"고 한다.

환왕국(環王國 : 남방의 국명)의 야생 코끼리는 무리를 이루고 사는데, 수컷 한 마리가 암컷 30여 마리를 거느린다. 암컷은 상아가 겨우 2척이고, 번갈아 수컷에게 물과 풀을 가져다주며, 수컷이 누워 있으면 에워싸고 지킨다. 또 그 나라 사람들이 기르면서 훈련시킨 코끼리는 사람 대신 나무를 할 수 있다.

광주(廣州) 관할의 조주(潮州)와 순주(循州)에는 야생 코끼리가 많은데, 그 상아가 작고 붉어서 홀(笏)을 만들기에 가장 적당하다. 조주와 순주 사람들은 간혹 코끼리를 포획하면 그 코를 먹으려고 다투는데, 그들의 말에 따르면 그 고기가 통통하고 부드러워서 구워 먹기에 매우 적합하다고 한다. 또 다른 말에 따르면, 코끼리 살은 12부위가 있다고 한다. 초주(楚州)와 월주(越州) 사이에 있는 코끼리는 모두 검푸른 색이고, 오직 서방의 불림국(拂林國 : 동로마 제국)과 대식국(大食國 : 사라센 제국)에만 흰 코끼리가 많다. 유순(劉恂)의 어떤 친척이 일찍이 명을 받들어 운남(雲南)에 사신으로 갔을 때 보았더니, 그곳의 호족들은 각자 집에서 코끼리를 길러 무거운 짐을 먼 곳까지 실어 날랐는데, 중하(中夏 : 중국)에서 소나 말을 기르는 것과 같았다. 만족(蠻族) 왕이 백화루(百花樓)에서 한족(漢族) 사신에게 연회를 베풀 때, 악곡이 연주되자 배우들이 춤추는 코끼리를 끌고 들어왔는데, 코끼리는 황금 굴레를 머리에 쓰고 수놓은 비단을 몸에 드리운 채 박자에 맞춰 머리와 꼬리를 흔들었는데, 그 동작이 모두 가락에 들어맞았다. 당(唐)나라 건부(乾符) 4년(877)에 점성국(占城國 : 지금의 베트남 중남부에 있던 나라)에서 조련한 코끼리 세 마리를 바쳤는데, 대전(大殿) 앞으로 끌고 와서 대면할 때 역시 배무(拜舞 : 머리를 조아리고 배례한 뒤 춤추며 물러나는 예법)를 잘했다. 나중에 그 코끼리는 본국으로 돌려보내 주었다.

龍象六十歲, 骨方足. 象膽不附肝, 隨四時在四腿, 春在前左, 夏在前右, 如無定體也. 鼻端有爪可拾針. 肉有十二般, 唯鼻是其本肉. 陶貞白言 : "夏月合藥, 宜置牙於藥旁." 南人言 : "象尤惡犬聲. 獵者裹糧登高樹, 搆熊巢伺之, 有群象過, 則爲犬聲. 悉擧鼻吼叫, 循守不復去. 或經五六日, 困倒, 則下, 潛刺殺之. 耳穴薄如鼓皮, 一刺而斃. 胸前小橫骨, 灰之酒服, 令人能浮水出沒. 食其肉, 令人體重." 古訓言 : "象孕五歲始生."

環生[1]國野象成群, 一牡管牝三十餘. 牝者牙方二尺, 迭供牡者水草, 臥則環守. 又國人養馴者, 可令代樵.

廣之屬郡潮·循州多野象, 牙小而紅, 最堪作笏. 潮·循人
或捕得象, 爭食其鼻, 云肥脆, 偏堪作炙. 或云, 象肉有十二
種. 楚·越之間, 象皆青黑, 唯西方拂林·大食國卽多白象.
劉恂有親表, 曾奉使雲南, 彼中豪族, 各家養象, 負重致遠,
如中夏之畜牛馬也. 蠻王宴漢使於百花樓, 曲動樂作, 優倡
引入舞象, 以金羈絡首, 錦繡垂身, 隨拍騰蹋, 動頭搖尾, 皆
合節奏. 唐乾符四年, 占城國進馴象三頭, 當殿引對, 亦能拜
舞. 後放還本國.

* 이 고사는 《태평광기》 권441 〈축수·상잡설〉에 실려 있다.
1 생(生) : 《태평광기》와 《유양잡조속집(續集)》 권8에는 "왕(王)"이라
  되어 있는데 타당하다.

66-70(2197) 흰 코끼리

백상(白象)

출《가람기》

　　[북조] 후위(後魏 : 북위)의 낙수교(洛水橋) 남쪽 길 동쪽에 백상방(白象坊)이 있었다. 흰 코끼리는 영평(永平) 2년(509)에 건타라국(乾陁羅國 : 간다라국)에서 바친 것으로, 등에 오색 병풍과 칠보 좌상(坐牀)을 설치해 수십 명이 앉을 수 있는 참으로 진귀한 짐승이었다. 흰 코끼리는 승황조(乘黃曹 : 말을 담당하는 관서)에서 길렀는데, 우리와 담을 무너뜨리고 밖으로 도망쳐서 나무를 보면 뽑아 버리고 담장을 만나면 무너뜨리는 바람에, 백성이 놀라고 두려워서 이리저리 황급히 달아났다. 그래서 마침내 태후(太后)가 흰 코끼리를 그 마을로 옮겼다.

後魏洛水橋南道東, 有白象坊. 白象者, 永平二年, 乾陁羅國所獻, 背設五采屛風·七寶坐牀, 容數十人, 眞是異物. 嘗養於乘黃, 曾壞屋毁牆, 走出於外, 逢樹卽拔, 遇牆亦倒, 百姓驚怖, 奔走交馳. 太后遂徙象於此坊.

* 이 고사는《태평광기》권441 〈축수·백상〉에 실려 있다.

66-71(2198) 낭주의 막요

낭주막요(閬州莫徭)

출《광이기》

낭주 사람 막요[남방 소수 민족인 야오족(瑤族)의 선조]는 땔나무를 해서 먹고살았다. 한번은 그가 강가에서 갈대를 베고 있을 때, 커다란 코끼리가 갑자기 다가오더니 코로 그를 말아 올려 등에 태우고 100여 리를 가서 진펄 속으로 깊숙이 들어갔다. 진펄 속에는 늙은 코끼리가 누워서 숨을 헐떡이며 아주 고통스러운 소리를 내고 있었다. 막요를 태우고 왔던 코끼리가 그곳에 이르러 막요를 땅에 내려놓자, 늙은 코끼리가 발을 들었는데 발에 대나무 못이 박혀 있었다. 막요가 그 뜻을 알아차리고 허리끈으로 대나무 못을 묶어 뽑아냈더니 대여섯 되쯤 되는 피고름이 흘러나왔다. 작은 코끼리가 다시 코로 푸른 쑥을 말아 올려 막요에게 늙은 코끼리의 상처를 막게 하려고 하자, 막요는 쑥을 뜯어 따듯하게 비빈 다음에 차례대로 상처를 메웠는데 쑥을 모두 쓰고 나서야 다 메울 수 있었다. 한참 후에 병든 코끼리가 일어나 이리저리 걷다가 서다가 하더니 이윽고 다시 드러누웠다. 그러고는 작은 코끼리를 돌아보며 코로 산을 가리키면서 우! 우! 하고 소리쳤다. 그러자 작은 코끼리가 곧장 떠났다가 잠시 후에 상아 하나를 가지고 왔는데, 병든 코끼리는 그 상아를 보더니 크게 소리 지르면서 마치 못마땅해하는 것 같았다. 그러자 작은 코끼리는 그 상아를 가지고 떠났다가 잠시 후에 다시 커다란 상아를 가지고 왔다. 막요가 늙은 코끼리를 "장군"이라 부르면서 아직 식사를 하지 못해 몹시 배가 고프다고 하자, 작은 코끼리가 가서 산밤 몇 가지를 꺾어 왔는데, 막요가 그것을 먹었더니 배가 불렀다. 그런 후에 작은 코끼리는 상아와 함께 막요를 돌려보내 주었는데, 50리쯤 가다가 갑자기 되돌아갔다. 막요는 처음에 영문을 알지 못했는데, 다름 아니라 그가 두고 온 칼을 가지러 돌아간 것이었다. 막요가 칼을 챙기고 나자 코끼리는 막요를 본래 있던 곳까지 데려다주었으며, 머리로 막요를 건드리고 좌우로 귀를 흔들다가 한참 후에 떠났다. 막요가 얻은 그 상아는 굉장히 컸다. 막요가 상아를 싣고 홍주(洪州)로 갔더니 어떤 호상(胡商)이 사겠다고 나섰는데, 계속 값이 올라가 40만 냥까지 나갔다. 잠시 후 다른 사람의 가게로 갔더니, 그 호상이 황급히 삿자리로 상아를 덮자 다른 호상이 물었다.

"무슨 보물이기에 그렇게 급히 감추시오?"

막요가 삿자리를 벗기며 말했다.

"그저 커다란 상아일 뿐이오."

다른 호상은 상아를 보고 안색이 변하더니 막요에게 은밀히 말했다.

"나는 100만 냥을 주고, 거기다가 물건 주인에게 소개비로 1만 냥을 더 얹어 주겠소."

그러고는 각자 흥정을 그만두고 떠나는 척했다. 잠시 후 다른 호상이 돈을 짊어지고 오자, 본래 호상이 그와 다투며 말했다.

"원래 상아를 사려 했던 사람은 나요. 물건 주인이 설령 천만 냥을 요구했다 한들 내가 설마 그만한 돈이 없겠소?"

두 사람은 서로 옥신각신하다가 결국 치고받고 싸웠다. 담당 관리가 그 일을 현(縣)에 보고하고 현에서 부(府)에 보고하자, 부에서 그 자초지종을 캐물었다. 하지만 호상들이 처음에 상아를 보물이라고 실토하려 하지 않자 부군(府君 : 자사)이 말했다.

"이 상아는 마땅히 천자께 바쳐야 한다. 네놈들이 털어놓지 않더라도 결국 이익이 되는 일은 없을 것이다."

그제야 호상들이 아뢰었다.

"이 상아 속에는 용 두 마리가 서로 도약하는 자세로 서 있는데, 그것을 잘라 홀(笏)을 만들 수 있습니다. 우리 나라에서는 이것을 귀중하게 여기니 재화로 친다면 틀림없이 수십억 냥의 값이 나갈 것입니다. 이것을 얻으면 대상(大商)이 될 수 있습니다."

홍주에서는 곧장 상아와 상아 주인과 두 호상을 모두 조정으로 보냈다. 천후(天后 : 측천무후)가 상아를 갈라 보라고 명했더니 과연 용 모양의 홀이 나왔다. 천후가 막요에게 말했다.

"너의 용모를 보아하니 빈천한 상인지라 많은 돈과 재물을 누릴 수는 없을 것 같다. 낭주에 칙명을 내려 매년 너에게 5만 냥을 주도록 할 테니, 다 쓰면 다시 받아 가되 종신토록 그렇게 해라."

閬州莫徭以樵探爲事. 常於江邊刈蘆, 有大象奄至, 捲之上背, 行百餘里, 深入澤中. 澤中有老象, 臥而喘息, 痛聲甚苦. 至其所, 下於地, 老象擧足, 足中有竹丁. 莫徭曉其意, 以腰繩繫竹丁, 爲拔出, 膿血五六升許. 小象復鼻捲靑艾, 欲令塞瘡, 莫徭摘艾熱按, 以次塞之, 盡艾方滿. 久之, 病象能起, 東西行立, 已而復臥. 回顧小象, 以鼻指山, 呦呦有聲. 小象乃去, 須臾, 得一牙至, 病象見牙, 大吼, 意若嫌之. 小象持牙去, 頃之, 得一大牙. 莫徭呼象爲"將軍", 言未食, 患饑, 象往折山栗數枝, 食之, 乃飽. 然後送人及牙還, 行五十里, 忽爾却轉. 人初不了其意, 乃還取其遺刀. 人得刀畢, 送至本處, 以頭抵人, 左右搖耳, 久之乃去. 其牙酷大. 載至洪州, 有商胡求買, 累加至四十萬. 尋至他人肆, 胡遽以葦席覆牙, 他胡問: "是何寶, 而輒見避?" 主人除席云: "止一大牙耳." 他胡見牙色動, 私白主人: "許酬百萬, 又以一萬爲主人紹介." 佯各罷去. 頃間, 荷錢而至, 本胡復爭之云: "本買牙者我也. 主人若求千百之貫, 我豈無耶?" 往復交爭, 遂相毆擊. 所由白縣, 縣以白府, 府詰其由. 胡初不肯以牙爲寶, 府君曰: "此牙會獻天子. 汝輩不言, 亦終無益." 胡方白云: "牙中有二龍, 相躍而立, 可絶爲簡. 本國重此者, 以爲貨, 當值數十萬萬. 得之爲大商賈矣." 洪州乃以牙及牙主·二胡並進之.
天后命剖牙, 果得龍簡. 謂莫徭曰:"汝貌貧賤, 不可多受錢
物. 賜敕閬州, 每年給五十千, 盡而復取, 以終其身."

* 이 고사는《태평광기》권441〈축수·낭주막요〉에 실려 있다.

66-72(2199) 안남의 사냥꾼

안남엽자(安南獵者)

출《광이기》

안남의 어떤 사람이 사냥을 해서 먹고살았는데, 매번 화살촉에 독약을 묻혀 새나 짐승을 쏘면 맞은 것은 반드시 죽었다. [당나라] 개원(開元) 연간(713~741)에 그 사람이 한 번은 깊은 산에 들어가 나무 아래에서 언뜻 졸았는데, 갑자기 어떤 물체가 건드리기에 깜짝 놀라 일어나서 보았더니 다른 코끼리보다 배나 큰 흰 코끼리였다. 그 사람이 코끼리를 "장군"이라 부르면서 빌며 절하자, 코끼리가 코로 그를 말아 올려 등에 태우더니 다시 활과 화살과 독약 통 등을 주워서 그에게 주었다. 그러고는 마침내 100여 리를 달려가서 깊숙한 골짜기로 들어가더니 한 너럭바위에 이르렀다. 그 주변의 10리 정도를 돌아보았더니, 양 절벽에 온통 집채만 한 굵기의 커다란 나무가 빽빽이 들어서서 하늘을 가리고 있었다. 코끼리는 그 너럭바위에 이르더니 두려움에 떨며 걸어가면서 두리번거렸으며, 그렇게 6~7리쯤 가서 커다란 나무에 기대더니 코로 그 사람을 밀어 올렸다. 그 사람은 그 뜻을 알아채고서 곧장 활과 화살을 들고 나무 위로 올라갔으며, 코끼리는 나무 아래에서 바라보았다. 그 사람이 20여

장(丈)을 올라가서 멈추려고 하자 코끼리가 코를 세워 위를 가리켰는데, 마치 그에게 더 높이 올라가라고 하는 것 같았다. 그 사람이 그 뜻을 알아채고서 곧장 60장까지 올라가자, 코끼리는 그만 쳐다보고 떠났다. 그 사람은 밤에 나무 위에서 자고 다음 날 새벽에 보았더니 너럭바위 위에 두 개의 눈빛이 있었는데, 한참 지난 후에 키가 10여 장이나 되고 털빛이 새까만 거대한 짐승이 나타났다. 곧 날이 밝자 어젯밤에 보았던 커다란 코끼리가 보통 코끼리 100여 마리를 이끌고 산을 따라서 오더니 그 짐승 앞에 엎드렸다. 그러자 거대한 짐승이 뛰어와 코끼리 두 마리를 잡아먹었는데, 그 짐승이 다 먹고 나자 그 짐승과 커다란 코끼리는 각자 무리를 이끌고 떠났다. 그 사람은 그제야 코끼리의 의도가 자기에게 그 짐승을 쏘아 죽이게 하려 했다는 것을 알고, 화살 끝에 독약을 발라 있는 힘껏 화살을 쏘아 연달아 두 발을 명중시켰다. 그 짐승이 화살에 맞고 격분해 포효하자 그 소리가 숲의 나무를 뒤흔들었다. 그 사람이 또 고함치며 짐승을 유인하자 짐승이 그에게 달려들었는데, 짐승이 입을 벌리는 순간에 다시 입 속에 화살을 쏘았다. 짐승은 포효하며 스스로 날뛰더니 한참 후에야 비로소 죽었다. 잠시 후 커다란 코끼리가 너럭바위에서 나와 한 걸음 한 걸음 두리번거리면서 짐승이 있는 곳으로 가더니, 그것이 이미 죽은 것을 확인하고는 머리로 그것을 들이받으며 하늘을 우러러 크게 울부짖었다.

곧 이어 500~600마리의 코끼리 떼가 구름처럼 모여들어 부르짖었는데 그 소리가 수십 리까지 울려 퍼졌다. 커다란 코끼리는 나무 있는 곳으로 와서 무릎을 꿇고 재배하며 코를 들어 그 사람을 불렀다. 미 : 코끼리가 보은한 일이 덧붙어 나온다. 그 사람은 나무에서 내려와 코끼리 등에 올라탔다. 코끼리가 그 사람을 태우고 앞장서서 가자 나머지 코끼리들이 뒤따랐다. 잠시 후 한 곳에 도착했는데, 구릉처럼 나무토막이 세워져 있었다. 커다란 코끼리가 코로 나무토막을 들어내자 나머지 코끼리들도 모두 따라 해서 해 질 녘에야 나무토막을 다 들어냈는데, 그 속에 상아 수만 개가 있었다. 코끼리는 그 사람을 태우고 가면서 수십 보 간격마다 반드시 나뭇가지 하나씩을 꺾어 놓았는데, 아마도 그에게 길을 가르쳐 주려고 하는 것 같았다. 코끼리는 그 일을 마치고 나서 이윽고 그 사람이 어제 졸았던 곳에 도착해 그를 땅에 내려놓은 뒤 재배하고 떠났다. 그 사람이 돌아가서 도호(都護)에게 그 일을 아뢰자, 도호는 관리를 보내 그를 따라가서 수만 개의 상아를 얻었다. 이 때문에 영표(嶺表 : 영남)의 상아값이 싸졌다. 도호는 또 사람들을 너럭바위 있는 곳으로 보냈는데, 그곳에는 거대한 짐승의 뼈만 남아 있었다. 도호가 그것의 뼈 한 마디를 가져오라고 하자 10명이 겨우 둘러메고 왔다. 그 짐승의 뼈에는 구멍이 있었는데 그곳으로 사람이 드나들 수 있었다.

安南人以射獵爲業, 每藥附箭鏃, 射鳥獸, 中者必斃. 開元中, 其人曾入深山, 假寐樹下, 忽有物觸之, 驚起, 見是白象, 大倍他象. 南人呼之爲"將軍", 祝之而拜, 象以鼻捲人上背, 復取其弓矢藥筒等以授之. 因爾遂騁行百餘里, 入邃谷, 至平石. 回望十里許, 兩崖悉是大樹, 圍如巨屋, 森然隱天. 象至平石, 戰懼, 且行且望, 經六七里, 往倚大樹, 以鼻仰拂人. 人悟其意, 乃携弓箭, 緣樹上, 象於樹下望之. 可上二十餘丈, 欲止, 象鼻直指, 意如導令復上. 人知其意, 逕上六十丈, 象視畢, 走去. 其人夜宿樹上, 至明, 望平石上有二目光, 久之, 見巨獸, 高十餘丈, 毛色正黑. 須臾淸朗, 昨所見大象, 領凡象百餘頭, 循山而來, 伏於其前. 巨獸躩食二象, 食畢, 各引去. 人乃思象意, 欲令其射, 因傅藥矢端, 極力射之, 累中二矢. 獸戴矢吼奮, 聲震林木. 人亦大呼引獸, 獸來尋人, 會其開口, 又當口中射之. 獸吼而自擲, 久之方死. 俄見大象從平石入, 一步一望, 至獸所, 審其已死, 以頭觸之, 仰天大吼. 頃間, 群象五六百輩, 雲萃吼叫, 聲徹數十里. 大象來至樹所, 屈膝再拜, 以鼻招人. 眉: 象報恩附見. 人乃下樹, 上其背. 象載人前行, 群象從之. 尋至一所, 植木如隴. 大象以鼻揭樞, 群象皆揭, 日旴而盡, 中有象牙數萬枚. 象載人行, 數十步內, 必披一枝, 蓋示其路. 訖, 尋至昨寐之處, 下人於地, 再拜而去. 其人歸白都護, 都護發使隨之, 得牙數萬. 嶺表牙爲之賤. 使人至平石所, 巨獸但餘骨存. 都護取一節骨, 十人舁致之. 骨有孔, 通人來去.

* 이 고사는 《태평광기》 권441 〈축수・안남엽자〉에 실려 있다.

66-73(2200) 이영

이영(李嬰)

출《파척기(鄱陟記)》미 : 큰사슴이다(麈).

    이영과 그의 아우 이조(李綵)는 모두 쇠뇌를 잘 쏘았다. 그들은 일찍이 활을 쏘아 큰사슴 한 마리를 잡았는데, 네 다리를 잘라 나뭇가지 사이에 걸어 놓고 저며서 불 위에 구웠다. 막 함께 먹으려고 할 때 난데없이 산 아래에 한 신인(神人)이 보였는데, 키는 3장(丈)쯤 되었고 손에 커다란 보따리를 들고 성큼성큼 걸어왔다. 신인은 도착하자 사슴 고기와 가죽, 뼈, 그리고 불 위에 올려져 있던 고기까지 모두 거두어 보따리 안에 넣고 곧장 산으로 돌아갔다. 이영과 동생 이조는 깜짝 놀라며 어찌할 바를 몰랐는데, 또한 결국 별다른 일은 생기지 않았다.

李嬰與弟綵, 皆善用弩. 曾射得一麈, 解其四脚, 懸置樹間, 剖炙火上. 方欲共食, 忽見山下有一神人, 長三丈許, 鼓步而來, 手持大囊. 旣至, 悉斂肉及皮骨並列火上者於囊中, 逕還山去. 嬰與弟綵驚駭, 莫知所措. 亦竟無他焉.

* 이 고사는《태평광기》권443〈축수·이영〉에 실려 있다.

66-74(2201) 사슴에 대한 잡설

녹잡설(鹿雜說)

출《술이기》·《녹이기》 미 : 이하는 사슴이다(以下鹿).

사슴은 1000년이 되면 푸른색이 되고, 또 500년이 되면 흰색이 되며, 또 500년이 되면 검은색이 된다. 한(漢)나라 성제(成帝) 때 중산(中山) 사람이 현록(玄鹿)을 잡았는데, 그것을 삶아서 뼈를 보았더니 모두 검은색이었다. 선방(仙方 : 신선의 처방)에서 이르길, "현록을 육포로 만들어 먹으면 수명이 2000세에 이른다"라고 했다. 여간현(餘干縣)에 백록(白鹿)이 있었는데, 그곳 사람들이 전하는 말로는 1000년이 되었다고 했다. 진(晉)나라 성제(成帝)가 사람을 보내 그 백록을 잡아 오게 했는데, "[삼국 시대 오나라] 보정(寶鼎) 2년(267)에 임강(臨江)에서 바친 창록(蒼鹿)"이라는 글자가 새겨진 동패(銅牌)가 뿔 뒤에 걸려 있었다.

강릉군(江陵郡) 송자현(松滋縣) 지강촌(枝江村)에서 사슴 사냥을 하는 사람들은 대부분 도하조(淘河鳥 : 사다새)의 목뼈로 관(管)을 만들고 사슴 심장 위의 기름 막으로 황(簧 : 떨판)을 만들어 그것을 불어 사슴 소리를 내는데, 크게 불고 작게 부는 것에 따라 사슴 소리의 차이가 있다. 암사슴 소리를 내면 수사슴이 모두 몰려드는데, 이는 수컷이 암컷의 소리에 유인되기 때문이다. 그러면 사람들은 활을 잡아당겨 화살을 마구 쏜다. 남중(南中)에는 사슴이 많은데, 각 수컷 한 마리가 암컷 100마리를 거느린다. 봄이 되면 수컷들은 수척해지는데, 이는 대개 많은 암컷들을 상대했기 때문이다. 하지만 여름이 되면 오직 창포 한 가지만 먹을 뿐인데도 오히려 살이 찐다. 사슴은 뿔이 갈라질 때면 녹용(鹿茸)이 매우 아프기 때문에 사냥꾼을 만나도 엎드린 채 움직이지 못한다. 그러면 사냥꾼은 밧줄로 녹용을 묶고 잘라서 먼저 그 피를 마시고 난 후에 사슴을 죽인다.

鹿千年而蒼, 又五百年而白, 又五百年而玄. 漢成帝時, 中山人得玄鹿, 烹之, 視其骨, 皆黑色. 仙方云: "玄鹿爲脯, 食之, 壽至二千歲." 餘干縣有白鹿, 土人傳千歲矣. 晉成帝遣人捕得, 有銅牌鐫字在角後, 云: "寶鼎[1]二年臨江所獻蒼鹿." 江陵松滋枝江村射鹿者, 率以淘河烏[2]脛骨爲管, 以鹿心上脂膜作簧, 吹作鹿聲, 有大號小號呦呦之異. 或作麚鹿聲, 則麌鹿畢集, 蓋爲牝聲所誘. 人得彀矢而注之. 南中多鹿, 每一牡管牝百頭. 至春羸瘦, 蓋遊牝多也. 及夏, 則唯食菖蒲一味, 却肥. 當角解之時, 其茸甚痛, 逢獵人, 亦伏而不動. 獵者以繩繫其茸, 截而取之, 先以其血來啗, 然後斃鹿.

* 이 고사는 《태평광기》 권443 〈축수・창록(蒼鹿)〉・〈녹잡설〉에 실려 있는데, 〈녹잡설〉은 출전이 "《북몽쇄언(北夢瑣言)》"이라 되어 있다.

1 보정(寶鼎): '보정'은 삼국 시대 오나라의 마지막 군주 손호(孫皓)의 연호(266~269)이고, 진나라 성제는 325년부터 342년까지 재위

했으므로, 100년도 차이가 나지 않는다. 따라서 '보정'은 한나라 무제의 연호인 "원정(元鼎, BC 116~BC 111)"의 착오로 보인다. 원정 2년은 BC 115년이므로, 약 450년 정도 차이가 난다.
2 오(烏) : 문맥상 "조(鳥)"의 오기로 보인다.

66-75(2202) 녹마

녹마(鹿馬)

출《녹이기》

조양현(洮陽縣)의 동쪽에 있는 화산(華山)은 현에서 90리 떨어져 있는데, 산길은 굽이지고 성벽처럼 치솟아 있으며 뭇 봉우리들은 들쭉날쭉하다. 옛날에 어떤 사람이 사냥을 하다가 사슴 두 마리를 보았는데, 그중 한 마리는 서리 같은 털빛이 새하얘서 산골짜기를 밝게 비추었고, 다른 한 마리는 오색 무늬가 눈부실 정도로 찬란했다. 사냥꾼은 경이로워서 감히 화살을 쏘지 못했다. 사냥꾼은 앞으로 몇 리를 가다가 두 사람을 만났는데, 그들이 사냥꾼을 다그치며 말했다.

"당신은 어디서 오는 길이오? 말 두 마리를 보지 못했소?"

사냥꾼이 대답했다.

"사슴 두 마리만 보았습니다."

그 사람이 말했다.

"우리는 우제(虞帝 : 순임금)의 심부름으로 안구도사(安丘道士)에게 소식을 전하러 형산(衡山)에 가는 길이오. 당신이 본 사슴이 바로 우리의 말이오."

평 : 진왕(秦王 : 진시황)은 신선을 좋아했는데, 조고(趙高)가 사슴을 말이라고 한 것도 이상할 게 없다.

洮陽縣東有華山, 去縣九十里, 回跨峙堞, 峰嶺參差. 昔有人因獵, 見二鹿, 其一者霜毛純素, 照耀山谷, 一者五彩成文, 煥爛曜日. 獵人驚異而不敢射. 前行數里, 見二人, 訶云 : "使君何來? 不見二馬耶?" 答云 : "唯見雙鹿." 曰 : "吾爲虞帝所使, 至衡山, 與安丘道士相聞. 君所見鹿, 是吾馬也."
評 : 秦王好仙, 難怪趙高指鹿爲馬.

* 이 고사는 《태평광기》 권443 〈축수 · 녹마〉에 실려 있다.

66-76(2203) 토끼 귀신

토귀(兎鬼)

출《계신록》 미 : 토끼다(兎).

사농경(司農卿) 양매(楊邁)는 젊어서부터 사냥을 좋아했는데 그가 스스로 말했다.

"내가 장안(長安)에 있을 때 사냥매를 들판에 풀어놓았는데, 멀리서 보았더니 토끼 한 마리가 풀숲에서 뛰어다녔다. 매도 그 모습을 보고 쏜살같이 날아가 잡았는데, 막상 가 보니 아무것도 없었다. 매를 거두어 토시에 올려놓고 수십 보를 가다가 아까 그곳을 뒤돌아보았더니, 토끼가 다시 뛰어다니고 있었지만 또 잡지 못했다. 세 차례나 그렇게 한 끝에 풀을 베어 내고 그 토끼를 찾게 했는데, 토끼 뼈 1구를 발견했다."

그것은 아마도 토끼 귀신이었을 것이다.

평 : 거위도 귀신이 있고 토끼도 귀신이 있으니, 동물의 목숨을 어찌 해칠 수 있겠는가?

司農卿楊邁少好畋獵, 自云 : "在長安時, 放鷹於野, 遙見草中一兎跳躍. 鷹亦自見, 卽奮往搏之, 旣至無有. 收鷹上韝. 行數十步, 回顧其處, 復見兎走, 又不獲. 如是者三, 卽命芟草以求之, 得兔骨一具." 蓋兔之鬼也.
評 : 鵝有鬼, 兔亦有鬼, 物命其可殘乎?

* 이 고사는《태평광기》권443〈축수·양매(楊邁)〉에 실려 있다.

66-77(2204) 왕인유

왕인유(王仁裕)

출《왕씨견문(王氏見聞)》미 : 원숭이다(猿).

　　왕인유는 일찍이 한중(漢中)에서 종사(從事 : 자사의 속관)로 있을 때 관청에서 살았다. 파산(巴山)의 한 사냥꾼이 원숭이 새끼를 바쳤는데, 왕인유는 그것이 작고 영리한 것을 어여삐 여겨 사람들에게 기르게 하면서 "야빈(野賓)"이라는 이름을 지어 주었다. 그 이름을 부르면 원숭이가 즉시 대답했다. 1년이 지나자 야빈은 충분히 자라고 힘이 세져서 묶인 줄이 조금 느슨해지면 만나는 사람을 반드시 물었는데, 채찍과 회초리로 때려도 두려워하지 않았다. 오직 왕인유가 꾸짖으면 순종하며 움직이지 않았다. 그 관청은 자성(子城 : 큰 성에 딸린 작은 성)에 둘러싸여 있었고, 주위에는 온통 느릅나무와 홰나무 등 여러 나무가 있었다. 한(漢)나라 고조(高祖)의 사당에는 오래된 소나무와 측백나무가 있었고, 그 위에 셀 수 없이 많은 새집이 있었다. 중춘(中春 : 음력 2월)의 어느 날에 야빈이 달아나 수풀 속으로 들어가더니, 나무 끝 사이를 날아다니다가 한나라 고조의 사당으로 들어가서 새집을 망가뜨리고 새끼 새와 알을 땅에 던졌다. 주(州)의 관아에는 [경계를 알리기 위해] 방울을 매달아 놓은 시렁이 있었는데, 새 떼가 시렁에 모여들어 방울을 잡아당겼다. 협 : 새에게도 지각이 있다. 주수(主帥 : 절도사)는 새가 날아온 곳을 찾아보게 했는데, 야빈이 숲에 있는 것을 보고 곧장 사람을 시켜 기와 조각과 돌멩이를 던지고 탄궁을 쏘게 했지만 아무도 맞힐 수 없었다. 야빈은 해 질 무렵에 배 속이 비어 허기지고 나서야 붙잡혔다. 왕인유는 결국 사람을 시켜 파산에서 100여 리 떨어진 계곡의 동굴 속으로 야빈을 보냈는데, 그 사람이 돌아오자 어떻게 되었는지 다 묻기도 전에 야빈은 벌써 돌아와 주방 안에서 음식을 찾고 있었다. 그래서 다시 야빈을 묶어 놓았다. 갑자기 하루는 야빈이 줄을 풀고 달아나 주수의 주방으로 들어가서 닥치는 대로 식기 따위를 집어 던지고 더럽힌 뒤에 지붕으로 올라가서 기와를 던지고 벽돌을 깨부쉈다. 주수는 크게 화가 나서 사람들을 시켜 야빈에게 화살을 쏘게 했다. 야빈은 지붕의 용마루를 타고 기와와 벽돌을 깨부쉈다. 화살이 빗발처럼 날아들었지만 야빈은 아무렇지도 않은 듯 빤히 바라보면서 소리를 질렀는데, 화살을 손으로 잡고 발로 걷어 내며 좌우로 피했기 때문에 결국 털끝 하나도 건드릴 수 없었다. 사원(使院 : 절도사의 관서)의 마원장(馬元章)이라는 노장(老將)이 말했다.

"저잣거리에 한 사람이 있는데 원숭이를 잘 다룹니다."

주수는 곧장 그 사람을 불러오게 해서 야빈을 가리키며

말했다.

"속히 잡아 오도록 하라."

이에 커다란 원숭이가 관아의 지붕으로 뛰어올라 가서 야빈을 뒤쫓아 담을 넘고 골목을 뛰어다닌 끝에 사로잡아 앞에 대령했다. 야빈이 땀으로 범벅이 되어 잘못했다고 엎드리자, 사람들이 모두 웃었으며 주수도 그다지 심하게 욕하거나 화내지 않았다. 그래서 왕인유는 야빈의 목에 붉은 비단 끈 하나를 묶어 주고 시를 지어 야빈을 보냈다.

"너를 풀어 주며 당부하니 예전의 숲으로 돌아가서, 옛날에 다니던 곳을 잘 찾아가거라. 달 밝은 무협(巫峽)도 아름답고 고요할 테니, 파산에서 멀리 떨어져 있다고 너무 싫어하지 말거라. 숲속에서 살면 애써 푸른 산을 그리워하는 꿈은 꾸지 않아도 되고, 높은 산을 타고 오르면 푸른 구름과 벗하고 싶은 마음도 흡족하게 될 것이니라. 삼추(三秋 : 음력 9월)에 열매가 익으면 소나무 끝은 단단해질 테니, 마음껏 높은 나뭇가지 껴안고 밤새껏 노래하려무나."

왕인유는 다시 사람을 시켜 야빈을 고운양각산(孤雲兩角山)19)으로 보냈으며, 아울러 야빈을 산가(山家)에 묶어

---

19) 고운양각산(孤雲兩角山) : '고운'과 '양각'은 미창산(米倉山)에 있는 두 산봉우리다. 지금의 쓰촨성(四川省) 난장현(南江縣)에 있다.

두었다가 열흘 뒤에 줄을 풀어 놓아주게 했더니, 그 후로 야빈은 더 이상 찾아오지 않았다. 후에 왕인유는 관직을 그만두고 촉(蜀)으로 들어가다가 파총산(嶓冢山) 사당 앞의 한강(漢江) 둔치에서 머물렀는데, 원숭이 떼가 가파른 바위 위에서 서로의 팔을 잡고 내려와서 맑은 물을 마셨다. 그때 커다란 원숭이가 무리를 벗어나 앞으로 오더니 길가의 고목 사이에서 몸을 수그리고 아래를 내려다보았는데, 붉은 비단 같은 것이 보였다. 시종이 그 원숭이를 가리키며 말했다.

"저것은 야빈입니다."

그러고는 이름을 불렀더니 그때마다 대답했다. 왕인유는 한참 동안 말을 세워 놓고 자기도 모르게 슬퍼졌다. 왕인유가 말고삐를 잡아당겨 출발할 때 야빈은 여러 번 슬피 울고 떠났다. 산길을 올라가고 계곡을 돌아갈 때까지도 그 울음소리가 여전히 들렸는데, 아마도 야빈의 애간장이 끊어지는 것 같았다. 미 : 누가 짐승에게 정이 없다고 말하겠는가! 마침내 왕인유는 다시 시 한 수를 지었다.

"파총 사당 근처 한수(漢水)의 물가, 원숭이가 서로 팔을 잡고 가파른 절벽에서 내려왔네. 그중 한 마리가 다가와 길손을 자세히 살피는데, 어렴풋이 야빈임을 알아보겠네. 달빛 아래서 마음껏 잠을 자도 묶여 있던 꿈만 꾸나니, 잣을 먹는 너는 더 이상 쌀밥을 먹던 몸이 아니로구나. 너의 애간장 끊어지는 소리가 구름 속에서 들려오니, 분명 지난날의 옛

주인을 알아본 게로구나."

王仁裕常從事漢中, 家於公署. 巴山有採捕者, 獻猿兒焉, 憐其小而黠, 使人養之, 名曰"野賓". 呼之卽應. 經年則充博壯盛, 縻縶稍解, 逢人必噬, 縱鞭箠亦不畏. 惟仁裕叱之, 則弭伏而不動. 其公衙, 於城繚繞, 並是楡槐雜樹. 漢高廟有長松古柏, 上鳥巢不知其數. 時中春日, 野賓逸, 入叢林, 飛趨於樹稍之間, 遂入漢高廟, 破鳥巢, 擲其雛卵於地. 州衙門有鈴架, 群鳥遂集架引鈴. 夾: 鳥有知. 主使令尋鳥所來, 見野賓在林間, 卽使人投瓦礫彈射, 皆莫能中. 薄暮腹枵, 方餒而就縶. 乃遣人送入巴山百餘里溪洞中, 人方回, 詢問未畢, 野賓已在廚內謀餐矣. 又復縶之. 忽一日解逸, 入主帥廚中, 應動用食器之屬, 並遭掀撲磑污, 而後登屋, 擲瓦拆磚. 主帥大怒, 使衆箭射之. 野賓騎屋脊而毀拆磚瓦. 箭發如雨, 野賓目不妨視, 口不妨呼, 手拈足擲, 左右避箭, 竟不能損其一毫. 有使院老將馬元章曰: "市上有一人, 善弄胡猻." 乃使召至, 指示之曰: "速擒來." 於是大胡猻躍上衙屋趕之, 逾垣驀巷, 擒得至前. 野賓浴汗而伏罪, 衆皆笑之, 主帥亦不甚詬怒. 於是頸上繫紅綃一縷, 題詩送之曰: "放爾丁寧復故林, 舊來行處好追尋. 月明巫峽堪憐靜, 路隔巴山莫厭深. 棲宿免勞靑嶂夢, 躋攀應愜碧雲心. 三秋果熟松稍健, 任抱高枝徹曉吟." 又使人送入孤雲兩角山, 且使縶在山家, 旬日後, 方解縱之, 不復來矣. 後罷職入蜀, 行次嶓冢廟前漢江之壖, 群猿自峭巖中連臂而下, 飮於淸流. 有巨猿捨群而前, 於道畔古木之間, 垂身下顧, 紅綃仿佛而在. 從者指之曰: "此野賓也." 呼之, 聲聲相應. 立馬移時, 不覺惻然. 及聲轡之際, 哀叫數聲而去. 及陟山路, 轉壑回溪之際, 尙聞嗚咽之音, 疑其腸斷矣. 眉 : 誰謂獸類無情! 遂繼之一篇曰 : "蟠冢祠邊漢水濱, 此猿連臂下嶙峋. 漸來子細窺行客, 認得依稀是野賓. 月宿縱勞羈紲夢, 松餐非復稻粱身. 數聲腸斷和雲叫, 識是前年舊主人."

* 이 고사는《태평광기》권446〈축수·왕인유〉에 실려 있다.
1 어(於) :《태평광기》에는 "자(子)"라 되어 있는데, 문맥상 보다 타당하다.

66-78(2205) 양우도

양우도(楊于度)

출《야인한화(野人閑話)》 미 : 미후다(獼猴).

    촉중(蜀中 : 오대십국 후촉)에 원숭이를 잘 다루는 양우도라는 사람이 있었는데, 늘 크고 작은 원숭이 10여 마리를 길렀으며, 그 원숭이들은 사람의 말을 알아들었다. 가끔 한 원숭이를 개에 태우고 참군(參軍) 분장을 시키면, 다른 원숭이들이 앞에서 길을 열고 뒤에서 따랐다. 원숭이가 채찍을 잡고 휘두르거나 모자를 쓰고 가죽신을 신은 모습은 또한 일시에 사람들의 웃음을 자아낼 만했다. 원숭이에게 취한 사람 흉내를 내게 하면, 원숭이는 반드시 땅바닥에 드러누워 한참을 부축해도 일어나지 않았다. 양우도가 "가사(街使 : 시가를 순찰하는 관리)가 온다!"라고 소리쳐도 원숭이는 일어나지 않았고, 또 "어사중승(御史中丞)이 온다!"라고 소리쳐도 역시 일어나지 않았다. 그러면 양우도가 작은 소리로 "후 시중(侯侍中)이 온다!"라고 말하면, 원숭이는 즉시 일어나 달아나면서 눈을 휘둥그레 뜨고 두려움에 떠는 척했다. 사람들은 그 모습을 보고 모두 웃었다. 협 : 후 시중은 후홍실(侯弘實)이다. 그는 궁궐 안팎을 순찰하며 일을 엄중하게 처리해서 사람들이 모두 그를 두려워했기 때문에 이런 놀이를 한 것이다. 하루는 내구(內廐 : 궁중 마구간)의 원숭이가 묶인 줄을 끊고 전각 위로 달아났다. 촉주[蜀主 : 맹지상(孟知祥)]가 사람들에게 활을 쏘게 했지만, 원숭이가 너무 민첩해서 모두 맞히지 못해 결국 사흘이 지나도록 잡을 수 없었다. 환관이 시장의 걸인 양우도가 원숭이를 잘 다룬다고 아뢰자, 촉주는 그에게 원숭이를 잡아 보게 했다. 양우도는 마침내 원숭이 10여 마리를 이끌고 궁궐로 들어와서 대전을 향해 절한 뒤에 손을 맞잡은 채 한 줄로 섰는데, 내구의 원숭이도 전각 위에서 훔쳐보았다. 양우도가 큰 소리로 외쳤다.

"칙명을 받들어 전각 위에 있는 원숭이를 잡아 오너라!"

그러자 수하의 원숭이들이 일시에 전각 위로 올라가서 일제히 내구의 원숭이를 붙잡아 대전 위에 섰다. 촉주는 크게 기뻐하며 양우도에게 붉은 적삼과 돈과 비단을 하사하고, 그와 원숭이들을 교방(敎坊)에 배치하게 했다. 환관이 양우도에게 물었다.

"원숭이를 어떻게 가르쳤기에 사람의 말을 알아들을 수 있느냐?"

양우도가 대답했다.

"원숭이는 짐승이니 사실 사람의 말을 이해하지 못합니다. 그래서 제가 신령한 단사(丹砂)를 먹여 짐승의 마음을 바꾼 연후에 가르칠 수 있었습니다."

어떤 호사가(好事家)가 그 사실을 알고 신령한 단사를 원승이·앵무새·개·쥐 등에게 먹이고 사람의 말을 가르쳤다. 그래서 알겠나니, 금수도 신령한 단사를 먹으면 사람의 마음을 가지게 되니 사람이 신령한 단사를 먹으면 충분히 평범한 기질을 바꿀 수 있다.

蜀中有楊于度者, 善弄胡猻, 常飼養大小十餘頭, 會人語. 或令騎犬, 作參軍行李, 則呵殿前後. 其執鞭驅策, 戴帽穿靴, 亦可取笑一時. 如弄醉人, 則必倒臥地上, 扶之久而不起. 于度唱曰:"街使來!" 輒不起, "御史中丞來!" 亦不起. 或微言:"侯侍中來!" 胡猻卽便起走, 眼目張惶, 佯作懼怕, 人皆笑之. 夾:侯侍中弘實. 巡檢內外, 主嚴重, 人皆懼之, 故弄此戲. 一日, 內廄胡猻維絶, 走上殿閣. 蜀主令人射之, 以其蹻捷, 皆不之中, 竟不能捉獲者三日. 內竪奏市丐楊于度善弄胡猻, 試令捉之. 遂以十餘頭入, 望殿上拜, 拱手作一行立, 內廄胡猻亦在舍上窺覷. 于度高聲唱言 :"奉敕捉舍上胡猻來!" 手下胡猻一時上舍, 齊手把捉內廄胡猻, 立在殿上. 蜀主大悅, 因賜楊于度緋衫錢帛, 收繫敎坊. 有內臣因問楊于度:"胡猻何以敎之而會人言語?" 對曰:"胡猻乃獸, 實不會人語. 于度緣飼之靈砂, 變其獸心, 然後可敎." 有好事者知之, 多以靈砂飼胡猻·鸚鵡·犬·鼠等以敎之. 故知禽獸食靈砂, 尙變人心, 人食靈砂, 足變凡質.

* 이 고사는《태평광기》권446〈축수·양우도〉에 실려 있다.

66-79(2206) 여우에 대한 잡설

호잡설(狐雜說)

출'《현중기(玄中記)》·《광이기》 등서(等書)' 미 : 이하는 여우다(以下 狐).

여우는 50년이 되면 부인으로 변할 수 있고, 100년이 되면 미인이나 신무(神巫)로 변할 수 있으며, 혹은 남자로 변해 여인과 교접할 수도 있다. 또한 1000리 밖의 일을 알 수 있고, 사람을 홀리는 데 능해 사람을 미혹해서 이성을 잃게 만들기도 한다. 1000년이 되면 하늘과 통하게 되어 "천호(天狐)"가 된다.

1000년 된 여우는 성이 조씨(趙氏)나 장씨(張氏)이고, 500년 된 여우는 성이 백씨(白氏)나 강씨(康氏)다.

옛말에 따르면, "자호(紫狐)" 미 : 한(漢)나라 때 왕영효(王靈孝)가 암여우에게 홀려 그것을 "아자(阿紫)"라고 불렀다. 라고 하는 여우는 밤에 꼬리를 치면 불이 나온다고 한다. 그것이 장차 요괴로 변할 때면 반드시 해골을 머리에 이고 북두성에 절하는데, 이때 해골이 떨어지지 않으면 사람으로 변한다고 한다. 이 사실을 아는 자가 까치 머리를 문 위에 매달아 놓고 여우 요괴가 오기를 기다렸다가 "익힌 고기를 주십시오"라고 외쳤는데, 두세 번 그렇게 말하면 반드시 여우 요괴가 달아났다. 그래서 전하는 말에 따르면, "익힌 고기를 달라고 빌면 여우 요괴를 물리칠 수 있다"라고 한다.

당나라 초 이래로 백성은 대부분 여우 신을 섬겼는데, 방 안에서 제사를 올리면서 복을 빌었고 바치는 음식을 사람과 똑같이 했다. 당시 속담에 "여우 귀신이 없으면 마을을 이루지 못한다"라는 말이 있었다.

《북몽쇄언(北夢瑣言)》에 따르면, 강남에는 여우가 없고 강북에는 자고(鷓鴣)가 없다. 산 근처 군(郡)의 마을 사람들은 여우를 "야견(野犬)"이라 부른다.

狐五十歲, 能變化爲婦人, 百歲爲美女, 爲神巫, 或爲丈夫與女人交接. 能知千里外事, 善蠱魅, 使人迷惑失智. 千歲卽與天通, 爲"天狐".
千年之狐, 姓趙姓張, 五百年狐, 姓白姓康.
舊說, 野狐名"紫狐", 眉∶漢□[1]靈孝爲雌狐所魅, 名"阿紫". 夜擊尾火出, 將爲怪, 必戴髑髏拜北斗, 髑髏不墜, 則化爲人矣. 知之者, 取鵲頭懸戶上, 俟魅至, 呼"伊祈熟肉", 再三言之, 必走. 故相傳云∶"伊祈熟肉辟狐魅."
唐初已來, 百姓多事狐神, 房中祭祀以乞恩, 飮食與人同之. 時有諺曰∶"無狐魅, 不成村."
《北夢瑣言》云∶江南無野狐, 江北無鷓鴣. 山郡里人號爲"野犬".

* 이 고사는 《태평광기》 권447 〈호(狐)·설호(說狐)〉, 권450 〈호(狐)·당참군(唐參軍)〉, 권454 〈호(狐)·유원정(劉元鼎)〉, 권450 〈호(狐)·양씨녀(楊氏女)〉, 권447 〈호·호신(狐神)〉, 권455 〈호(狐)·창저민(滄洴民)〉에 실려 있다.

1　□ : 궐자(闕字)인데, 《수신기(搜神記)》 권18 〈산매아자(山魅阿紫)〉에는 "왕(王)"이라 되어 있다. 〈산매아자〉 고사를 인용한 《태평광기》 권447 〈호·진선(陳羨)〉에는 "토(土)"라 되어 있는데 오기로 보인다.

66-80(2207) 왕씨 노인

왕노(王老)

출《광이기》

당(唐)나라 때 수양군(睢陽郡)의 송왕총(宋王冢) 옆에 늙은 여우가 살고 있었다. 매번 아일(衙日)[20]이 되면 온 읍의 개들이 모두 그 여우를 찾아가 인사를 드렸는데, 여우가 무덤 위에 앉아 있으면 개들이 그 아래에 줄지어 섰다. 동도(東都 : 낙양)의 왕씨(王氏) 노인은 요괴를 잘 물어뜯는 개 두 마리가 있었는데, 전후로 아주 많은 요괴를 죽였다. 송주(宋州) 사람들이 너도나도 돈을 주고 그 개를 빌려 여우를 잡으려 하자 왕씨 노인은 개를 끌고 송주로 갔는데, 그 개가 곧장 다른 개들 아래로 가서 엎드린 채 꼼짝하지 않자 송주 사람들이 크게 실망했다. 지금 세상 사람 중에서 일을 제대로 해내지 못하는 자가 있으면, 서로 놀리며 "수양의 여우를 잡으러 온 개"라고 한다.

唐睢陽郡宋王冢旁有老狐. 每至衙日, 邑中之狗悉往朝之,

---

[20] 아일(衙日) : 당송대에 절당(節堂)에 모여 제사를 올리던 날. 절당은 절도사가 정절(旌節)을 보관해 두던 청사를 말한다.

狐坐冢上, 狗列其下. 東都王老有雙犬, 能咋魅, 前後殺魅甚多. 宋人相率以財僱犬咋狐, 王老牽犬往, 犬乃徑詣諸犬之下, 伏而不動, 大失宋人之望. 今世人有不了其事者, 相戲云: "取睢陽野狐犬."

* 이 고사는《태평광기》권451 〈호(狐)·왕노〉에 실려 있다.

66-81(2208) 구미호와 청호

구미호청호(九尾狐·靑狐)

구(俱)《서응편(瑞應編)》

구미호는 신령한 짐승이다. 그 모습은 붉고 다리는 네 개이며 꼬리는 아홉 개다. 청구국(靑丘國)에서 나며 그 소리는 갓난아이와 같다. 그 고기를 먹은 사람은 요사한 기운이나 고독(蠱毒)21) 따위에 걸리지 않는다.

주(周)나라 문왕(文王)이 유리(羑里)에 갇혀 있을 때, 산의생(散宜生)이 도산(塗山)을 찾아가 푸른 여우를 얻어 [은(殷)나라] 주왕(紂王)에게 바쳤는데, 그 덕분에 서백(西伯: 문왕)은 화를 면했다.

九尾狐者, 神獸也. 其狀赤色, 四足九尾. 出靑丘之國, 音如嬰兒. 食者令人不逢妖邪之氣, 及蠱毒之類.
周文王拘羑里, 散宜生詣塗山得靑狐, 以獻紂, 免西伯之難.

* 이 고사는 《태평광기》 권447 〈호(狐)·서응(瑞應)〉과 〈주문왕(周文王)〉에 실려 있다.

21) 고독(蠱毒): 뱀·지네·두꺼비 등의 독으로 만든 독약을 사람에게 몰래 먹여, 점차 정신 착란을 일으키거나 실신시켜 죽게 만드는 일을 말한다.

66-82(2209) 성성

성성(猩猩)

출《국사보》·《조야첨재》 미 : 이하는 기이한 짐승이다(以下異獸).

성성이[오랑우탄]는 술과 나막신을 좋아하므로, 사람들은 성성이를 잡으려고 할 때 이 두 가지 물건으로 유인한다. 성성이는 처음에 그것을 보면 반드시 큰 소리로 욕한다.

"우리를 유인하려는 것이다!"

그러고는 아주 빨리 달아나 떠나는데, 떠났다가 다시 와서는 조금씩 서로 술을 권하다가 금세 진탕 취해 발이 모두 묶이게 된다. 어떤 사람이 성성이의 모습을 그리고 찬(贊)을 지었다.

"너의 모습은 꼭 원숭이이지만, 너의 얼굴은 꼭 사람이다. 말은 얼굴을 욕되게 하지 않지만, 지혜는 몸을 뛰어넘지 못한다. 회음후[淮陰侯 : 한신(韓信)]는 한(漢)나라를 보좌했고, 이사(李斯)는 진(秦) 나라의 재상이 되었다. 하지만 어찌 [허유(許由)처럼] 기산(箕山)에 은거하며, 고상하게 진성(眞性)을 함양하는 것만 하겠느냐!"

안남(安南 : 베트남)의 무평현(武平縣)과 봉계현(封溪縣)에 성성이가 있는데, 미인처럼 생기고 사람의 말을 이해하며 지난 일을 안다. 성성이는 술을 좋아하기 때문에 나막신을 이용해 붙잡아 한 우리에 수백 마리를 가두어 둔다. 사람들이 잡아먹으려고 하면 성성이들은 알아서 살찐 놈을 골라 보내면서 눈물을 흘리며 작별한다. 한번은 봉계현령에게 성성이를 보내왔는데 보자기로 덮여 있었다. 현령이 무슨 물건이냐고 묻자 성성이가 대바구니 안에서 말했다.

"저와 술 한 병만 있습니다."

그 말에 현령은 웃으면서 성성이를 좋아하게 되었다.

猩猩好酒與屐, 人欲取者, 置二物以誘之. 猩猩始見, 必大罵云: "誘我也!" 乃絶走而去之, 去而復至, 稍稍相勸, 頃盡醉, 其足皆絆. 或圖而贊之曰: "爾形唯猿, 爾面唯人. 言不悉面, 智不逾身. 淮陰佐漢, 李斯相秦. 曷若箕山, 高臥養眞!"
安南武平縣封溪中, 有猩猩焉, 如美人, 解人語, 知往事. 以嗜酒故, 以屐得之, 檻百數同牢. 欲食之, 衆自推肥者相送, 流涕而別. 時餉封溪令, 以帊蓋之. 令問何物, 猩猩乃籠中語曰: "唯有僕並酒一壺耳." 令笑而愛之.

* 이 고사는 《태평광기》 권446 〈축수·호주(好酒)〉와 〈능언(能言)〉에 실려 있다.

66-83(2210) 과연

과연(猓然)

출《국사보》

    검남(劍南) 사람이 과연[긴 꼬리 원숭이]을 잡을 때, 과연 한 마리를 잡으면 수십 마리의 과연을 잡을 수 있다. 어째서 그런가? 과연은 그 무리가 상처를 입으면 떼 지어 슬피 울면서 비록 죽더라도 떠나지 않는다. 이것은 짐승의 모습을 하고 있지만 도리어 사람의 마음을 가지고 있다. [전국 시대 위(魏)나라의 장수] 악양(樂羊)[22], [당(唐)나라의 장수] 장인원(張仁願)[23], [당나라의 금부낭중(金部郞中)] 사모(史牟)[24]

---

[22] 악양(樂羊) : 전국 시대 위(魏)나라 문후(文侯)의 장수로, 중산(中山)을 정벌할 때 아들이 중산에 있었는데, 중산군(中山君)이 그 아들을 삶아 죽여서 국을 끓여 악양에게 보내자 그대로 마셨다.

[23] 장인원(張仁願) : 당나라의 장수이자 재상. 중종(中宗) 때 삭방대총관(朔方大總管)으로 임명되어 돌궐(突厥)을 대파했는데, 투항한 사람의 배와 등에 격문을 쓰고 살갗을 파서 먹으로 검게 물들인 다음 불로 지지자, 그는 고통을 견디지 못해 밤낮으로 벌레와 새처럼 울부짖었다.

[24] 사모(史牟) : 당나라 덕종(德宗) 때 금부낭중으로서 염전 업무를 주관했다. 그에게는 열 살 남짓한 외조카가 있었는데, 하루는 사모를 따라 염전을 순찰하러 갔다가 소금 한 덩이를 주워 가지고 돌아왔다. 사

는 사람의 모습을 하고 있지만 도리어 짐승의 마음을 가지고 있었다.

劍南人之采猓猊者, 得一猓猊, 其數十猓猊可得. 何哉? 猓猊傷其類, 聚族悲啼, 雖殺之不去. 此獸狀而人心也. 樂羊·張仁願·史牟, 則人狀而獸心也.

* 이 고사는 《태평광기》 권446 〈축수·과연〉에 실려 있다.

모는 그 사실을 알고 즉시 외조카를 곤장 쳐 죽였다. 본서 33-21(0863) 〈사모(史牟)〉에 나온다.

권67 곤충부(昆蟲部)

독충(毒蟲)

67-1(2211) 뱀에 대한 잡설

사잡설(蛇雜說)

출《조야첨재》미 : 이하는 뱀이다(以下蛇).

    종서래사(種黍來蛇)25)는 검은 숫양의 뿔과 머리카락을 태우면 감히 오지 못한다. 무릇 뱀의 해에는 뱀을 죽여서는 안 된다.

種黍來蛇, 燒殺羊角及頭髮, 則蛇不敢來. 凡巳年不宜殺蛇.

* 이 고사는 《태평광기》 권456 〈사(蛇)·종서래사(種黍來蛇)〉에 실려 있다.

---

25) 종서래사(種黍來蛇) : 기장을 심을 때 나오는 뱀이란 뜻이다.

67-2(2212) 염사

염사(蚺蛇)

출《영표녹이》·《유양잡조》·《문기록》

염사[비단뱀] 중에 큰 것은 길이가 5~6장(丈)이고 둘레가 5~6척이며, 그다음 것도 길이가 3~4장 이상이고 둘레 역시 3~4척이다. 몸에는 무늬 비단 같은 얼룩무늬가 있다. 마을 사람들이 말했다.

"봄과 여름에 염사는 대부분 산림 속에서 사슴이 지나가길 기다렸다가 입으로 문다. 꼬리부터 삼키는데 머리와 뿔만은 입 밖에 걸린 채로 곧장 숲의 나무 사이로 깊이 들어가서 사슴의 머리를 놓아둔다. 사슴이 썩어 머리와 뿔이 땅에 떨어지기를 기다렸다가 비로소 사슴의 몸을 배 속으로 삼킨다. 그렇게 하고 나면 염사는 매우 쇠약해지는데, 사슴이 소화된 후에는 튼튼하고 윤이 나서 사슴을 먹지 않은 뱀보다 날쌔고 건강해진다."

또 어떤 사람이 말했다.

"염사는 1년에 사슴 한 마리를 먹는다."

일설에 따르면, 염사는 항상 사슴을 삼켜 다 소화되면 나무를 감고서 뼈를 토해 낸다. 상처를 치료할 때 염사를 먹으면 기름지고 매우 맛있다. 간혹 부녀자의 옷을 염사에게 던지면 똬리를 튼 채 일어나지 않는다. 염사의 쓸개는 매월 상순(上旬)에는 머리 가까이에 있고 중순(中旬)에는 꼬리 가까이에 있다.

평 : 《문기록(聞奇錄)》에서 이르길, "어떤 관리가 남중(南中)에서 커다란 뱀 한 마리를 보았는데, 길이가 몇 장이나 되고 굵기가 1척 5촌쯤 되었다. 그 뱀의 배 속에 마치 나무토막처럼 생긴 물체가 있었는데, 뱀이 나무 한 그루를 쭉 훑어 내려가며 잎을 뜯어 먹자 배 속에 있던 물체가 점차 소화되어 아무것도 남지 않았다. 마을 사람이 말하길, '이 뱀이 사슴을 삼키면 이 나뭇잎으로 소화시킬 수 있다'고 했다. 관리는 시종에게 그 나뭇잎을 따서 거두게 했다. 집으로 돌아온 뒤에 그는 음식을 먹고 소화가 되지 않아 배가 더부룩해지자 그 잎을 꺼내 탕을 끓여 마셨다. 밤이 지나고 정오가 되었는데도 관리의 기척이 없자 이불을 걷고 보았더니, 앙상한 뼈만 남아 있었고 나머지 몸은 모두 물로 변해 있었다"라고 했다. 미 : 사람과 동물은 체성(體性)이 다르다.

蚺蛇, 大者五六丈, 圍五六尺. 以次者亦不下三四丈, 圍亦稱是. 身斑文, 如錦繢. 里人云 : "春夏多於山林中等麂[1]鹿過, 則銜之. 自尾而吞, 唯頭角礙於口外, 卽深入林樹間, 閣其首. 伺鹿壞, 頭角墜地, 鹿身方咽入腹. 如此後, 蛇極羸弱, 及其鹿消, 壯俊悅澤, 勇健於未食鹿者." 或云 : "一年則食一鹿."

一說, 蚺蛇常吞麂²鹿消盡, 乃繞樹出骨. 養瘡時, 肪腴甚美. 或以婦人衣投之, 則蟠而不起. 其膽, 上旬近頭, 中旬近尾.

評:《聞奇錄》云: 有官人於南中見一大蛇, 長數丈, 徑可一尺五寸. 腹內有物, 如椓橛之類, 沿一樹食其葉, 腹中之物, 漸消無所有. 而里人云: "此蛇吞鹿, 此木葉能消之." 遂令從者採其葉收之. 歸後, 或食不消, 腹脹, 乃取其葉作湯飲之. 經宵及午不報, 及撤被視之, 唯殘枯骸, 餘化爲水矣. 眉: 人與蟲性不同.

* 이 고사는 《태평광기》 권456 〈사·염사〉, 권459 〈사·번우서생(番禺書生)〉에 실려 있다.

1 궤(麂):《태평광기》에는 "녹(鹿)"이라 되어 있는데, 문맥상 보다 타당하다.《영표녹이(嶺表錄異)》권하에는 이 자가 없다.

2 궤(麂):《태평광기》에는 "녹(鹿)"이라 되어 있는데, 문맥상 보다 타당하다.《유양잡조(酉陽雜俎)》권17에는 이 자가 없다.

67-3(2213) 염사의 쓸개

염사담(蚺蛇膽)

출《조야첨재》·《중흥서(中興書)》

    천주(泉州)와 건주(建州)에서 비단뱀의 쓸개를 진상하는데, 5월 5일에 그 쓸개를 꺼낼 때, 서로 5~6척 떨어진 두 기둥에 뱀의 머리와 꼬리를 묶어 놓고 몽둥이로 배 아래를 왔다 갔다 하며 두드리면 쓸개가 모인다. 그때 칼로 배를 갈라 쓸개를 꺼낸 뒤 약을 발라 봉합해 놓아주면 죽지 않는다. 다시 쓸개를 꺼낼 때 갈비 아래에 흉터가 보이면 놓아준다.

泉·建州進蚺蛇膽, 五月五日取時膽, 兩柱相去五六尺, 擊[1] 蛇頭尾, 以杖於腹下來去扣之, 膽卽聚. 以刀刲取, 藥封放之, 不死. 復更取, 看肋下有痕, 卽放.

* 이 고사는 《태평광기》권456 〈사·염사담〉에 실려 있다.

1 격(擊) : 문맥상 "계(繫)"의 오기로 보인다.

67-4(2214) 냉사

냉사(冷蛇)

출《유양잡조》

    [당나라] 신왕[申王 : 이휘(李撝). 현종의 형]은 육질(肉疾 : 비만증)을 앓아서 뱃살이 무릎까지 늘어져 있었다. 그래서 매번 외출할 때면 흰 비단으로 동여맸는데, 여름철이 되면 더워서 숨을 쉴 수조차 없었다. 현종(玄宗)이 남방(南方)에 조서를 내려 냉사 두 마리를 잡아 오게 해서 신왕에게 하사했는데, 그 뱀의 길이는 몇 척이었고 흰색이었으며 사람을 물지 않았다. 그것을 잡으면 마치 얼음을 쥐고 있는 것처럼 차가웠다. 신왕은 뱃살이 몇 겹으로 접혔는데, 여름에 접힌 뱃살 사이에 냉사를 놓아두면 더 이상 무더위를 느끼지 않았다.

申王有肉疾, 腹垂至骭. 每出, 則以白練束之, 至暑月, 鼾息不逮. 玄宗詔南方取冷蛇二條賜之, 蛇長數尺, 色白, 不螫人. 執之, 冷如握冰. 申王腹有數約, 夏月置於約中, 不復覺煩暑.

* 이 고사는 《태평광기》 권474 〈곤충 · 냉사〉에 실려 있다.

67-5(2215) 신사

신사(神蛇)

출《궁신비원(窮神秘苑)》

《수신기(搜神記)》에서는 "뱀이 1000년 묵으면 몸을 잘랐다가 다시 붙인다"라고 했으며, 《회남자(淮南子)》에서는 "신사는 자기 몸을 스스로 잘랐다가 스스로 다시 붙인다"라고 했다. 수(隋)나라 양제(煬帝)는 영남(嶺南)의 해변으로 사람을 보내, 그 뱀 서너 마리를 구해서 낙하(洛下 : 낙양)로 가져오게 했다. 그 뱀은 길이가 3척쯤 되고 검노란 색이었으며, 머리에 비단 무늬가 있고 몸 전체가 황금빛처럼 보였는데, 사람에게는 독을 뿜지 않고 고기를 먹을 줄 알았다. 만약 그 뱀의 몸을 스스로 자르게 하고 싶을 경우, 먼저 그것을 건드려 화를 내게 하면 스스로 자기 몸을 서너 토막으로 잘랐다. 그 잘라진 곳은 칼로 벤 것 같았고 또한 약간의 피도 나왔다. 하지만 한참 후에 화가 가라앉으면 서너 토막 난 몸이 점점 서로 다가가 이어져서 이전처럼 회복되었다. 수나라의 저작랑(著作郎) 등융(鄧隆)이 말했다.

"이것은 영사(靈蛇)의 한 종류로 스스로 몸을 자르는데, 반드시 1000년을 묵지 않아도 된다."

《搜神記》: "蛇千年則斷復續." 《淮南子》云 : "神蛇自斷其身

而自相續." 隋煬帝遣人於嶺南邊海, 求此蛇數四, 而至洛下. 長可三尺, 色黃黑, 其頭錦文, 全似金色, 不能毒人, 解食肉. 若欲令斷身, 先觸之令怒, 則自斷爲三四. 其斷處, 如刀截, 亦微有血. 然久怒定, 則三四斷稍稍自相就而連續如故. 隋著作郎鄧隆云:"此靈蛇一類, 自斷, 不必千歲也."

* 이 고사는 《태평광기》 권457 〈사・수양제(隋煬帝)〉에 실려 있다.

67-6(2216) 원한을 갚는 뱀

보원사(報寃蛇)

출《조야첨재》

영남(嶺南)에는 원수를 갚는 뱀이 있는데, 사람들이 건드리면 곧바로 3~5리까지 그 사람을 쫓아온다. 만약 뱀 한 마리를 때려죽이면 100마리의 뱀이 모여드는데, 지네를 가지고 스스로 방비하면 화를 면할 수 있다.

嶺南有報寃蛇, 人觸之, 卽三五里隨身卽至. 若打殺一蛇, 則百蛇相集, 將蜈蚣自防, 乃免.

* 이 고사는《태평광기》권456〈사·보원사〉에 실려 있다.

67-7(2217) 독사

독사(毒蛇)

출《조야첨재》·《녹이기》

산남(山南)의 오계(五溪)와 검중(黔中)에는 모두 독사가 있는데, 검은색에 코가 뒤집어져 있으며[26] 풀 속에 똬리를 틀고 있다. 그 이빨은 갈고리처럼 굽어 있고, 사람과 몇 걸음 떨어진 곳에서 곧장 달려드는데 쏜 화살처럼 빠르며, 사람을 물면 즉시 죽는다. 손을 물리면 손을 잘라 내고 발을 물리면 발을 잘라 내야 하며, 그러지 않으면 온몸이 붓고 썩어 100명에 한 명도 살지 못한다. 이를 복사(蝮蛇 : 살무사)라 한다. 또 황후사(黃喉蛇)가 있는데, 집 위에서 살기 좋아하고 독이 없어 사람을 해치지 않는다. 유독 독사를 잘 잡아먹는데, 배부르게 먹고 나서 머리를 아래로 드리우고 침을 떨어뜨리면 땅에서 거품이 일어나 사슬(沙虱 : 작고 독이 강한 이)로 변하며, 이것이 사람을 물면 병에 걸린다. 그 뱀은 이마 위에 "대왕(大王)"이란 글자가 있으며 뱀들의 우두머리다.

[26] 코가 뒤집어져 있으며 : 원문은 "반비(反鼻)". '반비'는 살무사의 별칭이기도 하다.

계관사(鷄冠蛇)는 머리에 수탉처럼 벼슬이 있는데, 길이는 1척 남짓이고 둘레는 몇 촌이며, 사람이 물리면 반드시 죽는다. 회계산(會稽山) 아래에 그 뱀이 있다. 폭신사(爆身蛇)는 길이가 1~2척이고 몸이 회색이다. 사람이 걸어가는 소리를 들으면 숲속에서 날아 나오는데, 그 모습이 마치 마른 나뭇가지가 휙 날아와서 사람을 때리는 것 같으며, 그 뱀에 물린 사람은 모두 죽는다. 황령사(黃領蛇)는 길이가 1~2척이고 몸이 황금색이며 돌 틈에서 사는데, 비가 오려 할 때 소 울음소리를 내며, 사람이 물리면 또한 죽는다. 사명산(四明山)에 그 뱀이 있다.

몸이 납작하고 오색인 뱀은 "벽경(壁鏡)"이라고 하는데, 사람이 그 독에 쐬면 반드시 죽는다. 뽕나무 잿물을 세 번 끓인 다음 백반을 넣어 고약을 만들어 물린 상처에 바르면 즉시 낫는다.

山南五溪·黔中皆有毒蛇, 烏而反鼻, 蟠於草中. 其牙倒勾, 去人數步, 直來疾如激箭, 螫人立死. 中手卽斷手, 中足則斷足, 不然則全身腫爛, 百無一活. 謂"蝮蛇"也. 有黃喉蛇, 好在舍上, 無毒, 不害人. 唯善食毒蛇, 食飽, 垂頭直下, 滴沫, 地噴起, 變爲沙虱, 中人爲疾. 額上有"大王"字, 衆蛇之長. 鷄冠蛇, 頭如雄鷄有冠, 身長尺餘, 圍可數寸, 中人必死. 會稽山下有之. 爆身蛇, 長一二尺, 形如灰色. 聞人行聲, 林中飛出, 狀若枯枝, 橫來擊人, 中者皆死. 黃領蛇, 長一二尺, 色如黃金, 居石縫中, 欲雨之時, 作牛吼聲, 中人亦死. 四明山有之.

蛇身匾五色者, 名"壁鏡", 螫人必死. 用桑柴灰汁, 三度沸, 調白礬爲膏, 塗之卽愈.

* 이 고사는 《태평광기》 권456 〈사·독사〉·〈계관사(鷄冠蛇)〉·〈폭신사(爆身蛇)〉·〈황령사(黃領蛇)〉, 권477 〈곤충·벽경(壁鏡)〉에 실려 있는데, 〈벽경〉 고사는 출전이 "《유양잡조(酉陽雜俎)》"라 되어 있다.

67-8(2218) 남사

남사(藍蛇)

출《유양잡조》

 남사는 머리에 강한 독이 있으며 꼬리로 그 독을 해독할 수 있는데, 미:스스로 해독할 수 있다. 오주(梧州)의 진가동(陳家洞)에서 난다. 남방 사람들은 그 머리로 독약을 만드는데 그것을 "남약(藍藥)"이라 부른다. 그 약을 먹은 사람은 즉시 죽는데, 남사의 꼬리를 가져다 먹으면 오히려 독약이 해독된다.

藍蛇, 首有大毒, 尾能解毒, 眉:能自解. 出梧州陳家洞. 南人以首合毒藥, 謂之"藍藥". 藥人立死, 取尾服, 反解毒藥.

* 이 고사는《태평광기》권456〈사・남사〉에 실려 있다.

67-9(2219) 파사

파사(巴蛇)

출《박물지》

　　파사는 코끼리를 잡아먹는데, 3년 후에 그 뼈를 토해 낸다. 그 뱀을 먹으면 심장병과 뱃병이 없어진다.

巴蛇食象, 三歲而出其骨. 食之無心腹之疾.

* 이 고사는 《태평광기》 권456 〈사·파사〉에 실려 있다.

67-10(2220) **양두사**

양두사(兩頭蛇)

출《영남이물지(嶺南異物志)》

소주(韶州)에 양두사가 많은데 개밋둑을 만들어 물을 피한다. 창오군(蒼梧郡)에도 양두사가 많은데 그 길이는 1~2척에 불과하다. 어떤 사람이 말하길, 양두사는 지렁이가 변한 것이라고 한다.

평 : 당(唐)나라 때 광주(廣州)의 시장에서 어떤 사람이 양두사를 가지고 있자 사람들이 몰려들어 구경했는데, 그 길이는 2척이고 머리와 꼬리에 각각 머리가 하나씩 달려 있었다고 하니, 더욱 기이하다.

韶州多兩頭蛇, 爲蟻封以避水. 蒼梧亦多兩頭蛇, 長不過一二尺. 或云蚯蚓所化.
評 : 唐時, 廣州市有人携兩頭蛇, 集衆觀之, 長二尺, 首尾各一頭, 更異.

* 이 고사는 《태평광기》 권456 〈사・양두사〉, 권457 〈사・두위(杜暐)〉에 실려 있다.

67-11(2221) 등 아무개

등갑(鄧甲)

출《전기(傳奇)》

[당나라] 보력(寶曆) 연간(825~826)에 등(鄧) 아무개는 모산(茅山)의 도사 초암(峭巖)을 섬겼는데, 정성을 다하고 고생하면서 부적과 약에 대해 배웠지만 끝내 이룬 바가 없었다. 그러자 도사가 말했다.

"너는 이것에 연분이 없으니 억지로 배울 수 없다."

그러고는 대신 금사술(禁蛇術:뱀을 제압하는 술법)을 전수해 주자, 등 아무개는 그것을 터득하고 돌아갔다. 오강(烏江)에 이르렀는데 갑자기 회계현령(會稽縣令)이 독사에게 발을 물려 고통으로 울부짖는 소리에 마을 전체가 떠들썩했다. 술법이 있는 자들도 모두 제압할 수 없었다. 그래서 등 아무개가 치료하게 되었는데, 미:금사술이 덧붙어 나온다. 먼저 부적으로 그 심장을 보호하자 고통이 즉시 멎었다. 등 아무개가 말했다.

"반드시 본래 현령을 물었던 그 뱀을 불러들여 독을 거두어 가게 해야 합니다. 그렇지 않으면 곧 발을 잘라 내야 합니다. 그 뱀은 사람이 자기를 제압할까 봐 틀림없이 몇 리를 달아났을 것입니다."

등 아무개는 마침내 뽕나무 숲속에 사방 4장(丈) 넓이의 제단을 세우고 단소(丹素 : 붉은 글씨로 부적을 그려 놓은 흰 비단)로 둘러친 뒤에, 곧장 부적을 날려 보내 10리 안에 있는 뱀을 불렀다. 그러자 얼마 지나지 않아 뱀들이 몰려와 제단 위에 쌓였는데, 그 높이가 1장 남짓 되었으며 몇만 마리나 되는지 알 수 없었다. 그 후에 각각 길이가 3장이나 되고 물통만큼이나 우람한 커다란 뱀 네 마리가 뱀 무더기 위에 똬리를 틀었다. 그 순간 100여 걸음 안의 초목이 한여름인데도 불구하고 모두 누렇게 시들어 떨어졌다. 등 아무개는 곧장 맨발로 제단의 가장자리를 잡고 뱀 무더기 위로 올라가서 푸른 죽장(竹杖)으로 커다란 뱀 네 마리의 대가리를 두드리면서 말했다.

"너희를 보내 왕으로 삼아 경계 안에 있는 뱀을 관장하게 했는데, 어찌하여 독으로 사람을 해쳤느냐? 사람을 문 놈은 여기 남고, 아닌 놈들은 떠나거라!"

등 아무개가 내려오자 뱀 무더기가 무너지면서 커다란 뱀들이 먼저 떠났고 작은 뱀들이 이어서 떠나 모두 없어지고 작은 뱀 한 마리만 남아 있었다. 그 뱀은 흙 색깔에 길이가 1척 남짓 되었는데, 어리둥절해하면서 떠나지 않았다. 등 아무개는 현령을 메고 오게 한 뒤에 그 뱀을 꾸짖으며 독을 빨아들이라고 했다. 뱀이 처음에 몸을 폈다 움츠렸다 하면서 주저하자 등 아무개가 다시 꾸짖었더니, 마치 어떤 것에 재촉당하는 것처럼 어쩔 수 없이 입을 벌리고 현령의 상처를 빨았다. 그러자 현령은 머릿속에서 침 같은 것이 빠져나가는 것을 느꼈다. 뱀은 마침내 가죽이 찢어지고 물로 변했으며 등뼈만이 땅에 남아 있었다. 현령은 마침내 고통이 없어지자 등 아무개에게 금과 비단을 후하게 주었다. 당시 유양(維揚 : 양주)에 필생(畢生)이라는 사람이 있었는데, 그는 늘 뱀 1000마리를 부리면서 날마다 성시(城市)에서 공연을 벌여 마침내 많은 재산을 모으고 대저택을 지었다. 필생이 죽자 그의 아들은 그 저택을 팔려고 했는데, 뱀을 처치할 방법이 없어 금과 비단을 주고 등 아무개를 불렀다. 등 아무개는 도착해서 그에게 부적 하나를 주어 그 뱀들을 성벽 밖으로 날려 보냈는데, 이렇게 해서 필생의 아들은 겨우 저택을 팔 수 있었다. 후에 등 아무개는 부량현(浮梁縣)에 갔는데, 그곳의 차밭에서는 평소에 뱀의 독을 근심해 감히 차를 따려는 사람이 없었고, 차를 따다가 죽은 사람이 이미 수십 명이나 되었다. 마을 사람들은 등 아무개의 신묘한 법술을 알고 돈과 비단을 거두어 그에게 부탁했다. 등 아무개는 제단을 세우고 뱀의 왕을 불렀다. 그러자 굵기가 사람의 넓적다리만 하고 길이가 1장 남짓 되는 커다란 뱀 한 마리가 비단 같은 빛을 번쩍이면서 나타났는데, 그 뒤를 따르는 뱀이 만 마리나 되었다. 그 커다란 뱀은 혼자 제단으로 올라가서 등 아무개와 법술을 겨루었다. 뱀은 점점 몸을 세워 대가리를 몇 척 높이로 쳐들어 등 아무개의 머리를 뛰어넘으려 했는데, 등 아무개가 지팡이 끝에 모자를 받쳐 더 높이 올렸다. 뱀은 결국 지쳐서 그 대가리가 등 아무개의 모자보다 높이 올라갈 수 없었다. 뱀은 마침내 넘어져서 물로 변했고 나머지 뱀들도 모두 죽었다. 만약 뱀의 대가리가 등 아무개보다 높이 올라갔더라면 등 아무개는 물로 변했을 것이다. 그 이후로 차밭에는 더 이상 뱀독의 피해가 발생하지 않았다.

寶曆中, 鄧甲者, 事茅山道士峭巖, 虔誠勞苦, 學其符藥, 終無所成. 道士曰:"汝於此無分, 不可強學." 授之禁蛇術, 甲得而歸焉. 至烏江, 忽遇會稽宰遭毒蛇螫足, 號楚之聲, 驚動閭里. 凡有術者, 皆不能禁. 甲因爲治之, 眉:禁蛇術附見. 先以符保其心, 痛立止. 甲曰:"須召得本色蛇, 使收其毒. 不然者, 足將刖矣. 是蛇疑人禁之, 應走數里." 遂立壇於桑林中, 廣四丈, 以丹素周之, 乃飛篆字, 召十里內蛇. 不移時而至, 堆之壇上, 高丈餘, 不知幾萬條耳. 後四大蛇, 各長三丈, 偉如汲桶, 蟠其堆上. 時百餘步草木, 盛夏盡皆黃落. 甲乃跣足攀緣, 登其蛇堆之上, 以青篠敲四大蛇腦, 曰:"遣汝作王, 主掌界內之蛇, 焉得使毒害人? 是者卽住, 非者卽去!"甲却下, 蛇堆崩倒, 大蛇先去, 小者繼往, 以至於盡, 祇有一小蛇. 土色, 長尺餘, 憯然不去. 甲令舁來, 叱其收毒. 蛇初展縮, 甲又叱, 如有物促之, 不得已而張口吸瘡. 宰覺腦內有物如針走下. 蛇遂裂皮成水, 惟脊骨在地. 宰遂無苦, 厚遺之金帛. 時維揚有畢生, 常弄蛇千條, 日戲於闤闠, 遂大有資産, 而建大第. 及卒, 其子鬻其第, 無奈蛇何, 因以金帛召甲. 甲至, 與一符, 飛其蛇過城垣之外, 始貨得宅. 甲後至浮梁縣, 有茶園, 素患蛇毒, 人不敢掇其茗, 斃者已數十人. 邑人知甲神術, 斂金帛求之. 甲立壇, 召蛇王. 有一大蛇如股, 長丈餘, 煥然錦色, 其從者萬條. 而大者獨登壇, 與甲較術. 蛇漸立, 首隆數尺, 欲過甲之首, 甲以杖上拄其帽而高焉. 蛇首竟困, 不能逾帽. 蛇乃踣爲水, 餘蛇皆斃. 倘蛇首逾甲, 卽甲爲水焉. 從此茗園遂絶毒害.

* 이 고사는 《태평광기》 권458 〈사·등갑〉에 실려 있다.

67-12(2222) 잠씨 노인

잠노(蠶老)

출《유양잡조》

형산(衡山)의 어떤 마을 사람이 독사에 물려 금세 죽었는데, 머리카락이 모두 빠지고 몸이 1척 남짓 부어올랐다. 그의 아들이 말했다.

"잠씨 노인만 있다면 걱정할 필요 없다."

그러고는 곧장 잠씨 노인을 모셔 왔다. 미 : 금사술(禁蛇術 : 뱀을 제압하는 법술)이 덧붙어 나온다. 잠씨 노인은 재를 시신 주위에 빙 둘러놓고 사방의 문을 열면서 말했다.

"만약 뱀의 독이 다리로부터 들어갔다면 살려 낼 수 없소."

그러고는 답보(踏步)[27]하고 악고(握固)[28]했지만 한참이 지나도록 뱀이 오지 않았다. 그러자 잠씨 노인은 크게 화를 내면서 밥 몇 되를 가져와 뱀 모양으로 빚고 그것을 저주했

---

[27] 답보(踏步) : 도사들이 북두칠성 모양을 따라 걸으면서, 하늘에 기도하거나 법술을 부릴 때 사용하는 보법.

[28] 악고(握固) : 도교의 양생 수련 동작 가운데 하나로, 엄지손가락을 나머지 네 손가락으로 감싸 쥐는 동작을 말한다.

다. 그러자 밥으로 빚은 뱀이 갑자기 꿈틀대며 문으로 나가더니 잠시 뒤에 다른 뱀 한 마리를 데리고 왔다. 그 뱀이 죽은 사람의 머리로 들어가 곧장 상처 난 곳에 이르자, 시신의 붓기가 점차 빠졌고 뱀은 죽었다. 그 마을 사람은 마침내 살아났다.

衡山有村人, 爲毒蛇所噬, 須臾而死, 髮際[1], 腫起尺餘. 其子曰 : "咎[2]老若在, 當勿慮." 遂迎咎至. 眉 : 禁蛇術附見. 乃以灰圍其屍, 開四門, 咎曰 : "若從足入, 則不救矣." 遂踏步握固, 久而蛇不至. 咎大怒, 乃取飯數升, 擣蛇形詛之. 忽蠕動出門, 有頃, 飯蛇引一蛇. 從死者頭入, 徑及其瘡, 腫漸低而蛇死. 村人遂活.

* 이 고사는 《태평광기》 권458 〈사·잠노〉에 실려 있다.

1 제(際) : 《태평광기》와 《유양잡조(酉陽雜俎)》 권5에는 "해(解)"라 되어 있는데, 문맥상 보다 타당하다.

2 구(咎) : 《태평광기》와 《유양잡조》에는 "잠(辔)"이라 되어 있는데 타당하다. 이하도 마찬가지다. 고사 제목도 본래 "구노(咎老)"라 되어 있는데 "잠노(辔老)"로 고쳤다.

67-13(2223) 근씨 노인

근노(靳老)

출《북몽쇄언》

 항주(恒州) 정경현(井陘縣) 풍륭산(豊隆山)의 서북쪽에 기다란 계곡이 있었는데, 독사가 그곳을 차지하고서 사람을 해쳤기에 마을 사람들은 감히 그곳에 가지 못했다. 약초꾼 근사옹(靳四翁)은 북산(北山)에 들어갔다가 갑자기 비바람 치는 소리를 들었다. 그래서 홀로 우뚝 솟은 바위로 올라가서 바라보았더니, 길이가 3장(丈)쯤 되는 백사(白蛇) 한 마리가 동쪽에서 오더니 급히 한 나무로 올라가 서남쪽 가지 위에 똬리를 틀고 머리를 수그린 채 쉬었다. 잠시 후에 쟁반만 한 크기에 두꺼비처럼 생긴 한 물체가 나타났는데, 연기에 그을린 것 같은 흑갈색이었다. 그 물체가 네 발로 펄쩍 뛰어 뱀이 똬리를 틀고 있는 나무 아래로 와서 위를 올려다보자, 뱀이 머리를 늘어뜨린 채 죽었다. 이때부터 뱀 요괴가 사라졌다. 무릇 독이 있는 물체에는 그것을 제압하는 것이 반드시 존재하니, 이는 아마도 하늘의 뜻인가 보다.

 평 : 독이 있는 물체에는 그것을 제압하는 물체가 반드시 있는데, 어찌 악독한 사람에게는 결국 그를 제압하는 사람

이 없단 말인가?

恒州井陘縣豐隆山西北長谷中, 有毒蛇據之, 能傷人, 里民莫敢至其所. 採藥人靳四翁入北山, 忽聞風雨聲. 乃上一孤石望之, 見一條白蛇從東來, 可長三丈, 急上一樹, 蟠在西南枝上, 垂頭而歇. 須臾, 有一物如盤許大, 似蝦蟆, 色如烟熏, 褐土色. 四足而跳, 至蛇蟠樹下, 仰視, 蛇垂頭而死. 自是蛇妖不作. 凡毒物必有制者, 殆天意也.
評 : 毒物必有物制之, 豈毒人遂無人制之耶?

* 이 고사는 《태평광기》 권459 〈사・근노〉에 실려 있다.

67-14(2224) 장 기사

장기사(張騎士)

출《광이기》

장 기사라는 사람이 스스로 다음과 같은 얘기를 했다.

그는 어렸을 때 영국공(英國公) 이적(李勣)을 따라 바다를 건너다가 10여 일간 풍랑을 만나 몇만 리를 갔는지 알 수 없었다. 바람이 잠잠해지고 파도가 일지 않았을 때 갑자기 시커먼 물체 두 개가 보였는데, 그 머리는 뱀처럼 생겼고 크기는 거대한 배만 했으며 길이는 아무리 바라봐도 끝이 없었다. 잠시 후 그 괴물은 배가 있는 곳으로 오더니 함께 머리로 배를 에워싸고 옆으로 밀었는데 그 빠르기가 바람 같았다. 뱃사람들은 두려움에 떨면서 어떻게 대항해야 할지 몰랐으며, 이미 괴물에게 잡아먹힐 것이라 생각하고 오직 염불하며 빨리 죽게 해 달라고 빌었다. 한참 후에 한 산에 도착했는데, 그곳에는 부서진 배들이 산처럼 쌓여 있었다. 그들은 각자 저 배에 탔던 사람들이 모두 그 괴물에게 잡아먹힌 것이라고 생각했다. 잠시 후 바람이 몹시 급하게 불기에 머리를 돌려 배 뒤를 보았더니, 다른 뱀 세 마리가 뒤쫓아 오는데 마치 먹이를 다투는 듯한 모습이었다. 그러자 이전의 뱀 두 마리가 배를 놓고 몸을 돌려 그 세 마리의 뱀과 모래 위에서 싸우다가 각자 외딴섬으로 꿈틀거리며 기어갔다. 뱃사람들은 그 틈에 바람을 타고 돛을 올려 마침내 화를 면할 수 있었다. 며칠 후에 또 한 산에 도착했는데, 멀리 연기가 보이자 사람이 사는 곳이라고 생각했다. 그래서 돛을 내리고 해안으로 올라가서 두 사람과 함께 갔더니, 굉장히 큰 문이 있어 마침내 다가가서 빗장을 두드렸다. 그러자 키가 몇 장(丈)이나 되고 온몸에 흰 털이 나 있는 사람이 나오더니 두 사람을 보자마자 잡아먹었다. 나머지 한 사람이 황급히 도망쳐 배 있는 곳에 이르러 겨우 배에 올라 미처 출발하기도 전에 흰 털 난 사람이 달려와서 닻줄을 끌어당겼다. 뱃사람들은 각자 활로 쏘고 칼로 베면서 마구 칼을 휘두른 연후에야 비로소 풀려났다. 그들이 해안에서 1리쯤 떨어졌을 때, 해안에 이미 수십 명이 와서 손을 내지르며 크게 소리쳤다. 그들은 다시 바람을 따라 대엿새를 표류한 끝에 저 멀리 섬이 보이자 그곳에 배를 대고 주민에게 물었더니, 그곳은 청원현(淸遠縣)의 경계로 남해군(南海郡)에 속한다고 했다.

張騎士者, 自云 : 幼時隨英公李勣渡海, 遇風十餘日, 不知行幾萬里. 風靜不波, 忽見二物黑色, 頭狀類蛇, 大如巨船, 其長望而不極. 須臾, 至船所, 皆以頭繞船橫推, 其疾如風. 舟人惶懼, 不知所抗, 已分爲聽唊食, 唯念佛求速死耳. 久之, 到一山, 破船如積. 各自念云, 彼人皆爲此物所食. 須臾, 風勢甚急, 顧視船後, 復有三蛇, 追逐亦至, 意如爭食之狀. 二蛇放船, 回與三蛇鬪於沙上, 各相蜿蟺於孤島焉. 舟人因是乘風擧帆, 遂得免難. 後數日, 復至一山, 遙見烟火, 謂是人境. 落帆登岸, 與二人同行, 門戶甚大, 遂前款關. 有人長數丈, 通身生白毛, 出見二人, 食之. 一人遽走至船所, 纔上船, 未及開, 白毛人走來牽纜. 船人各執弓刀斫射之, 累揮數刀, 然後見釋. 離岸一里許, 岸上已有數十頭, 戟手大呼. 因又隨風飄帆五六日, 遙見海島, 泊舟問人, 云是淸遠縣界, 屬南海.

* 이 고사는 《태평광기》 권457 〈사 · 장기사〉에 실려 있다.

67-15(2225) 마령산

마령산(馬嶺山)

출《조야첨재》

[당나라] 개원(開元) 4년(716)에 침주(郴州)의 마령산(馬嶺山) 기슭에 6~7척쯤 되는 백사와 1장(丈) 남짓 되는 흑사가 있었다. 얼마 후에 두 뱀이 싸웠는데, 백사가 흑사를 집어삼켜 흑사의 굵은 몸뚱이 부분까지 들어갔을 때, 백사 입의 양쪽 목구멍이 모두 터지면서 피가 콸콸 쏟아졌다. 흑사는 머리가 들어간 상태에서 백사의 옆구리를 물어뜯어 구멍을 내고 머리를 밖으로 2척 남짓 내밀었다. 그러더니 잠시 후 두 뱀이 모두 죽었다. 그로부터 10여 일 후에 큰비가 내려 계곡물이 갑자기 불어나 500여 가구가 떠내려가고 300여 명이 실종되었다.

開元四年, 郴州馬嶺山側有白蛇, 長六七尺, 黑蛇長丈餘, 須臾, 二蛇鬪, 白者吞黑蛇, 到粗處, 口兩嗌皆裂, 血流滂沛. 黑蛇頭入, 嚙白蛇肋上作孔, 頭出二尺餘. 俄而兩蛇並死. 後十餘日大雨, 山水暴漲, 漂破五百餘家, 失三百餘人.

* 이 고사는《태평광기》권457〈사・마령산〉에 실려 있다.

67-16(2226) 공도현의 노파

공도노모(邛都老姥)

출《궁신비원》

　익주(益州) 공도현(邛都縣)에 가난한 노파가 혼자 살고 있었는데, 매번 밥을 먹을 때마다 머리 위에 뿔이 난 작은 뱀이 쟁반 사이에 있기에, 노파는 그 뱀을 가엾게 여겨 먹을 것을 주었다. 후에 그 뱀은 점점 자라 1장(丈) 남짓까지 커졌다. 현령에게 말이 있었는데, 갑자기 뱀에게 잡아먹히자 현령이 크게 노해 노파를 잡아 오게 하자 노파가 말했다.

　"뱀은 침상 밑에 있습니다."

　그곳을 파 보게 했지만 아무것도 보이지 않자 현령이 노파를 죽였다. 그 뱀이 현령의 꿈에 나타나 말했다.

　"무슨 이유로 내 어머니를 죽였느냐? 반드시 복수하겠다!"

　그때부터 항상 비바람 소리가 들렸는데, 이렇게 30일째 되던 날에 백성이 갑자기 놀라며 서로 말했다.

　"당신은 어째서 머리에 물고기를 이고 있소?"

　만나는 사람마다 모두 이렇게 말했다. 그날 밤에 사방 40리의 땅이 성과 함께 일시에 모두 잠겨 호수가 되었는데, 그곳 사람들은 그 호수를 "공하(邛河)" 또는 "공지(邛池)"라고 불렀다. 그 노파의 옛 집터만 잠기지 않았는데, 어부들은 물고기를 잡을 때면 반드시 그곳에 머물러 하룻밤을 보냈다. 또 말하길, 그곳은 물이 맑아 그 밑에 있는 성곽과 누대가 분명히 보인다고 했다.

益州邛都縣有老姥, 家貧孤獨, 每食, 輒有小蛇, 頭上有角, 在牀之間, 姥憐而飼之. 後漸長至丈餘. 縣令有馬, 忽被蛇吸之, 令大怒, 收姥, 姥云: "蛇在牀下." 發掘無所見, 縣令乃殺姥. 其蛇因夢於令曰: "何故殺我母? 當報讎耳!" 自此每常聞風雨之聲, 如此三十日, 百姓忽驚相謂曰: "汝頭何戴魚?" 相逢皆如此言. 是夜, 方四十里, 與城一時俱陷爲湖, 土人謂之"邛河", 亦曰"邛池". 其母之故宅基獨不沒, 魚人採捕, 必止宿. 又言此水淸, 其底猶見城郭樓檻宛然矣.

* 이 고사는 《태평광기》 권456 〈사·공도노모〉에 실려 있다.

67-17(2227) 안륙 사람

안륙인(安陸人)

출《계신록》

    안륙 사람 모씨(毛氏)는 독사를 잘 먹었는데, 술과 함께 그것을 삼켰다. 일찍이 제안(齊安)을 떠돌다가 예장(豫章)까지 가게 되었는데, 늘 저잣거리에서 뱀을 부리면서 구걸을 일삼았다. 미 : 악을 제거하는 것도 너무 심하면 그 살기가 또한 반드시 자신에게 돌아오니, 하물며 선량한 사람을 잔인하게 해치는 일임에랴! 이렇게 10여 년이 지났을 때 파양(鄱陽)에서 온 어떤 땔감 장수가 황배산(黃倍山) 아래에서 묵었는데, 꿈에 한 노인이 나타나 말했다.

    "날 위해 뱀 한 마리를 강서(江西)에서 뱀을 부리는 모생(毛生)에게 가져다주시오."

    땔감 장수가 예장의 관보문(觀步門)에 도착해서 땔나무를 거의 다 팔았을 때, 푸르스름한 뱀이 배 안에서 따리를 틀고 있었는데, 건드려도 꼼짝하지 않았다. 땔감 장수는 그제야 전에 꾸었던 꿈을 기억하고 즉시 그 뱀을 가지고 저잣거리로 가서 모생을 찾아 전해 주었다. 모생이 그 뱀을 건드리려고 하자 뱀이 순식간에 그의 젖꼭지를 물었다. 모생은 억! 하면서 쓰러졌다가 결국 죽었다. 미 : 뱀이 보복한 것이다. 뱀은 또한 어디로 갔는지 알 수 없었다.

安陸人姓毛, 善食毒蛇, 以酒吞之. 嘗遊齊安, 遂至豫章, 恒弄蛇於市, 以乞丐爲事. 眉 : 除惡太甚, 其殺機亦必反中, 況殘害善良乎! 積十餘年, 有賣薪者, 自鄱陽來, 宿黃倍山下, 夢老父云 : "爲我寄一蛇與江西弄蛇毛生也." 乃至豫章觀步門賣薪將盡, 有蛇蒼白色, 盤於船中, 觸之不動. 薪者方省向夢, 卽携之至市, 訪毛生, 因以與之. 毛始欲振撥, 應手嚙其乳. 毛失聲顚仆, 遂卒. 眉 : 蛇報. 蛇亦不知所在.

* 이 고사는 《태평광기》 권459 〈사 · 안륙인〉에 실려 있다.

67-18(2228) 서주 사람

서주인(舒州人)

출《계신록》

　　서주의 어떤 사람이 첨산(灊山)에 들어갔다가 커다란 뱀을 보고 때려죽였다. 그러고서 보았더니 다리가 달려 있어 매우 기이하다고 생각해 둘러메고 산을 나와 사람들에게 보여 주려고 했는데, 길에서 현의 관리 몇 명을 만나자 그들에게 말했다.

　"내가 이 뱀을 죽였는데 네 개의 다리가 있습니다."

　그러나 관리들은 모두 그 사람을 보지 못하고 말했다.

　"당신은 어디에 있소?"

　그 사람이 말했다.

　"당신 앞에 있는데 어찌하여 보지 못합니까?"

　그러고는 즉시 뱀을 땅에 버리자 그제야 모습이 보였다.

미 : 이 뱀을 고호두[顧虎頭 : 고개지(顧愷之)]가 얻지 못했다니 안타깝도다!29) 그 뱀을 둘러멘 사람은 모두 그 모습이 보이지 않았

---

29) 이 뱀을 고호두[顧虎頭 : 고개지(顧愷之)]가 얻지 못했다니 안타깝도다 : 동진(東晉)의 유명한 화가 고개지가 이 뱀을 만났더라면 반드시 그림으로 그려서 남겼을 텐데, 그러지 못해서 안타깝다는 뜻이다.

기에, 그 사람은 괴이하다고 여겨 그것을 버렸다.

평 : 생각건대, 그 뱀은 살아 있을 때는 스스로 자신의 모습을 감추지 못하고, 죽고 나서야 사람의 모습을 감춰 줄 수 있었으니, 이 이치에는 헤아릴 수 없는 것이 담겨 있다.

舒州人入灊山, 見大蛇, 擊殺之. 視之有足, 甚以爲異, 因負之出, 將以示人, 遇縣吏數人於路, 因告之曰 : "我殺此蛇而有四足." 吏皆不見, 曰 : "爾何在?" 曰 : "在爾前, 何故不見?" 卽棄蛇於地, 乃見之. 眉 : 惜哉此蛇不令顧虎頭得之! 於是負此者皆不見, 人以爲怪, 乃棄之.
評 : 案此蛇生不自隱其形, 死乃能隱人之形, 此理有不可窮者.

* 이 고사는 《태평광기》 권459 〈사·서주인〉에 실려 있다.

67-19(2229) 가담

가담(賈潭)

출《계신록》

　　위오[僞吳 : 오대십국 오월(吳越)]의 병부상서(兵部尙書) 가담이 말해 주었다.

　　그가 알고 지내던 어떤 사람이 영남절도사(嶺南節度使)로 있을 때 됫박만 한 크기의 귤 하나를 얻었다. 그 사람은 장차 표문과 함께 그 귤을 진상하려 했는데, 감군중사(監軍中使)가 그것은 예사로운 물건이 아니니 함부로 올려서는 안 된다고 했다. 이에 바늘을 가져다 꼭지 밑을 살짝 찔러 보았더니 뭔가 꿈틀꿈틀 움직였다. 그 사람은 속을 갈라 보라고 명했는데, 안에 몇 촌 길이의 작은 붉은 뱀이 있었다. 미 : 예사롭지 않은 물건은 함부로 맛보아서는 안 된다.

僞吳兵部尙書賈潭言 : 其所知爲嶺南節度使, 獲一橘, 其大如升. 將表上之, 監軍中使以爲非常物, 不可輕進. 因取針微刺其蒂下, 乃蠕而動. 命破之, 中有小赤蛇, 長數寸. 眉 : 非常之物, 不可輕嘗.

* 　이 고사는 《태평광기》 권459 〈사·가담〉에 실려 있다.

67-20(2230) 오공

오공(蜈蚣)

출《영표녹이》·《유양잡조》 미 : 이하는 여러 독충이다(以下諸毒蟲).

오공[지네]에 대해 《남월지(南越志)》에서 말했다.

"큰 것은 그 껍질을 북에 씌울 수 있다. 그 고기를 가져다 말려 포로 만들면 소고기보다 맛있다."

또 말했다.

"큰 것은 소를 잡아먹을 수 있다."

마을 사람들은 지네를 만나면 북을 울리고 화톳불을 지펴 쫓아낸다.

[당나라] 천보(天寶) 4년(745)에 광주(廣州)에서 해일이 일어났을 때 죽은 지네 한 마리가 떠내려왔는데, 그 다리 하나를 잘랐더니 고기가 120근이나 되었다.

수현(綏縣)에는 지네가 많다. 그중에서 기가 센 것은 그 기로 토끼를 빨아들일 수 있고, 기가 약한 것은 도마뱀을 빨아들일 수 있는데, 3~4척 떨어져 있는데도 토끼와 도마뱀의 뼈와 살이 저절로 녹아 버린다.

蜈蚣,《南越志》云:"大者其皮可以鞔鼓. 取其肉, 曝爲脯, 美於牛肉." 又云:"大者能啖牛." 里人或遇, 則鳴鼓燃燭以驅之.

天寶四載, 廣州因海潮, 漂一蜈蚣, 死, 剖其一爪, 得肉百二十斤.

綏縣多蜈蚣. 氣大者, 能以氣吸兔, 小者吸蜥蜴, 相去三四尺, 骨肉自消.

* 이 고사는 《태평광기》 권479 〈곤충·오공〉, 권478 〈곤충·오공기(蜈蚣氣)〉, 권457 〈사·두위(杜暐)〉에 실려 있다.

67-21(2231) **역사**

역사(蜮射)

출《현중기》·《기년(紀年)》·《감응경(感應經)》

　역(蜮 : 물여우)은 독기를 사람에게 쏘는데, 사람과 30보 떨어져 있어도 그 그림자를 맞힌다. 역의 독기에 맞은 사람은 10명 중에 예닐곱 명이 죽는다.

　주(周)나라 혜왕(惠王)이 [난을 피해] 정(鄭)나라에 머물고 있을 때, 정나라 사람이 혜왕의 부고(府庫)로 들어가 옥마(玉馬)를 훔쳤는데, 옥마가 역으로 변해 그 사람을 쏘았다.

　역새[모래를 머금고 있다가 사람에게 내뿜어 해를 입히는 벌레]는 남방(南方)에서 사는데, "단호(短狐)"라고 부른다. 남월(南越)의 오랑캐는 남녀가 같은 냇가에서 목욕하는데, 음란한 일은 주로 여자들에 의해 이루어지기 때문에 역이 많다고 한다. 역은 음탕한 여자의 음란한 기운에 의해 생겨난다.

蜮以氣射人, 去人三十步, 卽射中其影. 中人, 死十六七.
周惠王居於鄭, 鄭人入王府取玉馬, 玉化爲蜮, 以射人.
蜮射生於南方, 謂之"短狐". 南越夷狄, 男女同川而浴, 淫以
女爲主, 故曰多蜮. 蜮者, 淫女惑亂之氣所生.

* 이 고사는 《태평광기》 권473 〈곤충 · 역사〉, 권478 〈곤충 · 단호(短狐)〉에 실려 있다.

67-22(2232) 사슬과 수노

사슬·수노(沙虱·水弩)

구(俱)《녹이기》

담주(潭州)·원주(袁州)·처주(處州)·길주(吉州) 등지에는 사슬이 있는데, 바로 독사의 비늘 속에 있는 이로 너무 작아서 볼 수가 없다. 여름철에 독사는 이 때문에 고통을 당하는데, 물살이 센 여울에 거꾸로 매달려 있으면 이가 물에 쓸려 가고, 혹은 모래 속에 누워 뒹굴면 짓눌린 이가 모래 속으로 들어간다. 길 가던 사람이 그 이에 물리면 물린 곳이 바늘구멍처럼 좁쌀만 해지는데, 그 주위로 오색 무늬가 생겨나면 바로 중독된 것이다. 술사가 주문을 걸고 나서 그 물린 곳을 조금 도려내고 생기고(生肌膏 : 새살을 돋게 하는 고약)로 치료하면 즉시 낫는다. 그렇지 않으면 이삼일 내에 죽는다.

수노(水弩 : 물여우)는 강랑(蜣蜋 : 쇠똥구리)처럼 생겼고 검은색이며 발이 여덟 개이고 집게 같은 꼬리를 늘어뜨리고 있는데, 그 길이가 3~4촌 정도 된다. 그 꼬리가 바로 쇠뇌[弩]와 같은데, 통상 4월 1일부터 꼬리를 들어 올렸다가 8월이 되면 꼬리를 내린다. 미 : 수노는 독을 쏘는 꼬리를 내릴 때가 있지만, 사람의 독은 멈출 때가 없다. 때때로 꼬리를 구부려 등에서부터 머리 앞까지 올려서 집게처럼 잡고 있다가 사람의 그림자를 보면 쏘는데, 그림자의 쏘인 곳에 해당하는 사람 몸의 부위가 바로 부어오른다. 부어오른 부위의 크기는 사슬의 독에 쏘인 것과 같다.

潭‧袁‧處‧吉等州有沙虱, 卽毒蛇鱗中虱也, 細不可見. 夏月, 蛇爲虱所苦, 倒掛身於江灘急流處, 水刷其虱, 或臥沙中, 碾虱入沙. 行人中之, 所咬處如針孔粟粒, 四面有五色文, 卽其毒也. 得術士禁之, 乃剜其少許, 因以生肌膏救治之, 卽愈. 不爾, 三兩日內死矣.
水弩之蟲, 狀如蜣螂, 黑色, 八足, 鉗曳其尾, 長三四寸. 尾卽弩也, 常自四月一日上弩, 至八月卸之. 眉:水弩有時卸, 人毒無已時. 時彎其尾, 自背而上於頭前, 以鉗執之. 見人影則射, 中影之處, 人身隨腫, 大小與沙虱之毒同矣.

* 이 고사는 《태평광기》 권478 〈곤충‧사슬〉‧〈수노〉에 실려 있다.

67-23(2233) 주부충
주부충(主簿蟲)

    [당나라] 대력(大曆) 연간(766~779)에 어떤 북방 사람이 윤주(潤州) 금단현(金壇縣)의 주부가 되었는데, 대나무 통에 전갈 10여 마리를 담아 가지고 와서 청사의 나무에 풀어 놓았다. 나중에 전갈은 불어나서 100여 마리가 되었지만, 그곳의 덥고 습한 기후 때문에 사람에게 독을 쏘지 못했다. 남방 사람들은 전갈을 알지 못했기 때문에 그것을 "주부충"이라 불렀다. 미 : 금단현에 전갈이 없는 것은 물과 풍토가 맞지 않아서일까?

潤州金壇縣, 大曆中, 有北人爲主簿, 以竹筒賫蝎十餘枚, 置於廳事之樹. 後遂孶育至百餘枚, 爲土氣所蒸, 而不能螫人. 南民不識, 呼爲"主簿蟲". 眉 : 金壇無蝎, 將水土不伏耶?

* 이 고사는 《태평광기》 권474 〈곤충 · 주부충〉에 실려 있는데, 《태평광기》 명초본에는 출전이 "《전재(傳載)》"라 되어 있다.

67-24(2234) 벽충

벽충(壁蟲)

출《녹이기》

　　벽슬[빈대]은 벌레의 일종으로 벽 사이에서 생겨난다. 여름철에 사람을 깨무는데, 그 상처가 낫더라도 매년 그맘때가 되면 반드시 도지며 몇 년 후에야 그 독이 비로소 없어진다. 그 모양은 우슬(牛虱 : 소의 이)과 다름이 없다. 북도(北都 : 태원) 마구간의 말들이 갑자기 차례대로 야위어 가다가 죽는 바람에 그 손해가 날로 심각해졌다. 주장(主將)이 비록 꼴과 약을 부지런히 먹이라고 독촉하고 감시했으나 그 이유를 끝내 밝혀낼 수 없었으며, 죽은 말들의 상태가 서로 비슷했는데도 왜 그런 병이 생겨났는지 알 수 없었다. 그로 인해 마구간을 책임지던 사람 중에 벌을 받은 자가 이미 몇 명이나 되었는데, 그들은 가산을 모두 털어 말을 사다가 손해를 배상한 다음에 다시 형벌을 받았다. 한 비장(裨將 : 부장)이 있었는데, 재간 있고 영민하며 아는 것이 많아 주관하는 일마다 모두 공을 세웠다. 그래서 모든 사람의 추천을 받아 마구간의 말을 관리하게 되었다. 그 사람은 매우 부지런히 말을 먹이며 아침저녁으로 직접 돌보았으나, 한 달이 지난 뒤에 말이 죽어 나가기는 예전과 마찬가지였다. 그는 다른 이

유가 있을 것이라 의심하고 촛불을 밝힌 채 말들을 지켰다. 그러자 이경(二更 : 밤 10시경)이 지난 뒤에 말들이 등을 돌린 채 서서 꼴을 먹지 못했고, 검은 말은 흰색으로 변하고 흰 말은 검은색으로 변했다. 그가 촛불을 들고 살펴보니 말들 위에 이루 셀 수 없이 많은 어떤 물체가 붙어 있었는데, 그것은 바로 벽슬이 말의 피를 빨아 먹고 있는 광경이었다. 오경(五更 : 새벽 4시경)이 지난 뒤에 벽슬이 모두 떠나갔는데, 새끼줄처럼 한 줄로 늘어서서 담까지 끊임없이 이어졌다. 이튿날 그는 그 사실을 수신(帥臣 : 절도사)에게 고하고 그 종적을 찾아 나섰다. 누각 안에서 커다란 구멍을 발견하고 뜨거운 물을 부었더니 무너진 누각 문에 있는 구멍에서 죽은 벽슬 수십 곡(斛)이 나왔다. 구멍 속에 커다란 벽슬 한 마리가 있었는데, 길이가 몇 척이나 되었고 생김새는 비파 같았으며 황금색을 띠고 있었다. 그것을 태워 죽이고 그곳을 막았더니 피해가 사라졌다.

壁虱者, 蟲之類, 化生壁間. 暑月嚙人, 其瘡雖愈, 每年及期必發, 數年之後, 其毒方盡. 其狀與牛虱無異. 北都廐中之馬, 忽相次瘦劣致斃, 所損日甚. 主將雖督審芻藥勤至, 終莫能究, 而斃者狀類相似, 亦莫知其疾之由. 掌廐獲罪者, 已數人矣, 皆傾家破產, 市馬以賠納, 然後伏刑. 有一裨將, 幹敏多識, 凡所主掌, 皆能立功. 衆所推擧, 俾其掌廐馬. 此人勤心養膳, 旦夕躬親, 旬月之後, 馬損如舊. 疑其有他, 乃明燭以守之. 二鼓之後, 馬背立不食, 黑者變白, 白者變黑. 秉燭以視, 諸馬之上, 有物附之, 不可勝數, 乃壁虱所嚼也. 五鼓之後, 壁虱皆去, 一道如繩, 連亘不絶. 翌日, 以其事白於帥臣, 尋其去踪. 於樓中得巨穴焉, 以湯灌之, 壞樓門穴, 得壁虱死者數十斛. 穴中大者一枚, 長數尺, 形如琵琶, 金色. 焚而殺之, 築塞其處, 其害乃絶.

* 이 고사는 《태평광기》 권479 〈곤충・벽슬(壁虱)〉에 실려 있다.

67-25(2235) 사독

사독(虵毒)

출《녹이기》

  사독은 모기나 파리매의 일종으로 장강(長江)과 오령(五嶺) 사이에 있으며, 침주(郴州)와 연주(連州)의 경계에 특히 많다. 사독에 물린 사람은 절대 손으로 긁어서는 안 되는데, 긁으면 더욱 가려우면서 독이 더욱 심해진다. 하지만 소금을 그 위에 뿌리고 천으로 싸매 놓으면 반나절 만에 독이 제거된다. 상주(湘州)와 형주(衡州)의 북쪽 사이에도 그것이 있는데, 그 독이 조금 덜한 편이다. 협강(峽江 : 구당협)에서 촉(蜀)에 이르는 곳에 마자(蟆子 : 작은 검은색 모기)라는 것이 있는데, 검은색이며 역시 사람을 물 수 있으나 독은 그다지 심하지 않다. 그것은 봄철에 나뭇잎에서 생겨나며 잎을 말아 복숭아나 오얏만 한 크기의 고치를 만드는데, 그것을 "오배자(五倍子)"라 하고 모든 독창(毒瘡)을 치료할 수 있다. 발견한 사람은 그것을 햇볕에 말려 죽이는데, 그렇게 하지 않으면 반드시 구멍을 뚫고 나가 날아가서 마자가 된다. 검남(黔南)의 경계에 미진(微塵 : 물벼룩)이 있는데, 흰색이고 아주 작아서 봐도 보이지 않는다. 이것은 낮이건 밤이건 사람을 해칠 수 있으며 아무리 촘촘한 장막을 쳐 놓아도 막을 수 없는데, 굵은 찻잎을 태워 마치 향을 태우는 것처럼 연기를 피우면 막을 수 있다.

舍毒者, 蚊蚋之屬, 江嶺間有之, 郴·連界尤甚. 中者, 愼勿以手搔之, 搔則愈癢愈毒. 但布鹽於上, 以物封裹, 半日間毒則解矣. 湘·衡北間有之, 其毒稍可. 峽江至蜀有蟆子, 色黑, 亦能咬人, 但毒不甚. 春間生於樹葉, 葉卷成窠, 大如桃李, 名爲"五倍子", 治一切瘡毒. 收者曬而殺之, 不然, 必竅穴而出, 飛爲蟆子矣. 黔南界有微塵, 色白甚小, 視之不見. 能晝夜害人, 雖密帳亦不可斷, 以粗茶燒煙如焚香狀, 卽絶.

* 이 고사는 《태평광기》 권479 〈곤충·사독〉에 실려 있다.

67-26(2236) 남해의 독충

남해독충(南海毒蟲)

출《투황잡록(投荒雜錄)》

남해에 독충이 있는데, 큰 도마뱀처럼 생겼으며 눈동자가 특히 밝게 빛난다. 그곳 사람들은 그것을 "십이시충(十二時蟲:카멜레온)"이라 부르는데, 하루 낮과 밤의 12시각에 따라 몸의 색깔을 바꾸어 붉어졌다가 노래졌다가 한다. 또한 "이두충(籬頭蟲)"이라고도 부른다. 전하는 말에 따르면, 이 독충에 물린 사람은 곧바로 죽는데 독충은 사람을 몰래 물고 나서 급히 울타리 위로 달아나 죽은 사람의 친족이 우는 것을 바라본다고 한다.

南海有毒蟲, 若大蜥蜴, 眸子尤精朗. 土人呼爲"十二時蟲", 一日一夜, 隨十二時變其色, 乍赤乍黃. 亦呼爲"籬頭蟲". 傳云, 傷人立死, 旣潛噬人, 急走於藩籬之上, 望其死者親族之哭.

* 이 고사는 《태평광기》 권478 〈곤충 · 남해독충〉에 실려 있다.

잡충(雜蟲)

67-27(2237) 곡식을 먹는 곤충

식곡충(食穀蟲)

출《유양잡조》

관리가 백성을 수탈하면 황충(蝗蟲 : 누리)이 곡식을 먹는다. 황충 가운데 몸통이 검고 머리가 붉은 것은 무관(武官)이고, 머리가 검고 몸통이 붉은 것은 유생 출신의 관리다.

部吏侵漁百姓, 則蟲食穀. 蟲身黑頭赤, 武官也, 頭黑身赤, 儒吏也.

* 이 고사는 《태평광기》 권477 〈곤충·법통(法通)〉에 실려 있다.

67-28(2238) 육지

육지(肉芝)

출《포박자(抱朴子)》

　육지는 "만세섬서(萬歲蟾蜍 : 만 년 묵은 두꺼비)"를 말하는데, 머리 위에 뿔이 달렸고 목덜미 아래에 붉은 글씨로 '팔(八)' 자가 중첩되어 있다. 5월 5일 오시(午時)에 그것을 잡아 그늘에서 100일 동안 말렸다가 그것의 다리로 땅을 그으면 그곳에서 즉시 물이 흘러나온다. 그것을 왼손에 차고 있으면 다섯 가지 병기를 피할 수 있는데, 만약 적이 그에게 화살을 쏘면 활과 쇠뇌의 화살이 모두 적을 향해 저절로 되돌아간다.

肉芝, 謂"萬歲蟾蜍", 頭上有角, 領下有丹書'八'字再重. 以五月五日午時取之, 陰乾百日, 以其足畫地, 卽爲流水. 帶在左手, 身辟五兵, 若敵人射己者, 弓弩矢皆反還自向.

* 　이 고사는 《태평광기》 권473 〈곤충·육지〉에 실려 있다.

67-29(2239) 박쥐

편복(蝙蝠)

출전 《포박자》·《박이지(博異志)》·《유양잡조》

천세편복(千歲蝙蝠 : 1000년 묵은 박쥐)은 색이 눈처럼 희다. 머물 때는 거꾸로 매달리는데 그것은 머리가 무겁기 때문이다. 이것을 잡아 그늘에서 말린 다음 가루로 빻아 복용하면, 사람의 수명을 4만 살까지 연장할 수 있다.

나그네 목사고(木師古)는 [당나라] 정원(貞元) 연간(785~805) 초에 금릉(金陵) 경내의 마을을 지나가다가 날이 저물자 한 오래된 절에 투숙했다. 주지 스님은 목사고를 누추한 방으로 보내 머물게 했는데, 객사는 폐쇄해 놓고 열지 않았다. 목사고가 화를 내며 주지 스님에 따졌더니 주지 스님이 말했다.

"정말로 저곳을 아끼는 것이 아니라 그 안에 흉악한 괴물이 많기 때문입니다. 내가 본 바로는 이전에 저곳에 묵었던 손님 중에서 거의 30명이 해를 입었습니다. 그래서 1년 동안 폐쇄하고 더 이상 감히 사람을 묵지 못하게 하고 있습니다."

목사고는 그 말을 믿지 않고 더욱 의심하며 따졌다. 주지 스님은 하는 수 없이 객사를 열고 청소하게 했는데, 정말 해묵고 썩은 방이었다. 목사고는 비록 화난 모습이었지만 마음속으로는 의아해했다. 결국 들어가서 잠을 잤지만, 그래도 경계하는 마음을 놓을 수 없어서 마침내 상자 안에서 손에 편한 칼을 꺼내 침상 머리맡에 두었다. 잠을 자다가 이경(二更)이 되었을 때 갑자기 오싹한 한기에 놀라 깼는데, 마치 부채질을 하는 것 같았다. 한참 후에 그 부채가 다시 오자, 목사고는 몰래 칼을 뽑아 휘둘렀는데, 무언가를 맞힌 것 같았다. 곧이어 무언가가 침상 왼쪽에 떨어지는 소리가 들렸지만 더 이상 다른 일은 없었다. 목사고는 칼을 원래의 자리에 놓은 뒤 편안하게 잠을 잤다. 사경(四更)쯤 되었을 때 이전의 부채가 또 오자, 목사고는 이전의 방법대로 칼을 휘둘렀는데, 무언가가 또 떨어지는 것 같았고 잠시 후 조용해졌다. 얼마 뒤에 날이 밝자 절의 스님과 주변 사람들이 함께 와서 방문을 두드렸는데, 목사고가 밝은 목소리로 누구냐고 묻자 사람들은 모두 깜짝 놀라며 어젯밤의 일을 물었다. 목사고는 그 상황을 자세히 말해 주면서 천천히 옷을 털고 일어났다. 사람들은 마침내 침상 오른쪽에서 박쥐 두 마리를 보았는데, 모두 칼에 맞아 피를 흘린 채 죽어 있었다. 박쥐의 날갯죽지는 길이가 1척 8촌이었고, 눈은 둥글고 오이만큼 컸으며 은색이었다.

평 : 살펴보니, 《신이비경법(神異秘經法)》에서 이르길, "100년 된 박쥐는 사람의 입가에서 사람의 정기를 빨아 먹고

장생을 구한다. 박쥐가 300년이 되면 사람의 모습으로 변해 하늘을 날아다닐 수 있다"라고 했다. 이에 근거하면, 이 박쥐 두 마리는 아직 300년이 되지 않아 신통력이 부족해서 목사고에게 제압당한 것이다.

남중(南中)의 홍초(紅蕉 : 칸나)꽃이 필 때면 붉은 박쥐가 그 꽃 속으로 날아든다.

千歲蝙蝠, 色如白雪. 集則倒懸, 腦重故也. 得而陰乾, 末服之, 令人壽四萬歲.
遊子木師古, 貞元初, 行於金陵界村落, 日暮, 投古精舍宿. 主僧送木陋室內安止, 其客廳乃封閉不開. 師古怒, 詰僧, 僧曰 : "誠非惜此, 以中多兇怪. 前客宿此者, 自某所見, 殆傷三十人矣. 閉止周歲, 再不敢令人止宿." 師古不信, 愈生猜責. 僧不得已, 令啓戶灑掃, 果年深朽室也. 師古雖貌怒, 而心疑. 及入寢, 亦不免有備預之意, 遂取篋中便手刀子, 置於牀頭. 寢至二更, 忽寒慄驚覺, 如有扇焉. 良久, 其扇復來, 師古潛抽刀揮之, 如中物. 乃聞墮於牀左, 亦更無他. 師古復刀於故處, 乃安寢. 至四更許, 前扇又至, 師古如前法揮刀, 物又如墮, 已而寂然. 須臾天曙, 寺僧及側近人同來扣戶, 師古朗言問之爲誰, 衆皆駭然, 詢夜來事. 師古具述其狀, 徐徐拂衣而起. 諸人遂於牀右, 見蝙蝠二枚, 皆中刀狼藉而死. 每翅長一尺八寸, 珠眼圓, 大如瓜, 銀色.
評 : 按《神異秘經法》云 : "百歲蝙蝠, 於人口上, 服人精氣, 以求長生. 至三百歲, 能化形爲人, 飛遊諸天." 據斯, 未及三百歲耳, 神力猶劣, 是爲師古所制.
南中紅蕉花時, 有紅蝙蝠集花中.

* 이 고사는 《태평광기》 권473 〈곤충·천세편복(千歲蝙蝠)〉, 권474 〈곤충·목사고〉, 권477 〈곤충·홍편복(紅蝙蝠)〉에 실려 있다.

67-30(2240) 언정

언정(蝘蜓)

출《박물지》·《감응경》

언정은 바로 수궁(守宮 : 도마뱀)이다. 그것을 그릇에 넣어 기르면서 주사(朱砂)를 먹이면 몸이 온통 붉어진다. 그 무게가 딱 7근이 되었을 때 만 번 절구질해서 빻아 여자의 몸에 붉은 점을 찍으면 끝내 없어지지 않는다. 하지만 남자와 합방하면 즉시 붉은 점이 없어진다.

蝘蜓, 卽守宮. 以器養之, 食以朱砂, 體盡赤. 稱滿七斤, 治擣萬杵, 以點女子肢體, 終不滅. 與男子合, 輒滅去也.

* 이 고사는《태평광기》권473〈곤충·언정〉에 실려 있다.

67-31(2241) 사의

사의(蛇醫)

미 : 바로 수궁이다(卽守宮).

[당나라의] 왕언위(王彥威)가 변주(汴州)를 진수한 지 2년째 되는 해 여름에 가뭄이 들었는데, 당시 이기(李玘)가 변주에 들렀기에 그를 위해 연회를 열었다. 왕언위가 가뭄 때문에 걱정하자 이기가 취중에 말했다.

"비를 내리게 하는 것은 아주 쉬운 일입니다. 사의[도마뱀] 네 마리와 10섬들이 항아리 두 개를 준비해서 각 항아리에 물을 채우고 사의 두 마리씩을 띄운 다음 나무 뚜껑을 덮고 빈틈없이 진흙으로 봉해 시끄러운 곳에 따로 놓아두십시오. 그리고 항아리 앞에 자리를 깔고 향을 피운 다음 열 살 이하의 어린아이 10여 명을 뽑아 작은 푸른 대나무를 들고 밤낮으로 그 항아리를 번갈아 두드리게 하되 잠시도 멈추어서는 안 됩니다."

왕언위가 그 말대로 시험해 보았더니 하루에 두 차례 비가 내려 수백 리에 걸쳐 크게 쏟아졌다. 옛말에 따르면, 용과 사사(蛇師 : 도마뱀)는 친척 간이라고 한다. 미 : 황당하다!

王彥威鎭汴之二年, 夏旱, 時李玘過汴, 因宴. 王以旱爲慮, 李醉曰 : "欲雨甚易耳. 可求蛇醫四頭, 十石甕二, 每甕實以水, 浮二蛇醫, 覆以木蓋, 密泥之, 分置於閒處. 甕前設席燒香, 選小兒十歲已下十餘, 令執小靑竹, 晝夜更擊其甕, 不得少輟." 王如其言試之, 一日兩度雨, 大注數百里. 舊說, 龍與蛇師爲親家. 眉: 荒唐!

* 이 고사는 《태평광기》 권477 〈곤충・사의〉에 실려 있는데, 출전이 "《유양잡조(酉陽雜俎)》"라 되어 있다.

67-32(2242) 거미

지주(蜘蛛)

출《유양잡조》·《옥당한화》

한식날에 지은 밥을 동이로 덮어 암실에 두면, 여름에 밥이 모두 붉은 거미로 변한다.

전하는 말에 따르면, 배민(裵旻)이 산길을 가다가 보았더니 산거미가 한 필의 베처럼 거미줄을 드리워 거의 배민에게 닿으려 했다. 그때 배민이 활을 당겨 산거미를 쏘아 떨어뜨렸는데, 그 크기가 수레바퀴만 했다. 배민은 그 거미줄 몇 척을 잘라서 가져왔다. 부하 중에 병기에 상처가 난 자가 있을 때, 그 거미줄을 사방 1촌으로 잘라서 상처 위에 붙이면 즉시 피가 멈추었다.

당(唐)나라 원화(元和) 연간(806~820)에 소담(蘇湛)이 봉작산(蓬鵲山)을 유람했는데, 양식을 싸 가지고 나무를 비벼 불을 피워 가면서 남겨 둔 곳 없이 다 돌아다녔다. 그가 갑자기 아내에게 말했다.

"산 바위에 거울처럼 빛나는 것이 있으니, 이는 반드시 신령한 곳일 것이오. 내일 그곳으로 가려 하니 오늘 당신과 작별해야겠소."

처자식은 소리쳐 울면서 그를 말렸지만 그럴 수 없었다.

날이 밝아 소담이 마침내 떠나자, 처자식이 하인을 데리고 몰래 그를 따라갔다. 산으로 수십 리를 들어가서 멀리 바라보았더니 바위에 흰 빛이 있었는데, 둥글고 밝았으며 직경이 1장(丈)쯤 되었다. 소담은 그곳으로 다가가서 그 빛에 닿자마자 길게 비명을 질렀다. 처자식이 황급히 앞으로 가서 그를 구하려 했는데, 그의 몸은 누에고치처럼 감겨 있었다. 그때 보온통[鈷鉧] 미 : 고모(鈷鉧)는 보온 용기인데, 아마도 지금의 탕파자(湯婆子)30) 따위인 것 같다. 모(鉧)는 음이 모(姥)다. 만 한 크기의 시커먼 거미가 바위 위로 달아났다. 하인이 날카로운 칼로 거미줄을 쳐 내서 겨우 끊었지만, 소담은 이미 머리가 움푹 패어 죽어 있었다. 그의 아내가 땔감을 쌓아 그 바위를 불태웠더니 악취가 온 산에 가득했다.

    태악(泰嶽 : 태산)의 기슭에 대악관(岱嶽觀 : 대악은 태산의 별칭)이 있는데, 그곳의 누대와 전각은 아주 오래되었다. 어느 날 저녁에 큰 바람이 불어 그 경루(經樓)가 무너지면서, 수레에 가득 찰 정도의 잡다한 뼈가 드러났다. 거기에 거미가 있었는데, 그 모습은 불룩한 배에 다섯 되를 담을 만한 다정(茶鼎 : 차 끓이는 솥)처럼 생겼고, 손과 발을 펼치면

---

30) 탕파자(湯婆子) : 가정용 보온 용기로, 대부분 둥글고 납작한 형태의 구리 용기에 끓는 물을 담아 이불 속에 넣어서 발을 따뜻하게 하는 데 쓴다. 탕파(湯婆)·탕온(湯媼)·각파(脚婆)라고도 한다.

사방 몇 척의 땅을 덮을 만했다. 그전에 근처의 절과 도관이나 혹은 민가에서 잃어버린 어린아이가 부지기수였는데, 대개 모두 그 거미줄에 걸려 잡아먹힌 것 같았다. 그래서 대악관의 관주(觀主)가 그 거미를 불태우게 했더니 악취가 10여 리까지 진동했다.

以盆覆寒食飯於闇室地, 入夏, 悉化爲赤蜘蛛.
相傳, 裴旻山行, 有山蜘蛛, 垂絲如匹布, 將及旻. 旻引弓射却之, 大如車輪. 因斷其絲數尺, 收之. 部下有金瘡者, 剪方寸貼上, 血立止.
唐元和中, 蘇湛遊蓬鵲山, 裹糧鑽火, 境無遺址. 忽謂妻曰: "山巖有光如鏡, 必靈境也. 明日將投之, 今與卿訣." 妻子號泣, 止之不得. 及明遂行, 妻子領奴婢潛隨之. 入山數十里, 遙望巖有白光, 圓明徑丈. 蘇遂逼之, 纔及其光, 長叫一聲. 妻兒遽前救之, 身如繭矣. 有黑蜘蛛, 大如鈷鋂, 眉: 鈷鋂, 溫器, 疑卽今湯婆子之屬. 鋂音姥. 走集巖上. 奴以利刀決其網, 方斷, 蘇已腦陷而死. 妻乃積柴燒其巖, 臭滿一山.
泰嶽之麓有岱嶽觀, 樓殿甚古. 一夕, 大風毀其經樓, 見雜骨盈車. 有老蛛在焉, 形如矮腹五升之茶鼎, 展手足則周數尺之地矣. 先是側近寺觀, 或民家, 亡失幼兒, 不計其數, 蓋悉罹其網食也. 於是觀主命焚之, 臭聞十餘里.

* 이 고사는 《태평광기》 권478 〈곤충·반화(飯化)〉, 권477 〈곤충·산지주(山蜘蛛)〉, 권476 〈곤충·소담(蘇湛)〉, 권479 〈곤충·노주(老蛛)〉에 실려 있다.

67-33(2243) 속살이게

기거(寄居)

출《유양잡조》

　기거충(寄居蟲 : 속살이게)³¹⁾은 겉모습은 소라처럼 생겼지만 다리가 있고, 속 모습은 거미와 비슷하다. 본래 껍질이 없지만 빈 소라껍데기 속으로 들어가 그것을 쓰고 다닌다. 건드리면 움츠리는 것이 마치 소라가 입을 닫는 것과 같다. 껍질을 불에 구우면 도망가는데, 그제야 그것이 껍질에 얹혀사는 것임을 알게 된다.

寄居之蟲, 如螺而有脚, 形似蜘蛛. 本無殼, 入空螺殼中, 載以行. 觸之則縮, 如螺閉戶. 火炙之乃走, 始知其寄居也.

* 이 고사는《태평광기》권477〈곤충·기거〉에 실려 있다.

---

31) 기거충(寄居蟲) : 갑각류 가운데 십각류에 속하는 벌레로, 소라나 게 등의 껍데기 속에 붙어사는 속살이게 따위를 말한다.

67-34(2244) 나나니벌

열옹(蠮螉)

출《유양잡조》

나나니벌은 일명 "과라(蜾蠃)"라고도 하는데, 오로지 수컷만 있고 암컷이 없기 때문에 상충(桑蟲 : 뽕나무하늘소의 애벌레)의 유충을 가져와서 빌면, 모두 자기 새끼로 부화한다. 서책에 집짓기를 좋아하고 간혹 붓대 안에도 있는데, 그것이 비는 소리를 들을 수 있다. 가끔 서책을 펼쳐 보면 온통 승호(蠅虎 : 깡충거미)만 한 크기의 작은 거미가 있는데, 얼마 후엔 나나니벌이 진흙으로 거미에 막을 친다. 그래서 나나니벌이 상충만을 부화시키는 것이 아님을 알게 되었다.

蠮螉, 一名"蜾蠃", 純雄無雌, 取桑蟲之子祝之, 則皆化爲己子. 好窠於書卷, 或在筆管中, 祝聲可聽. 有時開卷視之, 悉是小蜘蛛, 大如蠅虎, 旋以泥隔之. 方知不獨負桑蟲也.

* 이 고사는《태평광기》권478〈곤충·열옹〉·〈과라(蜾蠃)〉에 실려 있다.

67-35(2245) 땅거미

전당(顚當)

출《유양잡조》

    [당나라] 단성식(段成式:《유양잡조》의 찬자)의 서재 앞에는 매번 비 온 뒤에 땅거미의 집이 많은데, 지렁이의 구멍만큼 깊고 그 속에 거미줄이 쳐져 있으며, 그 입구의 덮개는 지면과 평평하고 크기가 느릅나무 열매만 하다. 땅거미는 늘 그 덮개를 열고 파리나 자벌레가 지나가기를 기다렸다가 곧바로 덮개를 뒤집어 사로잡아 집으로 들어가자마자 다시 덮개를 닫는데, 덮개는 땅과 같은 색깔이고 실틈조차 전혀 찾을 수 없다. 땅거미는 그 모습이 거미와 비슷한데,《이아(爾雅)》에서는 "왕주척(王蛛蝪)"이라 했고,《귀곡자(鬼谷子)》에서는 "부모(趺母)"라고 했다. 진중(秦中)의 아이들은 장난삼아 말한다.

    "땅거미야, 문을 단단히 지켜라. 나나니벌이 쳐들어오면 너희는 도망갈 곳이 없다."

段成式書齋前, 每雨後多顚當窠, 深如蚓穴, 網絲其中, 吐蓋與地平, 大如楡莢. 常仰捭其蓋, 伺蠅蠖過, 輒翻蓋捕之, 纔入復閉, 與地一色, 並無絲隙可尋也. 其形似蜘蛛,《爾雅》謂之"王蛛蝪",《鬼谷子》謂之"趺母". 秦中兒童戲曰:"顚當牢守門, 蠮螉寇汝無處奔."

* 이 고사는《태평광기》권478〈곤충・전당〉에 실려 있다.

67-36(2246) 조마

조마(竈馬)

출《유양잡조》

    조마[꼽등이]는 모습이 촉직(促織: 귀뚜라미)처럼 생겼지만 그보다 약간 크고 다리가 길며, 부뚜막에 구멍을 파고 살길 좋아한다. 민간의 말에 따르면, 부뚜막에 말이 있으면 식량이 풍족하게 될 징조라고 한다.

竈馬, 狀如促織, 稍大, 脚長, 好穴於竈. 俗言, 竈有馬, 足食之兆.

*   이 고사는 《태평광기》 권477 〈곤충·조마〉에 실려 있다.

67-37(2247) 탁고

탁고(度古)

출《유양잡조》

　탁고는 책 끈처럼 생겼는데, 색깔은 지렁이와 비슷하고 길이는 2척쯤 되며 머리는 낫 같다. 또 등 위에는 흑황색의 난삼(襴衫)처럼 생긴 것이 있는데 약간만 건드려도 끊어진다. 탁고는 늘 지렁이를 쫓아다니는데, 지렁이가 더 이상 움직이지 않으면 곧장 지렁이 위로 올라가 덮친다. 그렇게 한참이 지나면 지렁이는 죽어서 침 같은 배 속의 진흙만 남는다. 탁고는 독이 있어서 닭이 그것을 먹으면 곧바로 죽는다. 민간에서는 그것을 "토고(土蠱)"라고 부른다.

度古, 似書帶, 色類蚓, 長二尺許, 首如鏟. 背上有黑黃襴, 稍觸則斷. 常趁蚓, 蚓不復動, 乃上蚓掩之. 良久蚓死, 唯腹泥如涎. 有毒, 鷄食輒死. 俗呼"土蠱".

* 이 고사는《태평광기》권477〈곤충 · 탁고〉에 실려 있다.

67-38(2248) 개미

의(蟻)

출《제해기(齊諧記)》

[삼국 시대] 오(吳)나라 부양현(富陽縣)에 동소지(董昭之)라는 사람이 있었다. 그가 한번은 배를 타고 전당강(錢塘江)을 건너가다가 강 속을 들여다보았더니, 개미 한 마리가 짧은 갈대 하나에 달라붙어 정신없이 버둥거리면서 죽을까봐 두려워하고 있기에, 끈으로 갈대를 묶어서 배에 매어 놓았다. 배가 기슭에 이른 후에 개미는 물에서 나올 수 있었다. 그날 밤 동소지의 꿈에 검은 옷을 입은 한 사람이 나타나 감사하며 말했다.

"저는 개미 왕인데 당신이 구해 주신 은혜에 감사드리고자 하니, 나중에 당신에게 위급한 일이 생기면 반드시 저에게 알려 주십시오."

그로부터 10여 년이 지난 후 당시 도처에 도적이 나타났는데, 동소지는 억울하게도 도적의 우두머리로 체포되어 여요현(餘姚縣)의 감옥에 갇혔다. 동소지가 문득 개미 왕의 꿈을 떠올리며 골똘히 생각하고 있을 때, 같이 갇혀 있던 사람이 그에게 물었다. 동소지가 사실대로 말해 주었더니 그 사람이 말했다.

"시험 삼아 두세 마리의 개미를 가져다 손바닥 안에 놓고 말해 보시오." 미 : 사람과 사람은 서로 통하지 못하지만 개미와 개미는 서로 통하니, 사람이 영험한 게 아니라 개미가 영험하다.

동소지가 그 말대로 했더니 과연 밤에 꿈속에서 검은 옷을 입은 사람이 나타나 말했다.

"급히 여항산(餘杭山) 속으로 몸을 피하십시오. 천하가 이미 어지러워졌으니 사면령이 머지않아 내려질 것입니다."

동소지가 깨어나서 보니 개미가 그의 형구를 이미 다 갉아 놓았기 때문에 그는 감옥을 빠져나와 강을 건너간 뒤 여항산으로 들어갔다. 얼마 후에 동소지는 사면을 받아 마침내 별 탈 없게 되었다.

吳富陽縣有董昭之者. 曾乘船過錢塘江, 江中見一蟻著一短蘆, 遑遽畏死, 因以繩繫蘆著船. 船至岸, 蟻得出. 其夜, 夢一烏衣人謝云 : "僕是蟻王也, 感君見濟, 君後有急, 當相告語." 歷十餘年, 時所在劫盜, 昭之被橫錄爲劫主, 繫餘姚. 昭之忽思蟻王之夢, 結念之際, 同被禁者問之. 昭之具以實告, 其人曰 : "試取三兩蟻著掌中語之." 眉 : 人與人不相通, 而蟻與蟻相通, 人不靈而蟻靈矣. 昭之如其言, 夜果夢烏衣云 : "可急投餘杭山中. 天下旣亂, 赦令不久也." 旣寤, 蟻嚙械已盡, 因得出獄, 過江, 投餘杭山. 旋遇赦, 遂得無他.

* 이 고사는 《태평광기》 권473 〈곤충 · 오의인(烏衣人)〉에 실려 있다.

67-39(2249) 땅강아지

누고(螻蛄)

출《수신기(搜神記)》

진(晉)나라의 여릉태수(廬陵太守) 방기(龐企)가 스스로 얘기했다.

그의 조부가 죄에 연루되어 감옥에 갇혀 있을 때, 땅강아지가 그의 옆을 지나가는 것을 문득 보고 땅강아지에게 말했다.

"너에게 신통함이 있다면 날 죽음에서 살려 줄 수 있겠니?"

그러고는 음식을 던져 주자 땅강아지가 그것을 다 먹고 떠났다. 얼마 후에 땅강아지가 다시 왔는데 몸집이 약간 커져 있기에 그는 속으로 이상해하면서 다시 음식을 던져 주었다. 이렇게 계속 했더니 며칠 사이에 땅강아지는 돼지만 한 크기가 되었다. 그가 처형되기 전날 밤에 땅강아지가 벽을 파내 커다란 구멍을 내고 그의 형구(刑具)를 부서뜨린 덕분에 그는 빠져나와 도망쳤다. 나중에 그는 사면을 받았다. 그래서 방기의 집안에서는 대대로 땅강아지에게 제사를 지낸다.

晉廬陵太守龐企自云 : 其祖坐繫獄, 忽見螻蛄行其左右, 因謂曰:"爾有神, 能活我死否?" 因投食與之, 螻蛄食盡而去. 有頃復來, 形體稍大, 意異之, 復投與之. 數日間, 其大如豚. 及將刑之夜, 螻蛄夜掘壁爲大穴, 破械, 出亡. 後遇赦免. 故企世祀螻蛄焉.

* 이 고사는《태평광기》권473〈곤충 · 방기(龐企)〉에 실려 있다.

67-40(2250) 사면령을 알린 파리

승사(蠅赦)

출《광오행기(廣五行記)》

[오호 십육국] 전진(前秦)의 부견(苻堅)이 사면령을 내리고자, 미:《이원(異苑)》에 실려 있는 진(晉)나라 명제(明帝)의 일[32]과 대략 같다. 왕맹(王猛)·부융(苻融)과 함께 감로당(甘露堂)에서 은밀히 논의하면서 좌우 사람들을 모두 물리쳤다. 부견이 직접 사면령의 문장을 짓고 있을 때, 커다란 쉬파리 한 마리가 붓끝에 내려앉아서 그들의 논의를 듣고 다시 나갔다. 얼마 후에 장안(長安)의 길거리에서 사람들이 서로 알렸다.

"관부에서 오늘 대사면령을 내릴 것이다!"

담당 관리가 그 사실을 아뢰었더니 부견이 깜짝 놀라며 말했다.

"궁중에서 훔쳐들었을 리가 없을 텐데 그 일이 어떻게 새어 나갔을까?"

부견이 어찌 된 일인지 조사하라고 명했더니 사람들이

---

32) 진(晉)나라 명제(明帝)의 일:《태평광기》권473〈곤충·승촉장(蠅觸帳)〉에 나온다.

모두 말했다.

"푸른 옷을 입은 어떤 아이가 저자에서 큰 소리로 '관부에서 오늘 대사면령을 내릴 것이다!'라고 외치고는 금세 사라졌습니다."

부견이 탄식하며 말했다.

"아까 그 쉬파리 짓이구나!"

평 : [당나라] 정관(貞觀) 연간(627~649) 말에 남강(南康) 사람 여경일(黎景逸)이 공청산(空靑山)에서 살았는데, 까치가 그의 처소 옆에 둥지를 틀자 끼니때마다 모이를 먹여 주었다. 나중에 여경일은 이웃 시장에서 물건을 훔쳤다고 무고당해 감옥에 갇혔는데, 한 달이 넘도록 심문했지만 죄를 인정하지 않았다. 갑자기 이전의 까치가 감옥의 문루(門樓)에 내려앉아 기쁜 소식을 전하려는 듯한 모습이었는데, 그날 사면령이 내려질 것이라는 소문이 파다하게 퍼졌다. 관부에서 그 출처를 캐물었더니, 사람들이 '길에서 만난 검은 옷에 흰 옷깃을 두른 사람이 말해 주었다'고 했다. 사흘 뒤에 과연 사면령이 내려왔다. 까치가 사면령을 기뻐한 것은 억울하기 때문이다. 부진(苻秦 : 전진)에서 억울한 사람을 수감했음을 알 수 있으니, 파리가 사면령을 듣고 퍼뜨린 것은 마땅하다. 대저 일으킨 옥사(獄事)가 하나라도 부당하면 이류(異類)조차도 그 억울함을 불쌍히 여기고 그 풀려남

을 기뻐하는데, 같은 사람으로서 분풀이하는 자는 어째서인가? 혹자는 말하길, "이는 까치와 파리가 미칠 수 있는 바가 아니라 오히려 귀신이 들린 것이다"라고 한다. 아! 귀신이 들렸다고 말한다면 남을 억울하게 만든 자는 더욱 두려워해야 할 것이다.

前秦苻堅欲放赦, 眉:《異苑》晉明帝事略同. 與王猛・苻融密議甘露堂, 悉屛左右. 堅親爲赦文, 有一大蒼蠅集於筆端, 聽而復出. 俄而長安街巷人相告曰:"官今大赦!" 有司以聞, 堅驚曰:"禁中無耳屬之理, 事何從洩也?" 敕窮之, 咸曰:"有小人靑衣, 大呼於市曰:'官今大赦!' 須臾不見." 嘆曰:"其向蒼蠅也!"
評:貞觀末, 南康黎景逸居空靑山, 有鵲巢其側, 每食必喂之. 後誣盜鄰市, 繫獄, 月餘劫不承. 忽鵲止於獄樓, 似傳語歡喜狀, 其日喧傳有赦. 官司詰其來, 云:"路逢玄衣素衿人所說." 三日, 赦果至. 鵲之喜赦也, 寃也. 苻秦之獄寃可知矣, 蠅之聞赦而傳也宜. 夫造獄一不當, 異類猶憐其寃而喜其釋, 乃同類而報寃者, 何哉? 或曰:"此非鵲與蠅所及也, 抑有鬼神憑焉." 吁! 言鬼神則寃人者更可畏矣.

* 이 고사는《태평광기》권473〈곤충・승사〉, 권461〈금조(禽鳥)・여경일(黎景逸)〉에 실려 있다.

67-41(2251) 윤주의 누각

윤주루(潤州樓)

출《변의지(辨疑志)》

　　윤주성의 남쪽 모퉁이에 "만세루(萬歲樓)"라는 누각이 있었는데, 민간에 전하는 말에 따르면, 누각 위로 연기가 나올 경우 자사(刺史)가 죽지 않으면 즉시 폄적당한다고 했다. [당나라] 건원(乾元) 연간(758~760)에 난데없이 대낮에 연기가 나왔는데, 직경이 1척 남짓 되는 둥근 기둥 모양으로 곧장 위로 몇 장이나 솟구쳤다. 한 관리가 몰래 지켜보고 있다가 연기 나는 곳으로 가서 살펴보았더니, 연기가 누각 모퉁이의 틈새에서 나오고 있었다. 관리가 더 가까이 다가가서 보았더니 바로 모기였다. 누각 아래에 우물이 있었는데, 우물에는 물이 없었으며 시커멓고 깊었다. 그 속에 눈에놀이와 거미 같은 검고 작은 벌레들이 잔뜩 있었는데, 맑은 저녁이면 그 틈새에서 나와 둥근 원을 만들면서 위로 올라갔다. 그것을 멀리서 보면 연기 같았는데, 손으로 잡으면 바로 모기였다. 그때부터 사람들은 그것이 연기가 아님을 알았으며, 자사도 근심거리가 없어졌다.

潤州城南隅有樓, 名"萬歲樓", 俗傳樓上烟出, 刺史不死卽貶. 乾元中, 忽然晝日烟出, 圓可尺餘, 直上數丈. 有吏密伺之, 就視其烟, 乃出於樓角隙中. 更近視之, 乃蚊子也. 樓下有井, 井中無水, 黑而且深. 小蟲蠛蠓蛛蜩之類, 色黑而小, 每晚晴, 出自於隙中, 作團而上. 遙看類烟, 以手攪之, 卽蚊蚋耳. 從此知非, 刺史亦無慮矣.

* 이 고사는《태평광기》권495〈잡록(雜錄)·윤주루〉에 실려 있다.

67-42(2252) 허물을 벗지 않은 매미

복육(腹育)

출《유양잡조》

 매미가 아직 허물을 벗지 않았을 때 그것을 "복육"이라 하는데, 전하는 말에 따르면 쇠똥구리가 변화한 것이라고 한다. 수재(秀才) 위현(韋翾)의 장원이 두곡(杜曲)에 있었는데, 일찍이 겨울에 그가 나무뿌리를 파다가 복육이 썩은 나무뿌리에 붙어 있는 것을 보고 괴이하게 여겼다. 마을 사람의 말에 따르면, 매미는 본래 썩은 나무가 변화한 것이라고 했다. 그래서 위현이 복육 한 마리를 갈라 살펴보았더니, 그 배 속에 썩은 나무가 차 있었다.

蟬未脫時, 名"腹育", 相傳蛣蜣所化. 秀才韋翾莊在杜曲, 嘗冬中掘樹根, 見腹育附於朽處, 怪之. 村人言蟬固朽木所化也. 翾因剖一視之, 腹中猶實爛木.

* 이 고사는 《태평광기》 권477 〈곤충·복육〉에 실려 있다.

67-43(2253) 등왕의 봉접도

등왕도(滕王圖)

출《유양잡조》

협접(蛺蝶 : 호랑나비)은 척확(尺蠖 : 자벌레)이 변한 것이다. 전하는 말에 따르면, 백합꽃을 가져다 그 틈을 진흙으로 바른 다음 하룻밤이 지나면 커다란 나비로 변한다고 한다.

[당나라] 등왕[滕王 : 이원영(李元嬰)]의 〈봉접도(蜂蝶圖)〉에는 "강하반(江夏斑)"·"대해안(大海眼)"·"소해안(小海眼)"·"촌리래(村裏來)"·"채화자(菜花子)"라는 이름의 벌과 나비가 그려져 있었다.

蛺蝶, 尺蠖所化. 相傳, 取百合花, 泥其隙, 經宿, 化爲大蝶. 滕王〈蜂蝶圖〉有名"江夏斑"·"大海眼"·"小海眼"·"村裏來"·"菜花子".

* 이 고사는《태평광기》권477〈곤충·협접(蛺蝶)〉·〈등왕도〉에 실려 있다.

이충(異蟲)

67-44(2254) 사표

사표(謝豹)

출《유양잡조》

　　괵주(虢州)에 "사표"라고 하는 벌레가 있는데, 늘 깊은 땅속에서 구멍을 파고 산다. 작은 것은 두꺼비와 비슷하지만 공처럼 둥글다. 그것은 사람을 보면 앞 두 다리로 번갈아 머리를 감싸는데, 마치 부끄러워하는 것처럼 보인다. 또 두더지처럼 땅에 구멍을 잘 파는데 순식간에 몇 척 깊이까지 판다. 그것은 간혹 땅 위로 나왔을 때 사표(謝豹 : 두견새의 별칭)의 울음소리를 들으면 머리가 터져 죽어 버리기 때문에 민간에서 그런 이름을 붙였다.

虢州有蟲, 名"謝豹", 常穴深土中. 小類蝦蟆而圓如球. 見人, 以前兩脚交覆首, 如羞狀. 能穴地如鼢鼠, 頃刻深數尺. 或出地, 聽謝豹鳴聲, 則腦裂而死, 俗因名之.

* 이 고사는 《태평광기》 권477 〈곤충·사표〉에 실려 있다.

67-45(2255) 쇄거충

쇄거충(碎車蟲)

출《유양잡조》

쇄거충은 즐료[喞聊 : 매미의 별칭으로 지료(知了)라고도 함]처럼 생겼고 푸른색이며 높은 나무 위에서 서식하길 좋아한다. 그 소리는 사람이 휘파람을 부는 것과 같다. 종남산(終南山)에 이 곤충이 있다.

碎車蟲, 狀如喞聊, 蒼色, 好棲高樹上. 其聲如人吟嘯. 終南有之.

* 이 고사는 《태평광기》 권477 〈곤충 · 쇄거충〉에 실려 있다.

67-46(2256) 금귀자

금귀자(金龜子)

출 《영표녹이》

　　금귀자는 갑충(甲蟲)이다. 봄과 여름 사이에 초목 위에서 생겨나며 크기는 새끼손톱만 한데, 자세히 살펴보면 진짜 황금색 거북 새끼 같다. 다닐 때는 반드시 짝을 지어 다닌다. 미 : 금귀자는 혼자 다니지 않는데, 사람에게 어찌 벗이 없겠는가? 남방 사람은 그것을 잡아서 그늘에 말렸다가 황금과 비취로 장식해서 머리꾸미개로 사용한다. 그것은 또한 검중(黔中)에서 나는 청충자(靑蟲子)와 비슷하다.

金龜子, 甲蟲也. 春夏間生於草木上, 大如小指甲, 細視之, 眞金色龜兒也. 行必成雙. 眉 : 金龜不獨行, 人豈無朋友? 南人採之陰乾, 裝以金翠, 爲首飾之物. 亦類黔中所產靑蟲子也.

* 이 고사는 《태평광기》 권479 〈곤충·금귀자〉에 실려 있다.

67-47(2257) **피역**

피역(避役)

출《유양잡조》

　남방에 "피역(避役 : 카멜레온)"이라고 하는 파충류가 있는데, 하루에 12띠의 모습으로 변한다. 그 모습은 사의(蛇醫 : 도마뱀)처럼 생겼지만 다리가 길고, 색깔이 푸르고 붉으며 살로 된 갈기가 있다. 더운 여름철에 종종 울타리나 벽 사이에서 보이는데, 민간에서는 그것을 본 사람은 대부분 일이 뜻대로 이루어진다고 한다. 그 머리는 순식간에 변해 12띠의 모습이 된다.

　평 : 이두(籬頭)[33]와 피역은 똑같이 하루에 12번 변하고 모습도 서로 비슷하지만, 그 선악은 이처럼 상반된다. 그래서 소인은 막기 어려우니 그 겉모습이 군자와 비슷하기 때문이다.

南中有蟲 名"避役", 應一日十二辰. 其蟲狀如蛇醫, 脚長, 色靑赤, 肉鬣. 暑月時見於籬壁間, 俗見者多稱意事. 其首倏

---

33) 이두(籬頭) : 본서 67-26(2236) 〈남해독충(南海毒蟲)〉에 나온다.

忽更變, 爲十二辰狀.

評 : 籬頭與避役, 均之一日十二變, 狀亦相近, 而善惡相反如此. 故小人之難防, 以其似君子也.

* 이 고사는《태평광기》권477〈곤충・피역〉에 실려 있다.

67-48(2258) 청부

청부(靑蚨)

출《궁신비원》

　　청부[파랑강충이. 돈의 별칭]는 매미와 비슷하게 생겼지만 그보다 약간 크고, 그 맛이 맵지만 먹을 수 있다. 매번 알을 낳을 때면 반드시 풀잎에 의지하는데 크기는 누에알만 하다. 사람이 그 새끼를 가지고 돌아가면 그 어미는 반드시 새끼가 있는 곳을 알아낸다. 먼저 새끼의 피를 동전에 발라서 동쪽의 응달진 담장 아래에 묻어 놓았다가 사흘 뒤에 꺼낸 다음, 다시 어미의 피를 바른 동전을 이전처럼 한다. 사람이 물건을 살 때 먼저 새끼의 피가 묻은 동전을 쓰면 그 동전이 어미의 피가 묻은 동전에게 돌아오고, 어미의 피가 묻은 동전을 쓰면 그 동전이 새끼의 피가 묻은 동전에게 돌아온다. 이렇게 돌고 돌아 멈추지 않고 계속된다. 그런데 만약 그 동전으로 금은보화를 사면 그 동전은 돌아오지 않는다. 청부는 일명 "어백(魚伯)"이라고도 하고, 또 "돈구(𧎩蝡)"라고도 한다.

靑蚨, 似蟬而狀稍大, 其味辛, 可食. 每生子, 必依草葉, 大如蠶子. 人將子歸, 其母必知處. 先以子血塗錢, 埋東行陰牆下, 三日開之, 復以母血塗錢如前. 每市物, 用子卽子歸母, 用母卽母歸子. 如此輪還, 不知休息. 若買金銀珍寶, 錢卽不還. 一名"魚伯", 又名"㜸蟡".

* 이 고사는《태평광기》권477〈곤충·청부〉에 실려 있다.

67-49(2259) 사부

사부(砂㴍)

출《진장기본초(陳藏器本草)》

사부를 촉인(蜀人)들은 "부울(㴍鬱)"이라 부른다. 마른 흙을 돌며 구멍을 파는데, 늘 잠을 자면서 움직이지 않는다. 잡아다가 베개 속에 넣으면 부부 금슬을 좋게 한다.

砂㴍, 蜀人號曰"㴍鬱". 旋乾土爲孔, 常睡不動. 取致枕中, 令夫妻相悅.

* 이 고사는《태평광기》권479〈곤충·사부효(砂㴍效)〉에 실려 있다.

67-50(2260) 낙룡

낙룡(諾龍)

출《투황잡록》

　　남해군(南海郡)에 "낙룡"이라고 하는 수중 벌레가 있는데, 도마뱀과 비슷하며 용의 모습이 약간 있다. 민간의 말에 따르면, 이 벌레는 먹이를 먹고 싶을 때면 바로 물속에서 나와 돌 위에 엎드려 있다가, 헤엄쳐 지나가는 수중 생물이 그것이 엎드려 있는 돌로 다가오면 곧장 뛰어올라 그 앞으로 가서 잡아먹는다고 한다. 이 벌레를 잡는 자는 반드시 쌍으로 잡을 수 있는데, 수컷이 죽으면 암컷이 곧장 달려오고 암컷이 죽어도 마찬가지다. 민간에 전하는 말에 따르면, 암컷과 수컷을 함께 대나무 속에 넣되 마디에 사이를 두면 얼마 후에 대나무 마디가 저절로 뚫린다고 한다. 미 : 기이하다.[34] 마을 사람은 [말린 낙룡을] 여자가 남자를 유혹하는 방술로 판다.

---

34) 기이하다 : 이 미비(眉批)의 원문은 "□□이(□□異)"라 되어 있어 두 글자가 판독 불가한데, 문맥을 고려해 추정해서 번역했다. 쑨다펑(孫大鵬)의 교점본에서는 "사이(史異)"로 추정했는데, 의미가 불분명하다.

南海郡有水蟲, 名"諾龍", 似蜥蜴, 微有龍狀. 俗云, 此蟲欲食, 卽出水據石上, 凡水族游泳過者, 至所據之石, 卽跳躍自置其前, 因取食之. 有得者必雙, 雄者旣死, 雌者卽至, 雌者死, 亦然. 俗傳, 以雌雄俱置竹中, 以節間之, 少頃, 竹節自通. 眉:□□異. 里人貨爲婦人惑男子術.

* 이 고사는《태평광기》권478〈곤충·낙룡〉에 실려 있다.

권68 용부(龍部)

용(龍) 1

68-1(2261) 용에 대한 잡설

용잡설(龍雜說)

출《유양잡조》·《북몽쇄언》·《감응제서경(感應諸書經)》

 용 가운데 염부제(閻浮提)35)에 있는 것은 57억 마리다. 용은 구타니(瞿陁尼)36)에서는 더러운 물을 내리지 않는데, 그것은 서주(西洲) 사람들이 더러운 물을 먹으면 요절하기 때문이다. 단월(單越)37) 사람들은 차가운 바람을 싫어하기 때문에 용이 냉기를 뿜지 않는다. 용은 불파제주(弗婆提洲)38)에서는 천둥소리를 내지 않고 번갯불을 치지 않는데, 동주(東洲) 사람들이 그것을 싫어하기 때문이다. 그 천둥소리는 도솔천(兜率天)39)에서는 노랫소리가 되고, 염부제에

---

35) 염부제(閻浮提) : 범어 '잠바 비데하(jamba-videha)'의 음역으로, 수미산(須彌山)의 남쪽에 있다고 하는 남섬부주(南贍浮洲)를 말한다.

36) 구타니(瞿陁尼) : 범어 '고다니야(godānīya)'의 음역으로, 수미산의 서쪽에 있다고 하는 서우화주(西牛貨洲)를 말한다.

37) 단월(單越) : 울단월(鬱單越). 울단월은 범어 '웃타라 쿠루(uttara-kuru)'의 음역으로, 수미산의 북쪽에 있다고 하는 북구로주(北俱盧洲)를 말한다. 사주(四洲) 가운데 가장 살기 좋은 곳이라 한다.

38) 불파제주(弗婆提洲) : 범어 '푸르바 비데하(pūrva-videha)'의 음역으로, 수미산의 동쪽에 있다고 하는 동승신주(東勝身洲)를 말한다.

서는 바다 조수(潮水) 소리가 된다. 그 비는 도솔천에서는 마니(摩尼 : 여의주)로 내리고, 호세성(護世城 : 사천왕성)에서는 맛있는 음식으로 내리며, 바다에서는 이어진 듯이 끊이지 않고 주룩주룩 내리고, 아수라(阿修羅)40)에서는 병장기로 내리며, 염부제에서는 맑고 깨끗한 물로 내린다.

세간에서 말하길, 괴룡(乖龍)은 비를 내리게 하는 일이 고돼서 대부분 도망쳐 숨었다가 뇌신(雷神)에게 붙잡힌다고 한다. 어떤 괴룡은 고목이나 기둥 속에 숨기도 하는데, 만약 허허벌판에서 도망쳐 숨을 곳이 없을 경우에는 소의 뿔이나 목동의 몸에 들어가기도 한다. 그래서 종종 이 괴룡에 연루되어 사람이나 가축이 벼락에 맞아 죽기도 한다.

용은 세 개의 알을 낳는데, 그중 하나가 "길조(吉弔)"가 된다. 길조는 언덕에 올라 사슴과 교배하다가 종종 물가에 정액을 남기기도 하는데, 그것이 물에 떠가는 뗏목을 만나면 포도처럼 나뭇가지에 달라붙는다. 그것의 색깔은 옅은

---

39) 도솔천(兜率天) : 불교의 욕계 6천 가운데 제4천으로, 미륵보살이 머무는 내원과 천인들이 즐거움을 누리는 외원으로 구성된 천상의 정토를 말한다. 범어 '투시타(Tuṣita)'의 음역으로, 지족천(知足天)이라고 의역한다.

40) 아수라(阿修羅) : 불교에서 중생이 업인(業因)에 따라 필연적으로 윤회하는 여섯 세계인 육도(六道 : 천도 · 인도 · 아수라도 · 축생도 · 아귀도 · 지옥도) 가운데 하나를 말한다.

청황색이었다가 다시 회색과 비슷해지며 "자초화(紫稍花)"라고 부르는데, 양기(陽氣)를 북돋아 준다.

방장산(方丈山)의 동쪽에 사방 1000리에 걸친 용장(龍場)이 있는데, 용의 가죽과 뼈가 언덕처럼 쌓여 있고 100여 이랑에 걸쳐 여기저기 흩어져 있다.

진녕현(晉寧縣)에 용장주(龍葬洲)가 있는데 노인들이 말했다.

"그곳에서 용이 허물을 벗었는데, 지금도 그곳의 물에 용의 뼈가 많아서 이빨과 뿔, 꼬리와 발이 모두 완연히 모습을 갖추고 있다. 큰 것은 길이가 수십 장(丈)이고 간혹 둘레가 10아름이나 되는 것도 있으며, 작은 것은 겨우 길이가 1~2척이고 둘레가 3~4촌이지만 모습을 모두 갖추고 있다. 일찍이 그것을 주워서 본 적이 있다."

《논형(論衡)》에서 이르길, "매미는 복육(腹育 : 아직 허물을 벗지 않은 매미)[41]에서 생겨나 자라다가 등껍질을 가르고 나온다. 매미는 반드시 비가 올 때 허물을 벗는데, 마치 뱀이 허물을 벗는 것과 같다"라고 했다.

용의 머리 위에 박산(博山 : 바다 가운데 신선이 산다고

---

[41] 복육(腹育) : 아직 허물을 벗지 않은 매미. 본서 67-42(2252) 〈복육〉에 나온다.

하는 전설 속 산)처럼 생긴 물체가 있는데, 이것을 "척목(尺木)"이라 한다. 척목이 없는 용은 승천할 수 없다.

龍在閻浮提者五十七億. 龍於瞿[1]陁尼不降濁水, 西洲人食濁則夭. 單越人惡冷風, 龍不發冷. 於弗婆[2]提洲, 不作雷聲, 不起電光, 東洲惡之也. 其雷聲, 兜率天作歌誦音, 閻浮提作海潮音. 其雨, 兜率天上雨摩尼, 獲[3]世城雨美膳. 海中注雨不絶如連, 阿修中雨羅丘伏[4], 閻浮提中雨淸浮[5]水.
世言, 乖龍苦於行雨, 而多竄匿, 爲雷神捕之. 或在古木及楹柱之內, 若曠野之間, 無處逃匿, 卽入牛角或牧童之身. 往往爲此物所累而震死也.
龍生三卵, 一爲"吉吊". 其吉吊上岸與鹿交, 或於水邊遺精, 流槎遇之, 粘裹木枝, 如蒲桃焉. 色微靑黃, 復似灰色, 號"紫稍花", 益陽道.
方丈山東有龍場, 地方千里, 龍皮骨如阜, 布散百餘頃.
晉寧縣有龍葬洲, 父老云:"龍蛻骨於此洲, 其水今猶多龍骨, 齒角尾足, 宛然皆具. 大者數十丈, 或盈十圍, 小者纔一二尺, 或三四寸, 體皆具焉. 嘗因採取見之."《論衡》云:"蟬生於腹育, 開背而出. 必因雨而蛻, 如蛇之蛻皮云."
龍頭上有一物, 如博山形, 名"尺木". 龍無尺木, 不能升天.

* 이 고사는 《태평광기》 권424 〈용·염부룡(閻浮龍)〉, 권425 〈용·곽언랑(郭彦郎)〉, 권472 〈수족(水族)·남인(南人)〉, 권418 〈용·용장(龍場)〉, 권422 〈용·척목(尺木)〉에 실려 있다.

1 적(瞿):《유양잡조(酉陽雜俎)》 권3에는 "구(瞿)"라 되어 있는데, 문맥상 보다 타당하다.

2 자(婆):《유양잡조》에는 "파(婆)"라 되어 있는데, 문맥상 보다 타당하다.

3 획(獲):《유양잡조》에는 "호(護)"라 되어 있는데, 문맥상 보다 타당하다.
4 아수중우라구복(阿修中雨羅丘伏) : 《유양잡조(酉陽雜俎)》에는 "아수라중우병장(阿修羅中雨兵仗)"이라 되어 있는데, 문맥상 타당하다.
5 부(浮):《유양잡조》에는 "정(淨)"이라 되어 있는데, 문맥상 보다 타당하다.

68-2(2262) 용을 팔다

매룡(賣龍)

출《포박자》

　진(秦)나라의 사자 감종(甘宗)이 서역(西域)의 일을 아뢰면서 말했다.

　"신주(神呪)에 능한 외국의 방사(方士)가 강가에서 우보(禹步: 비틀거리듯이 걷는 신선의 보법)를 행하면서 숨을 내쉬었더니 용이 즉시 물 밖으로 나왔습니다. 용이 막 나왔을 때는 그 길이가 수십 장(丈)이나 되었는데, 방사가 후! 하고 불면 한 번 불 때마다 용이 조금씩 줄어들었습니다. 그렇게 해서 용의 길이가 몇 촌까지 줄어들자, 그것을 잡아 병 안에 넣고 물을 조금 부어 길렀습니다. 외국은 늘 가뭄으로 고통받았는데, 방사는 오래 가뭄이 든 곳이 있다는 소식을 들으면, 곧장 용을 가지고 그곳으로 가서 꺼내 팔았습니다. 용 한 마리의 가격이 황금 수십 근이나 되었기에 온 나라 사람들이 돈을 갹출해 그 방사를 고용했습니다. 값을 지불하고 나자 방사는 곧장 병을 열고 용을 꺼내 연못에 풀어놓은 뒤에 다시 우보를 행하면서 숨을 내쉬자 용이 수십 장의 길이로 커졌으며, 순식간에 사방에서 비가 내렸습니다."

秦使者甘宗所奏西域事云 : "外國方士能神呪者, 臨川禹步吹氣, 龍卽浮出. 初出, 乃長數十丈, 方士吹之, 一吹則龍輒一縮. 至長數寸, 乃取置壺中, 以少水養之. 外國常苦旱災, 於是方士聞久旱處, 便齎龍往, 出賣之. 一龍直金數十斤, 擧國會斂以償之. 直畢, 乃發壺出龍, 置淵中, 復禹步吹之, 長數十丈, 須臾雨四集矣."

* 이 고사는 《태평광기》 권418 〈용·감종(甘宗)〉에 실려 있다.

68-3(2263) 진택의 동굴

진택동(震澤洞)

출《양사공기(梁四公記)》

진택[震澤 : 태호(太湖)]의 한가운데, 동정산(洞庭山)의 남쪽에 동굴이 있는데, 그 깊이가 100여 척에 달한다. 앙공타(仰公眵)가 잘못해 그 동굴 속으로 떨어졌는데, 옆으로 가서 50여 리를 오르고 내린 끝에 한 용궁에 도착했더니 밤낮으로 빛이 밝았다. 그는 문을 지키는 작은 교룡을 만났는데, 교룡이 비늘과 발톱을 세워 그를 막는 바람에 들어갈 수 없었다. 앙공타는 동굴에서 100여 일을 지내면서 푸른 진흙을 먹었는데, 맛이 마치 멥쌀 같았다. 그러다가 갑자기 돌아가는 길을 찾아 굴을 빠져나와 양(梁)나라 무제(武帝)에게 그 일을 자세히 아뢰었다. 무제가 걸 공(杰公 : 만걸)[42]에게 물었더니 미 : 걸 공이 다시 나온다. 걸 공이 말했다.

"그 동굴의 구멍은 네 개가 있는데, 하나는 동정호(洞庭湖)의 서쪽 기슭과 통하고, 하나는 촉도(蜀道) 청의포(靑衣浦)의 북쪽 기슭과 통하며, 하나는 나부산(羅浮山)의 양쪽

---

[42] 걸 공(杰公) : 만걸(戩杰). 남조 양나라 무제 때의 사공(四公) 가운데 하나. '양 사공'에 대해서는 본서 12-5(0219) 〈양사공〉에 나온다.

동굴 계곡과 통하고, 하나는 고상도(枯桑島)의 동쪽 기슭과 통합니다. 동해 용왕의 일곱째 딸이 용왕의 구슬 창고를 관리하고 있는데, 작은 용 1000여 마리가 그 구슬을 지키고 있습니다. 용은 밀랍을 두려워하고 미옥과 공청(空青)43)을 좋아하며 제비를 즐겨 먹습니다. 만약 사신을 그곳으로 보내시면 보주(寶珠)를 얻을 수 있을 것입니다."

무제는 그 말을 듣고 크게 기뻐하면서 곧장 조서를 내려 그곳에 사자로 갈 수 있는 자에게 후한 상을 내리겠다고 했다. 회계군(會稽郡) 무현(鄮縣) 백수향(白水鄉)의 젊은이 유비라(庾毗羅)가 가겠다고 자청하자 걸 공이 말했다.

"그대의 5대조는 무현의 동해담(東海潭)에 살던 용 100여 마리를 태워 죽이고 돌아오던 길에 용에게 해를 당했네. 그대는 바로 용의 원수이니 갈 수 있겠는가?"

그러자 유비라는 그만두었다. 합포군(合浦郡) 낙려현(洛黎縣) 구월(甌越)의 나자춘(羅子春)이 상서하며 스스로 말했다.

"저의 먼 조상은 자랑스럽게도 진(晉)나라 간문제(簡文帝) 때 악룡(惡龍)을 감화할 수 있었습니다. 지금의 용화현

---

43) 공청(空青) : 공작석(孔雀石)의 일종. 구리가 생산되는 곳에서 나는데, 공처럼 생겼고 속이 비었으며 비취색을 띠고 있다.

(龍化縣)이 바로 신의 조상이 살았던 곳입니다. 상군(象郡)의 석룡(石龍 : 도마뱀)은 사나워서 교화하기 어려웠지만 신의 조상이 그것을 교화했으니, 화석룡현(化石龍縣)이 바로 그 증거입니다. 동해·남천태(南天台)·상천(湘川)·팽려(彭蠡)·동고(銅鼓)·석두(石頭) 등의 여러 물에 사는 큰 용은 모두 신의 조상을 알고 있고, 신이 그의 자손이라는 것도 알고 있습니다. 그러니 신이 황제의 명을 전하길 청합니다."

그러자 걸 공이 말했다.

"그대의 집에 제룡석(制龍石 : 용을 제압하는 돌)이 아직 있는가?"

나자춘이 대답했다.

"있습니다. 삼가 도성으로 가지고 왔으니 한번 꺼내 살펴보십시오."

걸 공이 말했다.

"그대의 돌은 그저 작은 비바람을 일으켜 오랑캐를 잡아들이는 용 정도는 제압할 수 있지만, 동해 용왕의 구슬 창고를 지키는 용은 제압할 수 없네."

걸 공은 또 물었다.

"그대는 서해(西海)의 용뇌향(龍腦香)을 가지고 있는가?"

나자춘이 말했다.

"없습니다."

걸 공이 말했다.

"그렇다면 어떻게 용을 제어할 수 있겠는가?"

무제가 말했다.

"아무래도 일이 잘 안 될 것 같소."

그러자 걸 공이 말했다.

"큰 배를 타고 서해로 가면 용뇌향을 구할 수 있을 것입니다. 옛날에 동백진인(桐柏眞人)이 도교의 진리를 선양하자 허밀(許謐)과 모용(茅容)이 용을 타고 와서 각각 그에게 제룡석 열 근을 주었는데, 지금도 응당 있을 것이니 그를 찾아가 보길 청합니다."

이에 무제가 칙명을 내려 제룡석을 구해 오게 했더니, 모산(茅山)의 화양은거(華陽隱居 : 도홍경의 호) 도홍경(陶弘景)에게서 돌 두 조각을 구해 왔다. 걸 공이 말했다.

"바로 이것입니다."

무제는 장인들에게 칙명을 내려 우전국(于闐國) 서하(舒河)에서 나는 미옥으로 작은 함 두 개를 만들게 하고, 오동나무를 태운 재로 그 함을 광내게 했다. 또한 선주(宣州)의 공청을 가져와 그중에서 특히 고운 것을 고르고 물고기 뼈로 만든 아교를 발라 그릇 두 개를 만들게 했다. 큰 배가 가져온 용뇌향도 이어서 도착했다. 걸 공이 말했다.

"밀랍을 나자춘 등의 몸과 의복에 바르게 하십시오."

그러고는 또 제비구이 500개를 함께 가지고 동굴로 들어가게 했다. 나자춘 일행이 용궁에 도착하자 문을 지키던 작은 교룡은 밀랍 냄새를 맡고 엎드린 채 감히 움직이지 못했다. 마침내 나자춘은 교룡에게 제비구이 100개를 뇌물로 주면서 통지하게 했다. 미 : 어느 족속인들 뇌물이 통하지 않겠는가? 제비구이 가운데 가장 좋은 것을 용녀에게 바쳤는데, 용녀는 그것을 먹고 아주 좋아했다. 또 옥상자와 청공 그릇을 바치면서 무제의 뜻을 갖추어 아뢰었다. 동굴 안에 1000년 된 용이 있었는데, 변화에 능하고 인간 세상을 출입하기 때문에 시속(時俗)의 말을 잘 통역할 수 있었다. 용녀는 무제가 예를 갖춘 것을 알고, 큰 구슬 세 개, 작은 구슬 일곱 개, 잡주(雜珠) 한 섬으로 무제에게 보답했다. 용녀는 명을 내려 나자춘에게 용을 타고 구슬을 실어 본국으로 돌아가게 했다. 무제가 크게 기뻐하며 그 구슬을 걸 공에게 보여 주자 걸 공이 말했다.

"세 개의 큰 구슬 가운데 하나는 천제(天帝)의 여의주(如意珠) 가운데 하품이고, 다른 두 개는 여룡주(驪龍珠) 가운데 중품입니다. 일곱 개의 작은 구슬 가운데 두 개는 충주(蟲珠)이고, 나머지 다섯 개는 해방주(海蚌珠)로 인간 세상에서 상품으로 치는 것입니다. 잡주는 방주(蚌珠)와 합주(蛤珠) 등입니다. 여의주 가운데 최상품은 밤에 40여 리를 비추고, 중품은 10리, 하품은 1리를 비추는데, 그 빛이 미치는 곳에는 비바람이나 천둥과 번개, 물과 불, 전쟁 등의 재앙이 없습니다. 여룡주 가운데 상품은 밤에 100보(步)까지 비추고, 중품은 10보, 하품은 방 하나를 비추는데, 그 빛이 미치는 곳에는 뱀의 해독(害毒)이 없습니다."

시험해 보았더니 모두 그 말과 같았다.

震澤中, 洞庭山南有洞穴, 深百餘尺. 仰公䏚誤墮洞中, 旁行, 升降五十餘里, 至一龍宮, 晝夜光明. 遇守門小蛟, 張鱗奮爪拒之, 不得入. 公䏚在洞百有餘日, 食青泥, 味若粳米. 忽得歸路, 尋出, 乃具事聞梁武帝. 帝問杰公, 眉: 杰公再見. 公曰: "此洞穴有四枝, 一通洞庭湖西岸, 一通蜀道青衣浦北岸, 一通羅浮兩山間穴谿, 一通枯桑島東岸. 蓋東海龍王第七女掌龍王珠藏, 小龍千數衛護此珠. 龍畏蠟, 愛美玉及空青, 而嗜燕. 若遣使往, 可得寶珠." 帝聞大嘉, 乃詔有能使者, 厚賞之. 有會稽郡鄮縣白水鄕郎庾毗羅請行, 杰公曰: "汝五世祖燒殺鄮縣東海潭之龍百餘頭, 還爲龍所害. 汝龍門之仇也, 可行乎?" 毗羅乃止. 於是合浦郡洛黎縣甌越羅子春上書自言: "遠祖矜在晉簡文帝朝, 能化惡龍. 今龍化縣是臣祖住宅也. 象郡石龍, 剛猛難化, 臣祖化之, 化石龍縣是也. 東海·南天台·湘川·彭蠡·銅鼓·石頭等諸水大龍, 皆識臣宗祖, 亦知臣是其子孫. 請通帝命." 公曰: "汝家制龍石尙在否?" 答曰: "在. 謹賚至都, 試取觀之." 公曰: "汝石但能制微風雨召戎虜之龍, 不能制海王珠藏之龍." 又問曰: "汝有西海龍腦香否?" 曰: "無." 公曰: "奈之何御龍?" 帝曰: "事不諧矣." 公曰: "西海大船, 求龍腦香可得. 昔桐柏眞人敷揚道義, 許謐·茅容乘龍, 各贈制龍石十斤, 今亦應在, 請訪之." 帝敕命求之, 於茅山華龍陽隱居陶弘景得石兩片. 公曰: "是矣." 帝敕百工以于闐舒河中美玉, 造小函二, 以桐木灰發其光. 取宣州空青, 汰其甚精者, 用海魚膠之, 成二缶.

大船之龍腦香尋亦繼至. 杰公曰 : "以蠟塗子春等身及衣佩." 又乃賫燒燕五百枚入洞穴. 至龍宮, 守門小蛟聞蠟氣, 俯伏不敢動. 乃以燒燕百事賂之, 令其通問. 眉 : 何族不須賂耶? 以其上上者獻龍女, 龍女食之大嘉. 又上玉函靑缶, 具陳帝旨. 洞中有千歲龍, 能變化, 出入人間, 善譯時俗之言. 龍女知帝禮之, 以大珠三・小珠七・雜珠一石, 以報帝. 命子春乘龍, 載珠還國. 帝大喜, 以珠示杰公, 杰公曰 : "三珠, 其一是天帝如意珠之下者, 其二是驪龍珠之中者. 七珠, 二是蟲珠, 五是海蚌珠, 人間之上者. 雜珠是蚌蛤等珠. 如意珠上上者, 夜光照四十餘里, 中者十里, 下者一里, 光之所及, 無風雨・雷電・水火・刀兵諸毒厲. 驪珠上者, 夜光百步, 中者十步, 下者一室, 光之所及, 無蛇虺之毒." 試之, 皆如其言.

* 이 고사는 《태평광기》 권418 〈용・진택동〉에 실려 있다.

68-4(2264) 스님 현조

석현조(釋玄照)

출《감우전(感遇傳)》

스님 현조(玄照)는 숭산(嵩山)의 백작곡(白鵲谷)에서 수도했는데, 행실이 정성스럽고 성실했으며 늘《법화경(法華經)》을 1000번 강설해 사람들에게 이로움을 주길 원했다. 미: 신승(神僧) 현조가 덧붙여 나온다. 그가 산속에서 강설하면 살을 에는 추위나 찌는 듯한 더위에 산길이 험하고 깊어도 강설을 들으러 오는 사람들이 항상 자리에 가득했다. 당시에 눈썹과 수염이 새하얗고 용모가 특이한 노인 셋이 경건한 마음으로 경청했다. 그렇게 여러 날이 지나자 현조는 그 노인들을 이상하다고 생각했다. 어느 날 새벽에 갑자기 노인들이 현조를 찾아와서 말했다.

"제자들은 용입니다. 각자 맡은 바 일을 하느라 자못 고생한 지 이미 수천백 년이 지났습니다. 스님의 법력을 들을 수 있었지만 보답해 드릴 것이 없으니, 혹시 스님께서 시키실 일이 있다면 미약한 힘이나마 다하고자 합니다."

현조가 말했다.

"지금 오랫동안 태양이 내리쬐어 나라 안에 흉년이 들었으니, 단비를 내려 살아 있는 생명들을 구하는 것이 빈도의 소원이오."

세 노인이 말했다.

"비를 내리는 규율이 아주 엄격하므로 명을 받지 않고 마음대로 비를 내린다면 그 벌이 작지 않을 것입니다. 하지만 소실산(少室山)의 처사(處士) 손사막(孫思邈)은 도력이 높고 덕행이 훌륭해 반드시 제자들의 화를 벗어나게 해 줄 수 있을 것이니, 그렇게 해 준다면 즉시 비를 내리게 할 수 있습니다." 미 : 손사막이 다시 나온다.

현조가 말했다.

"손 처사(孫處士 : 손사막)가 어떻게 그와 같을 수 있단 말이오?"

세 노인이 말했다.

"손 공(孫公 : 손사막)의 어진 마음은 헤아릴 수 없습니다. 그는 《천금익방(千金翼方)》을 지어 만대(萬代)에 은혜와 이로움을 끼쳐, 그의 이름이 이미 제궁(帝宮)의 명부에 올라 있습니다. 그가 우리를 보호해 주겠다고 한마디 말만 하면, 틀림없이 아무 걱정이 없을 것입니다. 단지 스님께서 먼저 그와 약속해서 허락을 받아 내시기만 하면 즉시 말씀을 받들겠습니다."

그러고는 자신들을 구호할 방법을 알려 주었다. 현조는 손사막이 머무는 곳을 찾아가서 세 노인의 말을 자세히 얘기하고 정성을 다해 간절하게 부탁했다.

손사막은 처음에는 사양하다가 잠시 후에 말했다.

"제가 할 수 있는 일이라면 기꺼이 하겠습니다."

현조가 말했다.

"비를 내린 뒤에 용 세 마리가 그 벌을 피해 처사님의 뒤쪽 연못 속에 숨을 것입니다. 틀림없이 어떤 이인(異人)이 그들을 잡으러 올 것인데, 그때 처사께서 잘 타일러 돌려보낸다면 그들은 반드시 풀려나게 될 것입니다."

손사막은 그렇게 하겠다고 허락했다. 현조는 돌아오다가 길옆에서 세 노인을 만나 손사막이 그들의 청을 들어주기로 했다고 알렸다. 세 노인은 하루 밤낮 동안 1000리에 걸쳐 비를 충분히 내리겠다고 약속했는데, 그 약속대로 비가 쏟아져 드넓은 땅을 촉촉하게 적셨다. 다음 날 현조가 손사막을 찾아가서 대화하는 사이에 모습이 아주 특이한 한 사람이 곧장 뒤쪽 연못가로 가더니 웅얼거리며 꾸짖었다. 잠시 후에 물이 모두 얼더니 곧 수달 세 마리가 연못에서 나왔는데, 두 마리는 푸른색이고 한 마리는 흰색이었다. 그 사람이 붉은 밧줄로 수달들을 묶어서 끌고 가려고 하자, 손사막이 그를 불러 말했다.

"이 세 짐승의 죄는 죽어 마땅하지만, 어제 마음대로 비를 내리게 한 것은 이 못난 사람의 뜻이니 부디 그들을 풀어주길 바라오. 아울러 이 진실한 마음을 상제께 알려 그들의 무거운 죄를 용서해 주시오."

그 사람은 손사막의 분부를 받자 즉시 그들을 풀어 주고 빈 밧줄만 든 채 떠났다. 잠시 뒤에 세 노인이 와서 감사드리며 보답하고 싶다고 하자 손사막이 말했다.

"나는 산골짜기에 살아서 필요한 것이 없으니 보답하지 않아도 되오."

세 노인은 돌아가서 현조를 찾아가 있는 힘을 다해 보답하고 싶다고 하자 현조가 말했다.

"산속에서는 한 끼 식사와 한 벌의 옷 이외에는 부족한 것이 없으니 보답하지 않아도 되오."

세 노인이 다시 간청하자 현조가 말했다.

"앞산이 길을 막고 있어 다니기가 불편하니 그것을 없애 줄 수 있겠소?"

세 노인이 대답했다.

"그것은 작은 일입니다. 다만 바람이 불고 벼락이 치는 것을 탓하지 않는다면 당장 해 드리겠습니다."

그날 밤에 천둥 벼락이 치더니 새벽이 되어 날이 개었는데, 절 앞이 뻥 뚫려 몇 리가 손바닥처럼 훤히 보였다.

釋玄照修道於嵩山白鵲谷, 操行精慤, 常願講《法華經》千遍, 以利於人. 眉: 神僧玄照附見. 旣講於山中, 雖沍寒酷熱, 山林險邃, 而來者恒滿講席焉. 時有三叟, 眉鬚皓白, 容狀瓌異, 虔心諦聽. 如此累日, 玄照異之. 忽一旦, 晨謁玄照曰: "弟子龍也. 各有所任, 亦頗勞苦, 已歷數千百年矣. 得聞法力, 無以爲報, 或長老指使, 願效微力." 玄照曰: "今愆陽經時, 國內荒饉, 可致甘澤, 以救生靈, 卽貧道所願也." 三叟曰: "雨禁絶重, 不奉命擅行, 誅責非細. 少室山孫思邈處士, 道高德重, 必能脫弟子之禍, 則雨可立致矣." 眉: 思邈再見. 玄照曰: "孫處士又何若此邪?" 三叟曰: "孫公之仁, 不可診度. 著《千金翼方》, 惠利萬代, 名已籍於帝宮. 一言救庇, 當保無恙. 但長老先與之約, 如其許諾, 卽便奉依." 乃語以拯護之方. 玄照詣孫所居, 備述叟語, 瀝誠祈懇. 孫初遜謝, 已而曰: "但可施設, 僕無所惜." 玄照曰: "旣雨之後, 三龍避罪, 投處士後沼中以隱. 當有異人捕之, 處士喩而遣之, 必獲釋矣." 思邈許之. 玄照歸, 見三叟於道左, 示已得請. 三叟約一日一夜, 千里雨足, 於是如期泛灑, 澤甚廣被. 翌日, 玄照來謁孫, 對語之際, 有一人骨state殊異, 徑往後沼之畔, 喑啞叱咤. 斯須, 水結爲冰, 俄有三獺, 二蒼一白, 自池而出. 此人以赤索繫之, 將欲挈去, 孫召而謂曰: "三物之罪, 死無以贖, 然昨者擅命, 是鄙夫之意也, 幸望脫之. 兼以此誠上達, 恕其重責也." 此人受教, 登時解釋, 空索而去. 有頃, 三叟致謝, 願有所酬, 孫曰: "吾山谷中無所用者, 不須爲報." 回詣玄照, 願陳力致效, 玄照曰: "山中一食一衲, 此外無闕, 不須酬也." 三叟再爲請, 玄照因言: "前山當路, 不便往來, 却之可否?" 三叟曰: "小事耳. 但勿以風雷爲責, 卽可爲之." 是夕, 雷霆震擊, 及曉開霽, 寺前豁然, 數里如掌.

* 이 고사는 《태평광기》 권420 〈용·석현조〉에 실려 있다.

68-5(2265) 장씨 노인

장노(張老)

출《원화기》

형상(荊湘)에 배산임수(背山臨水)의 한 절이 있었는데, 물속에 용이 있었다. 그 용은 때때로 천둥과 바람을 크게 일으켜 나무들을 부러뜨렸다. 절에는 종을 치는 장씨 노인이 있었는데, 그는 술사(術士)였으나 스님은 알지 못했다. 장씨 노인은 그 용이 물건을 망가뜨리는 것을 싫어해, 그것을 제압해 죽이려고 은밀히 법술을 걸었다. 그러나 그 용은 이미 그 사실을 알고 사람으로 변해 몰래 스님에게 알렸다.

"저는 사실 용으로 이 물에 산 지 여러 해가 되었습니다. 간혹 나와서 비바람으로 물건을 망가뜨렸기 때문에 장씨 노인에게 제압당했습니다. 저의 목숨이 위급한데 스님이 아니면 구할 수 없습니다. 만약 저의 목숨을 구해 주신다면 보주(寶珠) 하나를 드려 보답하겠습니다. 그리고 저는 즉시 다른 곳으로 옮겨 가겠습니다."

스님이 허락하고 밤에 장씨 노인을 불러 용을 놓아주라고 부탁하자 장씨 노인이 말했다.

"스님께서는 이 용이 바치는 보주를 받지 않으시겠지요? 이 용은 몹시 곤궁해서 이 보주만 있고, 성질도 인색하고 악독합니다. 지금 그 보주를 받으신다면 훗날 후회해도 소용없을 것입니다." 미 : 용에게 선악이 있는 것은 당연하지만, 또한 빈부가 있는 것은 이상하도다!

하지만 스님은 그의 말을 믿지 않으며 말했다.

"당신은 날 위해 용을 놓아주기만 하면 되오."

장씨 노인은 어쩔 수 없이 용을 놓아주었다. 용은 밤이 지나자 스님에게 보주를 보내 주고 물에서 나와 다른 곳으로 옮겨 갔다. 장씨 노인 또한 스님에게 작별하고 떠났다. 며칠 뒤에 갑자기 천둥이 치고 비가 내리더니 용이 그 절을 무너뜨리고 보주를 빼앗아 갔으니, 과연 장씨 노인의 말대로 되었다.

荊湘有僧寺, 背山近水, 水中有龍. 時或雷風大作, 損壞樹木. 寺中有撞鐘張老者, 術士也, 而僧不知. 張老惡此龍損物, 欲禁殺之, 密爲法. 此龍已知, 化爲人, 潛告僧曰 : "某實龍也, 住此水多年. 或因出, 風雨損物, 爲張老所禁. 性命危急, 非和尙救之不可. 倘救其命, 奉一寶珠, 以伸報答. 某卽移於別處." 僧諾之, 夜喚張老, 求釋之, 張老曰 : "和尙莫受此龍獻珠否? 此龍甚窮, 唯有此珠, 性又悷惡. 今若受珠, 他時悔無及." 眉 : 龍有善惡, 固也, 亦有貧富, 異哉! 僧不之信, 曰 : "君但爲我放之." 張老不得已, 乃放. 龍夜後送珠於僧, 而移出潭水. 張老亦辭僧去. 後數日, 忽大雷雨, 壞此僧舍, 奪其珠, 果如張老之言.

* 이 고사는 《태평광기》 권424 〈용·장노〉에 실려 있다.

68-6(2266) 법희사의 토룡

법희사토룡(法喜寺土龍)

출《선실지》

정양군(政陽郡)의 동남쪽에 법희사가 있는데, 당(唐)나라 원화(元和) 연간(806~820) 말에 법희사의 한 스님은 백룡 한 마리가 위수(渭水)에서 와서 불전의 서쪽 기둥에 머물러 오랫동안 기둥을 휘감고 있다가 곧장 동쪽을 향해 떠나는 꿈을 자주 꾸었다. 매번 그런 꿈을 꾸고 나면 다음 날 반드시 비가 내렸기에 그 스님은 이상하게 여겼다. 어떤 사람이 말하길, 불사(佛寺)도 용이 의지하는 곳이므로 불가에 천룡팔부(天龍八部)44)가 있다고 했다. 그 스님은 장인을 불러 흙을 반죽해 토룡을 만들어 불전의 서쪽 기둥에 두게 했는데, 비늘과 갈기가 꿈틀거리는 것 같았고 구름을 타고 오르는 기세가 잘 묘사되어 있었다. 장경(長慶) 연간(821~824)

---

44) 천룡팔부(天龍八部) : 불법을 지키는 호법신으로, 천(天)·용(龍)·야차(夜叉)·건달바(乾闥婆)·아수라(阿修羅)·가루라(迦樓羅)·긴나라(緊那羅)·마후라가(摩睺羅伽)의 팔부신(八部神)을 말하는데, 그중에서 천과 용의 위력이 가장 뛰어나므로 '천룡팔부'라고 한다.

초에 그 절에 기거하던 어떤 사람이 바깥문에 누워 있다가 보았더니, 한 물체가 서쪽 처마에서 곧장 나오더니 표연히 구름을 타듯이 날아서 쏜살같이 절을 나가 위수를 향해 떠났다가, 밤이 깊어 갈 즈음에야 서쪽 처마 아래로 돌아왔다. 자세히 살펴보았더니 과연 백룡이었다. 그 사람이 이튿날 절의 스님에게 그 일을 알렸더니 스님이 기이해했다. 또 며칠이 지나서 절의 스님들이 모두 재회(齋會)에 참석하러 나갔다가 정오가 되어서야 돌아왔는데, 불전에 들어가서 보았더니 토룡이 이미 사라지고 없었기에 스님들은 탄식하면서 기이해했다. 저녁이 되자 위수에서 먹구름이 일어나더니 얼마 후에 불전 가까이 다가왔는데, 갑자기 한 물체가 구름 속에서 뛰어나와 서쪽 처마를 향하더니 안으로 들어갔다. 스님들이 놀라 두려워하며 살펴보았더니 토룡이 이미 서쪽 기둥 위에 있었는데, 그 용의 갈기와 비늘과 뿔이 온통 물에 젖어 있는 듯했다. 미 : 토룡에게 비를 빌면 진실로 효험이 있다. 이때부터 그 토룡을 쇠사슬로 묶어 놓았는데, 가뭄이 들거나 홍수가 났을 때 그것에 기도하면 반드시 응험이 있었다.

政陽郡東南有法喜寺, 唐元和末, 寺僧頻夢一白龍自渭水來, 止於佛殿西楹, 蟠繞且久, 乃直東而去. 每夢則明日必雨, 其僧異之. 或言, 佛寺亦龍所依, 故釋氏有天龍八部. 僧召工合土爲偶龍, 而於殿西楹置焉, 蜿蜒鱗鬣, 甚得雲間之勢. 至長慶初, 其寺居人有偃於外門者, 見一物從西軒直出,飄飄然若升雲狀, 飛馳出寺, 望渭水而去, 夜將分, 始歸西軒下. 細視之, 果白龍也. 明日因告寺僧, 僧奇之. 又數日, 寺僧盡出赴齋, 至午方歸, 因入殿視, 像龍已失矣, 寺僧且嘆且異. 及晚, 有陰雲起於渭水, 俄而將逼殿宇, 忽有一物自雲中躍出, 指西軒以入. 寺僧懼驚, 且視之, 乃見像龍已在西檻上, 其龍鬐鬣鱗角, 若盡沾濕. 眉 : 土龍乞雨, 信有之矣. 自是因以鐵鎖繫之, 凡旱澇, 祈禱輒應.

* 이 고사는 《태평광기》권423 〈용・법희사〉에 실려 있다.

68-7(2267) 위씨

위씨(韋氏)

출《원화기》

　경조(京兆) 사람 위씨는 명문가의 딸로, 무창(武昌) 사람 맹씨(孟氏)에게 시집갔다. [당나라] 대력(大曆) 연간(766～779) 말에 맹씨는 처남 위생(韋生)과 함께 관리로 선발되었는데, 위생은 양자현위(揚子縣尉)에 제수되고 맹씨는 낭주(閬州) 녹사참군(錄事參軍)에 제수되어 서로 다른 길로 부임지로 갔다. 촉로(蜀路)는 길이 좁아 수레가 통과할 수 없었기에 위씨는 말을 타고 남편을 따라갔는데, 낙곡구(駱谷口)에 이르렀을 때 갑자기 말이 놀라는 바람에 수백 장(丈)이나 되는 언덕 아래로 떨어졌다. 아래를 내려다보니 까마득하고 어두워서 사람이 들어갈 길이라곤 없었다. 맹생(孟生: 맹씨)은 슬피 울고 온 식구는 통곡했지만 어찌할 방법이 없어서 결국 제사를 지내고 상복을 입은 뒤 그녀를 버려두고 떠났다. 한편 위씨는 마른 나뭇잎 위로 떨어진 덕분에 몸에 다친 곳이 없었다. 처음에는 숨이 막혀 기절한 듯했으나 잠시 후에 깨어났다. 하루가 지나서 위씨는 몹시 배가 고파 나뭇잎으로 눈을 싸서 먹었다. 또 옆을 보았더니 바위굴 하나가 있었는데 그 깊이를 알 수 없었다. 자기가 추락한 곳을 올려다보니 마치 커다란 우물 같았기에 영락없이 죽었구나 하고 생각했다. 그때 갑자기 바위굴 속에서 등불 같은 광채 하나가 보였는데, 나중에 점점 더 커지더니 이내 두 개가 되었다. 점점 다가오기에 보았더니 바로 용의 눈이었다. 위씨는 너무 두려워서 바위 벽에 바짝 기대어 서 있었다. 점점 밖으로 나온 용은 길이가 5~6장쯤 되었으며, 굴 옆에 이르더니 구멍을 솟구쳐 빠져나갔다. 잠시 후 또 두 개의 눈이 보이면서 다시 용 한 마리가 빠져나가려고 했다. 위씨는 어차피 죽을 바에야 차라리 용에게 당하는 것이 낫겠다 싶어 용이 장차 빠져나가기를 기다렸다가 용을 끌어안고 올라탔다. 용도 아랑곳하지 않고 곧장 구멍 밖으로 도약해 마침내 공중으로 솟구쳐 올랐다. 위씨는 감히 아래를 내려다보지 못한 채 용이 가는 대로 맡겨 두었다. 위씨는 반나절쯤 지난 것 같아 이미 만 리를 갔을 것이라고 생각해 한번 눈을 떠서 아래를 보았더니 용이 점점 밑으로 내려가고 있었으며 또 강과 바다와 초목이 보였다. 땅에서 4~5장쯤 떨어졌을 때 위씨는 용에게 업힌 채 강 속으로 들어가게 될까 봐 두려워서, 마침내 잡고 있던 용을 스스로 놓고 깊은 풀숲 위로 떨어졌다가 한참 후에야 깨어났다. 위씨는 식사를 하지 못한 지 이미 3~4일이 지났기 때문에 기력이 점점 쇠약해졌다. 천천히 걸어가다가 한 늙은 어부를 만났는데, 어부는 위씨가 사람이 아닌 줄 알고 놀랐다. 위씨가 물었다.

"여기가 어디입니까?"

어부가 말했다.

"여기는 양자현이오." 미 : 만약 낭주로 보내졌더라면 오히려 우여곡절을 겪지 않았을 것이다.

위씨는 속으로 기뻐하며 말했다.

"현까지는 몇 리나 떨어져 있습니까?"

어부가 말했다.

"20리 떨어져 있소."

위씨는 어부에게 자초지종을 자세히 말하고 아울러 배고프고 목마르다고 했다. 어부는 기이해하면서 위씨에게 음식을 먹였다. 위씨가 물었다.

"이 현의 위 소부(韋少府 : 위생. 소부는 현위의 별칭)는 부임했습니까?"

어부가 말했다.

"모르겠소."

위씨가 말했다.

"저는 위 소부의 누나입니다. 만약 저를 태워 주신다면 현에 이르러 틀림없이 후하게 보답해 드리겠습니다."

어부는 위씨를 배에 태워 현성의 문에 도착했는데, 위 소부는 이미 부임해서 며칠이 지난 뒤였다. 위씨는 현성 문에 이르러 어부를 보내 맹씨 집안의 십삼자(十三姊 : 위씨)가 왔다고 통보하게 했는데, 위생은 그 말을 믿지 않으며 말했다.

"십삼자는 맹랑(孟郞 : 맹씨)을 따라 촉으로 들어갔는데, 어떻게 난데없이 이곳에 올 수 있단 말인가?"

위씨는 어부에게 자초지종을 자세히 말하게 했는데, 위생은 놀라기는 했지만 그렇다고 그다지 깊이 믿지도 않았다. 위생이 나와서 보았더니, 그의 누나가 통곡하면서 그간의 재앙을 말했는데, 파리하고 초췌한 몰골은 거의 말로 할 수 없을 정도였다. 위생이 그녀에게 머물면서 쉬게 했더니 얼마 후에 건강이 회복되었다. 하지만 위생은 끝내 의심을 풀지 않았다. 며칠 후에 과연 촉에서 위씨가 죽었다는 흉보가 도착하자, 위생은 그제야 모든 사정을 분명히 깨닫고 더욱 희비가 교차했다. 위생은 뒤늦게 어부에게 2만 냥을 사례하고 사람을 보내 누나를 촉으로 데려다주게 했다. 맹씨는 더할 수 없이 슬프고 기뻤다.

京兆韋氏, 名家女也, 適武昌孟氏. 大曆末, 孟與妻弟韋生同選, 韋生授揚子縣尉, 孟授閬州錄事參軍, 分路之官. 蜀路不通車輿, 韋氏乘馬從夫, 至駱谷口中, 忽然馬驚, 墜於岸下數百丈. 視之杳黑, 人無入路. 孟生悲號, 一家慟哭, 無如之何, 遂設祭服喪捨去. 韋氏墜枯葉之上, 體無所損. 初似悶絶, 少頃而甦. 經一日, 饑甚, 遂取木葉裹雪而食. 傍視有一巖罅, 不知深淺. 仰視墜處, 如大井焉, 分當死矣. 忽於巖谷中, 見光一點如燈, 後更漸大, 乃有二焉. 漸近, 是龍目也. 韋懼甚, 負石壁而立. 此龍漸出, 長可五六丈, 至穴邊, 騰孔而出.

頃又見雙眼, 復是一龍欲出. 韋氏自度必死, 寧爲龍所害, 候龍將出, 遂抱龍跨之. 龍亦不顧, 直躍穴外, 遂騰於空. 韋氏不敢下顧, 任龍所之. 如半日許, 疑已過萬里, 試開眼下視, 此龍漸低, 又見江海及草木. 其去地度四五丈, 恐負入江, 遂放身自墜, 落於深草之上, 良久乃甦. 韋氏不食, 已經三四日矣, 氣力漸憊. 徐徐而行, 遇一漁翁, 驚非其人. 韋氏問: "此何所?" 翁曰: "此揚子縣." 眉: 若送至閬州, 反不波瀾. 韋氏私喜, 曰: "去縣幾里?" 翁曰: "二十里." 韋氏具述其由, 兼饑渴. 漁翁異之, 飲食焉. 韋氏問曰: "此縣韋少府到未?" 翁曰: "不知." 韋氏曰: "某卽韋少府之姊也. 倘爲載去, 至縣當厚相報." 漁翁與載至縣門, 韋少府已上數日矣. 韋氏至門, 遣報孟家十三姊, 韋生不信, 曰: "十三姊隨孟郎入蜀, 那忽來此?" 韋氏令具說此由, 韋生雖驚, 亦未深信. 出見之, 其姊號哭, 話其迍厄, 顔色痿瘁, 殆不可言. 乃舍之將息, 尋亦平復. 韋生終有所疑. 後數日, 蜀中凶問果至, 韋生意乃豁然, 方更悲喜. 追酬漁父二十千, 遣人送姊入蜀. 孟氏悲喜無極.

* 이 고사는《태평광기》권421〈용・위씨〉에 실려 있다.

68-8(2268) 사주의 흑하

사주흑하(沙州黑河)

　북정(北庭 : 북정도호부) 서북쪽의 사주에 흑하가 있는데, 배가 다닐 만큼 깊지만 그 물이 종종 범람해 집들을 쓸어가고 들판을 잠기게 했다. 그 때문에 서북쪽의 농작물이 모두 망가지고 땅도 황폐해져 농사를 지을 수 없었기에 백성이 멀리 이주했다. 북정 사주의 관리가 된 자들은 모두 먼저 희생과 술을 준비해 흑하 가에서 망사(望祀)45)를 지낸 연후에야 감히 정무를 보았는데, 그러지 않으면 장맛비가 몇 달 동안 내렸다. [당나라] 개원(開元) 연간(713~741)에 남양(南陽) 사람 장숭(張嵩)이 조서를 받들어 북정도호(北庭都護)로 부임하자, 맨 먼저 그 일에 대해 물었더니 어떤 사람이 말했다.

　"흑하 속에는 거대한 용이 있으니 먼저 제사 지내시길 청합니다."

　장숭은 즉시 명을 내려 희생과 단술을 준비하고 연회 자

---

45) 망사(望祀) : 음식을 차리고 섶을 태우면서 멀리 산천의 신에게 드리는 제사.

리를 마련하게 했으며, 은밀히 좌우 사람들을 불러 활과 화살을 들고 따르게 했다. 장숭은 관리들을 이끌고 흑하 가로 가서 늘어선 뒤, 의관을 정제하고 홀(笏)을 든 채 공손하고 엄숙하게 기다렸다. 잠시 뒤에 길이가 100척이나 되는 용이 물결 속에서 뛰어나오더니 순식간에 언덕으로 올라와 불꽃같은 눈으로 사람들을 쏘아보았다. 용이 사람들에게서 약 몇십 보 떨어진 곳까지 오자, 장숭은 사람들에게 활을 당긴 채 기다리게 했다. 잠시 후 용은 연회 자리에 이르더니 몸이 점점 짧아져 길이가 몇 척으로 줄어들었다. 용이 막 음식을 먹으려 할 때 사람들이 한꺼번에 화살을 쏘자, 용은 힘을 쓸 수 없어서 고꾸라졌다. 용이 죽고 나서 마을 사람들이 모두 와서 구경했는데 시장처럼 왁자지껄했다. 장숭은 백성의 해악을 이미 제거한 것을 기뻐하며 황상께 용을 바쳤다. 황상은 그의 과단성을 장하게 여기고, 조서를 내려 용의 혀를 잘라 함에 넣어 장숭에게 하사했다. 또한 자손 대대로 사주자사(沙州刺史)를 세습하게 했는데, 지금까지 그들을 "용설장씨(龍舌張氏)"라고 부른다.

北庭西北沙州有黑河, 深可駕舟, 其水往往泛濫, 蕩室廬, 瀦原野. 由是西北之禾稼盡去, 地荒而不可治, 居人遠徙. 其吏於北庭沙州者, 皆先備牲酹, 望祀於河滸, 然後敢視政, 否卽淫雨連月. 開元中, 南陽張嵩奉詔都護於北庭, 首訊其事, 或曰:"黑河中有巨龍, 求祀." 嵩卽命致牢醴, 布筵席, 密召左右, 執弓矢以從. 嵩率僚吏, 班於河上, 峨冠斂板, 磬折蕭躬. 俄頃, 有龍長百尺, 自波中躍而出, 俄然升岸, 目有火光射人. 離人約數十步, 嵩卽命彀矢引滿以伺焉. 旣而果及於几筵, 身漸短而長數尺. 方食, 而衆矢共發, 龍勢不能施而摧. 龍旣死, 里中俱來觀之, 譁然若市. 嵩喜已除民害, 遂以獻上. 上壯其果斷, 詔斷其舌, 函以賜嵩. 且子孫承襲在沙州爲刺史, 至今號爲"龍舌張氏".

* 이 고사는《태평광기》권420 〈용·사주흑하〉에 실려 있다.

68-9(2269) 자주의 용

자주룡(資州龍)

출《기문》

    위고(韋皐)가 촉(蜀)을 진수하던 말년에 자주에서 용 한 마리를 바쳤는데, 1장(丈) 남짓한 길이에 비늘까지 모두 갖추고 있었다. 위고가 나무 궤짝에 용을 넣어 두었더니 용이 그 안에서 똬리를 틀었다. 마침 정월 초하루가 되어 그 나무 궤짝을 대자사(大慈寺)의 불전 위에 두었다. 백성 사이에 모두 그 소식이 전해지자 이삼일 동안 마음껏 구경하게 했는데, 용이 향 연기에 질식해서 죽고 말았다. 국사(國史)에서는 이 일을 빼놓고 기록하지 않았는데, 이것은 어떤 징조인가?

韋皐鎭蜀末年, 資州獻一龍, 身長丈餘, 鱗甲悉具. 皐以木匣貯之, 蟠屈於內. 時屬元日, 置於大慈寺殿上. 百姓皆傳, 縱觀二三日, 爲香烟薰死. 國史闕書, 是何祥也?

*   이 고사는 《태평광기》 권422 〈용・자주룡〉에 실려 있다.

68-10(2270) 공위

공위(孔威)

출《당년보록(唐年補錄)》

[당나라] 함통(咸通) 연간(860~874) 말에 서주자사(舒州刺史) 공위가 용골(龍骨) 1구(具)를 진상하면서 그 일을 기록한 표문을 올려 말했다.

"서주 동성현(桐城縣) 선정향(善政鄕)의 백성 호거(胡擧)의 집 마당에서 청룡이 서로 싸우다 죽었습니다. 그때는 4월이라 아직 잠박(蠶箔 : 누에 발)이 마당에 있었는데, 갑자기 구름이 일고 천둥이 심하게 치면서 구름 속에서 무언가가 치고받는 소리가 들리더니, 피가 비 오듯이 쏟아져 잠박 위를 적셨습니다. 그러나 피가 잠박에 묻지 않고 점차 모여 덩이가 되기에 그것을 주워서 손바닥 위에 놓았더니, 잠시 후 차가운 통증이 뼛속까지 느껴졌습니다. 처음에 용은 꼬리를 땅에 늘어뜨린 채 있다가 구정물 통을 휘감더니 몸을 솟구쳐 구름 속으로 들어갔는데, 비가 내릴 때 보았더니 전부 쌀뜨물이었습니다. 용이 죽은 뒤에 몸을 갈라 보니 목구멍 속에 커다란 상처가 있었습니다. 용은 길이가 10여 장(丈)이나 되었고 몸통과 꼬리가 각각 절반씩 되었는데, 꼬리 부분은 얇고 납작했습니다. 비늘과 갈기는 모두 물고기와 같았지만, 오직 수염만 2장이나 되었습니다. 그 발은 붉은 막으로 싸여 있었고, 두 개의 뿔은 각각 길이가 2장이었으며, 그 배는 위아래가 서로 어긋나 있었습니다. 당시 대운창(大雲倉)의 관리를 보내 서주로 이송해 오게 했는데, 너무 육중해서 한꺼번에 들 수 없자 수십 토막으로 잘라 관부로 실어 왔습니다."

咸通末, 舒州刺史孔威進龍骨一具, 因有表錄其事狀云: "州之桐城縣善政鄕百姓胡擧, 有靑龍鬪死於庭中. 時四月, 尙有繭箔在庭, 忽雲雷暴起, 聞雲中有擊觸聲, 血如灑雨, 灑繭箔上. 血不汚箔, 漸旋結聚, 可拾置掌上, 須臾, 令人冷痛入骨. 初龍拖尾及地, 繞一泔桶, 卽騰身入雲, 及雨, 悉是泔也. 龍旣死, 剖之, 喉中有大瘡. 凡長十餘丈, 身尾相半, 尾本偏薄. 鱗鬣皆魚, 唯有鬚長二丈. 其足有赤膜翳之, 雙角各長二丈, 其腹自相齟齬. 時遣大雲倉使督送州, 以肉重不能全擧, 乃斫爲數十段, 載之赴官."

* 이 고사는 《태평광기》 권423 〈용·공위〉에 실려 있다.

68-11(2271) 용을 불태우다

소룡(燒龍)

출《북몽쇄언》

 강남의 갈대숲 사이에서는 종종 불을 피우다가 용을 불러일으키곤 한다. 당(唐)나라 천복(天復) 연간(901~904)에 예주(澧州) 섭원촌(葉源村) 백성 등씨(鄧氏)의 아들이 잡초를 태워 밭을 일구려고 천정(天井) 미 : 산속의 동굴이 천정이다. 에 땔나무와 풀을 쌓아 두었는데, 불길이 거세지자 용이 갑자기 뛰쳐나와 공중으로 솟구쳐 올랐다. 용의 몸은 불에 휘감겼는데, 바람이 더욱 세차게 불자 미친 듯한 불길이 더욱 활활 타올랐다. 용은 불을 털어 내려 했으나 그러지 못하고 결국 땅에 고꾸라져 죽었는데, 그 길이가 수백 보에 달했다. 마을 사람은 화를 피하려 이사했다. 주량(朱梁 : 오대 후량) 말년에 진주(辰州)의 백성 상씨(向氏)가 불을 피우다가 용 한 마리를 불러일으켰는데, 사방에서 바람이 일고 천둥이 치면서 폭우가 내렸지만 불길을 끌 수 없었다. 그 용은 순식간에 재로 변했는데, 뿔만 재가 되지 않고 옥처럼 하얗게 빛났다. 상씨는 그것을 보배로 여겨 간직했다. 호남(湖南)의 행군사마(行軍司馬) 고욱(高郁)이 상씨에게 값을 치르긴 했지만 거의 강제로 그 뿔을 빼앗았는데, 당시 한 술사(術士)

가 말했다.

"고 사마(高司馬 : 고욱)는 화를 당할 것이로다! 어디에 쓰려고 불길한 물건을 사들여 화를 재촉하는가?"

얼마 후에 고욱은 주살되었다.

江南蘆荻之間, 往往燒起龍. 唐天復中, 澧州葉源村民鄧氏子燒畬, 柴草積於天井, 眉 : 山中穴爲天井. 火勢旣盛, 龍突出, 騰在半空. 縈帶爲火所燎, 風力益壯, 狂焰彌熾. 擺之不落, 竟以仆地而斃, 長亘數百步. 村民徙居避之. 朱梁末, 辰州民向氏因燒起一龍, 四面風雷急雨, 不能撲滅. 尋爲煨燼, 而角不化, 瑩白如玉. 向氏寶而藏之. 湖南行軍高郁酬其價而强取, 於時術士曰 : "高司馬其禍乎! 安用不祥之物以速之?" 俄而被誅.

* 이 고사는《태평광기》권423〈용・소룡〉에 실려 있다.

68-12(2272) 용으로 변한 비녀
차화룡(釵化龍)

출《두양편》

[당나라] 덕종(德宗) 때 일림국(日林國)에서 용각차(龍角釵 : 용 뿔로 만든 비녀)를 바쳤는데, 옥과 비슷하고 감색이며 위에 교룡의 형상이 조각되어 있었다. 그 정교함과 아름다움은 사람이 만든 것 같지 않았다. 황제는 용각차를 독고 비(獨孤妃)에게 하사했는데, 그녀가 황제와 함께 용지(龍池)에서 배를 타고 있을 때 자색 구름이 용각차 위에서 생겨나더니 잠깐 사이에 배 안에 가득해졌다. 그래서 황제가 용각차를 당(堂) 안에 두게 하고 물을 뿜게 하자, 용각차는 두 마리 용으로 변하더니 하늘로 솟구쳐 올라 동쪽으로 사라졌다.

德宗時, 日林國獻龍角釵, 類玉, 紺色, 上刻蛟龍之形. 精巧奇麗, 非人所製. 帝賜獨孤妃子, 與帝同泛舟於龍池, 有紫雲自釵上而生, 俄頃, 滿於舟中. 帝由是命置於堂內, 以水噴之, 化爲二龍, 騰空東去矣.

* 이 고사는 《태평광기》 권404 〈보(寶)·영광두(靈光豆)〉에 실려 있다.

68-13(2273) 유척담

유척담(遺尺潭)

출《전재(傳載)》

    곤산현(昆山縣)의 유척담은 본래 [당나라] 대력(大曆) 연간(766~779)에 그곳 마을의 여자가 황태자의 원비(元妃)가 되었을 때 잃어버린 옥척(玉尺 : 옥으로 만든 자)이 용으로 변했다가 지금에 이르러 연못이 된 것이다.

昆山縣遺尺潭, 本大曆中, 村女爲皇太子元妃, 遺玉尺, 化爲龍, 至今遂成潭.

*   이 고사는《태평광기》권421〈용·유척담〉에 실려 있다.

68-14(2274) 위유

위유(韋宥)

출《집이기》

당(唐)나라 원화(元和) 연간(806~820)에 옛 도위(都尉) 위유는 온주목(溫州牧)으로 나가게 되자 마음이 매우 즐겁지 않았다. 물길은 멀고 배 안은 몹시 더웠다. 어느 날 해 질 무렵에 시원해지자 위유는 말을 타고 기슭으로 올라가서 배를 따라 길을 갔다. 그때 갑자기 얕은 모래가 어지럽게 흐르면서 짙푸른 갈대밭이 펼쳐지자 위유는 말고삐를 놓아 말에게 물을 먹였는데, 갈대 가지 하나가 말안장을 스쳤다. 위유가 자세히 보았더니 새 명주실로 만든 쟁(箏)의 현이 갈대 심을 칭칭 감고 있었다. 위유가 곧장 갈대를 꺾어서 현을 펼쳐 보았더니, 그 길이가 2심(尋 : 1심은 8척)이었다. 시험 삼아 다시 현을 놓았더니 즉시 원래대로 줄어들었다. 위유는 기이하기도 하고 놀랍기도 해서 그것을 품속에 넣어 두었다. 강가의 객관에 이르자 식구들은 모두 이미 배를 묶어 놓고 정자로 들어갔다. 위유는 옛 부마(駙馬)였기 때문에 집안에 가기(歌妓)를 두고 있었는데, 쟁을 타는 가기에게 그 현을 주며 말했다.

"내가 갈대 심에서 이것을 얻었는데, 아주 새롭고 단단하다. 그런데 강가 모래톱에서 이 물건이 어디에서 온 것인지 내가 몹시 이상하게 생각한다. 시험 삼아 악기에 매어서 그 소리를 들어 보자."

가기가 그것을 악기에 매었는데, 조금도 이상한 점은 없었고 단지 길이가 2~3촌 짧을 뿐이었다. 식사할 때 가기가 그것을 풀어 놓았더니 다시 원래대로 줄어들었는데, 식사를 마치고 나서 보았더니 그것이 꿈틀대면서 움직였다. 가기가 깜짝 놀라 사람들에게 그 사실을 알리자 사람들이 다투어 와서 구경했는데, 그것이 두 눈을 번쩍 떴다. 위유가 놀라면서 말했다.

"혹시 용이 아닐까?"

위유는 의관을 가져오라 명하고 향을 사르고 치성을 드린 다음, 그것을 물그릇 안에 담아서 강에 던졌다. 그것이 중류에 이르자 풍랑이 마구 일면서 구름이 피어오르고 번개가 치더니 지척지간이 어두워졌다. 잠시 뒤에 100척의 백룡이 솟구쳐 승천했다. 사람들이 모두 그것을 보았는데, 한참 후에야 사라졌다.

唐元和, 故都尉韋宥出牧溫州, 忽忽不樂. 江波修永, 舟船燠熱. 一日晚凉, 乃跨馬登岸, 依舟而行. 忽淺沙亂流, 蘆葦靑翠, 因縱轡飮馬, 而蘆枝有拂鞍者. 宥熟視, 忽見新絲箏弦, 周纏蘆心. 宥卽收蘆伸弦, 其長倍尋. 試縱之, 應手復結. 宥奇駭, 因置於懷. 行次江館, 其家室皆已維舟入亭矣. 宥故駙馬也, 家有妓, 卽付箏妓曰 : "我於蘆心得之, 頗甚新緊. 然沙洲江徼, 是物何自而來, 吾甚異之. 試施於器, 以聽其音." 妓將安之, 更無少異, 唯短三二寸耳. 方饌, 妓卽置之, 隨置復結, 食罷, 視之, 則已蜿蜒搖動. 妓驚告衆, 競來觀之, 而雙眸了然矣. 宥駭曰 : "得非龍乎?" 命衣冠, 焚香致敬, 盛諸盂水之內, 投之於江. 纔及中流, 風波皆作, 蒸雲走雷, 咫尺昏暗. 俄有白龍百尺, 拿攫升天. 衆咸觀之, 良久乃滅.

* 이 고사는《태평광기》권422〈용·위유〉에 실려 있다.

68-15(2275) 용으로 변한 고양이

묘화룡(猫化龍)

출《계신록》

왕건(王建 : 오대십국 전촉의 건국자)이 촉(蜀)에서 칭제했을 때, 총신(寵臣) 당도습(唐道襲)을 추밀사(樞密使)로 삼았다. 여름에 당도습이 집에 있을 때 큰비가 내렸는데, 기르던 고양이가 처마 밑에서 물장난을 하고 있었다. 당도습이 그 모습을 보고 있었는데, 고양이가 점점 커지더니 순식간에 앞발이 처마에 닿았다. 그때 갑자기 천둥 번개가 크게 치더니 고양이가 용으로 변해 날아갔다.

평 : 예로부터 이르길, 성인은 용에 해당하고 현인은 교룡에 해당하는데 교룡은 한 모습이지만 용은 변화무쌍하다고 한다. 당씨(唐氏 : 당도습)의 고양이, 노씨(盧氏 : 노군창)의 백구,[46] 동방씨(東方氏 : 동방삭)의 베,[47] 갈피(葛陂)의 대

---

46) 노씨(盧氏 : 노군창)의 백구 : 《태평광기》 권423 〈용・노군창(盧君暢)〉에 나온다.

47) 동방씨(東方氏 : 동방삭)의 베 : 본서 2-4(0019) 〈동방삭(東方朔)〉에 나온다.

나무,48) 일림국(日林國)의 비녀,49) 어부의 베틀 북,50) 구미(拘彌)의 구슬,51) 미 : 구미의 구슬은 〈만이부(蠻夷部)〉에 나온다. 옥사산(玉笥山)의 대들보,52) 황비(皇妃)의 옥척(玉尺),53) 사씨(史氏)의 붉은 나뭇잎54)은 정이 있든 없든, 생명이 있든 없든 간에 모두 용이었는데, 이는 당연히 용이 대상물을 빌려서 숨은 것일 따름이니, 어찌 대상물이 용이 될 수 있겠는가? 뇌씨[雷氏 : 뇌환(雷煥)]의 검55)의 경우는 아마도 귀중한 보물이기 때문에 용신(龍神)의 보호를 받은 것이지 검이 변화한 것은 아니다. 소설가는 또한 용이 [오행에서] 목(木)에

---

48) 갈피(葛陂)의 대나무 : 본서 2-18(0033) 〈호공(壺公)〉에 나온다.

49) 일림국(日林國)의 비녀 : 본서 68-12(2272) 〈차화룡(釵化龍)〉에 나온다.

50) 어부의 베틀 북 : 본서 54-9(1605) 〈소광(蕭曠)〉에 나온다.

51) 구미(拘彌)의 구슬 : 본서 79-10(2517) 〈구미국(拘彌國)〉에 나온다.

52) 옥사산(玉笥山)의 대들보 : 본서 55-2(1633) 〈옥량관(玉梁觀)〉에 나온다.

53) 황비(皇妃)의 옥척(玉尺) : 본서 68-13(2273) 〈유척담(遺尺潭)〉에 나온다.

54) 사씨(史氏)의 붉은 나뭇잎 :《태평광기》권422〈용·사씨자(史氏子)〉에 나온다.

55) 뇌씨(雷氏 : 뇌환)의 검 : 본서 54-9(1605) 〈소광(蕭曠)〉에 나온다.

속하기 때문에 베틀 북은 용으로 변할 수 있지만 검은 용으로 변할 수 없다고 여기니, 더욱 고리타분하다.56)

王建稱尊於蜀, 其嬖臣唐道襲爲樞密使. 夏日在家, 會大雨, 其所蓄猫, 戲水於檐溜下. 道襲視之, 稍稍而長, 俄而前足及檐. 忽爾雷電大至, 化爲龍而去.
評 : 古云, 聖人龍之, 賢人蛟之, 以蛟一而龍無不化也. 唐氏之猫, 盧氏之白犬, 東方氏之布, 葛陂之竹, 日林之釵, 漁父之梭, 拘彌之珠, 眉 : 拘彌之珠, 見〈蠻民1部〉. 玉笥山之梁, 皇妃之玉尺, 史氏之紅葉, 有情無情, 有生無生, 一切皆龍, 當是龍假物而潛耳, 豈物能爲龍哉? 至於雷氏之劍, 疑重寶爲龍神所護, 非劍化也. 而小說家又謂龍爲木屬, 梭可化而劍不可化, □滋支矣.

* 이 고사는 《태평광기》 권440 〈축수(畜獸)·당도습(唐道襲)〉에 실려 있다.

1 민(民): "이(夷)"의 오기로 보인다.

56) 더욱 고리타분하다 : 이 평어(評語)의 원문은 "□자지의(□滋支矣)"라 되어 있어 한 글자가 판독 불가한데, 문맥을 고려해 추정해서 번역했다. 쏜다평의 교점본에서는 "변자지의(辨滋支矣 : 분별이 더욱 고리타분하다)"로 추정했다.

권69 용부(龍部)

용(龍) 2

이 권은 대부분 용신의 일을 실었다.
此卷多載龍神事.

69-1(2276) 이정

이정(李靖)

출《속현괴록(續玄怪錄)》

　　당(唐)나라의 위국공(衛國公) 이정이 미천한 시절에 일찍이 사냥을 하면서 산촌에서 기식했는데, 산촌의 노인은 그의 사람됨을 남달리 여겨 매번 풍성하게 음식을 대접했고 시간이 지날수록 더욱 후하게 대해 주었다. 어느 날 이정은 우연히 사슴 떼를 발견하고 곧장 뒤쫓다가 날이 저무는 바람에 컴컴해져 길을 잃었는데, 저 멀리 등불이 보이자 급히 그곳으로 달려갔다. 그곳에 도착했더니 붉은 대문의 큰 저택이었는데 담과 건물이 매우 높았다. 문을 두드린 지 한참 만에 한 사람이 나오자, 이정이 길을 잃었다고 말하면서 하룻밤 묵어가길 청했더니 그 사람이 말했다.

　　"도련님은 이미 출타하시고 태부인(太夫人) 혼자 계시는 터라 묵는 것은 안 됩니다."

　　이정이 말했다.

　　"한번 여쭤봐 주시오."

　　그 사람이 들어가서 알린 뒤에 다시 나와서 이정을 대청으로 맞아들였다. 잠시 뒤에 한 하녀가 나와서 말했다.

　　"마님께서 나오십니다."

부인은 나이가 50여 세쯤 되었고 푸른 치마에 흰 저고리를 입었으며 기품이 청아했다. 이정이 앞으로 나아가 절하자 부인이 답배하면서 말했다.

"아들들이 모두 집에 없어서 당신을 머물게 해서는 안 되지만, 지금 날이 어둡고 돌아가는 길까지 잃었다고 하니, 이런 상황에서 당신을 받아들이지 않으면 또 어디로 보내겠소? 아들들이 돌아올 때 어쩌면 밤에 도착해 시끄러울 수도 있지만 두려워하지 마시오."

잠시 뒤에 음식이 나왔는데 아주 신선하고 맛있었는데 생선이 많았다. 음식을 다 먹고 나자 부인은 집 안으로 들어갔다. 하녀 두 명이 자리와 요와 이불을 가지고 왔는데 향기가 나고 깨끗했다. 하녀들은 이부자리를 모두 깔고 나서 문을 닫아걸고 떠났다. 이정은 이 황량한 들판에 밤이 되면 소란스러울 것이 무엇일까 곰곰이 생각했다. 그래서 두려워하며 감히 잠을 자지 못하고 단정하게 앉아서 귀를 기울였다. 밤이 깊어 갈 무렵에 아주 급하게 문을 두드리는 소리가 들리더니 어떤 사람이 말했다.

"천제(天帝)의 부명(符命)이니, 큰 도령에게 비를 내리라고 알리시오. 이 산의 주위 700리만 내리면 되니 오경까지면 충분할 것이오. 지체하지 마시오! 갑자기 심하게 내리지 마시오."

또 부인의 말하는 소리가 들렸다.

"아들이 아직 돌아오지 않았는데, 노복들이 그 일을 맡아 할 수도 없으니 어찌하면 좋단 말인가?"

그러자 한 어린 하녀가 말했다.

"방금 대청에 묵고 있는 손님을 보았는데 비범한 사람이니, 어찌하여 그에게 청해 보지 않으십니까?" 미 : 어린 하녀가 또한 안목이 있다.

부인이 기뻐하며 이정에게 만나기를 청하고 말했다.

"이곳은 인간 세상의 저택이 아니라 바로 용궁이오. 내 장남은 동해의 혼례에 갔고 작은아들은 누이를 데려다주러 갔는데, 때마침 천제의 부명을 받들어 비를 내려야 하오. 두 곳의 운정(雲程 : 구름을 타고 날아가는 거리)을 헤아려 보니 만 리가 넘으니, 소식을 알린다 해도 늦고 다른 사람을 구하기도 어렵소. 잠시 삼가 당신을 번거롭게 할까 하는데 어떻겠소?"

이정이 말했다.

"저는 속세의 사람이니 어떻게 비를 내릴 수 있겠습니까?"

부인이 말했다.

"만약 내 말만 따른다면 안 될 것도 없소."

부인은 하인에게 청총마(靑驄馬)에 마구를 채워 끌고 오게 하고 또 비를 담은 그릇을 가져오게 했는데, 그것은 다름 아닌 작은 병이었다. 그것을 말안장 앞에 매단 뒤에 부인이

주의를 주며 말했다.

"당신은 말을 탔을 때 말고삐를 억지로 잡아당기지 말고 그저 말이 가는 대로 내버려두시오. 말이 땅을 차면서 울면 그때 바로 병 속의 물을 한 방울만 말갈기 위에 떨어뜨리시오. 절대로 많이 떨어뜨려서는 안 되오." 미 : 심히 황당하도다!

마침내 이정이 말에 올라 솟구쳐 가니 점점 높아졌는데, 바람이 화살처럼 급하게 불고 천둥과 번개가 발아래에서 쳤다. 이정은 말이 발을 구를 때마다 물을 한 방울씩 떨어뜨렸다. 잠시 뒤에 번개가 그치고 구름이 걷혔는데, 이정은 자신이 머물고 있는 마을이 아래에 보이자 생각했다.

"내가 이 마을에 폐를 많이 끼쳤는데 보답할 게 없다. 지금 오랫동안 가뭄이 들었고 비가 내 손에 있으니, 어찌 더 이상 아끼겠는가?"

그러고는 연달아 20방울을 떨어뜨렸다. 잠시 후 이정은 비를 다 내리고 나서 말을 타고 다시 돌아왔다. 그랬더니 부인이 대청에서 울면서 말했다.

"어찌하여 이토록 심하게 일을 그르쳤소! 본래 한 방울만 떨어뜨리기로 약속했는데, 어찌하여 사사로이 20척의 비를 내렸소? 이 물 한 방울은 지상에서는 1척의 비에 해당하오. 그 마을은 한밤중에 평지의 수심이 2장(丈)이나 되었으니 어찌 더 이상 사람이 남았겠소? 미 : 이정은 비를 내리는 데 익숙한 자가 아니지만, 차제에 그 사실을 밝힌다 하더라도 너무 늦었다. 나는 이미 벌을 받아 곤장 80대를 맞았소. 아들들도 연좌되었으니 어쩌면 좋겠소?"

이정은 무안하고 두려워서 대답할 바를 몰랐다. 부인이 다시 말했다.

"당신은 인간 세상의 사람으로 비와 구름의 변화를 알지 못하니, 감히 당신을 원망하지는 않겠소. 다만 용사(龍師 : 천제가 파견한 사건 담당 관리)가 찾아오면 당신이 놀라고 두려워할까 걱정되니 속히 이곳을 떠나는 것이 좋겠소. 하지만 당신을 수고롭게 하고도 아직 보답을 하지 않았으니, 노복 두 명을 드리겠소. 모두 데려가도 좋고 그중 한 명만 데려가도 좋으니 당신 뜻대로 고르시오." 미 : 용은 군왕의 상징이므로 장수와 재상은 모두 군왕의 노복이다. 하지만 장수와 재상의 권한이 어찌 이 용 노모에 속한단 말인가?

한 노복은 동쪽 행랑에서 나왔는데 그 모습이 온화하고 웃음이 넘쳤다. 다른 한 노복은 서쪽 행랑에서 나왔는데, 버럭 화를 내고 씩씩거리면서 서 있었다. 이정이 혼자 말했다.

"나는 사냥하는 사람으로 사나운 싸움을 주로 한다. 지금 한 노복만 고를 경우 온화한 자를 고른다면 사람들이 나를 겁쟁이로 여길 것이다."

그러고는 말했다.

"두 사람을 모두 데려가는 것은 제가 감히 할 수 없습니다. 부인께서 기왕 내려 주셨으니 화를 내고 있는 노복을 데려가겠습니다."

부인이 미소를 띠며 말했다.

"당신이 하고 싶은 대로 하시오."

이정이 부인에게 인사하고 작별하자 그 노복도 이정을 따라나섰다. 문을 나서서 몇 걸음 간 뒤에 돌아보았더니 저택이 사라졌으며, 노복을 돌아보았더니 그 역시 보이지 않았다. 이정은 혼자 길을 찾아 돌아왔다. 날이 밝은 뒤에 마을을 바라보았더니 눈에 보이는 것은 온통 물이었고, 커다란 나무도 간혹 그 끄트머리만 드러나 있을 뿐이었으며, 더 이상 사람은 보이지 않았다. 그 후에 이정은 결국 병권을 쥐고 외적의 난을 평정해 그 공이 천하를 덮었지만 끝내 재상에는 이르지 못했으니, 혹시 온화한 노복을 고르지 않아서 그런 것이 아닐까? 이전에 만약 노복 두 명을 모두 데려왔다면 이정은 장수와 재상의 자리에 모두 올랐을 것이다.

唐衛國公李靖微時, 嘗射獵寓食山中, 村翁奇其爲人, 每豐餽焉, 歲久益厚. 忽遇群鹿, 乃逐之, 會暮, 陰晦迷路, 極目有燈火光, 因馳赴焉. 旣至, 乃朱門大第, 牆宇甚峻. 扣門久之, 一人出問, 靖告迷道, 且請寓宿, 人曰 : "郎君已出, 獨太夫人在, 宿應不可." 靖曰 : "試爲咨白." 乃入告, 邀入廳中. 有頃, 一靑衣出曰 : "夫人來." 年可五十餘, 靑裙素襦, 神氣淸雅. 靖前拜之, 夫人答拜, 曰 : "兒子皆不在, 不合奉留, 今天色陰晦, 歸路又迷, 此若不容, 遣將何適? 然兒子還時, 或夜到而喧, 勿以爲懼." 旣而食, 頗鮮美, 然多魚. 食畢, 夫人入宅. 二青衣送牀席・裀褥・衾被香潔, 皆極鋪陳, 閉戶, 鐍之而去. 靖念山野之外, 夜到而闐者何物也. 懼不敢寢, 端坐聽之. 夜將半, 聞扣門聲甚急, 曰: "天符, 報大郎子當行雨. 周此山七百里, 五更須足. 無慢濡! 無暴厲!" 又聞夫人曰: "兒子未歸, 僮僕無專任之理, 當如之何?" 一小青衣曰: "適觀廳中客, 非常人也, 盍請乎?" 眉: 小青衣亦是具眼. 夫人喜, 因請相見, 夫人曰: "此非人宅, 乃龍宮也. 妾長男赴東海婚禮, 小男送妹, 適奉天符當行雨. 計兩處雲程, 合逾萬里, 報之不及, 求代又難. 輒欲奉煩頃刻間, 如何?" 靖曰: "靖俗人, 何能行雨?" 夫人曰: "苟從吾言, 無有不可." 遂敕黃頭鞴青驄馬來, 又命取雨器, 乃一小瓶子. 繫於鞍前, 戒曰: "郎乘馬, 無漏銜勒, 信其行. 馬跑地嘶鳴, 卽取瓶中水一滴, 滴馬鬃上. 愼勿多也." 眉: 荒唐之甚! 於是上馬, 騰騰而行, 忽漸高, 風急如箭, 雷霆起於步下. 隨所躍輒滴之. 旣而電掣雲開, 下見所憩村, 思曰: "吾擾此村多矣, 無以報德. 今久旱, 而雨在我手, 寧復惜之?" 乃連下二十滴. 俄頃雨畢, 騎馬復歸. 夫人泣於廳曰: "何相誤之甚! 本約一滴, 何私下二十尺之雨? 此一滴, 乃地上一尺雨也. 此村夜半, 平地水深二丈, 豈復有人? 眉: 靖非慣行雨者, 此際白之, 晚矣. 妾已受譴, 杖八十矣. 兒子亦連坐, 奈何?" 靖慙怖, 不知所對. 夫人復曰: "郎君世間人, 不識雲雨之變, 誠不敢恨. 祇恐龍師來尋, 有所驚恐, 宜速去此. 然而勞煩未有以報, 有二奴奉贈. 總取亦可, 取一亦可, 唯意所擇." 眉: 龍, 君象, 故將相皆奴之. 然將相之權, 何乃屬此龍嫗也? 於是一奴從東廊出, 儀貌和悅, 怡怡然. 一奴從西廊出, 憤氣勃然, 拗怒而立. 靖曰: "我獵徒, 以鬪猛事. 今但取一奴, 而取悅者, 人以我爲怯也." 因曰: "兩人皆取則不敢. 夫人旣賜, 欲取怒者." 夫人微笑曰: "郎之所欲乃爾." 遂揖與別, 奴亦隨去. 出門數步, 回望失宅, 顧其奴, 亦不見矣. 獨尋路而歸. 及明, 望其村, 水已極目, 大樹或露梢而已, 不復有人. 其後竟以兵權靜寇難, 功蓋天下, 而終不及相, 豈非取奴之不得乎? 向使二奴皆取, 卽極將相矣.

* 이 고사는 《태평광기》 권418 〈용・이정〉에 실려 있다.

1 누(漏) : 《태평광기》 진전(陳鱣) 교본에는 "늑(勒)"이라 되어 있는데, 문맥상 보다 타당하다.

69-2(2277) 주한

주한(周邯)

출《원화기》

　당(唐)나라의 주한은 촉(蜀)에서 물길을 따라오다가 일찍이 "수정(水精)"이라고 하는 노복 한 명을 사들였는데, 그는 물속을 탐색하는 데 뛰어났으며 다름 아닌 곤륜(昆侖 : 지금의 베트남 남부와 인도네시아 일부 지역)의 백수(白水) 지역 사람이었다. 주한은 구당협(瞿塘峽)의 깊이가 의심스러워 수정에게 들어가서 탐색하게 했는데, 수정이 한참 만에 나와서 말했다.

　"그 아래에 관(關)이 있어서 건너갈 수는 없지만 금과 구슬을 얻을 수 있습니다."

　주한은 매번 깊은 물이나 골짜기를 만나면 모두 수정에게 물속을 탐색하게 해서 많은 보물을 얻을 수 있었다. 주한은 변주(汴州)의 팔각정(八角井)에 용신이 많아 가끔 이상하게 생긴 손이 우물 밖으로 나온다는 소문을 듣고, 수정에게 탐색하게 하고 싶었지만 주저하면서 결정을 내리지 못했다. 주한의 친구인 소택(邵澤)은 예리한 검을 가지고 있으면서 늘 스스로 그것을 신비롭게 여겼다. 소택은 그 검을 풀어 수정에게 주면서 우물 속으로 들어가게 했다. 한단과 소택은 조용히 기다리면서 한참 동안 초조해했는데, 갑자기 수정이 높이 뛰어 우물을 나와 미처 언덕에 떨어지기도 전에 커다란 황금색 손이 수정을 낚아채 다시 우물 속으로 들어갔다. 검과 수정은 그 후로 함께 사라졌다. 주한은 수정을 잃어버린 것을 슬퍼했고, 소택은 보검을 잃어버린 것을 한스러워했지만, 도대체 어찌 된 일인지 알 수 없었다. 다른 날 어떤 사람이 주한에게 말했다.

"이 우물은 용신이 사는 곳으로 수부(水府)의 영사(靈司)인데, 어찌하여 갑자기 침범했습니까?"

이에 주한은 제사를 지내 사죄하고 떠났다.

唐周邯自蜀沿流, 嘗市得一奴, 名曰"水精", 善於探水, 乃昆侖白水之屬也. 邯疑瞿塘之深, 命水精探之, 移時方出, 云: "其下有關, 不可越渡, 但得金珠而已." 每遇深水潭洞, 皆命奴探之, 多得寶物. 聞汴州八角井多有龍神, 時有異手出於井面, 欲使水精探之, 而猶豫未果. 其友邵澤有利劍, 常自神之. 解劍授奴, 遣之入井. 邯與澤靜以俟之, 悄然經久, 忽見水精高躍出井, 未及投岸, 有大金手拿之復入. 劍與奴自此並失. 邯悲其水精, 澤恨其寶劍, 終莫窮其事. 他日, 有人謂邯曰: "此井乃龍神所處, 水府靈司, 豈得輒犯?" 邯乃祭謝而去.

* 이 고사는《태평광기》권232 〈기완·주한〉에 실려 있다.

69-3(2278) 화음현의 못

화음추(華陰湫)

출《극담록》

[당나라] 함통(咸通) 9년(868) 봄에 화음현에서 남쪽으로 10리 남짓 떨어진 곳에서 어느 날 저녁에 갑자기 바람이 불고 천둥이 쳤는데, 그때 용이 못을 옮겨 먼 곳에서 이곳으로 왔다. 그 전에는 그곳의 벼랑이 너무 높아서 물을 저장할 곳이 없었으나, 그날 저녁에 용이 옮겨 오면서 수십 장(丈) 깊이의 못이 생겨났는데, 산봉우리의 초목은 하나도 손상되지 않았다. 못을 휘감아 도는 푸른 물결은 마치 물길을 뚫어 놓기라도 한 듯이 맑았기에, 경락(京洛 : 낙양)을 여행하는 사람들은 모두 길을 돌아가더라도 구경하러 왔다. 도성의 영응대(靈應臺)에 삼낭추(三娘湫)가 있는데, 탄곡(炭谷)과 가까우며 물결이 맑고 그 깊이를 헤아릴 수 없다. 매년 가을바람에 흔들려 늘 초목의 잎이 떨어져 그 위에 떠다니면, 비록 겨자씨처럼 작은 잎사귀일지라도 반드시 나는 새들이 물고 간다. 그곳에 기도하는 사람은 대부분 꽃 비녀와 비단 같은 것을 바치는데, 펼쳐 보인 다음 물에 던지면 순식간에 물속으로 사라진다. 건부(乾符) 연간(874~879) 초에 조정 인사 몇 명이 함께 종남산(終南山)을 유람하다가 이 못까지 오게

되었다. 그들은 서로 이 못의 영험한 일을 얘기했는데, 그중에 그런 일을 믿지 않는 사람이 시험 삼아 나무와 돌을 못에 던졌더니, 곧바로 비늘이 눈처럼 흰 커다란 물고기가 못 한가운데서 튀어나왔다. 잠시 후 비바람이 몰아치고 어두워졌으며, 거마가 갑자기 쏟아진 폭우에 거의 떠내려갈 뻔했다. 그 후로 사람들은 더욱 공경하고 신복(信服)해 함부로 범하는 자가 없었다.

咸通九年春, 華陰縣南十里餘, 一夕風雷暴作, 有龍移湫, 自遠而至. 先是崖岸高, 無貯水之處, 此夕徙開數十丈, 峰巒草木, 一無所傷. 碧波廻塘, 湛若疏鑿, 京洛行旅, 無不枉道就觀. 京城靈應臺有三娘湫, 與炭谷近, 水波澄明, 莫測深近. 每秋風搖落, 常有草木之葉, 飄於其上, 雖片葉纖芥, 必飛禽銜而去. 禱祈者多致花鈿錦綺之類, 啓視投之, 欻然而滅. 乾符初, 有朝士數人, 同遊於終南山, 遂及湫所. 因話靈應之事, 其間不信者, 試以木石投之, 尋有巨魚躍出波心, 鱗甲如雪. 俄而風雨晦暝, 車馬幾爲暴水所漂. 爾後人愈敬伏, 莫有犯者.

* 이 고사는《태평광기》권423〈용・화음추〉에 실려 있다.

69-4(2279) 영응전
영응전(靈應傳)

   경주(涇州)에서 동쪽으로 20리 떨어진 곳에 옛 설거성(薛舉城)이 있고 성 모퉁이에 선녀추(善女湫)라는 연못이 있는데, 그 주위 몇 리에는 갈대가 빽빽하고 고목이 듬성듬성 있다. 그 물은 맑고 푸르며 그 깊이를 헤아릴 수 없다. 신비롭고 기이한 물고기가 종종 나타났기에 마을 사람들은 연못가에 사당을 세우고 "구낭자신(九娘子神)"이라 불렀다. 홍수나 가뭄이 들어 푸닥거리를 할 때면 모두 그곳에서 빌었다. 또 경주에서 서쪽으로 200여 리 떨어진 조나진(朝那鎭)의 북쪽에 연못신이 있는데, 땅 이름을 따서 "조나신(朝那神)"이라고 불렀다. 그 영험함은 선녀추의 구낭자신보다 나았다. [당나라] 건부(乾符) 5년(878)에 절도사(節度使) 주보(周寶)가 경주를 진수하고 있을 때, 중하(仲夏 : 음력 5월) 초부터 자주 구름이 피어올랐는데, 기이한 봉우리 같기도 하고 미인 같기도 하며 쥐나 호랑이 같기도 한 것들이 두 연못에서 일어났다. 드센 바람이 불고 천둥 벼락이 치며 집을 부수고 나무를 뽑더니 몇 시각 만에 그쳤는데, 다친 사람과 피해 입은 농작물이 아주 많았다. 주보는 스스로를 질책하면서 정사를 잘 펼치지 못해 신령의 꾸짖음을 받았다고 생각했다. 6월 5일에 그는 관부에서 일을 처리하고 나서 한가할 때, 정신이 몽롱해지면서 잠을 자고 싶어서 두건을 벗고 베개를 베었다. 아직 깊이 잠들지 않았을 때 보았더니 두 하녀가 계단으로 올라왔는데, 이상한 향기가 짙게 풍겼다. 잠시 후에 17~18세쯤 되어 보이고 소박한 치마를 입고 용모가 정숙한 한 부인이 공중에서 내려왔다. 그녀를 모시는 10여 명의 무리는 모두 옷차림과 장식이 곱고 깨끗했는데, 대략 비빈의 행차 같았다. 그녀는 고개를 숙이고 사뿐히 걸어서 점점 주보가 누워 있는 곳으로 다가왔다. 주보는 잠시 그녀를 피하면서 그녀의 의향을 살피려고 했다. 그때 그녀의 시종이 급히 앞으로 나오며 말했다.

"귀주(貴主 : 구낭자)께서는 당신의 도의가 높아서 진심으로 부탁드릴 수 있다고 여기시기 때문에 장차 억울함을 호소하려고 하시니, 명공은 귀주의 다급한 어려움을 차마 모른 체하지는 않으시겠지요?"

결국 주보는 그녀를 계단으로 올라오게 해서 상견하면서 아주 공손하게 손님과 주인의 예를 차렸다. 그녀가 평상에 올라앉으니 상서로운 아지랑이가 정원에 가득 찼는데, 자태를 단정히 하고 머리를 숙인 모습이 마치 근심이 있는 듯했다. 주보는 술과 음식을 차리게 해서 후하게 그녀를 예우했다. 잠시 후 그녀가 소매를 모으고 자리에서 일어나더니 머뭇거리며 말했다.

"저는 교외에 머물고 있는데, 사람들이 계속해서 제사를 지내 주기 때문에 술에 취하고 덕에 배부르니 받은 은혜가 진실로 깊습니다. 다만 이승과 저승은 길이 다르고 행동거지도 서로 어긋납니다. 지금 정리(情理)와 예의에 궁색하긴 하지만 어찌 저의 마음을 감출 겨를이 있겠습니까? 만약 당신이 저의 깊은 마음을 헤아려 주신다면 감히 말씀드리겠습니다."

주보가 말했다.

"그 말씀을 듣고 싶고 귀주의 가계(家系)도 알고 싶습니다. 만약 나의 힘을 펼칠 수 있다면 어찌 감히 저승과 이승이 다르다고 거절하겠습니까?"

그녀가 대답했다.

"저의 가세(家世)는 회계군(會稽郡) 무현(鄮縣)이며, 동해(東海)의 못에 터전을 잡고 조상 대대로 살아온 지 100대가 넘었습니다. 그러나 불행한 세상을 만나 유씨(庾氏)에게 불태워지는 화를 당하는 바람에 가문의 대가 거의 끊어졌습니다. 저의 선조는 원수와 함께 같은 하늘 아래에 사는 것을 부끄러워하고 그 후환을 염려해, 가족을 거느리고 종적을 감춘 채 원수를 피해 신평군(新平郡) 진녕현(眞寧縣)의 안촌(安村)으로 옮겨 갔습니다. 덤불을 베어 내고 굴을 파서 이곳에 집을 지으니, 조상의 거처는 호(胡)와 월(越)처럼 멀어졌습니다. 지금은 이곳에 산 지 3대째가 되었는데, 처음에는 영응군(靈應君)이 되었다가 곧 응성후(應聖侯)에 봉해졌습니다. 나중에는 망자의 영혼을 널리 구제하고 공덕이 백성에게 미치자 또 보제왕(普濟王)에 봉해져, 위엄과 덕망으로 사람들을 다스렸기에 세상 사람들의 존중을 받았습니다. 저는 보제왕의 아홉째 딸인데, 성년이 되어 상군(象郡) 석룡(石龍)의 막내아들에게 시집갔습니다. 남편은 대대로 사나운 기세를 이어받고 혈기가 왕성해 엄한 아비도 막지 못했으며, 잔학하게 일을 처리했습니다. 그래서 1년도 안 되어 과연 천벌을 받아 가문이 몰락하고 후사도 끊겼으며, 오직 저만 겨우 화를 면했습니다. 부모님이 억지로 저를 개가시키려 했지만 저는 끝까지 명을 따르지 않았습니다. 왕후(王侯)들이 예물을 보내 청혼하느라 수레가 이어졌지만, 저의 뜻은 진실로 굳세어서 결국 자결하려 했습니다. 부모님은 저의 강경한 뜻에 화가 나서 결국 저를 이 읍으로 보내 유폐하고 소식을 끊은 지 지금까지 36년이 되었습니다. 비록 다시는 부모님의 얼굴을 뵙지 못하고 오랫동안 소식도 끊겼지만, 사람들을 떠나 혼자 지내면서 저의 뜻을 이루었습니다. 근년에 조나진의 소룡(小龍)이 아직 결혼하지 않은 막냇동생을 위해 저의 부친에게 호의를 베풀면서 은밀히 혼례를 진행해 그 일을 이루려 했습니다. 부친은 저의 뜻을 꺾을 수 없음을 알고 조나진의 소룡에게 병사를 풀어 저를 핍박하게 했습니다. 저 역시 가동을 거느리고 교외의 벌판에서 맞서 싸웠지만, 중과부적으로 세 번의 전투에서 세 번 모두 패했습니다. 남은 병사를 모아 마지막 결전을 치르려고 하지만, 일단 공격당해 용렬한 놈에게 모욕을 당한다면 죽어서 저승에 간다 하더라도 석씨의 아들[남편]을 볼 낯이 없을까 걱정입니다. 부디 당신의 남은 힘으로 병사와 무기를 조금 빌려 주시어 저 흉악한 무리를 무찌르고 이 과부를 살게 해 주십시오. 그러면 세상이 끝날 때까지 천첩의 맹세를 이룰 수 있고, 위난에 뛰어드신 명공의 마음을 밝힐 수 있을 것입니다. 저의 진실한 뜻을 모두 말씀드렸으니 부디 거절하지 마십시오."

주보는 마음속으로 비록 허락했지만 그녀의 박식함에 의아해하면서 잠시 거절하며 그녀의 언사를 살펴보려고 했다. 그래서 말했다.

"조정에서는 서쪽 변방이 오랑캐에게 함락되어 장차 군대를 일으키려고 논의하느라 새벽부터 저녁까지 불안하니 당신의 부탁을 들어줄 겨를이 없습니다."

그녀가 대답했다.

"옛날에 초(楚)나라 소왕(昭王)은 [오(吳)나라의 침략을 받아] 만승(萬乘)의 위엄으로도 선왕의 유골을 보호할 수 없었습니다. 신서[申胥 : 신포서(申包胥)]가 영씨[嬴氏 : 진(秦)나라]에게 군대를 청하면서 7일 동안 대성통곡해 강한 진나라를 감동시킨 끝에 결국 군대를 출정시켜 초나라를 위해 복수했습니다. 하물며 저는 일개 아녀자로 부모님조차 저의 고고한 정절을 배척하고 광폭한 놈이 나약한 과부를 능멸하려 하는데, 어찌 인자하신 분의 마음을 조금도 감동시킬 수 없단 말입니까?"

주보가 말했다.

"구낭자는 신령한 존재로서 비바람을 부를 수 있는데, 또한 어찌하여 속세의 사람에게 나약함을 보이십니까?"

그녀가 대답했다.

"저의 가문은 명문 대족으로 천하의 사람들이 모두 알고 있습니다. 팽려호(彭蠡湖)와 동정호(洞庭湖)만 해도 모두 외조부이고, 능수(陵水)와 나수(羅水)도 모두 사촌 형제들이며, 형제 100여 명은 오(吳)와 월(越)에 흩어져 살고 있습니다. 또한 함경(咸京 : 장안)57) 주변 팔수(八水)58)의 절반이 종친들입니다. 다만 저는 남편의 가족이 하늘에 지은 죄에 대해 아직 그 억울함을 씻지 못했기 때문에 목소리를 감추고 그림자를 피해 스스로 이처럼 곤란한 지경에 처하게 된 것입니다. 당신은 부디 저의 진실한 마음을 잘 헤아리시

---

57) 함경(咸京) : 본래는 진(秦)나라의 도성 함양(咸陽)을 말하지만, 나중에는 장안(長安)의 별칭으로도 쓰인다.

58) 팔수(八水) : 경수(涇水)・위수(渭水)・파수(灞水)・산수(滻水)・노수(潦水)・휼수(潏水)・풍수(灃水)・호수(滈水).

어 일이 많음을 핑계로 삼지 마시길 바랍니다."

주보는 마침내 허락했다. 술자리가 끝나자 그녀는 재배하고 떠났다. 주보는 포시(晡時 : 오후 4시경)가 되어서야 깨어났는데, 어렴풋하게 여전히 그녀의 목소리가 귀에 들리고 눈에 보이는 것 같았다. 다음 날 주보는 병사 1500명을 보내 선녀추의 사당 옆을 지키게 했다. 그달 7일에 닭이 막 울자 주보는 새벽에 일어났지만 창밖은 여전히 어두웠다. 그때 갑자기 어떤 사람이 휘장 사이로 지나갔는데, 세수와 머리 빗는 것을 시중드는 사람 같았다. 주보가 불러서 등불을 켜게 했지만 아무런 대답이 없자, 언성을 높여 꾸짖었더니 그 사람이 말했다.

"저승과 이승은 격리되어 있으니 등불로 다그치지 말아 주십시오."

주보는 속으로 이상함을 감지하고 숨소리를 멈추고 있다가 천천히 말했다.

"혹시 구낭자가 아니십니까?"

그 사람이 대답했다.

"저는 구낭자의 집사입니다. 어제 당신이 군대를 빌려주어 위기를 모면할 수 있었습니다만, 저승과 이승의 일이 달라 군대를 지휘할 수 없었습니다. 만약 당신이 처음 약속을 지켜 주시겠다면 다시 생각해 주시길 바랍니다."

잠시 후에 비단 창문이 점차 밝아지자 자세히 살펴보았

더니 고요하기만 할 뿐 아무것도 보이지 않았다. 주보는 한참 동안 생각하고 나서야 그 사람의 말뜻을 알 수 있었다. 그래서 관리를 불러 병적(兵籍)을 조사해서 죽은 사람의 명단을 뽑으라고 명해, 협 : 생각을 잘했다. 기병 500명과 보병 1500명을 얻었다. 그중에서 압아(押衙) 맹원(孟遠)을 선발해 행영도우후(行營都虞候)로 삼고, 문서를 선녀추의 구낭자신에게 보냈다. 그달 11일에 사당을 지키던 병졸을 철수시킬 때 한 병사가 땅에 쓰러져 입을 움직이고 눈을 깜박였으나 물어도 대답이 없었는데, 그렇다고 갑자기 죽은 사람 같지도 않았다. 그를 회랑 사이에 옮겨 놓았더니 날이 밝아서야 비로소 깨어났다. 사람을 시켜 물어보게 했더니 그 사람이 대답했다.

"제가 처음에 보았더니 푸른 도포를 입은 한 사람이 동쪽에서 와서 저에게 말하길, '귀주께서 당신의 명민함을 빌려 다시 깊은 마음을 전하려 하십니다'라고 했습니다. 저는 급히 거절했지만 결국 그 사람이 제 소매를 끌고 함께 가서 잠시 후 그 사당에 도착했는데 귀주가 저에게 말하길, '근자에 상공(相公 : 주보)께서 재차 병사를 빌려주시어 그 성의에 매우 감사하고 있다. 그 병사와 말은 민첩하고 강하며 갑옷과 무기도 예리하지만, 도우후 맹원은 재주가 없고 지위가 낮으며 심지어 지략도 없다. 이달 9일에 적군 3000여 명이 나의 근교를 공격하자, 맹원에게 새로 도착한 장병들을 이

끌고 평원에서 맞서 싸우게 했지만 매복이 치밀하지 못해 오히려 패하고 말았다. 나는 책략에 뛰어난 장수 한 명을 몹시 얻고 싶으니, 너는 속히 돌아가서 나의 마음을 전달하라'라고 했습니다. 말이 끝나자 저는 절하고 나왔는데, 취한 것처럼 정신이 혼미해서 나머지는 기억나지 않습니다."

주보가 그의 말을 확인했더니 꿈과 서로 맞아떨어졌기에, 마침내 제승관사(制勝關使) 정승부(鄭承符)를 파견해 맹원을 대신하게 했다. 그달 13일 밤에 관아 뒤의 축국장에서 술을 뿌리고 향을 사르며 문서를 보내 구낭자신에게 받아들이길 청했다. 16일이 되자 제승관에서 보고했다.

"이달 13일 밤 삼경(三更)에 제승관사가 갑자기 죽었습니다." 미 : 죽은 장수 중에 어찌 책략에 뛰어난 자가 한 명도 없어서 이승의 사람을 빼내 저승에 아부한단 말인가? 한 장수를 구하기 어려운 것은 결과적으로 주보의 실책이다.

주보가 놀라고 탄식하며 사람을 급히 보내 살펴보게 했더니 정승부가 과연 죽었는데, 심장과 등만 차갑지 않았다. 여름철에 시체를 놓아두어도 부패하지 않았기 때문에 그의 집에서는 매우 이상해했다. 어느 날 밤에 갑자기 음산한 바람이 차갑게 불어 모래를 날리고 집을 뽑았으며 벼의 모가 모두 쓰러졌는데, 새벽이 되서야 바람이 그쳤다. 구름과 안개가 사방에 자욱하더니 저녁까지 걷히지 않았다. 저녁이 되어 맹렬한 천둥이 치면서 하늘이 갈라지는 것처럼 번쩍했다. 정승부가 갑자기 신음하면서 몇 번 숨을 쉬더니 한참 후에 다시 살아났다. 가족들이 그 이유를 캐물었더니 정승부가 말했다.

"나는 처음에 자색 인끈을 차고 검은 말을 탄 한 사람을 보았는데, 그는 시종 10여 명을 거느리고 문에 이르더니 말에서 내려 나를 만나 손에 들고 있던 문서 하나를 나에게 주며 말하길, '귀주께서 당신이 세상을 바로잡아 구할 인재임을 아시고 나라의 원수를 섬멸하고자 하시므로, 저를 보내 당신께 공경을 표하라고 하셨습니다'라고 했다. 나는 다른 핑계를 댈 겨를이 없어 그저 감당할 수 없다고만 말했다. 서로 얘기하고 있는 사이에 이미 예물이 계단 아래에 펼쳐져 있었고, 안장 얹은 말과 무기와 갑옷이 정원에 진열되어 있었다. 나는 사양할 수가 없어서 결국 재배하고 그것을 받았다. 그러자 즉시 수레에 오르라고 재촉했는데, 그가 탄 말은 매우 건장하고 우람했으며 장식은 곱고 깨끗했으며 마부는 단정하고 엄숙했다. 순식간에 100여 리를 갔는데, 기병 300명이 영접하러 와서 앞뒤에서 호위했다. 마치 대장군(大將軍)의 행차 같았기에 나도 자못 득의양양했다. 둘러보고 있는 사이에 멀리 커다란 성 하나가 보였는데, 성가퀴가 크고 높았으며 성 둘레의 도랑이 매우 깊었다. 나는 정신이 아득해져 무슨 연유인지 알 수 없었다. 잠시 후 교외에서 음악을 연주하면서 연회를 열었다. 연회가 끝나고 성으로 들어갔더니 구경하는 사람들이 담장을 두른 것 같았다. 한 곳에 도착했더니 관서가 있는 것 같았는데, 좌우 사람들이 나에게 말에서 내려 옷을 갈아입고 빨리 귀주를 뵈라고 했다. 귀주는 사람을 시켜 명을 전하며 손님과 주인의 예를 갖추길 청했다. 하지만 나는 이미 첩지를 받고 왔으니 신하라고 스스로 생각해서 마침내 군복을 갖춰 입었다. 귀주는 사람을 시켜 다시 명을 내려 나에게 화살집과 화살통을 치우라고 청하면서, 손님과 주인 사이에는 격식을 차리지 않아도 된다고 했다. 내가 마침내 병장기를 놓고 급히 들어가서 보았더니 귀주가 청사에 앉아 있어, 나는 군신의 예에 따라 배알했다. 배알을 마치고 나서 나에게 계단을 오르라고 연거푸 소리치자, 나는 재배하고 서쪽 계단으로 올라갔다. 내가 좌정하자 대교(大校 : 고급 장교) 몇 명에게도 모두 자리에 앉도록 했다. 음악이 연주되고 술을 권했는데, 술이 귀주에게 이르자 귀주는 소매를 모은 채 술잔을 들고 추천의 말을 꺼내면서 일전에 나를 초징한 뜻을 설명했다. 잠시 후에 봉화가 사방에서 피어오르더니 다급하게 소리치길, '조나 적군의 보병과 기병 수만 명이 오늘 새벽에 보루를 공격했고, 이미 경계로 진입해 여러 길에서 일제히 진격해 오고 있으니, 출병해 구원해 주시길 청합니다!'라고 했다. 귀주를 모시고 있던 사람들은 서로 돌아보며 아연실색했고, 여러 대교들은 계단을 내려가 절하고 선 채로 명을 기다렸다. 귀주가 대전 앞의 난

간으로 나와 나에게 말하길, '나는 상공의 특별한 은혜를 받았소. 그는 나의 외로운 처지를 가엽게 여겨 계속해서 군대를 보내 환난에서 구해 주었소. 하지만 병거와 무기가 불리하니 책략을 도모해야겠소. 지금 상공이 비루한 이곳을 버리지 않고 당신을 장군으로 임명한 까닭은 바로 이 위급함 때문이오. 부디 궁벽한 저승이라 사양하지 말고 나의 부족함을 조금 도와주시오'라고 했다. 그러고는 따로 전마 두 필과 황금 갑옷 한 벌과 궁녀 두 명을 하사하고 병부(兵符)를 주었다. 나는 절하고 그것을 받아 들고 나와서 여러 장수들을 호출하고 대오를 지휘했다. 그날 밤에 성을 나서자 정탐병이 차례대로 보고했는데, 모두 적의 기세가 점점 강해진다고 말했다. 나는 평소에 그곳 산천의 형세를 잘 알고 있었기에 군대를 이끌고 밤에 나와서, 성에서 100여 리 떨어진 요충지에 병사들을 배치했다. 그리고 상과 벌을 명확히 알리고 삼군(三軍 : 보병·거병·기병)을 호령해 세 겹으로 매복하고 기다렸다. 날이 밝을 무렵에 배치가 이미 끝났다. 적들은 이전의 전공을 믿고 경솔히 진격했으며, 여전히 맹원이 병사를 통솔하고 있다고 생각했다. 나는 먼저 날쌘 병사에게 싸움을 걸게 하면서 약함을 보임으로써 적을 유인하도록 했다. 이어서 단병(短兵 : 칼과 창 따위의 짧은 병기를 쓰는 병사)에게 싸우면서 달아나게 했다. 칼날이 부딪치는 소리가 하늘을 가르고 땅을 찢는 듯했다. 내가 병사를 이끌고 도망치는 척하자 저들도 사력을 다해 쫓아왔다. 북을 한 번 울리자 매복한 병사들이 모두 일어나 1000리에 걸쳐 맞붙어 싸우며 사방에서 협공했다. 적군은 패배해 죽은 자가 삼처럼 쓰러졌고, 다시 싸우다 또 달아났다. 조나진의 교활한 놈은 칼날을 피해 달아났는데, 그를 따라 도망치는 병졸은 10여 명에 불과했다. 나는 건장한 기병 30명을 뽑아 그를 쫓게 했는데, 결국 나의 깃발 아래서 그를 생포해 빠른 수레에 태워 급히 귀주에게 압송했다. 귀주가 평삭루(平朔樓)에 올라 그를 접수하자, 온 나라의 백성이 모두 모여들었다. 귀주가 그를 누대 앞으로 끌고 와서 예로써 꾸짖자, 그는 죽을죄를 지었다고만 말할 뿐 결국 다른 말은 하지 않았다. 귀주는 마침내 그를 도성의 저잣거리로 끌고 가서 허리를 베어 죽이게 했다. 형을 집행하려 할 때 보제왕이 파견한 한 사자가 역마를 타고 와서 급한 조서를 들고 말하길, '조나진 소룡의 죄는 내 죄이니, 너는 그를 풀어 주어 내 잘못을 가볍게 하라'라고 했다. 귀주는 부모님이 다시 소식을 전해 오자 기쁨을 스스로 이기지 못한 채 여러 장수들에게 말하길, '조나진의 소룡이 망령되게 행동한 것은 바로 내 부친의 명령이었고, 지금 그를 풀어 주게 한 것도 내 부친의 명령이오. 옛날에 내가 부친의 명을 거역한 것은 정절 때문이었으나, 지금 만약 또 부친의 명을 거역한다면 이는 상서롭지 못한 일이오'라고 했다. 그러고는 마침내 그의 포박을 풀어 주라 명하고 단기

(單騎)로 그를 돌려보내게 했다. 그는 조나진에 도착하기 전에 너무 수치스러워하다가 도중에서 죽었다. 나는 적을 격파한 공로로 크나큰 총애를 받아 곧 평난대장군(平難大將軍)에 임명되었고, 삭방(朔方) 13000호(戶)의 식읍(食邑)을 받았다. 미 : 한 용녀가 봉작(封爵)을 맘대로 할 수 있는 것은 천제의 권병(權柄)이 약하기 때문이다. 또 따로 저택·수레·말·보물·의복·노비·정원·별장·깃발·갑옷 등을 하사받았다. 다음으로 여러 장수들은 등급에 따라 상을 받았다. 다음날 크게 연회를 열었는데, 연회석에 참석한 사람은 대여섯 명에 불과했다. 밤이 새도록 술을 마시며 매우 즐거워했다. 술잔이 귀주에게 이르자 귀주가 술잔을 받쳐 들고 말하길, '나는 불행히도 젊은 나이에 빈 규방을 지켰소. 천성이 고고하고 곧은 탓에 엄한 부친의 명을 따르지 않고 이곳에서 숨어 산 지 36년이 되었지만, 머리를 풀어 헤치고 낙담하면서도 아직 죽지 못했으며, 이웃 조나진의 못된 놈이 협박해 거의 위급한 지경에 처했소. 만약 상공의 특별한 은혜와 장군의 웅건한 위무(威武)가 아니었다면, 나는 식국(息國)의 말없는 부인[59]처럼 되어 조나진의 포로가 되었을 것이오. 영

---

59) 식국(息國)의 말없는 부인 : 춘추 시대 초(楚)나라 문왕(文王)이 식국을 멸망시키고 식후(息侯)의 부인 식규(息嬀)를 취했는데, 그녀는 두 남편을 섬긴 주제에 무슨 할 말이 있겠냐며 평생 말을 하지 않았다.

원히 이 은혜를 되새기며 세상이 끝나도록 잊지 않겠소'라고 했다. 그러고는 칠보종(七寶鍾)에 술을 따라 사람을 시켜 나정 장군(鄭將軍)에게 가져다주게 했다. 나는 자리에서 일어나 재배하고 그 술을 마셨다. 그때부터 나는 몹시 집으로 돌아가고 싶은 마음이 들어서 귀주에게 간절한 말로 청했는데, 귀주가 마침내 한 달의 휴가를 허락해 나는 연회가 끝나자마자 나왔다. 다음 날 감사 인사를 하고 나서 휘하의 병사 30여 명을 데리고 왔던 길을 되돌아갔는데, 지나가는 곳에서 닭과 개의 소리를 들으니 몹시 마음이 쓰라렸다. 잠시 후에 집에 도착해서 보았더니 가족들이 모여 울고 있었고 영구(靈柩)의 휘장이 분명히 쳐져 있었다. 잠시 후에 나는 천둥 치는 소리를 듣고 정신이 번쩍 들면서 깨어났다."

정승부는 그때 이후로 집안일을 처자식에게 부탁했다. 과연 한 달이 지나자 정승부는 병도 없이 죽었다. 그달 13일에 어떤 사람이 설거성에서 새벽에 출발해 10여 리를 갔는데, 날이 막 밝을 무렵에 갑자기 앞에서 수레 먼지가 마구 일어나고 깃발이 밝게 빛나면서 갑옷 입은 기병 수백 명이 기세당당한 한 사람을 둘러싸고 가는 것이 보였다. 그 사람이 다가가서 보았더니 바로 정승부였다. 그 사람이 한참 동안 놀라고 의아해하면서 길옆에 우두커니 서서 보았더니, 그들은 바람과 구름처럼 순식간에 선녀추에 이르렀다가 잠시 후 조용히 사라졌다.

泾州之东二十里，有故薛举城，城之隅有善女湫，广袤数里，蒹葭丛翠，古木萧疏。其水湛然而碧，莫有测其浅深者。水族灵怪，往往而见，乡人立祠於旁，曰"九娘子神"。岁之水旱祓禳，皆祈请焉。又州之西二百余里，朝那镇之北有湫神，因地而名，曰"朝那神"。其肸蠁灵应，则居善女之右矣。乾符五年，节度使周宝在镇日，自仲夏之初，数数有云气，状如奇峰者，如美女者，如鼠如虎者，由二湫而兴。至於激迅风，震雷电，发屋拔树，数刻而止，伤人害稼，其数甚多。宝责躬励己，谓为政未敷，致阴灵之所谴也。至六月五日，府中视事之暇，昏然思寐，因解巾就枕。寝犹未熟，见二青衣历阶而升，异香袭人。一妇人年可十七八，衣裙素淡，容质窈窕，凭空而下。侍者十余辈，皆服饰鲜洁，略如妃主之仪。顾步徊翔，渐及卧所。宝将少避之，以候其意。侍者趋进而言曰："贵主以君高义，可申诚讬，故将冤抑奉诉，明公忍不救其急难乎？"宝遂命升阶相见，宾主之礼甚肃。登榻而坐，祥飙充庭，敛态低鬟，若有忧戚。宝命酌醴设馔，厚礼以待之。俄而敛袂离席，逡巡而言曰："妾以寓止郊园，绵历多祀，醉酒饱德，蒙惠诚深。但以显晦殊途，行止乖迕。今乃迫於情礼，岂暇缄藏？倘鉴幽情，当敢披露。"宝曰："愿闻其说，所冀识其宗系。苟可展分，敢以幽显为辞？"对曰："妾家世会稽之鄞县，卜筑於东海之潭，桑榆坟陇，百有余代。遭世不造，值庾氏焚炙之祸，纂绍几绝。妾之先宗，羞共戴天，虑其后患，乃率其族，韬光灭迹，避仇於新平真宁县安村。披榛凿穴，筑室於兹，先人弊庐，殆成胡越。今三世卜居，先为灵应君，寻受封应圣侯。后以阴灵普济，功德及民，又封普济王，威德临人，为世所重。妾即王之第九女也，笄年配於象郡石龙之少子。良人以世袭猛烈，血氣方剛，嚴父不禁，殘虐視事．未及期年，果貽天譴，覆宗絶嗣，唯妾身僅免．父母抑遣再行，妾終違命．王侯致聘，接軫交轅，誠願既堅，遂欲自劓．父母怒其剛烈，遂遣屏居於茲邑，音問不通，於今三紀．雖慈顔未復，溫凊久違，離群索居，甚爲得志．近年爲朝那小龍，以季弟未婚，遂通好於家君，潛行禮聘，欲成其事．家君知妾之不可奪，乃令朝那縱兵相逼．妾亦率其家僮，逆戰郊原，衆寡不敵，三戰三北．將欲收拾餘燼，背城借一，而慮一旦攻下，爲頑童所辱，縱沒於泉下，無面石氏之子．幸以君之餘力，少假兵鋒，挫彼兇狂，存其鰥寡，成賤妾終天之誓，彰明公赴難之心．輒具志誠，幸無見阻．"寶心雖許之，訝其辨博，欲姑拒以觀其詞．乃曰："朝廷以西陲陷虜，將議擧戈，曉夕不安，未暇承命．"對曰："昔楚昭王以萬乘之靈，不能庇先王之朽骨．至申胥乞師於嬴氏，七日長號，感動強秦，竟爲出師復楚．矧妾一女子，父母斥其孤貞，狂童凌其寡弱，不少動仁人之心乎？"寶曰："九娘子靈宗異派，呼吸風雨，又焉得示弱於世俗之人哉？"對曰："妾家族望，海内咸知．祇如彭蠡・洞庭，皆外祖也，陵水・羅水，皆中表也，昆季百餘，散居吳越，咸京八水，半是宗親．但妾以夫族得罪於天，未蒙昭雪，所以銷聲避影，而自困如是．君幸悉誠款，勿以多事爲詞．"寶遂許諾．卒爵撤饌，再拜而去．寶及晡方寤，耳聞目覽，怳然如在．翼日，遂遣兵士一千五百人，戍於湫廟之側．是月七日，鷄初鳴，寶將晨興，疏牖尚暗．忽有人經行於帷幌之間，有若侍巾櫛者．呼之命燭，竟無酬對，遂厲而叱之，乃言曰："幽明有隔，幸不以燈燭見迫也．"寶潛知異，乃屏氣息音，徐謂之曰："得非九娘子乎？"對曰："某卽九娘子之執事者也．昨日蒙假師徒，救其危患，但以幽顯事別，不能驅策．苟能存其始約，幸再思之．"俄而紗窗漸白，注目視之，悄無所見．寶良久思之，方達其義．遂呼吏，命按兵籍，選亡沒者名，夾：思得着．得馬軍五百人，步卒一千五百人．數内選押衙孟遠，充行營都虞候，牒送善女湫神．是月十一日，抽回戍廟之卒，有一甲士仆地，口動目瞬，問無所應，亦不似暴卒者．遂置於廊廡之間，天明方悟．使人詰之，對曰："某初見一人，衣青袍，自東而來，謂某曰：'貴主假爾明敏，再通幽情．'某急拒之，遂牽袂偕行，俄至其廟，見貴主謂某云：'近蒙相公再借兵師，深愜誠願．觀其士馬精强，衣甲銛利，然都虞候孟遠，才輕位下，甚無機略．今月九日，有遊軍三千餘，掠我近郊，遂令孟遠領新到將士，邀擊於平原之上，設伏不密，反爲所敗．甚思一權謀之將，俾爾速歸，達我情素．'言訖，拜辭而出，昏然似醉，餘無所知矣．"寶驗其說，與夢相符，遂差制勝關使鄭承符以代孟遠．是月十三日晚，衙於後球場，瀝酒焚香，牒請九娘子神收管．至十六日，制勝關申云："今月十三日夜三更，關使暴卒．"眉：亡將中豈遂無一權謀者，而割明以媚幽？一將難求，寶於是失策矣．寶驚嘆息，使人馳視之，至則果卒，唯心背不冷．暑月停尸，亦不敗壞，其家甚異之．忽一夜，陰風慘冽，吹砂發屋，禾苗盡偃，及曉而止．雲霧四布，連夕不解．至暮，有迅雷一聲，劃如天裂．承符忽呻吟數息，良久復甦．家人詰其由，乃曰："余初見一人，衣紫綬，乘驪駒，從者十餘人，至門下馬相見，手捧一牒授吾云：'貴主知君負命世之才，思殄邦仇，使下臣展敬．'余不暇他辭，唯稱不敢．酬酢之際，已見聘幣羅於階下，鞍馬器甲，布列於庭．吾辭不獲免，遂再拜受之．卽相促登車，所乘馬異常駿偉，裝飾鮮潔，僕御整肅．候忽行百餘里，有甲馬三百騎，來迎驅殿，如大將軍之行李，余亦頗得志．指顧間，望見一大城，其雉堞穹崇，溝洫深浚．余惚恍不知所自．俄於郊外，張樂設享．宴罷入城，觀者如堵．至一處，如有公署，左右使余下馬易衣，趨見貴主．貴主使人傳命，請用賓主之禮. 余自謂旣受牒而來, 卽是臣也, 遂具戎服. 貴主使人復命, 請去橐鞬, 賓主之間, 降殺可也. 余遂捨器仗趨入, 貴主坐廳上, 余拜謁如君臣之禮. 拜訖, 連呼登階, 余乃再拜, 升自西階. 坐定, 有大校數人, 皆令預坐. 擧樂進酒, 酒至貴主, 斂袂擧觴, 將欲興詞, 叙向來徵聘之意. 俄聞烽燧四起, 叫躁喧呼云:'朝那賊步騎數萬人, 今日平明, 攻破堡寨, 尋已入界, 數道齊進, 請發兵救應!' 侍坐者相顧失色, 諸校降階拜謝, 佇立聽命. 貴主臨軒謂余曰:'吾受相公非常之惠, 憫其孤煢, 繼發師徒, 拯其患難. 然以車甲不利, 權略是思. 今不棄弊陋, 所以命將軍者, 正爲此危急也. 幸不以幽僻爲辭, 少匡不逮.' 遂別賜戰馬二匹, 黃金甲一副, 彩女二人, 給以兵符. 余拜捧而出, 傳呼諸將, 指揮部伍. 是夜出城, 相次探報, 皆云賊勢漸雄. 余素諳其山川形勢, 遂引軍夜出, 去城百餘里, 分布要害. 明懸賞罰, 號令三軍, 設三伏以待之. 遲明, 排布已畢. 賊汰功輕進, 猶謂孟遠之統衆也. 余先使輕兵搦戰, 示弱以誘之. 接以短兵, 且戰且行. 金革之聲, 天裂地坼. 余引兵詐北, 彼亦盡銳前趨. 鼓噪一聲, 伏兵盡起, 千里轉戰, 四面夾攻. 彼軍敗績, 死者如麻, 再戰再奔. 朝那狡童, 漏刃而去, 從亡之卒, 不過十餘人. 余選健馬三十騎追之, 果生置於麾下, 以輕車馳送於貴主. 貴主登平朔樓受之, 擧國士民, 咸來會集. 引於樓前, 以禮責問, 唯稱死罪, 竟絕他詞. 遂令押赴都市腰斬. 臨刑, 有一使乘傳, 來自王所, 持急詔曰:'朝那之罪, 吾罪也, 汝可赦之, 以輕吾過.' 貴主以父母再通音問, 喜不自勝, 謂諸將曰:'朝那妄動, 父之命也, 今使赦之, 亦父之命也. 昔吾違命, 乃貞節也, 今若又違, 是不祥也.' 遂命解縛, 使單騎送歸. 未及朝那, 已羞而卒於路. 余以克敵之功, 大被寵錫, 尋拜平難大將軍, 食朔方一萬三千戶. 眉: 一龍女, 便得專封拜, 天柄爲疏矣. 別賜第宅·輿馬・寶器・衣服・婢僕・園林・邸第・旌幢・鎧甲. 次及諸將, 賞賚有差. 明日大宴, 預坐者不過五六人. 竟夕酣飲, 甚歡. 酒至貴主, 捧觴而言曰: '妾之不幸, 少處空閨. 天賦孤貞, 不從嚴父之命, 屏居於此三紀矣, 蓬首灰心, 未得其死, 鄰童迫脅, 幾至顚危. 若非相公之殊恩, 將軍之雄武, 則息國不言之婦, 又爲朝那之囚耳. 永言斯惠, 終天不忘.' 遂以七寶鍾酌酒, 使人持送鄭將軍. 余因避席, 再拜而飮. 自是頗動歸心, 詞理懇切, 遂許給假一月, 宴罷出. 明日, 辭謝訖, 擁其麾下三十餘人, 返於來路, 所經之處, 聞鷄犬, 頗甚酸辛. 俄頃到家, 見家人聚泣, 靈帳儼然. 俄聞震雷一聲, 醒然而悟." 承符自此以後, 事付妻孥. 果經一月, 無疾而終. 其月十三日, 有人自薛擧城, 晨發十餘里, 天初平曉, 忽見前有車塵競起, 旌旗煥赫, 甲馬數百人, 中擁一人, 氣槪洋洋然. 逼而視之, 鄭承符也. 此人驚訝移時, 因佇於路左, 見瞥如風雲, 抵善女湫, 俄頃, 悄無所見.

* 이 고사는 《태평광기》 권492 〈잡전기(雜傳記)・영응전〉에 실려 있다.

69-5(2280) 유의

유의(柳毅)

출《이문집(異聞集)》

당(唐)나라 의봉(儀鳳) 연간(676~679)에 유의라는 유생은 과거에 응시했다 낙제하자 장차 상강(湘江) 가로 돌아가려던 참이었다. 그는 마침 경양현(涇陽縣)에서 객지살이하고 있는 고향 사람이 있다는 사실을 생각해 내고는 작별을 고하고자 그를 찾아갔다. 6~7리쯤 갔을 때 새가 날아오르고 말이 놀라 길옆으로 내달리더니 6~7리를 더 간 뒤에야 비로소 멈추었다. 그곳에서 보았더니 어떤 부인이 길가에서 양을 치고 있었는데, 유의가 이상해하며 쳐다보았더니 바로 절세미인이었다. 그러나 그녀는 아름다운 얼굴을 찌푸리고 있었고 머릿수건과 소맷자락이 빛바래 있었다. 그녀는 우두커니 서서 귀를 기울이며 마치 누군가를 기다리고 있는 듯했다. 유의가 그녀에게 물었다.

"당신은 무슨 괴로운 일이 있기에 이처럼 스스로를 욕되게 하고 있소?"

그녀는 눈물을 흘리며 대답했다.

"소첩은 동정용군(洞庭龍君)의 작은딸입니다. 부모님께서 저를 경천(涇川 : 경하용군)의 둘째 아들에게 시집보냈는데, 남편은 노는 것에만 정신이 팔리고 하녀에게 반해 날마다 저를 싫어하고 박대했습니다. 시부모님께 하소연했지만 시부모님은 아들을 사랑한 나머지 그를 제지할 수 없었습니다. 오히려 제가 자주 하소연했다가 시부모님의 미움을 사서 쫓겨나 이곳에 오게 되었습니다."

말을 마치고는 흐느껴 울면서 눈물을 흘리다가 또 말했다.

"동정호는 여기에서 멀고 드넓은 하늘은 망망해서 소식을 전할 수 없으니, 깊은 절망에 빠져 슬픔조차 느끼지 못합니다. 당신이 장차 오(吳) 땅으로 돌아가신다고 들어서 은밀히 동정호에 소식을 전달하고자 하는 마음에 혹 편지 한 장을 시종 편에 보내려고 하는데 괜찮겠습니까?"

유의가 말했다.

"나는 의로운 사내요. 당신의 말을 들으니 혈기가 모두 솟구칩니다. 날개가 없어서 떨치고 날아갈 수 없는 것이 한스러울 뿐이니 괜찮고 말고가 무슨 말이오? 미 : 정말 사려 깊은 사람의 말이다. 그러나 동정호는 깊은 물이고 이승과 저승은 통할 수 없으니, 당신의 간곡한 부탁을 들어주지 못할까 봐 걱정이오. 당신은 나를 인도할 수 있는 무슨 도술이라도 있소?"

여자는 슬피 울면서 감사하며 말했다.

"동정호의 남쪽에 커다란 귤나무가 있는데, 마을 사람들은 그것을 '사귤(社橘)'이라고 부릅니다. 당신이 지금 차고 있는 의대를 풀어서 버리고 다른 것으로 묶은 다음에 그 나무를 세 번 두드리면, 틀림없이 응답하는 사람이 있을 것입니다. 그 사람을 따라가기만 하면 아무런 장애도 없을 것입니다."

그러고는 저고리 춤에서 편지를 끄르더니 재배하고 유의에게 바친 뒤, 동쪽을 바라보고 수심에 잠겨 울면서 마치 스스로 주체하지 못하는 듯했다. 유의는 그녀를 보고 몹시 슬퍼하며 편지를 보따리 안에 넣고 다시 물었다.

"양을 쳐서 어디에 쓰려 하시오? 신들도 혹시 도살을 합니까?"

여자가 말했다.

"이건 양이 아니라 우공(雨工)입니다."

유의가 물었다.

"우공이 무엇이오?"

여자가 말했다.

"천둥 번개 같은 것입니다."

유의가 여러 번 양들을 둘러보았더니, 모두 고개를 꼿꼿이 세우고 힘차게 걸으며 먹고 마시는 모습이 매우 특이했으나, 몸집의 크기나 털과 뿔은 여느 양들과 다르지 않았다. 유의가 또 말했다.

"내가 당신의 사자(使者)가 되었으니, 훗날 동정호로 돌아가더라도 부디 나를 피하지 마시오." 미 : 정이 없을 수 없다.

여자가 말했다.

"어찌 피하지 않을 뿐이겠습니까? 당연히 친척처럼 여길 것입니다."

말을 마친 뒤 유의는 작별하고 떠났는데, 수십 걸음도 채 못 가서 뒤돌아보니 여자와 양들이 모두 사라져 보이지 않았다. 유의는 집으로 돌아가서 마침내 동정호의 남쪽을 찾아갔더니 과연 사귤이 있었다. 유의는 의대를 바꾸어 매고 나무를 향해 서서 세 번 두드리고 멈추었다. 잠시 후 한 무사가 물결 사이에서 나오자 유의가 대왕을 배알하고 싶다고 말했더니, 무사는 물을 갈라 길을 튼 다음 유의를 인도해 앞으로 가면서 유의에게 말했다.

"눈을 감고 있으면 몇 번 숨 쉴 동안에 도착할 것입니다."

유의가 그의 말대로 했더니 어느새 궁궐에 도착했다. 막 도착해서 보았더니 서로 마주 선 대각(臺閣)에 천만 개의 문이 있었으며, 기이한 풀과 진귀한 나무 등 없는 것이 없었다. 무사가 대전(大殿)의 모퉁이에 유의를 세워 놓자 유의가 말했다.

"여기가 어딥니까?"

무사가 말했다.

"여기는 영허전(靈虛殿)입니다."

유의가 자세히 살펴보니, 백옥으로 기둥을 만들고 청옥

으로 섬돌을 만들었으며 산호로 침상을 만들고 수정으로 주렴을 만들었다. 비췻빛 문설주에는 유리를 조각했고 무지갯빛 기둥에는 호박을 장식했는데, 그 수려함과 빼어남은 말로 다 할 수 없었다. 하지만 왕이 오래도록 오지 않자 유의가 무사에게 말했다.

"동정군께서는 어디에 계십니까?"

무사가 말했다.

"우리 임금님은 지금 현주각(玄珠閣)에 행차하시어 태양도사(太陽道士)와 함께 《화경(火經)》을 강론하고 계신데, 잠시 후면 끝날 것입니다."

유의가 말했다.

"《화경》이 무엇입니까?"

무사가 말했다.

"우리 임금님은 용이신데, 용은 물을 신령하다 여기므로 한 방울의 물로 언덕과 계곡을 적실 수 있습니다. 태양도사는 사람인데, 사람은 불을 신령하다 여기므로 등불 하나로 아방궁(阿房宮)을 밝힐 수 있습니다. 그러나 그 신령한 효용이 같지 않고 현묘한 변화가 각기 다릅니다. 태양도사는 인간의 이치에 밝기 때문에 우리 임금님께서 그분을 모셔 와 말씀을 듣고 계신 중입니다."

무사가 말을 마쳤을 때 궁문이 열리더니 시종들이 구름같이 모였는데, 그 사이로 자색 옷을 걸치고 푸른 청옥 홀

(笏)을 쥐고 있는 한 사람이 보이자 무사가 뛰어오르며 말했다.

"저분이 우리 임금님이십니다!"

동정군이 유의를 바라보며 물었다.

"혹시 인간 세상의 사람이 아니오?"

유의가 대답했다.

"그렇습니다."

유의가 절을 올리자 동정군도 답배했다. 동정군은 유의에게 영허전에 앉으라 명하고 말했다.

"수부(水府)는 아득히 깊은 곳인데, 그대가 1000리를 멀다 하지 않고 왔으니 무슨 일이라도 있는 것이오?"

유의가 말했다.

"저는 대왕님과 같은 고향 사람입니다. 저는 초(楚) 땅에서 자랐고 진(秦) 땅에서 유학했습니다. 일전에 과거에 낙방하고 경수(涇水)의 물가를 한가로이 거닐다가 대왕님의 사랑하는 따님이 들에서 양을 치고 있는 것을 보았는데, 비바람에 머리가 흐트러진 모습은 차마 볼 수 없을 정도였습니다. 그래서 제가 물어본 끝에 남편에게 버림받은 사실을 알게 되었습니다. 그녀는 슬피 울며 눈물을 줄줄 흘리다가 마침내 저에게 편지를 전해 달라고 부탁했기에 지금 이곳에 오게 된 것입니다."

그러고는 편지를 꺼내 바쳤다. 동정군은 편지를 다 읽고 나더니 소매로 얼굴을 가리고 울면서 말했다.

"이 늙은이가 귀가 먹고 눈이 멀어 나약한 규방의 아이를 먼 곳에서 해를 입게 만들었소. 그대는 지나가는 행인임에도 그 아이를 어려움에서 구제해 주고자 했으니, 그 은덕을 어찌 감히 저버릴 수 있겠소?"

동정군이 말을 마치고 오래도록 슬퍼하자 좌우 시종들도 모두 눈물을 흘렸다. 그때 환관 중에 동정군을 가까이에서 모시는 사람이 있었는데, 동정군은 그에게 편지를 주며 궁중에 전달하게 했다. 잠시 후 궁중 사람들이 모두 통곡하자 동정군이 놀라며 좌우에게 말했다.

"속히 궁중에 알려 소리가 나지 않도록 하라. 전당군(錢塘君)이 알게 될까 걱정이다."

유의가 말했다.

"전당군이 누구입니까?"

동정군이 말했다.

"과인의 사랑하는 동생이오. 옛날에 전당장(錢塘長)으로 있었으나 지금은 이미 자리에서 물러났소."

유의가 말했다.

"어째서 그가 알게 해서는 안 됩니까?"

동정군이 말했다.

"그의 용맹이 다른 사람보다 뛰어나기 때문이오. 옛날 요(堯)임금 때 9년 동안 홍수가 났던 것은 바로 그 동생이 한

번 노했기 때문이었소. 미 : 황당하도다! 근자에는 천장(天將)과 뜻이 맞지 않아 다섯 산을 막아 버렸소. 상제(上帝)께서는 과인이 고금에 덕을 조금 베풀었다고 여겨 혈육의 죄를 용서해 주셨지만, 그는 여전히 이곳에 묶여 있소. 그래서 전당 사람들은 날마다 그가 돌아오기를 기다리고 있소." 미 : 그렇다면 전당강의 조수는 이자가 일으킨 것이 아니란 말인가?

말이 채 끝나기도 전에 갑자기 커다란 소리가 났는데, 하늘이 무너지고 땅이 갈라질 것 같았으며 궁전이 요동치고 구름이 용솟음쳤다. 잠시 후 길이가 1000여 척이나 되는 적룡(赤龍)이 나타났는데, 눈은 번개처럼 번쩍이고 혀는 핏빛이었으며 비늘은 붉고 갈기는 불타는 듯했다. 적룡은 목에 쇠사슬을 차고 있었는데 그 쇠사슬은 옥기둥에 매달려 있었다. 수천수만 개의 천둥 번개가 그의 몸을 에워싸고 싸라기눈과 우박이 일시에 한꺼번에 내리는 가운데 적룡은 마침내 푸른 하늘을 가르며 날아갔다. 유의가 너무 무서워서 땅에 넘어진 채 엎드려 있자, 동정군이 친히 그를 부축해 일으키며 말했다.

"두려워하지 마시오. 절대로 해를 끼치지 않을 것이오."

유의는 한참 후에야 조금 안정되어 스스로를 진정하면서 작별을 고하며 말했다.

"저는 살아서 돌아가 적룡이 다시 오는 걸 피하고자 합니다."

동정군이 말했다.

"굳이 그럴 필요 없소. 그가 떠날 때는 그랬지만 올 때는 그렇지 않을 것이니, 부디 조금 더 머물면서 곡진한 마음을 나누었으면 하오."

그러고는 술을 따르게 했다. 잠시 후 상서로운 바람과 구름이 부드럽고 감미롭게 일고 당절(幢節 : 의장용 깃발과 부절)이 영롱하게 빛나면서 〈소소(簫韶 : 순임금의 악곡)〉가 이어서 연주되었다. 붉게 화장한 여자 천만 명이 담소하며 즐거워하고 있었는데, 그 뒤의 한 여자는 타고난 아미(蛾眉)에 명주(明珠)로 온몸을 치장하고 비단옷을 나풀거리며 있었다. 유의가 다가가서 보았더니 다름 아닌 일전에 자기에게 편지를 전해 달라고 부탁했던 그 여자였다. 하지만 그녀는 희비가 교차하는 듯 눈물을 주룩주룩 흘렸다. 잠시 후 붉은 연기가 그녀의 왼쪽을 덮고 자줏빛 연기가 오른쪽으로 퍼지면서 향기가 주위를 감도는 가운데 그녀는 궁중으로 들어갔다. 동정군이 웃으며 유의에게 말했다.

"경수의 죄인이 왔구려!"

동정군은 인사하고 궁중으로 들어갔는데, 잠시 후 원망하고 고통스러워하는 소리가 들리더니 한참이 지나도록 그치지 않았다. 얼마 있다가 동정군이 다시 나와 유의에게 음식을 대접했다. 또 자색 옷을 입고 청옥 홀을 들고 출중한 용모에 기백이 넘치는 한 사람이 밖에서 들어왔다. 좌우 사람들이 유의에게 말했다.

"이분이 전당군이십니다."

유의가 일어나 달려가서 절하자, 전당군도 예를 다해 그를 대하면서 공손히 "예! 예!" 하고 말했다. 그런 연후에 전당군이 돌아가 형님에게 고했다.

"아까 진시(辰時 : 오전 8시경)에 영허전을 출발해 경양에 도착한 후 오시(午時 : 정오)에 그곳에서 싸웠습니다. 이곳으로 돌아오기 전에 중간에 구천(九天)으로 달려가 상제께 고했는데, 상제께서 조카의 억울함을 아시고 저의 잘못을 용서해 주셨으며, 예전에 제가 받았던 벌까지 사면받았습니다. 하지만 떠날 때 불같은 성질이 터져 말씀드릴 겨를도 없이 궁중을 놀라게 하고 또 손님에게 실례를 범했으니, 무안하고 부끄러워서 어찌할 줄을 모르겠습니다."

그러고는 물러나 재배했다. 동정군이 말했다.

"몇 명이나 해쳤느냐?"

전당군이 말했다.

"60만 명입니다."

동정군이 말했다.

"농작물에 피해를 끼쳤느냐?"

전당군이 말했다.

"800리의 농토에 피해를 끼쳤습니다."

동정군이 말했다.

"그 무정한 놈은 어디에 있느냐?"

전당군이 말했다.

"먹어 치웠습니다." 미 : 사람에 비교하면 《수호전(水滸傳)》의 이 대개[李大哥 : 이규(李逵)]이니, 통쾌하도다! 통쾌하도다! 하지만 한 여자 때문에 많은 무고한 자들을 죽였으니 어떻게 죄가 없을 수 있겠는가?

동정군이 가슴을 쓸어내리며 말했다.

"못된 놈의 행실은 진실로 참을 수 없긴 하지만 너도 너무 경솔했다. 상제께서 성심(聖心)을 보이신 덕택에 그 지극히 억울한 사정을 양해해 주셨으니 망정이니, 그렇지 않았다면 내가 무슨 말을 할 수 있었겠느냐? 이제부터 다시는 그러지 말아라."

전당군은 다시 재배했다. 그날 저녁에 동정군은 유의를 응광전(凝光殿)에서 묵게 했다. 이튿날 동정군은 응벽궁(凝碧宮)에서 또 유의에게 연회를 베풀어 주었는데, 많은 벗과 친척들을 불러 모으고 대규모로 음악을 연주하면서 맛있는 술을 준비하고 정갈한 음식을 차려 놓았다. 처음에는 호가(胡笳 : 호드기)와 각(角 : 뿔피리), 비(鼙 : 말 위에서 치는 작은 북)와 고(鼓 : 북)를 연주하면서, 깃발과 검과 창을 든 만 명의 사내들이 그 오른쪽에서 춤을 추었는데, 그중 한 사내가 앞으로 나와 아뢰었다.

"이것은 〈전당파진악(錢塘破陣樂)〉입니다."

시퍼런 칼날에 호걸의 기운이 넘쳐 나서 보는 사람들이 문득 전율을 느꼈는데, 앞서서 구경하던 손님들은 털과 머리카락이 모두 곤두섰다. 또 금석(金石 : 종과 경쇠 따위의 타악기)과 사죽(絲竹 : 금슬과 피리 따위의 관현악기)을 연주하면서, 비단과 구슬과 비취로 치장한 1000명의 여자들이 그 왼쪽에서 춤을 추었는데, 그중 한 여자가 앞으로 나와 아뢰었다.

"이것은 〈귀주환궁악(貴主還宮樂)〉입니다."

부드럽게 맴도는 청아한 소리는 마치 호소하는 듯하고 흠모하는 듯해서, 앞서서 듣고 있던 손님들은 자기도 모르게 눈물을 흘렸다. 두 춤이 모두 끝나자 용군(龍君 : 동정군)은 크게 기뻐하며 비단을 하사해 춤춘 사람들에게 나눠 주었다. 그런 다음에 자리를 가까이 붙이고 앉아 실컷 술을 마시면서 마음껏 즐겼다. 술이 얼큰해지자 동정군이 자리를 두드리며 노래했다.

"하늘은 푸르기만 하고, 땅은 아득하기만 하네. 사람들의 품은 뜻은 각자 다르니, 어떻게 그 속을 헤아릴 것인가? 여우는 신령하고 쥐는 성스럽나니, 사직의 담장에 가까이 붙어 지낸다네.[60] 그러나 천둥 번개가 한 번 치면, 그 누가 당

---

60) 여우는… 지낸다네 : 여우와 쥐는 사직의 담장에 굴을 뚫고 살기 때

해 낼 수 있겠는가? 진인(眞人 : 유의)이 신의를 지켜 준 덕분에, 내 골육을 고향으로 돌아오게 했네. 한마음으로 부끄럽다고 말할 뿐이니 언젠들 잊을 수 있으랴?"

동정군이 노래를 마치자 전당군이 재배하고 노래했다.

"하늘이 배필을 정해 주실 때, 생과 사의 길이 따로 있다네. 이 사람은 아내가 되어서는 안 되었고, 그 사람은 남편이 되어서는 안 되었네. 상심하고 고통스러웠네, 경수의 모퉁이에서. 서릿바람이 머리에 가득하고, 눈비가 비단 저고리를 적셨네. 명공(明公 : 유의)이 소서(素書 : 편지)를 전해 준 덕분에, 골육을 예전처럼 집으로 돌아오게 했네. 영원히 소중히 하겠다고 말할 뿐이니 그 마음 늘 한결같다네."

전당군의 노래가 끝나자 동정군이 함께 일어나 유의에게 술잔을 올렸다. 유의는 머뭇거리며 술잔을 받아 다 마시고 나서, 다시 두 잔의 술을 동정군과 전당군에게 올리며 노래했다.

"푸른 구름은 유유하고, 경수는 동쪽으로 흐르네. 미인 때문에 가슴 아팠나니, 비처럼 눈물 흘리며 꽃다운 얼굴에

문에 제거해 버릴 수 없는데, 여우나 쥐가 정말로 신성한 것이 아니라 신성한 사직에 빌붙어 신성한 척하는 것을 비꼰 것이다. 더 나아가 권세에 빌붙어 사는 가식적인 무리를 풍자한 것인데, 여기서는 자신의 사위를 빗대어 말한 것이다.

수심 가득했네. 먼 곳에 편지 전해 주어, 당신의 근심 풀어 주었네. 슬픔과 원망이 정말로 사라졌으니, 돌아온 곳에서 편히 지내시길. 환대를 받고 감사하면서도 부끄럽나니, 산가(山家 : 자신의 집을 말함)가 적막해 오래 머물기 어렵네. 작별하고 떠나려 하니 슬픔이 얽히고설키네."

노래를 마치자 모두 만세를 외쳤다. 동정군은 벽옥 상자를 꺼내 개수서(開水犀 : 물을 가르는 신비한 무소뿔)를 넣고 전당군은 붉은 호박(琥珀) 쟁반을 꺼내 조야기(照夜璣 : 야광주)를 담더니 같이 일어나 유의에게 올렸는데, 유의가 감사드리며 받았다. 그런 다음에 궁중의 사람들이 모두 채색 비단과 주옥을 유의 옆에 던졌는데, 보물들이 쌓여 환하게 빛났으며 잠시 후 앞뒤로 보물에 파묻혔다. 유의는 웃으며 사방을 둘러보면서 고맙다고 인사하기에 바빴다. 미 : 이때 유의의 의기가 매우 양양했음을 상상할 수 있다. 술이 거나해지고 즐거움이 극에 달하자 유의는 인사를 하고 일어나 다시 응광전에서 잠을 잤다. 이튿날 동정군은 청광각(淸光閣)에서 또 유의에게 연회를 베풀었는데, 전당군이 술기운에 붉어진 얼굴로 걸터앉아 유의에게 말했다.

"맹석(猛石 : 딱딱한 돌)은 깰 수는 있지만 말 수는 없고 의사(義士)는 죽일 수는 있지만 모욕을 줄 수는 없다는 말을 들어 보지 못했소? 내가 마음속에 품고 있는 생각을 공(公 : 유의)에게 한번 말해 보고자 하오. 만일 이 일이 성사된다면 다 같이 하늘에 있게 될 것이고, 만일 성사되지 않는다면 모두 썩은 흙이 될 것이니, 그대는 어떻게 생각하시오?"

유의가 말했다.

"말씀해 주십시오."

전당군이 말했다.

"경양의 처는 바로 동정군의 사랑하는 딸이오. 그 아이는 성품이 현숙하고 자태가 아름다워 모든 친척들이 소중히 여기는 바요. 불행히도 못된 놈을 만나 모욕을 당했지만 지금 그놈이 죽었으니, 장차 도의가 높은 사람을 찾아 의탁해 대대로 인척이 되었으면 하오. 그러면 은혜를 받은 자는 자기가 돌아가야 할 곳을 알게 되고, 사랑을 품은 자는 그 사랑을 줄 사람을 알게 될 것이니, 이것이야말로 어찌 군자가 시종일관 견지하는 도리가 아니겠소?"

유의는 숙연한 표정을 짓더니 갑자기 웃으며 말했다.

"저는 처음에 당신을 강직하고 공명정대하다고 생각했는데, 어찌하여 음악이 바야흐로 조화롭고 친척과 손님이 한창 화합하고 있을 때 그 도리도 살피지 않고 사람을 위협한단 말입니까? 그것이 어찌 저의 본디 바람이겠습니까? 만약 제가 공(公 : 전당군)을 드넓은 파도 속이나 깊은 산중에서 만났을 때, 공이 비늘과 수염을 떨치고 구름과 비로 뒤덮으며 저를 죽이겠다고 협박한다면, 저는 공을 금수라 여길 뿐이니 무슨 한이 있겠습니까? 그러나 지금 몸에 의관을 걸

치고 앉아서 예의를 담론하다가 사나운 성질로 술기운을 빌려 사람을 다그치니, 어찌 도리에 가깝다고 하겠습니까? 또한 저의 몸은 왕(王:전당군)의 비늘 하나 사이에 숨기에도 부족하지만, 감히 굴복하지 않는 마음은 왕의 무도한 기세보다 낫다고 생각하니, 왕은 이를 잘 헤아려 보십시오!" 미:올곧은 사람은 이치로 상대를 굴복시킬 수 있다.

전당군은 머뭇거리다 사과하며 말했다.

"과인은 궁궐에서 나고 자라 정론(正論)을 듣지 못해, 고명하신 분을 망령되이 범하고 용서받지 못할 잘못을 저질렀소. 부디 군자께서 이 때문에 우리의 관계를 소원하게 하지 않았으면 좋겠소."

그날 저녁에 이전처럼 연회를 즐겼다. 유의는 전당군과 마침내 마음을 터놓는 친구가 되었다. 다음 날 유의가 돌아가겠다고 고하자, 동정군의 부인이 따로 잠경전(潛景殿)에서 유의에게 연회를 베풀었는데, 남녀 노복들이 모두 나와 연회에 참석했다. 부인이 울면서 유의에게 말했다.

"내 골육이 당신의 깊은 은혜를 받았는데, 한스럽게도 제대로 감사를 드리지 못한 채 마침내 작별하게 되었습니다."

부인이 또 말했다.

"이제 헤어지면 어찌 다시 만날 날이 있겠습니까?"

유의는 처음에 전당군의 청을 허락하지 않았지만, 이 자리에서는 탄식하고 한스러워하는 기색이 역력했다. 미:비록 생각을 바꾸긴 했지만 사실은 정말로 마음이 있는 것이다. 연회가 끝나고 작별할 때가 되자 온 궁중 사람들이 슬퍼했다. 유의는 다시 왔던 길을 따라 강 언덕으로 나왔는데, 시종 10여 명이 보따리를 짊어지고 따라와서 그의 집에 이르러 작별하고 떠났다. 유의는 광릉(廣陵)의 보석 가게로 가서 자신이 얻은 물건을 팔았는데, 100분의 1만 팔았는데도 재산이 억만금에 달해 회우(淮右)의 부호들이 모두 그만 못하다고 생각했다. 유의는 장씨(張氏)를 아내로 얻었으나 장씨가 죽자 다시 한씨(韓氏)를 얻었다. 그러나 몇 달 뒤에 한씨 또한 죽었다. 그는 금릉(金陵)으로 이사한 뒤에 늘 홀아비 신세를 한탄했다. 어떤 사람이 유의에게 말했다.

"노씨(盧氏) 댁 딸이 있는데 범양(范陽) 사람입니다. 부친의 이름은 노호(盧浩)이고, 일찍이 청류현령(淸流縣令)을 지내다가 만년에 도(道)를 좋아해 혼자 깊은 산속을 유람했으나 지금은 어디에 있는지 모릅니다. 모친은 정씨(鄭氏)입니다. 그 딸은 작년에 청하(淸河) 사람 장씨(張氏)에게 시집갔으나 불행히도 남편 장씨가 일찍 죽었습니다. 그 모친은 딸이 젊은 것이 가련하고 또 총명하고 예쁜 것이 안타까워서 덕망 있는 사람을 택해 시집보내려 하는데, 당신의 뜻이 어떤지 모르겠습니다."

유의는 마침내 길일을 택해 혼례를 올렸는데, 신랑 측과 신부 측이 모두 부호였는지라 혼례에 사용한 예물이 모두 풍성하기 그지없었다. 금릉의 선비 중에 우러러보지 않는 사람이 없었다. 한 달 남짓 지났을 때 유의는 밤에 방으로 들어가서 부인을 보다가 용녀와 아주 비슷하다고 느꼈는데, 부인에게 옛일을 얘기했더니 부인이 유의에게 말했다.

"세상에 어찌 그럴 리가 있겠습니까?"

얼마 후에 부인이 임신했다. 출산하고 나서 한 달이 지났을 때 부인이 웃으며 유의에게 말했다.

"당신은 옛날의 저를 기억하지 못하시나요? 제가 바로 동정군의 딸입니다. 당신의 은혜를 깊이 간직하면서 반드시 보답하리라 맹세했습니다. 예전에 전당 숙부님이 혼사를 거론했을 때 당신이 따르지 않았기 때문에 마침내 서로 헤어지게 되었습니다. 부모님께서 저를 탁금용왕(濯錦龍王)의 작은아들에게 시집보내려 하셨지만, 저는 마음속의 맹세를 저버릴 수 없었기에 다시 당신께 달려와 아뢰려고 했습니다. 마침 당신이 누차 부인을 얻었지만 잇달아 죽고 이곳에서 살게 되자, 저의 부모님께서는 제가 당신의 은혜에 보답할 길이 생겼다며 기뻐하셨습니다. 지금 당신을 모실 수 있게 되었으니 죽더라도 여한이 없습니다."

그러고는 눈물을 흘리면서 다시 말했다.

"처음 말하지 않았던 것은 여색을 중시하지 않는 당신의 마음을 알았기 때문이고, 지금 이렇게 말하는 것은 자식을 사랑하는 당신의 마음을 알았기 때문입니다. 당신은 제가 편지를 부탁하던 날에 웃으면서 소첩에게 말하길, '훗날 동정호로 돌아가더라도 부디 나를 피하지 마시오'라고 하셨습니다. 당시에는 어찌 오늘과 같은 일이 있으리라 생각이나 했겠습니까? 그 후에 숙부께서 당신에게 청했지만 당신은 한사코 허락하지 않으셨는데, 정말로 그럴 수 없으셨나요? 아니면 화가 나서 그러셨나요? 당신이 얘기해 주세요."

유의가 말했다.

"아마도 운명인 것 같소. 내가 처음 당신을 장경(長涇: 경수) 가에서 보았을 때, 당신은 억울해하고 초췌해서 진실로 못마땅한 뜻이 있었소. 하지만 나는 스스로 마음속으로 약속하길, 당신의 억울한 사정을 전달해 주겠다고 했으며 다른 생각은 하지 않았소. '부디 피하지 마시오'라고 말한 것은 우연일 뿐이었소. 전당군에게 강요당할 때는 그저 이치상 옳지 못하다는 생각에 화가 치밀었소. 대저 의로운 행동으로 시작한 마당에 어떻게 그 남편을 죽이고 그 아내를 맞이할 수 있겠소? 그래서 솔직하게 속마음을 말하느라 당신의 상심을 돌아볼 겨를이 없었소. 그러나 이별하던 날 당신의 아쉬워하는 모습을 보며 마음속으로 몹시 후회했소. 결국 인간 세상의 일에 구속되다 보니 보답할 길이 없었소. 아! 지금 당신이 노씨가 되어 인간 세상에 살고 있다니, 내 처음 마음이 미혹된 것이 아니었소. 지금 이후로 영원히 서로 사랑하고 즐겁게 살면서 마음에 조금의 근심도 없기를 바라오."

부인은 감읍해 마지않았다. 잠시 후에 유의에게 말했다.

"제가 인간과 다른 무리라고 마음까지 없다고 여기지 마세요. 저는 반드시 당신께 보답할 것입니다. 대저 용은 만년을 사니 이제 당신도 그렇게 될 것이고, 또한 물속이건 육지건 가지 못하는 곳이 없게 될 터이니, 당신은 허튼소리라고 생각하지 마세요."

두 사람은 함께 동정군을 뵈러 갔다. 도착한 뒤에 손님과 주인의 성대한 예는 다 기록할 수 없다. 후에 그들은 남해군(南海郡)에서 겨우 40년을 살았는데, 저택과 마차와 진귀한 기물 등은 비록 왕후(王侯)의 집일지라도 능가할 수 없었다. 유의의 일족은 모두 그 은택을 누렸다. 유의는 세월이 흘러도 용모가 쇠하지 않았기에 남해 사람들은 모두 경이롭게 여겼다. 개원(開元) 연간(713~741)에 황상이 신선의 일에 심취해 도술을 열심히 구하자, 유의는 편히 지낼 수 없어서 결국 부인과 함께 동정호로 돌아갔다. 그 후로 10여 년 동안 그들의 종적을 알 수 없었다. 개원 연간 말에 유의의 외사촌 동생 설하(薛嘏)가 경기(京畿) 지역의 현령으로 있다가 동남쪽으로 폄적되어 가는 길에 동정호를 지나게 되었는데, 맑은 대낮에 먼 곳을 바라보니 멀리 물결 사이로 언뜻 푸른 산이 나타났다. 뱃사람들이 모두 옆에 서서 말했다.

"여기에는 본래 산이 없으니 아마도 물에 사는 괴물인가 보오."

서로 손으로 가리키며 바라보는 사이에 산과 배가 가까워지더니 화려한 배가 산에서 빠르게 왔는데, 그 안에서 어떤 사람이 소리쳤다.

"유 공(柳公 : 유의)께서 기다리십니다."

설하는 문득 깨달은 듯 유 공을 기억해 내고 급히 산 아래로 가서 옷자락을 걷고 서둘러 올라갔다. 산에는 인간 세상과 같은 궁궐이 있었는데, 유의가 궁실 가운데에 서 있는 것이 보였다. 그 앞에는 관현악기가 벌여 있었고 뒤에는 진주와 비취가 진열되어 있었는데, 그 기물의 성대함은 인간 세상의 몇 배나 되었다. 유의는 말의 이치가 더욱 현묘해져 있었고 얼굴은 더욱 젊어져 있었다. 그는 섬돌에서 설하를 맞이하며 그의 손을 잡고 말했다.

"헤어진 지가 한순간 같은데 머리카락이 이미 세었구나."

설하가 웃으며 말했다.

"형님께서 신선이 되신 것도, 이 동생이 마른 해골이 된 것도 운명이지요."

유의는 환약 50알을 꺼내 설하에게 주며 말했다.

"이 약 한 알이면 1년의 수명을 연장할 수 있네. 햇수가 다 차거든 다시 오게. 인간 세상에 오래 머물면서 스스로 괴로워하지 말게."

즐거운 연회가 끝나자 설하는 작별하고 떠났다. 그 이후로 유의의 소식은 마침내 끊어졌다. 설하는 늘 그 일을 사람들에게 말해 주곤 했는데, 48년쯤 뒤에 설하도 어디로 갔는지 알 수 없었다.

唐儀鳳中, 有儒生柳毅者, 應舉下第, 將還湘濱. 念鄕人有客於涇陽者, 遂往告別. 至六七里, 鳥起馬驚, 疾逸道左, 又六七里, 乃止. 見有婦人, 牧羊於道畔, 毅怪視之, 乃殊色也. 然而蛾臉不舒, 巾袖無光. 凝聽翔立, 若有所伺. 毅詰之曰: "子何苦而自辱如是?" 婦泣對曰: "妾洞庭龍君小女也. 父母配嫁涇川次子, 而夫婿樂逸, 爲婢僕所惑, 日以厭薄. 旣而訴於舅姑, 舅姑愛其子, 不能御. 反以頻訴得罪, 毀黜至此." 言訖, 歔欷流涕. 又曰: "洞庭於玆相遠, 長天茫茫, 信耗莫通, 心目斷盡, 無所知哀. 聞君將還吳, 密通洞庭, 或以尺書寄託侍者, 可乎?" 毅曰: "吾義夫也. 聞子之說, 氣血俱動. 恨無毛羽, 不能奮飛, 是何可否之謂乎? 眉: 眞有心人語. 然而洞庭深水也, 顯晦不通, 恐負誠託. 子有何術可導我?" 女悲泣且謝曰: "洞庭之陰, 有大橘樹焉, 鄕人謂之'社橘'. 君當解去玆帶, 束以他物, 然後叩樹三發, 當有應者. 因而隨之, 無有礙矣." 遂於襦間解書, 再拜以進, 東望愁泣, 若不自勝. 毅深爲之戚, 乃置書囊中, 因復問: "牧羊何用? 神祇豈宰殺乎?" 女曰: "非羊也, 雨工也." "何爲雨工?" 曰: "雷霆之類也." 數顧視之, 則皆矯顧怒步, 飮齕甚異, 而大小毛角, 則無別羊焉. 毅又曰: "吾爲使者, 他日歸洞庭, 幸勿相避." 眉: 未能無情. 女曰: "寧止不避? 當如親戚耳." 語竟, 別去, 不數十步, 回望女與羊, 俱亡所見矣. 毅還家, 乃訪於洞庭之陰, 果有社橘. 遂易帶向樹, 三擊而止. 俄有武夫, 出於波間, 毅告以欲謁大王, 武夫揭水指路, 引毅以進, 謂毅曰: "當閉目, 數息可達矣." 毅如其言, 遂至. 始見臺閣相向, 門戶千萬, 奇草珍木, 無所不有. 夫乃止毅於大室之隅, 毅曰: "此何所也?"曰: "此靈虛殿也." 諦視, 則柱以白璧, 砌以青玉, 床以珊瑚, 簾以水精. 雕琉璃於翠楣, 飾琥珀於虹棟, 奇秀深杳, 不可殫言. 然而王久不至, 毅謂夫曰: "洞庭君安在?"曰: "吾君方幸玄珠閣, 與太陽道士講《火經》, 少選當畢." 毅曰: "何謂《火經》?"夫曰: "吾君, 龍也, 龍以水爲神, 舉一滴可包陵谷. 道士, 乃人也, 人以火爲神, 發一燈可燎阿房. 然而靈用不同, 玄化各異. 太陽道士精於人理, 吾君邀以聽." 言語畢而宮門辟, 景從雲合, 而見一人, 披紫衣, 執青玉. 夫躍曰: "此吾君也!" 君望毅而問曰: "豈非人間之人乎?" 毅對曰: "然." 毅遂設拜, 君亦拜. 命坐於靈虛之下, 謂毅曰: "水府幽深, 夫子不遠千里, 將有爲乎?" 毅曰: "毅, 大王之鄉人也. 長於楚, 遊學於秦. 昨下第, 閑驅涇水右涘, 見大王愛女, 牧羊於野, 風鬟雨鬢, 所不忍視. 毅因詰之, 知爲夫婿所薄. 悲泗淋漓, 遂託書於毅, 今以至此." 因取書進之. 洞庭君覽畢, 以袖掩面而泣曰: "老父聾瞽, 使閨窗孺弱, 遠罹構害. 公乃陌上人也, 而能急之, 幸被齒髮, 何敢負德?" 詞畢, 乃哀咤良久, 左右皆流涕. 時有宦人密視君者, 君以書授之, 令達宮中. 須臾, 宮中皆慟哭, 君驚謂左右曰: "疾告宮中, 無使有聲. 恐錢塘所知." 毅曰: "錢塘, 何人也?"曰: "寡人之愛弟, 昔爲錢塘長, 今則致政矣." 毅曰: "何故不使知?"曰: "以其勇過人耳. 昔堯遭洪水九年者, 乃此子一怒也. 眉: 荒唐! 近與天將失意, 塞其五山. 上帝以寡人有薄德於古今, 遂寬其同氣之罪, 然猶縻繫於此. 故錢塘之人, 日日候焉." 眉: 然則錢塘潮非子足用乎? 語未畢, 而大聲忽發, 天拆地裂, 宮殿擺簸, 雲烟沸湧. 俄有赤龍, 長千餘尺, 電目血舌, 朱鱗火鬣. 項制金鎖, 鎖牽玉柱. 千雷萬霆, 激繞其身, 霰雪雨雹, 一時皆下,乃擘青天而飛去. 毅恐蹶仆地, 君親起持之曰:"無懼. 固無害." 毅良久稍安, 乃獲自定, 因告辭曰:"願得生歸, 以避復來." 君曰:"必不如此. 其去則然, 其來則不然, 幸爲少盡繾綣." 因命酌. 俄而祥風慶雲, 融融怡怡, 幢節玲瓏,〈簫韶〉以隨. 紅妝千萬, 笑語熙熙, 後有一人, 自然蛾眉, 明璫滿身, 綃縠參差. 迫而視之, 乃前寄辭者. 然若喜若悲, 零淚如絲. 須臾, 紅烟蔽其左, 紫氣舒其右, 香氣環旋, 入於宮中. 君笑謂毅曰:"涇水之囚人至矣!" 君乃辭歸宮中. 須臾, 又聞怨苦, 久而不已. 有頃, 君復出, 與毅飲食. 又有一人, 披紫裳, 執青玉, 貌聳神溢, 自外而入. 左右謂毅曰:"此錢塘也." 毅起, 趨拜之, 錢塘亦盡禮相接, 俯仰唯唯. 然後回告兄曰:"向者辰發靈虛, 已至涇陽, 午戰於彼. 未還於此, 中間馳至九天, 以告上帝, 帝知其冤而宥其失, 前所遣責, 因而獲免. 然而剛腸激發, 不遑辭候, 驚擾宮中, 復忤賓客, 愧惕慚懼, 不知所失." 因退而再拜. 君曰:"所殺幾何?" 曰:"六十萬." "傷稼乎?" 曰:"八百里." "無情郎安在?" 曰:"食之矣." 眉:比之人, 則《水滸傳》之李大哥也, 快絕! 快絕! 然以一女子故, 多殺不辜, 何得無罪? 君撫然曰:"頑童誠不可忍, 然汝亦太草草. 賴上帝顯聖, 諒其至冤, 不然者, 吾何辭焉? 從此, 勿復如是." 錢塘復再拜. 是夕, 遂宿毅於凝光殿. 明日, 又宴毅於凝碧宮, 會友戚, 張廣樂, 具以醪醴, 羅以甘潔. 初, 笳角鼙鼓, 旌旗劍戟, 舞萬夫於其右, 中有一夫前曰:"此〈錢塘破陣樂〉." 旌鉎傑氣, 顧驟悍慄, 坐客視之, 毛髮皆竪. 復有金石絲竹, 羅綺珠翠, 舞千女於其左, 中有一女前進曰:"此〈貴主還宮樂〉." 清音宛轉, 如訴如慕, 坐客聽之, 不覺淚下. 二舞既畢, 龍君大悅, 錫以紈綺, 頒於舞人. 然後密席貫坐, 縱酒極娛. 酒酣, 洞庭君乃擊席而歌曰:"大天蒼蒼兮, 大地茫茫. 人各有志兮, 何可思量? 狐神鼠聖兮, 薄社依牆. 雷霆一發兮, 其孰政當？荷真人兮信義長，令骨肉兮還故鄉．齊言慚愧兮何時忘？"洞庭君歌罷，錢塘君再拜而歌曰："上天配合兮，生死有途．此不當婦兮，彼不當夫．腹心辛苦兮，涇水之隅．風霜滿鬢兮，雨雪羅襦．賴明公兮引素書，令骨肉兮家如初．永言珍重兮無時無．"錢塘君歌闋，洞庭君俱起，奉觴於毅．毅踧踖而受爵，飲訖，復以二觴奉二君，乃歌曰："碧雲悠悠兮，涇水東流．傷美人兮，雨泣花愁．尺書遠達兮，以解君憂．哀冤果雪兮，還處其休．荷和雅兮感且羞，山家寂寞兮難久留．欲將辭去兮悲綢繆．"歌罷，皆呼萬歲．洞庭君因出碧玉箱，貯以開水犀，錢塘君復出紅珀盤，貯以照夜璣，皆起進毅，毅辭謝而受．然後宮中之人，咸以綃彩珠璧，投於毅側，重疊煥赫，須臾埋沒前後．毅笑語四顧，愧揖不暇．眉：可想爾時意氣甚壯．洎酒闌歡極，毅辭起，復宿於凝光殿．翌日，又宴毅於清光閣，錢塘因酒作色，踞謂毅曰："不聞猛石可裂不可捲，義士可殺不可羞邪？愚有衷曲，欲一陳於公．如可則俱在雲霄，如不可則皆夷糞壤，足下以爲何如哉？"毅曰："請聞之．"錢塘曰："涇陽之妻，則洞庭君之愛女也．淑性茂質，爲九姻所重．不幸見辱於匪人，今則絕矣，將欲求托高義，世爲親戚．使受恩者知其所歸，懷愛者知其所付，豈不爲君子始終之道哉？"毅肅然而作，欻然而笑曰："毅始以爲剛決明直，奈何簫管方洽，親賓正和，不顧其道，以威加人？豈僕之素望哉？若遇公於洪波之中，玄山之間，鼓以鱗鬚，被以雲雨，將迫毅以死，毅則以禽獸視之，亦何恨哉？今體被衣冠，坐談禮義，而欲以悍然之性，乘酒假氣，將迫於人，豈近直哉？且毅之質，不足以藏王一甲之間，然而敢以不伏之心，勝王不道之氣，惟王籌之！"眉：正人可以理屈．錢塘乃逡巡致謝曰："寡人生長宮房，不聞正論，妄突高明，戾不容責．幸君子不爲此乖間可也．"其夕，歡宴如舊．毅與錢塘遂爲知心友．明日,毅辭歸,洞庭君夫人別宴毅於潛景殿,男女僕妾等悉出預會. 夫人泣謂毅曰:"骨肉受君子深恩,恨不得展愧戴,遽至暌別." 使前涇陽女當席拜毅以致謝. 夫人又曰:"此別豈有復相遇之日乎?" 毅始雖不諾錢塘之請,然當此席,殊有嘆恨之色. 眉:雖轉念,實眞情. 宴罷辭別,滿宮凄然. 毅於是復循途出江岸,見從者十餘人,擔囊以隨,至其家而辭去. 毅因適廣陵寶肆,鬻其所得,百未發一,財以盈兆,故淮右富族,咸以爲莫如. 遂娶於張氏,而又娶韓氏. 數月,韓氏又亡. 徙家金陵,常以鰥曠多感. 或告之曰:"有盧氏女,范陽人也. 父名曰浩,嘗爲淸流宰,晚歲好道,獨遊雲泉,今則不知所在矣. 母曰鄭氏. 前年適淸河張氏,不幸張夫早亡. 母憐其少,惜其慧美,欲擇德以配焉,不識何如?" 毅乃卜日就禮,旣而男女二姓,俱爲豪族,法用禮物,盡其豐盛. 金陵之士,莫不健仰. 居月餘,毅因晚入戶,視其妻,深類龍女,因與話昔事,妻謂毅曰:"人世豈有是理乎?" 已而有娠. 旣產逾月,乃笑謂毅曰:"君不憶余之於昔也? 余卽洞庭君之女也. 銜君之恩,誓心求報. 洎錢塘季父論親不從,遂至暌違. 父母欲配嫁於濯錦小兒,某惟心誓難移,復欲馳白於君子. 値君子累娶繼卒,卜居於茲,故余之父母喜余得遂報君之意. 今日獲奉君子,死無恨矣." 因泣涕交下,曰:"始不言者,知君無重色之心,今乃言者,知君有愛子之意. 君附書之日,笑謂妾曰:'他日歸洞庭,愼無相避.' 當此之際,豈有意今日之事乎? 其後季父請於君,君固不許,君乃誠將不可邪? 抑忿然邪? 君其話之." 毅曰:"似有命者. 僕始見君子長涇之隅,枉抑憔悴,誠有不平之志. 然自約其心者,達君之寃,餘無及也. 言'愼勿相避'者,偶然耳. 洎錢塘逼迫之際,唯理不可直,乃激人怒. 夫始以義行,寧有殺其婿而納其妻者邪? 是以率肆胸臆,不遑避害. 然而將別之日,見君有依然之容,心甚恨之. 終以人事扼束, 無由報謝. 吁! 今日, 君盧氏也, 又家於人間, 則吾始心未爲惑矣. 從此以往, 永奉歡好, 心無纖慮也." 妻因感泣不已. 有頃, 謂毅曰: "勿以他類, 遂爲無心. 固當知報耳. 夫龍壽萬歲, 今與君同之, 水陸無往不適, 君不以爲妄也." 乃相與覲洞庭. 旣至而賓主盛禮, 不可ँ紀. 後居南海, 僅四十年, 其邸第・輿馬・珍玩, 雖侯伯之室, 無以加也. 毅之族咸遂濡澤. 以其春秋積序, 容狀不衰, 南海之人, 靡不驚異. 洎開元中, 上方屬意神仙之事, 精索道術, 毅不得安, 遂相與歸洞庭. 凡十餘歲, 莫知其迹. 至開元末, 毅之表弟薛嘏爲京畿令, 謫官東南, 經洞庭, 晴晝長望, 俄見碧山出於遠波. 舟人皆側立曰: "此本無山, 恐水怪耳." 指顧之際, 山與舟相逼, 乃有彩船自山馳來, 中有人呼曰: "柳公來候." 嘏省然記之, 乃促至山下, 攝衣疾上. 山有宮闕如人世, 見毅立於宮室之中, 前列絲竹, 後羅珠翠, 物玩之盛, 殊倍人間. 毅詞理益玄, 容顏益少. 初迎嘏於砌, 持嘏手曰: "別來瞬息, 而髮毛已黃." 嘏笑曰: "兄爲神仙, 弟爲枯骨, 命也." 毅因出藥五十丸遺嘏, 曰: "此藥一丸, 可增一歲耳. 歲滿復來. 無久居人世, 以自苦也." 歡宴畢, 嘏乃辭行. 自是已後, 遂絶影響. 嘏常以是事告於人世. 殆四紀, 嘏亦不知所在.

* 이 고사는 《태평광기》 권419 〈용・유의〉에 실려 있다.

69-6(2281) 유관사

유관사(劉貫詞)

출《속현괴록》

당(唐)나라 낙양(洛陽) 사람 유관사는 대력(大曆) 연간 (766~779)에 소주(蘇州)에서 도와줄 사람을 찾다가,[61] 풍채가 빼어나고 훤칠한 채하(蔡霞)라는 수재[秀才 : 거자(擧子)]를 만났다. 채하는 유관사를 한번 보자마자 자못 의기가 투합해 유관사를 형님이라고 불렀다. 얼마 후 채하는 양고기와 술을 가져와서 주연을 마련했는데, 술자리가 거의 끝날 무렵에 유관사에게 말했다.

"형님은 지금 강호를 떠돌아다니는데 무얼 하고자 하십니까?"

유관사가 말했다.

"도와줄 사람을 찾고 있네."

채하가 말했다.

---

[61] 도와줄 사람을 찾다가 : 원문은 "구개(求丐)". 과거 시험에 아직 합격하지 못한 사람이 다른 사람이 써 준 추천서나 자신이 지은 시문(詩文)을 가지고 주현(州縣)의 관리를 찾아가 노잣돈 등의 도움을 청하는 것을 말한다.

"가고자 하는 목적지가 있습니까? 아니면 그냥 여러 군현(郡縣)을 떠도는 것입니까?"

유관사가 말했다.

"정처 없이 떠돌고 있네."

채하가 말했다.

"그렇다면 얼마를 얻으면 만족하겠습니까?"

유관사가 말했다.

"10만 전이네."

채하가 말했다.

"정처 없이 떠돌면서 10만 전을 얻길 바라는 것은 날개도 없이 날고자 하는 것과 같습니다. 설령 그 돈을 반드시 얻는다 하더라도 [과거에 응시도 못하고] 또 몇 년을 허송하게 될 것입니다. 저는 낙중(洛中 : 낙양) 부근에 살고 있으며 가난하지도 않지만, 다른 일 때문에 피신해 가족들과 소식이 끊어진 지 오래되었습니다. 저에게 간절한 바람이 있는데 [그것을 들어주신다면] 형님이 정처 없이 떠돌면서 얻고자 하는 것을 그다지 많은 시간을 소비하지 않고도 얻을 수 있으니 어떠십니까?"

유관사가 말했다.

"정말 바라는 바이네."

그러자 채하는 유관사에게 10만 전을 주겠다고 하면서 봉함한 편지 한 통을 건네며 말했다.

"저의 가족은 용이고 집은 위교(渭橋)62) 아래에 있는데, 눈을 감고 다리 기둥을 두드리면 틀림없이 어떤 사람이 응답하고 나와서 형님을 집으로 모시고 들어갈 것입니다. 노모가 형님을 만나 볼 때는 꼭 작은누이도 나와서 인사하게 하십시오. 누이는 비록 나이는 어리지만 지혜롭고 총명하니 주인으로서 형님을 도와드릴 것입니다. 또 형님께 100민(緡 : 1민은 1000전. 즉, 10만 전)을 드리라고 했으니 누이는 틀림없이 허락할 것입니다."

유관사는 마침내 집으로 돌아갔다. 그가 위교 아래에 도착해 보니 강물이 너무 깊고 맑아서 무슨 방법으로 그 속에 들어가야 할지 알 수 없었다. 그는 한참 동안 있다가 용신(龍神)이 자기를 속일 리 없다고 생각해 시험 삼아 눈을 감고 다리를 두드렸다. 갑자기 어떤 사람이 응답하기에 살펴보았더니 다리와 강물은 사라지고 붉은 대문의 대저택에 누각들이 높이 솟아 있었다. 자색 옷을 입은 사자가 두 손을 맞잡고 공손히 서서 유관사에게 어떻게 왔는지 묻자 유관사가 말했다.

"나는 오군(吳郡)에서 왔는데 이 댁 아드님이 보낸 편지

---

62) 위교(渭橋) : 장안(長安) 서북쪽의 위수(渭水)에 있는 다리. 따라서 본문에서 채하가 자기 집이 낙양 부근에 있다고 한 것과는 어긋난다.

를 가지고 있소."

물어본 사자는 그 편지를 가지고 안으로 들어갔다가 잠시 후에 다시 나와서 말했다.

"태부인(太夫人)께서 당신을 모셔 오라고 하십니다."

마침내 대청 안으로 들어갔더니, 태부인이란 사람은 40여 세쯤 되어 보였다. 유관사가 태부인에게 절을 올리자 태부인이 답배하고 나서 감사하며 말했다.

"아들놈이 멀리 여행을 떠난 뒤로 소식이 끊긴 지 오래되었는데, 수고스럽게도 당신이 은혜를 베풀어 수천 리에서 편지를 가져왔구려. 그는 젊었을 때 상관의 눈 밖에 났는데, 그 한을 삭이지 못해 어느 날 몰래 떠난 뒤로 3년 동안 감감무소식이었소. 당신이 특별히 찾아오지 않았다면 내 근심만 계속 쌓였을 것이오."

태부인이 말을 마친 뒤 유관사에게 앉으라고 명하자 유관사가 말했다.

"아드님이 저와 형제의 의를 맺었으므로 그의 작은누이는 바로 저의 누이이니 응당 만나고 싶습니다."

태부인이 말했다.

"아들놈의 편지에서도 그렇게 말했소. 딸애가 대충 머리를 빗고 나면 즉시 나와서 당신을 뵙도록 하겠소."

잠시 후 하녀가 말했다.

"작은아씨께서 오십니다."

그녀는 15~16세쯤 되어 보였고 절세미인이었다. 그녀는 유관사에게 절하고 나서 어머니 옆에 앉았다. 이윽고 태부인이 음식을 차려 오라고 명했는데 음식 역시 매우 정갈했다. 한창 마주 앉아 식사하고 있을 때 태부인이 갑자기 눈이 벌게지면서 유관사를 뚫어지게 쳐다보았다. 그러자 딸이 황급히 말했다.

"이분은 오라비의 부탁을 받고 오셨으니 마땅히 예의를 갖춰 대접해야 합니다."

그러고는 유관사에게 말했다.

"편지에서 오라비가 당신께 100민을 드리라고 분부하셨습니다. 하지만 그 돈을 혼자 들고 가시기 어려울 테니 가볍게 지니고 가실 수 있도록 해 드리겠습니다. 그래서 지금 그릇 하나를 드리고자 하는데, 그 값이 100민에 상당할 것이니 괜찮겠습니까?"

유관사가 말했다.

"이미 형제의 의를 맺었으며 편지 한 통을 전했을 뿐인데 어찌 그런 사례를 받을 수 있겠소?"

태부인이 말했다.

"젊은이가 가난하게 떠돌아다니는 사정을 아들놈이 편지에 자세히 적어 놓았소. 지금 그의 청을 들어주고자 하니 거절해서는 안 될 것이오."

유관사가 감사를 표하자, 태부인은 진국완(鎭國碗 : 한

나라를 진수하는 신령한 주발)을 가져오라고 명했다. 그러고는 또 음식을 내왔는데, 얼마 되지 않아 태부인은 다시 벌건 눈으로 유관사를 주시하면서 양 입가로 침을 흘렸다. 그러자 딸이 황급히 태부인의 입을 가리며 말했다.

"이분은 오라비가 깊이 믿고 부탁하신 사람이니 이러시면 안 됩니다."

그러고는 유관사에게 말했다.

"어머니께서 연로해 풍질(風疾)이 발병하신 바람에 오라버님을 정성껏 모실 수 없으니 오라버님은 먼저 떠나시는 게 좋겠습니다."

딸은 마치 무언가를 두려워하는 것 같았다. 그녀는 하녀를 보내 진국완을 가져오게 해 스스로 뒤따라와서 유관사에게 주며 말했다.

"이것은 계빈국(罽賓國 : 지금의 카슈미르 지역)의 주발인데, 그 나라에서는 이것으로 천재(天災)와 역병을 진압합니다. 당나라 사람은 이것을 얻어 봤자 전혀 쓸모가 없습니다. 10만 전을 주겠다면 팔아도 되지만 그 이하로는 팔지 마십시오. 저는 어머니의 병 때문에 옆에서 시중들어야 하니 오라버님을 편히 모실 수 없겠습니다."

그녀는 재배하고 들어갔다. 유관사가 그 주발을 가지고 몇 걸음 간 뒤에 돌아보았더니 푸른 강물과 높다란 다리가 처음 도착했을 때처럼 그대로 있었다. 손안에 있는 그릇을 보았더니 바로 누런색의 구리 주발이었는데, 그 값이 3~5전에 불과할 것 같아 그녀가 터무니없는 소리를 했다고 생각했다. 유관사가 그 주발을 들고 가서 시장에 팔려고 내놓았더니, 700~800전에 사겠다는 사람도 있었고 500전에 사겠다는 사람도 있었다. 하지만 유관사는 용신이 믿음을 귀히 여기므로 사람을 속일 리가 없다고 생각해 날마다 그 주발을 가지고 시장으로 나갔다. 그렇게 1년 남짓 지났을 때 서시(西市)의 가게에 갑자기 어떤 호인(胡人) 손님이 왔는데, 그가 그 주발을 보고 크게 기뻐하면서 값을 묻자 유관사가 말했다.

"200민이오."

호객이 말했다.

"이것의 값이 어찌 200민만 나가겠소? 하지만 이것은 중국의 보물이 아니니 여기에 있어 봤자 무슨 이득이 있겠소? 100민이면 괜찮겠소?"

유관사는 처음에 [채하가 주겠다고] 약속한 금액과 딱 맞아떨어졌으므로 더 이상 올려 부르지 않고 마침내 허락했다. 호인 손님이 말했다.

"이것은 계빈국의 진국완이오. 그 나라에서는 이것으로 사람들의 질병과 재액을 많이 막아 왔는데, 이 주발이 사라진 후로 그 나라는 큰 흉년이 들고 병란이 빈번히 일어났소. 내가 듣기로는 용신의 아들이 이것을 훔쳐 간 지 이미 4년이

다 되어 가는데, 그 나라의 군주가 바야흐로 나라의 반년 치 세금을 현상금으로 걸고 찾고 있다고 하오. 그런데 당신은 어떻게 이것을 손에 넣었소?"

유관사가 그간의 사실을 자세히 말해 주자 호인 손님이 말했다.

"계빈국을 수호하는 용이 천제께 상소해 지금 한창 채하를 수소문하고 있는데, 이것이 바로 채하가 피신한 까닭이오. 명계(冥界)의 관리는 준엄해서 채하는 자수할 수 없기 때문에 당신을 통해 이것을 돌려보내려 한 것이오. 채하가 당신에게 은근히 자기 누이를 만나게 한 것은 두 사람을 가까이 맺어 주려고 했던 것이 아니라, 늙은 용이 식탐이 있어서 혹시 당신을 잡아먹으려 할까 봐 걱정해서 그 누이로 하여금 당신을 보호하게 한 것이오. 50일 후에 낙수(洛水)의 물결이 솟구쳐 파도가 해를 어둡게 하면, 그때가 바로 채하가 돌아오는 때요."

유관사가 말했다.

"어찌하여 50일 이후에 그가 돌아온단 말이오?"

호인 손님이 말했다.

"내가 이것을 가지고 매령(梅嶺)을 넘어가야 그가 감히 돌아올 수 있소."

유관사는 그 말을 기억해 두었다가 그때가 되어 낙수로 가서 보았더니 정말로 그러했다.

唐洛陽劉貫詞，大曆中，求丐於蘇州，逢蔡霞秀才者，精彩俊爽。一相見，意頗殷勤，以兄呼貫詞。既而携羊酒來宴，酒闌曰："兄今泛游江湖間，何爲乎？"曰："求丐耳。"霞曰："有所抵耶？泛行郡國耶？"曰："蓬行耳。"霞曰："然則幾獲而止？"曰："十萬。"霞曰："蓬行而望十萬，乃無翼而思飛者也。設令必得，亦廢數年。霞居洛中左右，亦不貧，以他故避地，音問久絕。有所懇祈，兄蓬遊之望，不擲日月而得，如何？"曰："固所願耳。"霞於是遺錢十萬，授書一緘，白曰："霞家長鱗蟲，宅渭橋下，合眼叩橋柱，當有應者，必邀入宅。老母奉見時，少妹亦令出拜。渠雖年幼，性頗慧聰，使渠助爲主人。百縑之贈，渠當必諾。"貫詞遂歸。到渭橋下，一潭泓澄，何計自達？久之，以爲龍神不我欺，試合眼叩之。忽有一人應，因視之，則失橋及潭矣，朱門甲第，樓閣參差。有紫衣使拱立而問，貫詞曰："來自吳郡，郎君有書。"問者執書以入，頃之，復出曰："太夫人奉屈。"遂入廳中，見太夫人者，年四十餘。貫詞拜之，太夫人答拜，且謝曰："兒子遠遊，久絕音耗，勞君惠顧，數千里達書。渠少失意上官，其恨未減，一從遁去，三歲寂然。非君特來，愁緒猶積。"言訖，命坐，貫詞曰："郎君約爲兄弟，小妹子卽貫詞妹也，亦當相見。"夫人曰："兒子書中亦言。渠略梳頭，卽出奉見。"俄有靑衣曰："小娘子來。"年可十五六，容色絕代。既拜，坐於母下。遂命具饌，亦甚精潔。方對食，太夫人忽眼赤，直視貫詞，女急曰："哥哥憑來，宜且禮待。"因曰："書中以兄處分，令以百縑奉贈。既難獨擧，須使輕賫。今奉一器，其價相當，可乎？"貫詞曰："已爲兄弟，寄一書札，豈宜受賜？"太夫人曰："郎君貧遊，兒子備述。今副其請，不可推辭。"貫詞謝之，因命取鎭國碗來。又進食，未幾, 太夫人復瞪視眼赤, 口兩角涎下. 女急掩其口, 曰: "哥哥深誠託人, 不宜如此." 乃曰: "娘年高, 風疾發動, 祗對不得, 兄宜且出." 女若懼者. 遣青衣持碗, 自隨而授貫詞曰: "此罽賓國碗, 其國以鎭災厲. 唐人得之, 固無所用. 得錢十萬, 可貨之, 其下勿鬻. 某緣娘疾, 須侍左右, 不遂從容." 再拜而入. 貫詞持碗, 行數步回顧, 碧潭危橋, 宛似初到. 視手中器, 乃一黃色銅碗也, 其價祇三五鐶耳, 大以爲妄. 執鬻於市, 有酬七百八百者, 亦有酬五百者. 念龍神貴信, 不當欺人, 日日持行於市. 及歲餘, 西市店忽有胡客來, 視之大喜, 問其價, 貫詞曰: "二百緡." 客曰: "所直何止二百緡? 但非中國之寶, 有之何益? 百緡可乎?" 貫詞以初約祗爾, 不復廣求, 遂許之. 客曰: "此乃罽賓國鎭國碗也. 在其國, 大禳人患厄, 此碗失來, 其國大荒, 兵戈亂起. 吾聞爲龍子所竊, 已近四年, 其君方以國中半年之賦召贖. 君何以致之?" 貫詞具告實, 客曰: "罽賓守龍上訴, 當追尋次, 此霞所以避地也. 陰冥吏嚴, 不得陳首, 藉君爲由送之耳. 殷勤見妹者, 非固親也, 慮老龍之饞, 或欲相啖, 以其妹衛君耳. 五十日後, 漕洛波騰, 瀲灩晦日, 是霞歸之候也." 曰: "何以五十日然後歸?" 客曰: "吾携過嶺, 方敢來復." 貫記之, 及期往視, 誠然之.

* 이 고사는《태평광기》권421〈용·유관사〉에 실려 있다.

69-7(2282) 허한양

허한양(許漢陽)

출《박이지》

    허한양은 본래 여남(汝南) 사람이다. [당나라] 정원(貞元) 연간(785~805)에 그는 배를 타고 홍주(洪州)와 요주(饒州) 일대를 돌아다녔는데, 어느 날 해 질 무렵에 물살이 급해지자 작은 포구를 찾아 들어갔다. 그런데 자기도 모르게 3~4리를 가서 한 호수 가운데에 이르렀는데, 호수는 넓었지만 물의 깊이는 겨우 2~3척이었다. 그는 다시 북쪽으로 1리쯤 갔는데, 대나무가 빽빽하게 자라 있는 호수 기슭을 보고 그곳에 배를 대려고 했다. 기슭에 점점 가까이 갔더니 아주 크고 화려한 집이 보였는데, 검은 머리를 양쪽으로 틀어 올리고 얼굴이 옥처럼 흰 하녀 두 명이 배를 맞이하며 웃었다. 허한양이 의아해하면서 경박한 말로 희롱하자, 그녀들은 다시 크게 웃더니 집으로 달려 들어갔다. 허한양이 의대를 단정히 매고 기슭으로 올라가 명함을 건네자, 하녀가 그를 맞이해 대청으로 들어가더니 인사하고 앉아서 말했다.

    "여랑(女郎)들께서 옷을 갈아입고 계십니다."

    잠시 뒤에 하녀가 허한양에게 중문(中門)으로 들어가라고 했다. 들어가서 보았더니 정원 가득 큰 연못이 있었고 연못에는 연꽃과 마름이 향기롭게 피어 있었으며, 무지개다리 두 개가 남북을 잇고 있었다. 북쪽에 커다란 누각이 있었는데, 허한양이 계단에 올라가서 보았더니 백금(白金)으로 "야명궁(夜明宮)"이라 적혀 있었다. 사방에는 기이한 꽃과 과실수가 빽빽하게 자라 구름에 닿아 있었다. 하녀가 그를 데리고 누각의 1층으로 올라가자, 그곳에 있던 예닐곱 명의 하녀들이 그를 보고 줄지어 절했다. 하녀가 다시 그를 데리고 2층으로 올라가서 비로소 예닐곱 명의 여랑을 만났는데, 한 번도 본 적이 없는 미녀들이었다. 여랑들이 모두 허한양에게 절하며 이곳에 오게 된 경위를 묻자, 허한양은 뜻하지 않게 이곳에 오게 된 사정을 자세하게 말해 주었다. 여랑들이 인사하고 자리에 앉고 나자 하녀가 음식을 차려 왔는데, 그릇들이 모두 인간 세상에서 보지 못한 것이었다. 여랑들은 식사를 마치고 나서 술을 가져오라 했다. 뜰에는 높이가 몇 장(丈)이나 되는 기이한 나무가 있었는데, 줄기와 가지는 오동나무처럼 생겼고 잎은 파초처럼 생겼다. 또 나무 위에는 아직 피지 않은 붉은 꽃이 가득했는데, 술잔처럼 생긴 꽃송이가 술자리를 향해 있었다. 한 여랑이 술잔을 들고 하녀에게 앵무새처럼 생긴 새 한 마리를 들어서 술자리 앞의 난간 위에 놓으라고 했다. 그 새가 한 번 울자 나무 위의 꽃이 일시에 피었는데, 그 향기가 사람에게 물씬 풍겼다. 각각의 꽃 안에는 키가 1척 남짓 되는 미인이 있었는데, 곱고 우아

한 자태와 입고 있는 옷이 각자의 몸에 잘 어울렸다. 여러 관현악기가 모두 갖춰지자 사람들이 다시 절을 올렸다. 여랑이 술잔을 들자 여러 악기들이 일제히 연주되었는데, 맑고 영롱한 소리가 아득하게 들리는 것이 마치 신선 세계에 있는 것 같았다. 술이 겨우 한 순배(巡杯) 돌았을 때 이미 날이 저물고 달빛이 다시 밝게 빛났다. 여랑들이 나누는 말은 하나같이 인간 세상의 일이 아니었기 때문에 허한양은 알아들을 수 없었다. 가끔 허한양이 인간 세상의 일을 가지고 끼어들었지만, 여랑들은 전혀 대꾸하지 않았다. 그들은 이경(二更)까지 즐겁게 술을 마셨는데, 술자리가 끝나자 나무 위의 꽃이 한 잎 한 잎 연못에 떨어졌으며 꽃 속의 미인들도 떨어져 온데간데없이 사라졌다. 한 여랑이 문서 한 권을 꺼내 허한양에게 보여 주었는데, 다름 아닌 〈강해부(江海賦)〉였다. 허한양이 한차례 읽었더니, 여랑이 곧장 하녀에게 그것을 가져오게 하면서 허한양에게 말했다.

"제가 〈감회(感懷)〉 시 한 수를 지었는데, 번거롭겠지만 당신이 기록해 주셨으면 합니다."

그러고는 시를 읊었다.

"해문(海門)에서 동정호(洞庭湖)까지 이어진 길, 한 번 갈 때마다 삼천 리라네. 십 년에 한 번 집으로 돌아가지만, 소수(瀟水)와 상수(湘水)에서 고생한다네."

하녀가 두루마리와 붓과 벼루를 가져오자 허한양이 두루

마리를 펼쳤더니, 황금 꽃무늬 바탕에 은색 글씨가 쓰여 있었는데, 두루마리의 굵기는 두공(斗栱 : 지붕을 받치는 짧은 기둥)만 했으며 두루마리의 절반에는 이미 글씨가 쓰여 있었다. 그 붓을 보았더니 백옥(白玉)으로 붓대를 만들었으며, 벼루는 벽옥(碧玉)이었고 유리로 벼루 갑을 만들었는데, 벼루 안에는 모두 은물이 갈아져 있었다. 허한양이 다 쓰고 나자 여랑은 허한양의 이름을 수결(手決)하게 했다. 허한양이 두루마리의 앞부분을 펼쳤더니, 몇 수의 시가 보였고 모두 사람 이름과 수결이 있었는데, 중방(仲方)·무(巫)·조양(朝陽) 등의 이름은 있었지만 성씨는 보이지 않았다. 여랑이 마침내 두루마리를 거두자 허한양이 말했다.

"삼가 화답시 한 편을 지어 그 시를 잇고자 하는데 괜찮습니까?"

여랑이 말했다.

"안 됩니다. 이것은 매번 집으로 돌아갈 때마다 부모님과 형제들에게 보여 드리는데, 다른 사람의 시는 섞고 싶지 않습니다."

허한양이 말했다.

"방금 전에 제 이름을 수결했는데 그건 괜찮습니까?"

여랑이 말했다.

"그건 다른 일이니 당신이 알 수 있는 바가 아닙니다."

사경(四更)이 지나자 여랑은 모두 자리를 정리하라고 했다. 서둘러 정리할 때 한 하녀가 말했다.

"당신은 배로 돌아가십시오."

허한양이 일어서자 여랑들이 말했다.

"여행 중에 이렇게 모실 수 있어서 기쁘기는 하지만 정중하게 대접하지 못했습니다."

허한양은 못내 아쉬워하면서 작별하고 배로 돌아왔는데, 갑자기 큰 바람이 불고 구름이 검게 변하더니 바로 앞도 분간하지 못할 정도로 어두컴컴해졌다. 날이 밝은 뒤에 허한양이 어젯밤에 술을 마셨던 곳으로 가서 보았더니 수풀과 나무만 덩그러니 있을 뿐이었다. 허한양이 닻줄을 풀고 어젯밤에 지나왔던 여울 어귀로 갔더니 강 언덕의 인가에 10여 명의 사람들이 보였는데, 심상치 않은 일이 있는 것 같았다. 그래서 배를 정박하고 무슨 일인지 물었더니 사람들이 말했다.

"강어귀에서 네 사람이 익사했는데, 이경이 지난 뒤에 건져 냈습니다. 세 사람은 이미 죽었고 한 사람은 살았지만 술에 취한 것 같았습니다. 무녀(巫女)가 버들가지를 물에 적셔 뿌리고 주문을 외었더니 한참 만에 그 사람이 말하길, '어젯밤에 물속 용왕의 딸들과 이종 사촌 자매 예닐곱 명이 집으로 돌아가는 길에 동정호를 지나다가 밤에 이곳에서 잔치를 열었는데, 우리 네 사람을 데려가 술을 만들었습니다. 그런데 손님이 적어서 술을 많이 마시지 않았기 때문에 저는 살아 돌아올 수 있었습니다'라고 했습니다."

허한양은 이상한 생각이 들어서 그 사람에게 물었다.

"손님은 누구였습니까?"

그 사람이 말했다.

"어떤 서생이었는데 성명은 기억나지 않습니다."

그 사람이 또 말했다.

"하녀의 말에 따르면, 여러 낭자들은 인간 세상의 글씨를 무척 좋아했지만 얻을 수 없었는데, 일찍이 한 서생에게 글씨를 써 달라고 청하려 했지만 방법이 없었다고 했습니다."

허한양이 또 물었다.

"지금 그 서생은 어디에 있습니까?"

그 사람이 말했다.

"이미 배를 타고 떠났습니다."

허한양은 어젯밤의 일을 맞춰 보면서 묵묵히 배로 돌아왔는데, 배 속에 불편함을 느끼다가 마침내 몇 되의 선혈을 토해 내고는 어젯밤에 마신 술이 모두 사람의 피였음을 알게 되었다. 그는 사흘 뒤에야 비로소 속이 편안해졌다.

許漢陽, 本汝南人也. 貞元中, 舟行於洪饒間, 日暮, 江波急, 尋小浦路入. 不覺行三四里, 到一湖中, 雖廣而水纔二三尺. 又北行一里許, 見湖岸, 竹樹森茂, 投以泊舟. 漸近, 見亭宇甚盛, 有二青衣, 雙鬟方䰂, 素面如玉, 迎舟而笑. 漢陽訝之, 而調以游詞, 又大笑, 復走入宅. 漢陽束帶, 上岸投謁, 青衣延入廳，揖坐云："女郎易服次."須臾，青衣命漢陽入中門，見滿庭皆大池，池中荷芰芬芳，作兩道虹橋，以通南北．北有大閣，上階，見白金書曰"夜明宮"．四面奇花果木，森聳連雲．青衣引上閣一層，又有青衣六七人，見者列拜．又引第二層，方見女郎六七人，目未嘗睹．皆拜問所來，漢陽具述不意至此．女郎揖坐訖，青衣具飲食，所用皆非人間見者．食訖，命酒．其中有奇樹，高數丈，枝幹如梧，葉似芭蕉．有紅花滿樹，未吐，盎如杯，正對飲所．一女郎執酒，命一青衣捧一鳥如鸚鵡，置飲前欄干上．叫一聲，樹上花一時開，芳香襲人．每花中有美人，長尺餘，婉麗之姿，掣曳之服，各稱其質．諸樂弦管盡備，其人再拜．女郎舉酒，衆樂俱作，蕭蕭泠泠，窅如神仙．纔一巡，已夕，月色復明．女郎所論，皆非人間事，漢陽所不測．時因漢陽以人事辯之，則女郎一無所酬答．歡飲至二更，筵宴已畢，其樹花片片落池中，人亦落，便失所在．一女郎取一卷文書，以示漢陽，乃〈江海賦〉．漢陽讀一遍，卽命青衣收之，語漢陽曰："有〈感懷〉一章，煩爲錄之."乃吟曰："海門連洞庭，每去三千里．十載一歸來，辛苦瀟湘水."青衣取卷並筆硯至，漢陽展卷，皆金花之素，上以銀字札之，卷大如拱斗，已半卷書過矣．觀其筆，乃白玉爲管，硯乃碧玉，以玻璃爲匣，硯中皆研銀水．寫訖，令以漢陽之名押之．展向前，見數首，皆有人名押署，有名仲方者，有名巫者，有名朝陽者，而不見姓．女郎遂收卷，漢陽曰："欲奉和一篇擬繼此，可乎?"女郎曰："不可．此亦每歸呈父母兄弟，不欲雜爾."漢陽曰："適以弊名押署，復可乎?"曰："事別，非君子所論."四更已來，命悉收拾．揮霍次，一青衣曰："郎可歸舟矣."漢陽乃起，諸女郎曰："忻此旅泊接奉，不得鄭重耳."恨恨而別，歸舟，忽大風，雲色陡暗，寸步黯黑．至平明，觀夜來飲所，乃空林樹而已．漢陽解纜，行至昨晚瀹口，江岸人家，見十數人, 似有非常. 因泊舟而訊, 人曰 : "江口溺殺四人, 至二更後, 却撈出. 三人已卒, 其一人雖似死而未甚[1]. 有巫女以楊柳水灑拂禁呪, 久之能言 : '昨夜水龍王諸女及姨姊妹六七人歸過洞庭, 宵宴於此, 取我輩四人作酒. 緣客少, 不多飲, 所以我却得來.'" 漢陽異之, 乃問曰 : "客者爲誰?" 曰 : "一措大耳, 不記姓名." 又云 : "靑衣言, 諸小娘子苦愛人間文字, 不可得, 嘗欲請一措大字而無由." 又問 : "今在何處?" 曰 : "已發舟也." 漢陽乃驗昨宵之事, 默然歸舟, 覺腹中不安, 乃吐出鮮血數升, 知悉以人血爲酒耳. 三日方平.

* 이 고사는 《태평광기》 권422 〈용・허한양〉에 실려 있다.

1 사사이미심(似死而未甚) : 조선간본(朝鮮刊本) 《태평광기상절(太平廣記詳節)》 권36 〈용・허한양〉과 《박이기(博異記)》 고금일사본(古今逸史本)에는 "사활이약취(似活而若醉)"라 되어 있는데, 문맥상 타당하다.

권70 수족부(水族部)

인족(鱗族)

70-1(2283) 교룡을 베다

벌교(伐蛟)

출《북몽쇄언》 미 : 이하는 교룡이다(以下蛟).

    [《예기(禮記)》] 〈월령(月令)〉에서 "늦가을에 교룡을 베고 악어를 잡는다"라고 한 것은 교룡은 벨 수 있으나 용은 건드릴 수 없음을 설명한 것이다. 교룡이란 동물은 그 형상을 알지 못한다. 어떤 사람은 말하길, "규(虯 : 규룡)·여(蜦)63)·교(蛟 : 교룡)·온(螾)64)은 그 형상이 뱀처럼 생겼다"고 했다. 남방의 스님은 교룡의 모습이 마황(馬蟥 : 말거머리)처럼 생겼다고 했는데, 마황은 바로 수질(水蛭 : 거머리)이다. 점액이 비리고 끈적거리며 꼬리를 흔들어 사람에게 달라붙어서 그 피를 빨아 먹는다. 촉(蜀) 지방 사람은 교룡을 "마반사(馬絆蛇)"라고 부르는데, 그 머리는 고양이나 쥐처럼 생겼고 흰 점이 하나 있다고 한다. 한주(漢州)의 옛 홍담(洪潭) 속에 살던 마반사가 종종 사람을 해쳤다. 그래서 마을에서 용감한 자를 모집해 그것을 베어 죽이기로 했는데, 그 사람

---

63) 여(蜦) : 구름을 일으키고 비를 내리게 할 수 있다고 하는 신령스러운 검은 괴물.
64) 온(螾) : 땅속에서 죽은 사람의 뇌를 먹는다고 하는 괴물.

이 몸에 약을 바르고 연못 바다으로 헤엄쳐 들어가자 교룡[마반사]이 연못가 모래로 뛰어올라 꿈틀대다가 힘이 빠졌다. 그때 마을 사람들이 시끄럽게 소리치며 서로 도와 결국 그것을 죽였다.

〈月令〉"季秋伐蛟取鼉", 以明蛟可伐而龍不可觸也. 蛟之爲物, 不識其形狀. 或曰: "虬蚖蛟蝹, 狀如蛇也." 南僧說蛟之形如馬蟥, 卽水蛭也. 涎沫腥粘, 掉尾纏人, 而噬其血. 蜀人號爲"馬絆蛇", 頭如猫鼠, 有一點白. 漢州古洪潭內馬絆蛇, 往往害人. 鄉里募勇者伐之, 身塗藥, 游泳於潭底, 蛟乃躍於沙汭, 蟠蜿力困. 里人歡¹噪以助, 竟斃之.

* 이 고사는 《태평광기》 권425 〈교(蛟)·벌교〉에 실려 있다.

1 환(歡):《태평광기》에는 "환(讙)"이라 되어 있는데, 문맥상 보다 타당하다.

70-2(2284) 한 무제가 낚은 흰 교룡

한무백교(漢武白蛟)

출'왕자년(王子年)《습유(拾遺)》'

한(漢)나라 무제(武帝)는 늘 늦가을에 임지(琳池) 위에 영일주(靈溢舟)를 띄우고, 향금(香金)으로 낚싯바늘을 만들고 붉은 잉어로 미끼를 삼아 낚시했다. 열흘이 안 되어 흰 교룡 한 마리를 낚았는데, 길이는 3~4장(丈)쯤 되었고 용처럼 생겼으나 비늘이 없었다. 무제가 말했다.

"이것은 용이 아니다."

그러고는 태관(太官: 황제의 음식과 연회를 관장하는 관리)에게 그것을 넘겨 젓갈로 만들게 했는데, 청자색(靑紫色)의 고기가 비할 데 없이 부드럽고 맛있었다. 무제는 조서를 내려 그 젓갈을 신하들에게 하사했는데, 사람들은 신령이 감응해 얻은 것이라고 생각했다. 그 후로는 결국 흰 교룡을 잡지 못했다.

漢武帝恒以季秋之月, 泛靈溢[1]之舟於琳池之上, 以香金爲鈎, 丹鯉爲餌. 不逾旬, 釣一白蛟, 長三四丈, 若龍而無鱗甲. 帝曰: "非龍也." 於是付太官爲鮓, 而肉紫靑, 脆美無倫. 詔賜臣下, 以爲神感所獲. 後竟不得.

* 이 고사는《태평광기》권425〈교·한무백교〉에 실려 있다.

1 영일(靈溢):《습유기(拾遺記)》권6에는 "운익(雲鷁)"이라 되어 있다.

70-3(2285) 낙수의 아이

낙수수자(洛水豎子)

출《조야첨재》

　어떤 사람이 낙수(洛水)에서 한 아이가 말을 씻기고 있는 것을 보았는데, 잠시 후 흰 비단 띠 같은 물체 하나가 매우 밝은 빛을 내며 나타나 아이의 목을 두세 바퀴 휘감자 아이가 곧장 물에 빠져 죽었다. 무릇 물속이나 물굽이에는 모두 그러한 물체가 있다. 사람이 미역을 감거나 말을 씻기다가 죽으면 모두 자라에게 끌려갔다고 생각하는데 그렇지 않다. 그 물체의 이름은 "백특(白特)"인데, 마땅히 삼가 방비해야 한다. 그것은 교룡의 일종이다.

有人洛水中見豎子洗馬, 頃之, 見一物如白練帶, 極光晶, 繳豎子項三兩匝, 卽落水死. 凡是水中及灣泊之間皆有之. 人澡浴洗馬死者, 皆謂黿所引, 非也. 此名"白特", 宜愼防之. 蛟之類也.

* 이 고사는 《태평광기》 권467 〈수족·낙수수자〉에 실려 있다.

70-4(2286) 바다의 거대한 물고기

해대어(海大魚)

출《서경잡기(西京雜記)》·《광이기》 미 : 이하는 물고기다(以下魚).

동방에서 가장 큰 동물은 동해어(東海魚)다. 항해하는 사람들이 첫날에 동해어의 머리를 보면 7일째에야 동해어의 꼬리를 본다. 동해어가 알을 낳으면 100리에 이르는 물이 모두 피로 물든다.

옛날에 어떤 사람이 동해를 항해하고 있었는데, 얼마 뒤에 바람이 심하게 불어서 배가 부서지는 바람에 풍랑을 따라 어디로 가는지도 몰랐다. 하루 종일 밤낮으로 떠다니다가 한 외딴섬에 도착하자 함께 있던 사람들이 기뻐했다. 돌을 매단 닻줄을 내리고 섬에 올라가 음식을 익혔는데, 음식이 다 익기도 전에 섬이 물속으로 가라앉았다. 배 안에 남아 있던 사람들이 황급히 닻줄을 자르자 배는 다시 표류했다. 방금 전의 외딴섬은 다름 아닌 거대한 물고기였다. 그 물고기는 파도를 들이마셨다 내뿜었다 하면서 바람처럼 빨리 떠났는데, 그 섬 위에 있다가 죽은 사람이 10여 명이었다.

영남절도사(嶺南節度使) 하이광(何履光)은 주애(朱崖) 사람이다. 그는 대해 옆에서 살았는데 크게 괴이한 것 세 가지를 직접 보았다고 말했다. 그 첫 번째는 이러했다. 바다에 있는 두 산이 서로 600~700리 떨어져 있었는데, 맑은 아침에 멀리서 바라보면 푸른 산이 가까이 있는 것 같았다. [당나라 개원(開元) 연간(713~741) 말에 바다에 큰 천둥이 치며 비가 내렸는데, 거품처럼 생긴 진흙 비가 내렸으며 천지가 캄캄한 날이 이레나 계속되었다. 그 산기슭에서 온 사람이 말했다.

"거대한 물고기가 파도를 타고 두 산 사이로 들어왔다가 빠져나갈 수 없었는데, 오랫동안 그 아가미가 한 절벽 위에 걸렸다가 이레 뒤에 산이 갈라지자 그 물고기가 나갈 수 있었습니다." 미 : 이 사람은 그 산기슭에서 왔는데도 별 탈이 없었는가? 정말 터무니없다!

천둥은 그 물고기의 소리였고, 진흙 비는 물고기의 입에서 뿜어낸 거품이었으며, 천지가 캄캄했던 것은 물고기가 토해 낸 기운 때문이었다. 그 두 번째는 이러했다. 바다에 섬이 있었는데, 그 길이와 넓이가 수천 리에 달했다. 섬 위에는 두꺼비처럼 생긴 물체가 몇 마리 있었는데, 큰 것의 둘레는 400~500리였고 작은 것의 둘레는 100여 리였다. 매번 보름날 밤이 되면 물체들이 입에서 토해 낸 흰 기운이 위로 달에 닿아 달과 빛을 다투었다. 그 세 번째는 이러했다. 바다에 산이 있었는데, 그 둘레가 수십 리나 되었다. 매번 초여름이 되면 100길이나 되는 산 같은 거대한 뱀이 나타났는데, 그 길이가 몇백 리가 되는지 알 수 없었다. 개원 연간 말에 그 뱀이 바닷물을 마셨는데, 물이 10여 일 동안 줄어들었다. 뱀은 몹시 목이 마른 것 같았는데, 몸을 산에 수십 바퀴 감은 뒤에 머리를 숙여 물을 마셨다. 그런데 한참 후에 바닷속에서 거대한 물체가 나타나 뱀을 삼켜 버렸다. 반나절쯤 지나서 그 산이 마침내 갈라지면서 뱀과 산이 모두 통째로 삼켜졌는데, 또한 이것들을 삼킨 것이 어떤 물체인지 알 수 없었다.

東方之大者, 東海魚焉. 行海者, 一日逢魚頭, 七日逢魚尾. 魚産, 則百里水爲血.

昔人有遊東海者, 旣而風惡船破, 隨風浪, 莫知所之. 一日一夜, 得一孤洲, 共侶歡然. 下石植纜, 登洲煮食, 食未熟而洲沒. 在船者砍其纜, 船復漂蕩, 向者孤洲, 乃大魚也. 吸波吐浪, 去疾如風, 在洲上死者十餘人.

嶺南節度使何履光者, 朱崖人也. 所居傍大海, 云親見大異者有三: 其一曰, 海中有二山, 相去六七百里, 晴朝遠望, 靑翠如近. 開元末, 海中大雷雨, 雨泥, 狀如吹沫, 天地晦黑者七日. 人從山邊來者云: "有大魚, 乘流入二山, 進退不得, 久之, 其鰓掛一崖上, 七日而山拆, 魚因爾得去." 眉: 此人猶晏然從山邊來, 無恙乎? 妄甚矣! 雷, 魚聲也, 雨泥, 是口中吹沫也, 天地黑者, 是吐氣也. 其二曰, 海中有洲, 縱廣數千里. 洲上有物, 狀如蟾蜍數枚, 大者周迴四五百里, 小者或百餘里. 每至望夜, 口吐白氣, 上屬於月, 與月爭光. 其三曰, 海中有山, 周迴數十里. 每夏初, 則有大蛇如百仞山, 長不知幾百里. 開元末, 蛇飮其海, 而水減者十餘日. 意如渴甚, 以身繞一山數十匝, 然後低頭飮水. 久之, 爲海中大物所呑. 半日許, 其山遂拆, 蛇及山被吞俱盡, 亦不知吞者是何物也.

* 이 고사는 《태평광기》 권464 〈수족·동해대어(東海大魚)〉, 권466 〈수족·동해인(東海人)〉, 권464 〈수족·남해대어(南海大魚)〉에 실려 있는데, 〈동해대어〉 고사는 출전이 "《현중기(玄中記)》"라 되어 있다.

70-5(2287) 악어

악어(鱷魚)

출《영표녹이》·《감응경》·《흡문기》

　　악어는 미 : 악(鱷)은 음이 악(諤)이다. 몸이 황토색이고 발이 네 개이고 꼬리가 길며 타어(鼉魚 : 악어의 일종)처럼 생겼는데 동작이 재빠르다. 입에는 톱날 같은 이빨이 빽빽하게 있어 종종 사람을 해친다. 또한 "타어"라고도 한다. 그 머리를 베고 이빨을 뽑아내도 다시 돋아나는 것이 세 개나 된다. 남중(南中)에는 사슴이 많은데 사슴은 악어를 가장 두려워한다. 사슴이 절벽 위를 달려갈 때 악어 떼가 그 아래에서 소리 지르면, 사슴이 반드시 겁에 질려 절벽 아래로 떨어져 악어에게 많이 잡히는데, 이 또한 만물이 상대를 두렵게 해서 복종시키는 이치다. 이덕유(李德裕)가 조주(潮州)로 폄적되어 악어탄(鱷魚灘)을 지나가다가 배가 부서지는 바람에 평생 모은 보물과 노리개, 고서와 그림들이 한꺼번에 물속에 빠져 잃어버렸다. 그래서 장삿배의 곤륜노(昆侖奴)[65]를 불러 그것을 건져 오게 했는데, 그는 악어가 엄청나게 많은

---

[65] 곤륜노(昆侖奴) : 지금의 베트남 남부와 인도네시아 일부 지역에서 온 검은 피부의 일꾼을 말한다.

것을 보고 감히 접근하지 못했다. 그곳은 바로 악어의 소굴이었다.

광주(廣州) 사람들이 말하길, 악어는 육지에서는 소나 말을 쫓을 수 있고 물속에서는 배를 뒤집어 사람을 죽일 수 있다고 한다. 그러나 그물을 만나면 감히 건드리지 못하는데, 이처럼 두려워하는 것도 있다. 악어는 한 번 새끼를 배면 육지에 수백 개의 알을 낳는데, 그 모습을 갖출 때가 되면 뱀이 되는 것, 거북이 되는 것, 자라가 되는 것, 물고기가 되는 것, 타어가 되는 것, 교룡이 되는 것 등 그 종류가 10여 가지나 된다. 악어는 사람에게 잡혀 죽임을 당할 때면 그 혼령이 천둥 번개와 비바람을 일으킬 수 있으니 아마도 용과 같은 신물(神物)인 것 같다.

부남국(扶南國)에서 악어가 나는데, 큰 것은 2~3장(丈)이나 되고 발이 네 개이고 도마뱀처럼 생겼으며, 늘 사람을 산 채로 삼킨다. 부남국왕은 사람을 시켜 악어를 잡아다가 도랑 속에 두고 죄인을 그 안에 던져 넣는다. 만약 죽어 마땅한 사람이면 악어가 바로 잡아먹고, 죄가 없는 사람이면 냄새만 맡고 잡아먹지 않는다. 미 : 만약 이러하다면 악어는 바로 해치(獬豸)[66]나 굴일(屈軼)[67]과 같은 무리이니 또한 어찌 싫어하겠는

---

[66] 해치(獬豸) : 해태. 시비와 선악을 판단해 안다고 하는 상상 속 신수

가? 악어는 따로 "홀뢰(忽雷)"라고도 부른다. 곰은 악어를 제압할 수 있는데, 그 주둥이를 잡고 언덕으로 가서 찢어 먹는다. 일명 "골뢰(骨雷)"라고도 한다. 이것은 가을이면 호랑이로 변하는데 발톱이 세 개다. 남해(南海)의 사주(思州)와 뇌주(雷州)에서 나고 임해군(臨海郡)의 영반촌(英潘村)에 많이 있다.

鰐 眉 : 鰐音諤. 魚, 其身土黃色, 有四足, 修尾, 形狀如鼉, 而擧止趫疾. 口森鋸齒, 往往害人. 亦名"鼉魚". 斬其首, 琢去其齒而更復生者三. 南中鹿多, 最懼此物. 鹿走崖岸之上, 群鰐嘷叫其下, 鹿必怖懼落岸, 多爲鰐魚所得, 亦物之相攝伏也. 李德裕貶官潮州, 經鰐魚灘, 損壞舟船, 平生寶玩, 古書圖畫, 一時沉失. 遂召舶上昆侖取之, 見鰐魚極多, 不敢輒近. 乃是鰐魚之窟宅也.
廣州人說, 鰐魚能陸追牛馬, 水中覆舟殺人. 値網則不敢觸, 有如此畏愼. 其一孕, 生卵數百於陸地, 及其成形, 則有蛇, 有龜, 有鱉, 有魚, 有鼉, 有爲蛟者, 凡十數類. 及其被人捕取宰殺之, 其靈能爲雷電風雨, 比殆神物龍類.

(神獸). 사자와 비슷하고 머리에 뿔이 있으며, 착한 사람을 보호하고 악인을 미워한다고 한다.

67) 굴일(屈軼) : 풀이름. 이 풀은 조정에서 자라는데, 간사한 사람이 들어오면 줄기를 구부려 그 사람을 가리킨다고 한다. 지녕초(指佞草)라고도 한다.

扶南國出鰐魚, 大者二三丈, 四足, 似守宮狀, 常生吞人. 扶南王令人捕此魚, 置於塹中, 以罪人投之. 若合死, 鰐魚乃食之, 無罪者, 嗅而不食. 眉:若此, 則鰐魚乃獬豸屈軼之屬, 又何惡乎? 鰐魚, 別號"忽雷". 熊能制之, 握其嘴至岸, 裂擘食之. 一名"骨雷". 秋化爲虎, 三爪. 出南海思雷二州, 臨海英潘村多有之.

* 이 고사는 《태평광기》 권464 〈수족・악어〉・〈타어(鼉魚)〉・〈골뢰(骨雷)〉에 실려 있다.

70-6(2288) 오여회

오여회(吳餘鱠)

출《박물지》

    오왕(吳王) 손권(孫權)이 한번은 배를 타고 강을 가다가 생선회를 먹고 남은 것을 강물에 버렸는데, 그것이 물고기로 변했다. 지금도 "오여회"라고 불리는 물고기가 있는데, 미 : 바로 회잔어(鱠殘魚 : 뱅엇과의 민물고기)다. 길이는 몇 촌이고 굵기는 젓가락만 하며 생선회 모양과 비슷하다.

吳王孫權曾江行, 食鱠有餘, 因棄之中流, 化而爲魚. 今有魚猶名"吳餘鱠"者, 眉 : 卽鱠殘魚也. 長數寸, 大如箸, 尙類鱠形也.

* 이 고사는 《태평광기》 권464 〈수족·오여회어(吳餘鱠魚)〉에 실려 있다.

70-7(2289) 석두어

석두어(石頭魚)

출처 《영표녹이》

석두어는 미꾸라지처럼 생겼고 그 크기에 따라 뇌 속에 돌 두 개가 들어 있는데, 그 돌은 메밀처럼 생겼고 옥처럼 희고 영롱하다. 기이한 것을 좋아하는 어떤 사람이 작은 석두어를 많이 사서 대나무 그릇에 넣어 썩게 내버려두었다가 물로 걸러 석두어 뇌 속의 돌을 얻었다. 그것을 주주(酒籌 : 벌주를 세는 산가지)에 박았더니 자못 탈속적(脫俗的)인 운치가 있었다.

石頭魚, 狀如鰌魚, 隨其大小, 腦中有二石子, 如喬麥, 瑩白如玉. 有好奇者, 多市魚之小者, 貯於竹器, 任其壞爛, 卽淘之, 取其魚腦石子. 以植酒籌, 頗脫俗.

* 이 고사는 《태평광기》 권464 〈수족·석두어〉에 실려 있다.

70-8(2290) 황랍어

황랍어(黃臘魚)

출《영표녹이》

황랍어는 바로 강과 호수에 사는 횡어(橫魚)다. 머리와 주둥이가 길고 비늘이 모두 황금색이며, 저며서 구우면 비록 맛은 좋으나 독이 있다. 간혹 지지거나 불에 말리기도 하는데, 밤에 보면 등불처럼 빛이 난다. 남해(南海)에 기거하는 북방 사람이 있었는데, 이 물고기를 사서 먹고 그 머리를 거름 삼태기에 버렸다. 한밤중에 갑자기 빛이 나기에 다가가서 보았더니 더욱 두려웠다. 그래서 등불로 비춰 보았더니 물고기 머리일 뿐이었는데, 등불을 치웠더니 다시 빛이 나자 그는 불길하다고 여겼다. 각각의 음식 바구니를 열어 남은 고기를 보았는데, 역시 반딧불처럼 빛이 났다. 날이 밝자 그가 그곳 사람들에게 두루 물어보았더니 그 물고기는 원래 그렇다고 해서, 근심과 의심이 순식간에 풀렸다.

黃臘魚, 卽江湖之橫魚. 頭嘴長, 鱗皆金色, 臠爲炙, 雖美而毒. 或煎煿乾, 夜卽有光如籠燭. 北人有寓南海者, 市此魚食之, 棄其頭於糞筐. 中夜後, 忽有光明, 近視之, 益恐懼. 以燭照之, 但魚頭耳, 去燭復明, 以爲不祥. 各啓食奩, 窺其餘臠, 亦如螢光. 達明, 遍詢土人, 乃此魚之常也, 憂疑頓釋.

* 이 고사는 《태평광기》 권464 〈수족 · 황랍어〉에 실려 있다.

70-9(2291) 오징어

오적(烏賊)

출《유양잡조》

　오징어는 옛말에 따르면 "하백종사(河伯從事)"라고 부른다. 작은 오징어가 큰 물고기를 만나면, 곧장 사방 몇 척에 먹물을 뿌려 몸을 숨긴다. 강동(江東) 사람들은 간혹 그 먹물로 계약서를 써서 다른 사람의 재물을 빼앗기도 하는데, 연한 먹물로 쓴 것 같은 글씨가 1년이 지나면 없어져서 빈 종이만 남는다. 바다 사람들이 말하길, "옛날에 진왕(秦王: 진시황)이 동쪽으로 유람하다가 산대(算袋: 붓과 벼루 등을 담는 휴대용 자루)를 바다에 버렸는데, 그것이 이 물고기로 변했다"라고 한다. 그 모습은 산대처럼 생겼고 두 개의 끈이 매우 길다. 일설에 따르면, 오징어는 닻이 있어서 바람을 만나면 앞 수염 하나를 내려 닻으로 삼는다고 한다.

烏賊. 舊說名"河伯從事". 小者遇大魚, 輒放墨方數尺以混身. 江東人或取其墨書契, 以脫人財物, 書跡如淡墨, 逾年字消, 唯空紙耳. 海人言: "昔秦王東遊, 棄算袋於海, 化爲此魚." 形如算袋, 兩帶極長. 一說, 烏賊有碇, 遇風則前一鬚下碇.

* 이 고사는 《태평광기》 권464 〈수족·오적어〉에 실려 있다.

70-10(2292) 횡공

횡공(橫公)

출《신이록(神異錄)》

　북방의 변경에 석호(石湖)가 있는데 사방 1000리이고 호수 언덕의 깊이는 5장(丈) 남짓인데, 항상 얼어 있다가 하지(夏至) 전후로 50~60일만 녹아 있다. 호수에는 횡공어가 있는데, 길이는 7~8척이고 잉어처럼 생겼으며 붉은색이다. 횡공어는 낮에는 물속에 있다가 밤에는 사람으로 변한다. 찔러도 칼이 들어가지 않고 삶아도 죽지 않지만, 오매(烏梅: 훈증한 매실) 두 개와 함께 삶으면 죽는다. 미 : 괴상한 물고기다. 횡공어를 먹으면 사병(邪病)[68]을 멈추게 할 수 있다.

北方荒中有石湖, 方千里, 岸深五丈餘, 恒冰, 唯夏至左右五六十日解耳. 有橫公魚, 長七八尺, 形如鯉而赤. 晝在水中, 夜化爲人. 刺之不入, 煮之不死, 以烏梅二枚煮之, 則死. 眉 : 怪魚. 食之, 可止邪病.

* 이 고사는《태평광기》권464〈수족·횡공어〉에 실려 있다.

---

68) 사병(邪病) : 풍사(風邪)나 사술(邪術)로 인해 생긴 병.

70-11(2293) 분부

분부(奔𩶘)

출《유양잡조》·《술이기》

    분부(奔𩶘 : 상괭이, 돌고래)는 일명 "계(𤉡)"라고도 하는데, 물고기도 아니고 교룡도 아니다. 크기는 배만 하고 길이는 2~3장(丈)쯤 되며 메기처럼 생겼다. 배 아래에 두 개의 젖꼭지가 있으며 암컷과 수컷의 생식기가 사람과 비슷하다. 그 새끼를 잡아서 해안 위에 놓아두면 우는 소리가 갓난아이의 울음소리 같다. 목 위에 나 있는 구멍은 머리와 통해 있다. 숨을 쉴 때 헉헉 하는 소리를 내면 반드시 큰 바람이 불기 때문에 항해하는 사람들은 그것으로 날씨를 점친다. 또 "난부어(嬾婦魚)"라고도 한다. 전하는 말에 따르면, 양씨(楊氏) 집안의 며느리가 시어머니에게 심하게 야단맞자 물에 빠져 죽어 그 물고기가 되었다고 한다. 한 마리를 죽이면 3~4곡(斛)의 기름을 얻어 등불을 켤 수 있는데, 책을 읽거나 길쌈을 할 때 비추면 어두워지지만 즐겁게 노는 곳을 비추면 밝아진다. 회남(淮南)에 이 물고기가 있다.

奔𩶘, 一名"𤉡", 非魚非蛟. 大如船, 長二三丈, 若鮎. 有兩乳在腹下, 雄雌陰陽類人. 取其子着岸上, 聲如嬰兒啼. 項上有孔, 通頭. 氣出嚇嚇作聲, 必大風, 行者以爲候. 又名"嬾婦魚". 相傳, 楊氏婦爲姑所怒, 溺水死爲魚. 殺一頭, 得膏三四斛, 可燃燈, 照讀書紡績, 輒暗, 照歡樂之處, 則明. 淮南有之.

* 이 고사는 《태평광기》 권465 〈수족・분부〉・〈난부어(孏婦魚)〉에 실려 있다.

70-12(2294) 해인어

해인어(海人魚)

출《흡문기》

해인어는 동해(東海)에 있다. 큰 것은 길이가 5~6척이고 모습이 미인처럼 생겼는데, 눈썹과 눈, 입과 코, 손과 손톱 등 갖추지 않은 것이 없다. 피부와 살결은 옥처럼 희고 비늘이 없으며 가는 털이 나 있는데, 털은 오색 빛깔에 가볍고 부드러우며 길이가 1~2촌쯤 된다. 머리카락은 말 꼬리 같은데 길이가 5~6척이다. 생식기의 생김새가 남자나 여자와 다름이 없는데, 임해군(臨海郡)의 홀아비와 과부들이 대부분 그것을 잡아서 연못에서 키운다. 교접할 때도 사람과 다르지 않으며, 또한 사람을 다치게 하지도 않는다.

海人魚, 東海有之. 大者長五六尺, 狀如美人, 眉目口鼻手爪, 無不具足. 皮肉白如玉, 無鱗, 有細毛, 五色輕軟, 長一二寸. 髮如馬尾, 長五六尺. 陰形與丈夫女子無異, 臨海鰥寡多取得, 養之於池沼. 交合之際, 與人無異, 亦不傷人.

* 이 고사는《태평광기》권464〈수족·해인어〉에 실려 있다.

70-13(2295) 능어

능어(鯪魚)

출《이물지》

능어[69]는 혀를 내밀어 개미가 혀에 붙으면 삼킨다. 또 비늘을 펼쳐 개미를 그 안으로 들어오게 해서 핥아 먹는다.

鯪魚吐舌, 蟻附之, 因吞之. 又開鱗甲, 使蟻入而舐取之.

* 이 고사는《태평광기》권464〈수족·능어〉에 실려 있다.

---

[69] 능어 : 고사의 내용에 따르면, 능어는 물고기가 아니라 산림에 사는 포유류인 천산갑(穿山甲)으로 보인다. 일반적으로 능어는 잉엇과에 속하는 황어(黃魚)를 말한다.

70-14(2296) 석반어

석반어(石斑魚)

출《유양잡조》

건주(建州)에 석반어[쥐노래미]가 있는데, 뱀과 교배하길 좋아한다. 남중(南中)에는 벌집이 많은데, 그 벌집이 물병만큼이나 크고 늘 떼 지어 다니며 사람들을 쏜다. 그곳 사람들은 석반어를 잡아 벌집 옆으로 가져가서 구운 다음, 장대 위에 매달아 해를 향해서 석반어 그림자를 벌집 위에 드리우도록 한다. 그러면 금세 제비만 한 크기의 새 수백 마리가 서로 그 벌집을 쪼아 벌집이 나뭇잎처럼 부서져 떨어지고 벌들도 전부 없어진다.

建州有石斑魚, 好與蛇交. 南中多蜂窠, 窠大如壺, 常群螫人. 土人取石斑魚, 就蜂側炙之, 標於竿上, 向日, 令魚影落其窠上. 須臾, 有鳥大如燕數百, 互擊其窠, 窠碎落如葉, 蜂亦全盡.

* 이 고사는 《태평광기》 권465 〈수족 · 석반어〉에 실려 있다.

70-15(2297) 예어

예어(鯢魚)

출《유양잡조》

예어[도롱뇽]는 메기처럼 생겼는데, 발이 네 개이고 꼬리가 길며 나무에 오를 수 있다. 미 : 그렇다면 연목구어(緣木求魚 : 나무에 올라가서 물고기를 구하다)란 말이 틀리지 않을 때가 있음을 알겠다. 날이 가물 때면 물을 머금고 산으로 올라가 나뭇잎으로 몸을 덮은 채 입을 벌리고 있으면 새가 와서 물을 마시는데, 그때 새를 빨아들여 잡아먹는다. 그것이 내는 소리는 어린아이의 울음소리 같다. 협중(峽中 : 삼협) 사람들은 예어를 먹을 때, 먼저 그것을 나무에 묶어 놓고 채찍질해서 그것의 몸에서 흰 액이 모두 나오고 나서야 비로소 먹을 수 있다. 그러지 않으면 독이 있다.

鯢魚如鮎, 四足, 長尾, 能上樹. 眉 : 乃知緣木求魚, 有時不謬. 天旱, 輒含水上山, 以草葉覆身, 張口, 鳥來飮水, 輒吸食之. 聲如小兒. 峽中人食之, 先縛於樹鞭之, 身上白汁出盡, 方可食. 不爾有毒.

* 이 고사는 《태평광기》 권465 〈수족・예어〉에 실려 있다.

70-16(2298) 녹자어

녹자어(鹿子魚)

출《영표녹이》

　녹자어는 붉은색이고 꼬리와 지느러미에는 모두 적황색의 사슴 무늬가 있다. 《나주도경(羅州圖經)》에서 이르길, "나주의 남해에 섬이 있는데, 매년 봄과 여름이면 이 물고기가 섬으로 뛰어올라 사슴으로 변한다. 한번은 어떤 사람이 그 물고기를 주웠는데, 머리는 이미 사슴으로 변해 있었으나 꼬리는 아직 물고기였다"라고 했다. 남방 사람들이 이르길, "물고기가 변한 사슴은 그 고기가 비려서 먹을 수 없다"라고 했다.

鹿子魚, 頰色, 尾鬛皆有鹿斑, 赤黃色.《羅州圖經》云: "州南海中有洲, 每春夏, 此魚跳出洲, 化而爲鹿. 曾有人拾得一魚, 頭已化鹿, 尾猶是魚." 南人云: "魚之爲鹿, 肉腥不堪食."

* 이 고사는 《태평광기》 권464 〈수족·녹자어〉에 실려 있다.

70-17(2299) 작어

작어(鱛魚)

출《감응경》·《유양잡조》

 《반주기(潘州記)》에서 이르길, "작어[나들이상어]는 길이가 2장(丈)이고 둘레가 몇 아름이다. 막 태어난 새끼는 아직 작아서 어미를 따라다니며 먹이를 찾는데, 놀라면 어미 배 속으로 다시 들어간다"라고 했다. 《오록(吳錄)》에서 이르길, "작어 새끼는 아침에 먹이를 찾으러 나왔다가 저녁에 어미 배 속으로 들어간다"라고 했다. 《남월지(南越志)》에서 이르길, "작어 새끼는 저녁에 어미의 배꼽으로 들어갔다가 아침에 어미의 입으로 나온다"라고 했다.

 장안현(章安縣)에서 작어가 난다. 그 아가미는 황금처럼 적황색이고 매우 힘이 세서 그물로 제압할 수 없다. 민간에서는 그것을 "하백건아(河伯健兒)"라고 부른다.

《潘州記》云:"鱛魚長二丈, 大數圍. 初生子, 子小, 隨母覓食, 驚則還入母腹." 《吳錄》云:"鱛魚子朝出索食, 暮入母腹." 《南越志》云:"暮從臍入, 旦從口出."
章安縣出鱛魚. 煩赤如金, 甚健, 網不能制. 俗呼爲"河伯健兒".

* 이 고사는 《태평광기》 권464 〈수족·자귀모(子歸母)〉, 권465 〈수족·작어〉에 실려 있다.

70-18(2300) 후이어

후이어(鯸鮧魚)

출《녹이기》

후이어[복어]는 그 얼룩무늬가 호랑이 같다. 전하는 말에 따르면, 완전히 익히지 않은 후이어를 먹은 사람은 반드시 죽는다고 한다. 요주(饒州)에 오생(吳生)이라는 사람이 있었는데, 집이 매우 풍족하고 부부가 화목해 틈이 없었다. 하루는 오생이 취해 돌아와 침대 위에 몸을 던지자 아내가 옷을 정리하고 신발을 벗기려고 그의 발을 들었는데, 취한 오생이 움직이다가 잘못해서 아내의 가슴을 차는 바람에 아내가 꼬꾸라져 죽었지만 취한 오생은 알지 못했다. 처가의 친족은 오생을 붙잡아 그가 아내를 때려 죽게 만들었다고 말했다. 1년이 넘도록 소송이 계속되었으나 주군(州郡)에서 처리할 수 없자 그 일을 황제에게 아뢰었다. 오생의 친족은 칙명이 도착해 형벌이 분명해지면 집안의 치욕이 될 것이라고 두려워한 나머지 감옥에 있는 오생에게 [먹고 죽으라고] 생후이어를 보내 주었는데, 이처럼 서너 번을 보냈지만 오생은 결국 죽지 않고 더욱 건강해졌다. 얼마 후에 오생은 사면을 받아 화를 면했다. 오생은 집으로 돌아온 후로 자손이 번성했으며 80세에 이르러 마침내 수명이 다했다. 완전히 익히지 않은 후이어도 사람을 죽일 수 있는데, 그것을 서너 번이나 날로 먹고도 해를 당하지 않았으니, 이는 그의 운명이로다!

鯸鮧魚, 文斑如虎. 相傳, 煮之不熟, 食者必死. 饒州有吳生者, 家甚豐足, 夫婦和睦無間. 一旦, 吳生醉歸, 投身牀上, 妻爲整衣解履, 扶舁其足, 醉者運動, 誤中妻之心胸, 蹶然而死, 醉者不知也. 妻族執, 云毆擊致斃. 獄訟經年, 州郡不能理, 以事上聞. 吳生親族懼敕命到, 明刑爲辱, 因餉獄生鯸鮧, 如此數四, 竟不能害, 益加充悅. 俄而會赦獲免. 還家之後, 胤嗣繁盛, 年泊八十, 竟以壽終. 且烹不熟, 尙能殺人, 生啖數四, 不能爲害, 此其命與!

* 이 고사는 《태평광기》 권464 〈수족・후이어〉에 실려 있다.

70-19(2301) 비목어

비목어(比目魚)

출《영표녹이》

 비목어는 남방 사람들은 "혜저어(鞋底魚)"라 부르고, 강회(江淮)에서는 "타사어(拖沙魚)"라 부른다. 《이아(爾雅)》에서 이르길, "동방에 비목어가 있는데, 짝을 이루지 않으면 다니지 못한다. 그 이름을 '접(鰈 : 가자미)'이라 한다"라고 했다. 비목어는 소의 지라처럼 생겼으며 비늘이 가늘고 자색이다. 한쪽 면에만 눈이 하나 있으므로 두 면이 서로 합쳐져야만 다닐 수 있다. 미 : 이 물고기는 지금 경구(京口)에 있는데, 그 눈이 모두 왼쪽에 있으니 짝을 이룬들 무슨 소용이겠는가?

比目魚, 南人謂之"鞋底魚", 江淮謂之"拖沙魚".《爾雅》云 : "東方有比目魚焉, 不比不行. 其名謂之'鰈'." 狀如牛脾, 細鱗紫色. 一面一目, 兩片相合乃行. 眉 : 此魚今京口有之, 其目皆在左, 何取於比也?

* 이 고사는《태평광기》권464〈수족·비목어〉에 실려 있다.

70-20(2302) 즉어

즉어(鯽魚)

출《영표녹이》

　동남해에 조주(祖州)가 있는데 즉어[붕어]가 여기서 난다. 길이는 8척이다. 이것을 먹으면 더위를 견디고 바람을 피할 수 있다. 심양(潯陽)에 청림호(青林湖)가 있는데, 그곳의 즉어 가운데 큰 것은 2척 남짓이고 작은 것도 1척은 된다. 그것을 먹어 보면 통통하고 맛있으며, 또한 추위와 더위를 막을 수 있다.

東南海中有祖州, 鯽魚出焉. 長八尺. 食之, 宜暑而避風. 潯陽有青林湖, 鯽魚大者二尺餘, 小者滿尺. 食之肥美, 亦可止寒熱也.

* 이 고사는《태평광기》권464〈수족·즉어〉에 실려 있는데, 출전이 "《유양잡조(酉陽雜俎)》"라 되어 있다.

70-21(2303) 적혼공

적혼공(赤鯶公)

출《유양잡조》

　잉어는 등에 한 줄기 비늘이 있는데, 각 비늘 위에는 검은 점이 있으며 크고 작은 것이 모두 36개다. 당(唐)나라의 율령에 따르면, 잉어를 잡으면 즉시 놓아주어야 하며 먹어서는 안 된다.70) 잉어는 "적혼공(赤鯶公)"이라고도 한다. 잉어를 판 자는 곤장 60대에 처한다.

鯉脊中鱗一道, 每鱗上有黑點, 大小皆三十六鱗. 唐朝律, 取得鯉魚, 卽宜放, 仍不得喫. 赤鯶公. 賣者決六十.

* 이 고사는 《태평광기》 권465 〈수족・적혼공〉에 실려 있다.

---

70) 잉어를 잡으면 즉시 놓아 주어야 하며 먹어서는 안 된다 : 당나라의 국성(國姓)인 '이(李)'와 잉어의 '이(鯉)'가 발음이 같기 때문이다.

70-22(2304) 뇌혈어

뇌혈어(雷穴魚)

출《유양잡조》

홍주(興州)에 "뇌혈"이라고 하는 곳이 있는데, 평소에는 늘 물이 동굴의 절반쯤 차 있다가 천둥이 칠 때마다 물이 동굴 밖으로 흘러나오면서 물고기가 그 물을 따라 나온다. 백성은 매번 천둥이 치길 기다렸다가 나무를 둘러치고 그물을 설치해 무수히 많은 물고기를 잡는다. 천둥이 치지 않을 때도 어부들이 동굴 입구에 모여서 북을 두드리면 역시 물고기가 나오는데, 잡은 수량이 천둥 칠 때의 절반이다.

興州有一處, 名"雷穴", 水常半穴, 每雷聲, 水流穴外, 魚隨流而出. 百姓每候雷聲, 繞樹布網, 獲魚無限. 非雷聲, 漁子聚鼓擊於穴口, 魚亦輒出, 所獲半於雷時.

* 이 고사는 《태평광기》 권465 〈수족·뇌혈어〉에 실려 있다.

70-23(2305) 적령 계곡

적령계(赤嶺溪)

출《흡주도경(歙州圖經)》

흡주(歙州)의 적령(赤嶺) 아래에 큰 계곡이 있다. 민간에 전하는 말에 따르면, 옛날에 어떤 사람이 그 계곡을 가로질러 어량(魚梁)을 만들었는데, 이 때문에 물고기가 하류로 내려갈 수 없게 되자 한밤중에 날아서 이 고개를 지나갔다. 그러자 그 사람은 고개 위에 그물을 쳐서 물고기를 잡았는데, 어떤 것은 그물을 넘어 지나갔고, 어떤 것은 그물을 넘어가지 못한 채 돌로 변했다. 지금 매번 비가 올 때면 그 돌이 붉어지기 때문에 그 고개를 "적령"이라 부르게 되었으며, 부량현(浮梁縣)도 이 때문에 생겨난 이름이다. 살펴보니 [좌사(左思)의] 〈오도부(吳都賦)〉에서 "얼룩무늬 날치가 밤에 날다가 그물에 걸렸다"라고 한 것이 대개 이와 같은 일이다.

歙州赤嶺下有大溪. 俗傳, 昔有人造橫溪魚梁, 魚不得下, 半夜飛從此嶺過. 其人遂於嶺上張網以捕之, 魚有越網而過者, 有飛不過而變爲石者. 今每雨, 其石卽赤, 故謂之"赤嶺", 而浮梁縣得名因此. 按〈吳都賦〉云"文鰩夜飛而觸綸", 蓋此類也.

* 이 고사는《태평광기》권466 〈수족 · 적령계〉에 실려 있다.

70-24(2306) 몸에 글자가 적혀 있는 물고기
어신유자(魚身有字)

출《영괴집(靈怪集)》·《녹이기》

  당(唐)나라 때 오군(吳郡)의 어부 장호자(張胡子)가 일찍이 태호(太湖)에서 커다란 물고기 한 마리를 낚았는데, 배에 붉은 글씨로 "아홉 번이나 용문산(龍門山)을 오르고 세 번이나 태호 물을 마시지만, 끝내 용이 되지 못하고 장호자에게 잡히는 운명이다"라고 적혀 있었다. 또 금주(金州)의 백성 백군회(柏君懷)가 한강(漢江) 늑막담(勒漠潭)에서 길이가 몇 척이나 되는 물고기를 잡았는데, 몸에 "세 번이나 바다를 건너고 두 번이나 한수로 올라가지만, 늑막담에 이르러 백군에게 잡히는 운명이다"라는 글씨가 적혀 있었다.

唐吳郡漁人張胡子, 嘗於太湖釣得一巨魚, 腹有丹書字曰 : "九登龍門山, 三飮太湖水, 畢竟不成龍, 命負張胡子." 又金州百姓柏君懷, 於漢江勒漠潭採得魚, 長數尺, 身上有字云 : "三度過海, 兩度上漢, 行至勒漠, 命屬柏君."

* 이 고사는 《태평광기》 권467 〈수족·장호자(張胡子)〉·〈백군(柏君)〉에 실려 있다.

개족(介族)

70-25(2307) 거대한 자라

거오(巨鰲)

출《집이기》

    당(唐)나라의 배전(裴佃)은 개원(開元) 7년(719)에 광주도독(廣州都督)으로 있었다. 중추절에 밤이 아직 끝나지 않았을 때, 갑자기 날이 밝으면서 별과 달이 모두 사라지고 새들이 날며 울어 댔다. 온 군(郡)의 사람들은 괴이함에 놀랐지만 그 영문을 알 수 없었다. 배 공(裴公 : 배전)이 의관을 갖추어 입고 나왔더니, 군주(軍州)의 장병들이 이미 관부의 문에 모여 있었다. 배 공이 급히 보좌관과 빈객들을 불러들였더니, 모두 이상하다고 하면서 무언가에 홀렸을 뿐 정말로 한밤중에 날이 샌 것은 아닐 것이라고 말했다. 그래서 곧장 설호씨(挈壺氏)[71]에게 물었더니 그가 말했다.

    "보통 때의 밤이라면 아직 삼경(三更)도 되지 않았습니다."

    배 공은 그 연유를 알 수 없어서 빈객들을 청사에 머물게 하고 함께 해가 떠오르기를 기다렸다. 한참 뒤에 하늘이 어

---

71) 설호씨(挈壺氏) : 물시계, 즉 시각을 담당하던 관리. 설호정(挈壺正)이라고도 한다.

두워지면서 이전처럼 밤이 되자, 관리들은 모두 촛불을 들고 돌아갔다. 이튿날 아침에 배 공이 군부(軍府)의 사람들을 크게 모아 놓고 그 일에 대해 물어보았지만, 그 연유를 알 수 있는 사람이 없었다. 그래서 사방으로 사람을 보내 물어보게 했더니, 그곳 경내가 모두 그러했다고 했다. 배 공이 곧장 사람을 북쪽 상령(湘嶺)으로 보내 알아보게 했더니, 상령 이북에는 그런 일이 없었다고 했다. 몇 달 뒤에 한 상선이 멀리 남쪽에서 와서 그 군의 사람들에게 말했다.

"8월 11일 밤에 우리가 항해하고 있을 때, 갑자기 거대한 자라가 바다에서 나오더니 머리를 들고 북쪽을 향했는데, 태양처럼 빛나는 두 눈이 1000리를 환하게 비추어 터럭 끝까지도 모두 보였소. 한참 후에 그것이 다시 물속으로 사라지자 이전처럼 캄캄한 밤이 되었소."

그 시각을 확인해 보니 배 공이 빈료(賓寮)들을 불러 모았던 바로 그날 밤이었다.

唐裴伷[1], 開元七年, 都督廣州. 仲秋, 夜漏未艾, 忽然天曉, 星月皆沒, 禽鳥飛鳴. 擧郡驚異, 未諭. 裴公於是衣冠而出, 軍州將吏則已集門矣. 遽召參佐洎賓客至, 則皆異之, 但謂衆惑, 固非中夜而曉. 卽詢挈壺氏, 乃曰:"常夜三更尙未也." 裴公罔測其倪, 因留賓客於廳事, 共須日之升. 良久, 昏暗, 夜景如初. 官吏咸執燭而歸. 詰旦, 裴公大集軍府, 詢訪其說, 而無能辨者. 因命使四訪, 闔界皆然. 卽令北訪湘嶺, 湘嶺之北, 則無斯事. 數月之後, 有商舶自遠南至, 因謂郡人云:"我八月十一日夜, 舟行, 忽遇巨鼇出海, 擧首北向, 而雙目若日, 照耀千里, 毫末皆見. 久之復沒, 夜色依然." 徵其時, 則裴公集賓寮之夕也.

* 이 고사는《태평광기》권466〈수족・배주(裴伷)〉에 실려 있다.
1 전(佃):《태평광기》에는 "주(伷)"라 되어 있다.

70-26(2308) 거북에 대한 잡설

귀잡설(龜雜說)

출《북몽쇄언》미 : 이하는 거북이다(以下龜).

거북은 본디 질투가 심해 뱀과도 교배하는데, 간혹 암컷 뱀이 오면 거북끼리 서로 싸우면서 물어뜯다가 힘이 약한 놈이 죽기도 한다. 남방 사람은 거북의 오줌을 채취할 때, 수컷 거북을 사기 주발 안에 넣고 거울로 뒤에서 비추면 수컷 거북이 음정이 발동해 오줌을 지린다. 또 종이 심지에 불을 붙여 거북의 꽁무니에 대도 오줌을 지린다.

龜性妒而與蛇交, 或雌蛇至, 有相趁鬪噬, 力小致斃者. 南人採龜溺法, 取雄龜置瓷碗中, 以鏡從後照之, 旣見鏡中龜, 卽淫發而失溺. 又以紙炷火上炀熱, 點其尻, 亦致失溺.

* 이 고사는 《태평광기》권472 〈수족・남인(南人)〉에 실려 있다.

70-27(2309) 왕 거북

왕자귀(王者龜)

출《광이기》

당(唐)나라 개원(開元) 연간(713~741)에 오흥(吳興)의 어부가 초계(苕溪)에서 매번 커다란 거북을 보았는데, 그 거북은 네 발에 각각 작은 거북 한 마리씩을 밟고 갔다. 어부는 그것이 신령한 거북임을 알고 돌을 집어 던져 거북을 맞혀서 잡았다. 한참 후에 그는 주(州)의 종사(從事) 배씨(裵氏)에게 그 거북을 바쳤다. 배씨가 거북점을 치는 사람을 불렀더니 그 사람이 말했다.

"이것은 왕자(王者)의 거북입니다. 이것으로 작은 일을 점쳐서는 안 되니, [만약에 점친다면] 점을 친 대상이 반드시 죽게 됩니다."

배씨는 평소에 함부로 망령된 짓을 했다. 당시 정원에 까치가 막 새끼들에게 먹이를 먹이고 있었는데, 그것을 시험해 보기 위해 점쟁이에게 거북 껍질을 뚫어 점치게 했다. 며칠 후에 큰 바람이 불어 까치집을 훼손했고 까치 새끼들도 모두 죽었다. 얼마 후에 배씨는 또 임신한 하녀가 아들을 가졌는지 딸을 가졌는지 점쳐 보게 했는데, 틀림없이 아들을 낳을 것이라는 점괘가 나왔다. 하녀의 아들은 태어나서 얼마 후에 역시 죽었다. 나중에 배씨는 결국 그 거북을 황제에게 진상했다.

唐開元中, 吳興漁者, 於苕溪上每見大龜, 四足各踏一龜而行. 漁者知是靈龜, 持石投之, 中而獲焉. 久之, 以獻州從事裴. 裴召龜人, 龜人云 : "此王者龜. 不可以卜小事, 所卜之物必死." 裴素狂妄. 時庭中有鵲方哺雛, 乃驗志之, 令卜者鑽龜焉. 數日, 大風損鵲巢, 鵲雛皆死. 尋又命卜其婢所懷娠是兒女, 兆云當生兒. 兒生, 尋亦死. 裴後竟進此龜也.

* 이 고사는《태평광기》권472〈수족·오흥어자(吳興漁者)〉에 실려 있다.

70-28(2310) 뱀을 물리친 거북

벽사귀(辟蛇龜)

출《녹이기》

　당(唐)나라 명황(明皇 : 현종) 때 어떤 방사(方士)가 작은 거북 한 마리를 바쳤는데, 지름이 1촌이었고 황금색으로 귀여웠다. 방사가 말했다.

　"이 거북은 신령해서 먹이를 먹지 않으며, 침갑(枕匣)[72] 속에 놓아두면 거대한 뱀의 독을 피할 수 있습니다."

　황상은 항상 그 거북을 수건 상자 속에 넣어 두었다. 황상의 두터운 은총을 받던 어린 환관이 친척의 죄에 연루되어 남쪽으로 귀향 가게 되었는데, 황상은 법을 바꿔서까지 그의 죄를 면해 주고 싶지 않았기에 은밀히 그 거북을 주면서 말했다.

　"남쪽 변방에는 거대한 뱀들이 많으니 항상 이 거북을 옆에 두면 해를 입지 않을 것이다."

　환관은 절을 하고 거북을 받았다. 그가 상군(象郡)의 관할 현에 도착했더니, 마을과 시장의 객사는 조용하고 한 사

---

72) 침갑(枕匣) : 베개 아래에 두고 귀중한 물건을 보관하는 작은 상자.

람도 없었다. 그는 여관에 투숙했는데, 그날 밤은 낮처럼 달이 밝았으나 비바람 소리가 점점 가까이 들려왔다. 이에 그는 거북을 꺼내 계단 위에 놓아두었다. 한참 뒤에 거북이 목을 빼고 기를 토해 냈는데, 실 같은 불꽃이 곧장 3~4척 높이까지 올라가더니 서서히 흩어졌다. 잠시 후 거북은 평소대로 편히 쉬었고, 종전의 비바람 소리도 멈췄다. 날이 밝자 역리(驛吏)들이 조금씩 모여들더니 마당에 늘어서서 절하며 말했다.

"어제 천자의 사자께서 곧 당도하시리라는 것을 알고 영접할 준비를 해야 마땅했으나, 때마침 한 나그네가 뱀 한 마리를 잘못 죽인 탓에 사람들은 복수하려는 뱀이 반드시 그날 밤에 찾아와 해를 입힐 것임을 알았습니다. 그래서 주변에 사는 사람들이 모두 30~50리 밖으로 나가 뱀의 독을 피했던 것입니다. 저희들은 감히 멀리 떠나지 못하고 근처 산의 바위 동굴 속에 머물면서 엎드린 채 아침이 되길 기다렸습니다. 지금 천자의 사자께서 아무 탈이 없으시니, 이는 바로 천지신명이 도와주신 것으로 사람의 힘으로 할 수 있는 것이 아닙니다."

한참 후에 떠났던 사람들이 점차 모여들어 말했다.

"길에 거대한 뱀 10여 마리가 있는데, 모두 이미 썩어 문드러졌습니다."

1년이 지나 환관은 부름을 받고 장안(長安)으로 돌아왔다. 그는 다시 황금 거북을 진상하고 울면서 감사의 말을 했다.

"신의 미천한 목숨을 이것에 의지해 보전할 수 있었을 뿐만 아니라 남방 사람들이 영원히 그 독을 없애게 되었으니, 이는 실로 성덕(聖德)이 미친 바이자 신령한 거북의 힘입니다."

唐明皇, 嘗有方士獻一小龜, 徑寸而金色可愛. 云 : "此龜神明而不食, 可置枕笥中, 辟巨蛇之毒." 上常貯巾箱中. 有小黃門, 恩渥方深, 而坐親累, 將竄南徼, 不欲屈法免之, 密授此龜曰 : "南荒多巨蟒, 常以龜置於側, 可以無苦." 閽者拜受之. 及象郡之屬邑, 里市館舍, 悄然無一人. 投宿於旅館, 是夜, 月明如晝, 而有風雨之聲, 其勢漸近. 因出此龜, 置於階上. 良久, 神龜伸頸吐氣, 其火如綖, 直上高三四尺, 徐徐散去. 已而龜遊息如常, 向之風雨聲, 亦已絶矣. 及明, 驛吏稍稍而至, 羅拜庭下曰 : "昨知天使將至, 合備迎奉, 適緣行旅誤殺一蛇, 衆知報冤蛇必此夕爲害. 側近居人, 皆出三五十里外, 避其毒氣. 某等不敢遠出, 止在近山巖穴之中, 伏而待旦. 今則天使無恙, 乃神明所祐, 非人力也." 久之, 行人漸至, 云 : "當道有巨蛇十數, 皆已糜爛." 逾年, 黃門召歸長安. 復以金龜進上, 泣而謝曰 : "不獨微命賴此生全, 南方之人, 永祛毒類, 實聖德所及, 神龜之力也."

* 이 고사는 《태평광기》 권472 〈수족・당명황제(唐明皇帝)〉에 실려 있다.

70-29(2311) 성스러운 거북

성귀(聖龜)

출《유양잡조》

당(唐)나라 정원(貞元) 연간(785~805) 말에 복주(福州)의 어떤 마을 사람이 한 대그릇에 담긴 거북을 팔았는데 모두 13마리였다. 서중(徐仲)이라는 약 파는 사람이 5환(鍰 : 1환은 6냥)을 주고 거북들을 사자 마을 사람이 말했다.

"이것은 성스러운 거북이니 죽여서는 안 되오."

서중이 거북을 정원에 놓아두었더니, 한 거북이 네 마리의 거북을 발로 밟고 다녔고 나머지 여덟 마리의 거북이 앞길을 인도했는데 모두 6촌 크기였다. 서중이 마침내 건원사(乾元寺) 뒤의 숲속에 거북들을 놓아주었더니 하룻밤 사이에 모두 사라졌다.

唐貞元末, 福州有村人, 賣一籠龜, 其數十三. 販藥人徐仲以五鍰獲之, 村人云:"此聖龜, 不可殺." 徐置庭中, 一龜籍藉四龜而行, 八龜爲導, 悉大六寸. 徐遂放於乾元寺後林中, 一夕而失.

* 이 고사는《태평광기》권472〈수족・서중(徐仲)〉에 실려 있다.

70-30(2312) 고숭문

고숭문(高崇文)

출《융막한담(戎幕閑談)》

[당나라의] 이덕유(李德裕)가 말했다.

"촉(蜀) 지방에 전하는 말에 따르면, [전국 시대] 장의(張儀)가 성도성(成都城)을 쌓을 때 성이 자주 무너졌는데, 당시 거북 한 마리가 돌아다니기에 거북이 다닌 길을 따라 성을 쌓았더니 성이 과연 완성되었다고 한다. 내가 아직 성도군(成都郡)에 도착하지 않았을 때 그 거북 등딱지가 아직 성안에 있다는 말을 들었는데, 어제 노인들을 찾아가 물었더니 우문우(宇文遇)라는 군용 물자 창고 관리가 말하길, '원화(元和) 연간(806~820) 초에 절도사(節度使) 고숭문이 장인에게 명해 그 거북 등딱지를 잘라 허리띠 장식을 만들게 했습니다'라고 했다. 장의로부터 고숭문에 이르기까지 1000여 년의 세월 동안 거북의 등딱지가 여전히 있었는데, 한 무신(武臣)에 의해 훼손되었으니 심히 안타깝도다!"

평 : 일설에는 거북이 밤에 고숭문의 꿈에 나타나 말하길, "아무 일 없이 짐승을 죽이면 하나하나 응보를 받게 될 것이다"라고 했다. 나중에 고숭문은 주살당해 시체가 20여 토막

으로 잘렸는데, 허리띠 장식의 숫자와 같았다. 대저 거북은 살았을 때 벗겨져 죽었다가 해묵은 등딱지로 복수했으니, 무덤을 도굴해 뼈를 버리면 귀신에게 화를 당하게 됨을 알 수 있다.

李德裕曰:"蜀傳, 張儀築成都城, 屢壞, 時有龜旋走, 乃隨龜行路築之, 城果就. 予未至郡日, 嘗聞龜殼猶在城內, 昨詢訪耆舊, 有軍資庫官宇文遇者言:'元和初, 節度使高崇文命工人截爲腰帶胯具.' 自張儀至崇文千餘載, 龜殼尙在, 而武臣毀之, 深可惜也!"
評:一說:龜夜見夢於高曰:"無事相屠, 一一相報." 後高誅死, 尸二十餘段, 如帶之數. 夫龜剝於生時, 而報讎於朽甲, 可見發冢棄骨, 鬼神所禍.

* 이 고사는 《태평광기》 권472 〈수족·고숭문〉에 실려 있다.

70-31(2313) 염거경

염거경(閻居敬)

출《계신록》

　신안(新安) 사람 염거경은 집이 산에서 흘러내려 온 물에 침수되자 집이 무너질까 두려워서 침상을 문밖에 옮겨 놓고 잠을 잤다. 꿈속에 검은 옷을 입은 사람이 나타나 말했다.

　"함께 물을 피해 이곳에 있는데, 내가 당신에게 무슨 해를 끼쳤다고 나를 이처럼 짓누르는 것이오?"

　염거경은 깨어나서도 그 이유를 알지 못했다. 그날 밤에 연이어 세 번 꿈을 꾸자 염거경이 말했다.

　"혹시 내가 이곳에 머물면 안 된단 말인가?"

　그러고는 침상을 옮기게 했는데, 문지방 밖에 거북 한 마리가 침상 다리에 비스듬히 눌려 있기에 놓아주었더니 떠나갔다.

新安人閻居敬, 所居爲山水所浸, 恐屋壞, 移榻於戶外而寢. 夢一烏人曰 : "同避水在此, 於君何害, 而迫迮我如是?" 居敬寤, 不測其故. 爾夕三夢, 居敬曰 : "豈吾不當止此耶?" 因命移牀, 乃牀脚斜壓一龜於戶限外, 放之乃去.

* 이 고사는《태평광기》권472〈수족・염거경〉에 실려 있다.

70-32(2314) 게의 배 속에 있는 까끄라기

수망(輸芒)

출《유양잡조》미 : 이하는 게다(以下蟹).

    게는 8월에 배 속에 까끄라기가 있는데, 진짜 벼의 까끄라기로 길이가 1촌쯤 된다. 게는 동쪽을 향해 해신에게 그 까끄라기를 바치는데, 아직 그것을 바치지 않았을 때는 먹어서는 안 된다.

蟹, 八月腹內有芒, 眞稻芒也, 長寸許. 向東輸與海神, 未輸芒, 不可食.

*   이 고사는《태평광기》권465〈수족·해(蟹)〉에 실려 있다.

70-33(2315) 남해의 거대한 게

남해대해(南海大蟹)

출《광이기》

근세에 파사국(波斯國 : 페르시아 제국) 사람이 일찍이 이런 얘기를 했다.

그는 배를 타고 바다를 건너 천축국(天竺國)에 간 것이 이미 예닐곱 번이나 되었다. 마지막 항해 때 배가 바다에서 표류해 몇천 리를 갔는지 몰랐다. 한 섬에 도착했더니 섬에는 풀과 나뭇잎으로 만든 옷을 입은 호인(胡人)이 있었다. 사람들이 두려워하며 호인에게 묻자 호인이 말했다.

"옛날에 동료 수십 명과 함께 표류했는데, 저만 파도에 쓸려 여기로 오게 되었습니다. 그래서 나무 열매와 풀뿌리를 캐서 먹으며 죽지 않을 수 있었습니다."

사람들이 호인을 불쌍히 여겨 마침내 그를 배에 태우자 호인이 말했다.

"섬 위의 큰 산에는 모두 거거(車渠)73) · 마노(瑪瑙) · 파려(玻瓈 : 유리) 등의 보물들이 셀 수 없이 많습니다."

---

73) 거거(車渠) : 옥석(玉石)의 종류로, 서역의 일곱 가지 보물 중 하나다.

뱃사람들은 자신들의 보잘것없는 물건들을 버리고 보물을 가져와서 배에 가득 실었다. 호인은 빨리 출발하라고 하면서 만약 산신이 오면 반드시 보물들을 아까워할 것이라고 했다. 이에 순풍에 돛을 달고 40여 리쯤 갔을 때 산봉우리 위에 뱀처럼 생긴 붉은 물체가 멀리 보였는데, 시간이 흐를수록 점점 커졌다. 호인이 말했다.

"저것은 산신이 보물을 아깝게 여겨 우리를 쫓아오는 것이니 어쩌면 좋겠습니까?"

뱃사람들은 두려움에 떨지 않는 자가 없었다. 잠시 후에 바닷속에서 산 두 개가 나타났는데, 높이가 수백 장(丈)이나 되었다. 호인이 기뻐하며 말했다.

"저 두 개의 산은 거대한 게의 집게발입니다. 저 게는 늘 산신과 싸우길 좋아하는데, 미 : 산신이 게를 먹기 좋아하기 때문에 거대한 게가 산신과 싸우는 것이다. 산신이 대부분 이기지 못하기 때문에 매우 두려워합니다. 지금 집게발이 나왔으니 걱정 없습니다."

거대한 뱀이 곧장 다가오자 게가 뱀과 서로 엉켜 한참 동안 싸웠는데, 게가 뱀의 머리를 집어 물 위에서 죽이자 마치 이어진 산 같았다. 그래서 뱃사람들은 살아날 수 있었다.

近世有波斯, 常云 : 乘舶泛海, 往天竺國者, 已六七度. 其最後, 舶漂入大海, 不知幾千里. 至一海島, 島中見胡人衣草葉. 懼而問之, 胡云 : "昔與同行侶數十人漂沒, 唯己隨流,得至於此. 因爾採木實草根食之, 得以不死." 其衆哀焉, 遂舶載之, 胡乃説:"島上大山悉是車渠·瑪瑙·玻瓈等諸寶, 不可勝數." 舟人莫不棄己賤貨取之, 旣滿船. 胡令速發, 山神若至, 必當懷惜. 於是隨風掛帆, 行可四十餘里, 遙見峰上有赤物如蛇形, 久之漸大. 胡曰:"此山神惜寶, 來逐我也, 爲之奈何?" 舟人莫不戰懼. 俄見兩山從海中出, 高數百丈. 胡喜曰:"此兩山者, 大蟹螯也. 其蟹常好與山神鬪, 眉:山神好食蟹, 故大蟹與鬪. 神多不勝, 甚懼之. 今其螯出, 無憂矣." 大蛇尋至, 蟹與蟠鬪良久, 蟹夾蛇頭, 死於水上, 如連山. 船人因是得濟.

* 이 고사는《태평광기》권464〈수족·남해대해〉에 실려 있다.

70-34(2316) 호랑이 무늬 게

호해(虎蟹)

출《영표녹이》

호해는 껍데기 위에 호랑이 같은 얼룩무늬가 있는데, 그것으로 장식해 술그릇을 만든다. 붉은 게와 함께 모두 경애[瓊崖 : 해남도(海南島)]의 바닷가에서 나는데, 비록 진기하지는 않지만 그래도 쉽게 잡지는 못한다.

虎蟹, 殼上有虎斑, 可裝爲酒器. 與紅蟹皆産瓊崖海邊, 雖非珍奇, 亦不易採得也.

* 이 고사는 《태평광기》 권465 〈수족·호해〉에 실려 있다.

70-35(2317) 추모

추모(蝤蝳)

출《유양잡조》

    추모[꽃게] 가운데 큰 것은 길이가 1척 남짓이고 두 집게발이 굉장히 강력하다. 8월에는 호랑이와 다툴 수 있는데 호랑이도 그만 못하다. 그것은 큰 조수에 따라 허물을 벗는데, 허물을 벗을 때마다 몸이 자란다.

蝤蝳, 大者長尺餘, 兩螯至強. 八月能與虎鬪, 虎不如. 隨大潮退殼, 一退一長.

*   이 고사는 《태평광기》 권465 〈수족·추모〉에 실려 있다.

70-36(2318) 팽월

팽월(彭蜐)

출《감응경》

　게 종류 중에 "팽월"이라는 것이 있는데, 집게발로 흙을 모아 둥근 알을 만든다. 조수가 밀려올 때부터 나갈 때까지 간혹 300개의 알을 만들기도 하는데, 그래서 그 이름을 "삼백환대팽월(三百丸大彭蜐)"이라 한다.

蟹屬, 名"彭蜐", 以螯取土作丸. 從潮來至潮去, 或三百丸, 因名"三百丸大彭蜐".

* 이 고사는《태평광기》권464〈수족·팽월〉에 실려 있다.

해 잡산(海雜産)

70-37(2319) 바다 새우

해하(海蝦)

출《영표녹이》 미 : 새우다(蝦).

　유순(劉恂)이 한번은 해선(海船)에 올라 선실로 들어갔다가 문득 보았더니 선창의 덧문에 커다란 새우 껍데기 두 개가 걸려 있었다. 머리·꼬리·집게발·다리가 온전히 갖춰져 있고 각각 길이가 7~8척쯤 되었는데, 그 머리가 전체의 10분의 1을 차지했다. 그 주둥이는 칼날처럼 뾰족하고 날카로우며 주둥이 위에 붉은 젓가락 같은 수염이 나 있었는데, 각각 길이가 2~3척쯤 되었다. 두 다리에 달려 있는 집게발은 사람 엄지손가락만큼 굵고 길이가 2척을 넘었으며, 그 위에 나 있는 가시는 장미 줄기의 가시와 같고 붉으면서 날카롭고 단단해 손을 댈 수 없었다. 그 머리 껍질은 투명하고 1척 남짓 되게 둥글게 오그라져 있었는데, 그 쓰임새가 어찌 술잔이나 사발에만 그치겠는가? 《북호록(北戶錄)》에서 이르길, "등순(騰循)이 광주자사(廣州刺史)로 있을 때, 어떤 손님이 등순에게 '새우 수염 중에 1장(丈)이 되는 것은 지팡이로 쓸 수 있습니다'라고 했다. 등순은 그 말을 믿지 않았다. 이에 손님이 동해로 가서 4척쯤 되는 새우 수염을 가져와서 등순에게 보여 주자, 등순은 그제야 그 기이함에 탄

복했다"라고 했다.

劉恂者, 曾登海舶, 入艙樓, 忽見牕板懸二巨蝦殼. 頭尾鉗足具全, 各七八尺, 首占其一分. 嘴尖利如鋒刃, 嘴上有鬚如紅箸, 各長二三尺. 雙脚有鉗, 鉗粗如人大指, 長二尺餘, 上有芒刺如薔薇枝, 赤而銛硬, 手不可觸. 腦殼烘透, 彎環尺餘, 何止於杯盂也?《北戶錄》云:"滕循爲廣州刺史, 有客語循曰: '蝦鬚有一丈者, 堪爲拄杖.' 循不之信. 客去東海, 取鬚四尺以示循, 方伏其異."

* 이 고사는 《태평광기》 권465 〈수족·해하〉에 실려 있다.

70-38(2320) 계비

계비(係臂)

출《유양잡조》

계비는 거북처럼 생겼다. 바다로 들어가 그것을 잡을 때는 반드시 먼저 제사를 지내고 또 잡아야 할 숫자를 아뢰어야 하는데, 그러면 그것이 저절로 나오므로 잡을 수 있다. 만약 사람들이 약속을 지키지 않고 더 많이 잡으면, 그것이 풍랑을 일으켜 배를 뒤집어 버린다.

係臂如龜. 入海捕之, 必先祭, 又陳所取之數, 則自出, 因取之. 若不信, 則風浪覆船.

* 이 고사는 《태평광기》 권465 〈수족 · 계비〉에 실려 있다.

70-39(2321) 호

호(蠔)

출《유양잡조》

호는 바로 모려(牡蠣 : 굴)다. 처음 바다 섬 주변에서 자랄 때는 주먹만 한 돌과 같으며 점점 사방으로 자라난다. 높이가 1~2장(丈) 되는 것은 산처럼 높다랗고 가파르다. 하나의 껍데기 속마다 하나의 굴 살이 들어 있는데, 그 자라는 선후에 따라 크기가 다르다. 매번 조수가 밀려올 때면 굴들은 모두 껍데기를 열고 물벌레가 들어오길 기다렸다가 껍데기를 다문다.

蠔, 卽牡蠣也. 其初生海島邊, 如拳石, 四面漸長. 有高一二丈者, 巉巖如山. 每一房內, 蠔肉一片, 隨其所生前後, 大小不等. 每潮來, 諸蠔皆開房, 伺蟲蟻入, 卽合之.

* 이 고사는 《태평광기》 권465 〈수족·호〉에 실려 있는데, 출전이 "《영표녹이(嶺表錄異)》"라 되어 있다.

70-40(2322) 후

후(鱟)

출《유양잡조》

후[투구게] 미 : 후(鱟)는 음이 후(吼)다. 는 암컷이 늘 수컷을 등에 업고 다니기 때문에 어부는 반드시 그것을 쌍으로 잡을 수 있다. 남방 사람들은 그것을 어물전에 늘어놓고 파는데, 수컷은 속살이 적다. 예로부터 전해 오는 말에 따르면, 그것이 바다를 건너갈 때면 돛을 단 것처럼 1장(丈)이 넘는 높이로 서로를 등에 업고서 바람을 타고 헤엄쳐 간다고 한다. 지금 그것의 껍데기 위에는 높이가 7~8촌쯤 되는 산호석 같은 것이 있는데, 민간에서는 이것을 "후범(鱟帆 : 투구게 돛)"이라 부른다. 지금도 민령(閩嶺)에서는 후장(鱟醬 : 투구게장)을 중히 여긴다. 그것의 다리는 12개이며, 껍데기로는 관(冠)을 만들 수 있는데 백각(白角 : 갈아서 광을 낸 흰 쇠뿔)에 버금간다. 남방 사람들은 그것의 꼬리를 가지고 작은 여의(如意 : 등긁이)를 만든다.

鱟, 眉 : 鱟音吼. 雌常負雄而行, 漁者必得其雙. 南人列肆賣之, 雄者少肉. 舊說, 過海輒相積於背, 高丈餘, 如帆, 乘風游行. 今鱟殼上有物, 高七八寸, 如石珊瑚, 俗呼"鱟帆". 至今閩嶺重鱟醬. 十二足, 殼可爲冠, 次於白角. 南人取其尾,爲小如意.

* 이 고사는 《태평광기》 권465 〈수족·후〉에 실려 있다.

70-41(2323) 와옥자

와옥자(瓦屋子)

출《영표녹이》

　상서(尙書) 노균(盧鈞)이 남중(南中)을 진수할 때, 감자(蚶子 : 꼬막)를 "와옥자"로 고쳐 불렀다. 광주(廣州) 사람들은 특히 그것을 귀중히 여겨 대부분 불에 구워 술안주로 삼는데, 민간에서는 그것을 "천련자(天臠炙 : 천상의 구운 고기)"라 부른다. 그것을 많이 먹으면 숨이 갑갑해지고 등과 팔뚝이 뻐근하고 아픈데, 왜 그런지는 아직 알 수 없다.

盧鈞尙書作鎭南中, 改呼蚶子爲"瓦屋子". 廣人尤重之, 多燒以薦酒, 俗呼爲"天臠炙". 食多卽壅氣, 背膊煩疼, 未測其性也.

* 이 고사는《태평광기》권465〈수족·와옥자〉에 실려 있다.

70-42(2324) 대모

대모(玳瑁)

출《영표녹이》

대모는 모양이 거북처럼 생겼지만 배와 등의 껍질에 불에 그슬린 것 같은 반점이 있다. 해독(解毒)과 벽사(辟邪)의 효과가 있다. 그것을 산 채로 잡아서 그 등껍질을 벗겨 왼쪽 팔에 차면, 만약 음식에 독이 들어 있을 경우 차고 있는 대모의 껍질이 저절로 움직인다. 만약 [등껍질을 벗겨 낸 대모가] 죽는다면 그런 효험이 없어진다. 대모는 등껍질이 벗겨질 때 고통이 극심하지만, 잘 기르면 서서히 등껍질이 다시 생겨난다.

玳瑁, 形狀似龜, 唯腹背甲有烘點. 解毒, 辟邪. 生得之, 取其甲帶左臂上, 若飮饌中有蠱毒, 玳瑁甲卽自搖動. 若死, 無此驗. 甲被揭甚苦, 養之, 徐徐復生.

* 이 고사는《태평광기》권465〈수족·대모〉에 실려 있다.

70-43(2325) 해출

해출(海朮)

출《유양잡조》

남해(南海)의 어떤 수생 동물은 앞다리가 왼쪽은 길고 오른쪽은 짧으며, 입이 옆구리 옆의 등 위에 달려 있다. 그것은 늘 왼쪽 다리로 먹이를 잡아 오른쪽 다리에 놓고, 오른쪽 다리 속에 있는 이빨로 먹이를 깨문 다음 입에 넣는다. 크기는 3척 남짓 되고 출출! 하는 소리를 내기 때문에 남방 사람들은 그것을 "해출"이라 부른다.

南海有水族, 前脚左長右短, 口在脅旁背上. 常以左脚捉物, 置於右脚, 右脚中有齒嚙之, 方內於口. 大三尺餘, 其聲朮朮, 南人呼爲"海朮".

* 이 고사는 《태평광기》 권465 〈수족·해출〉에 실려 있다.

70-44(2326) 해경과 수모

해경·수모(海鏡·水母)

구(俱)《영표녹이》

　해경[가리비]을 광주(廣州) 사람들은 "고엽반(膏葉盤)"이라 부르는데, 쟁반 두 개를 합쳐 놓은 모양이다. 껍데기는 둥글며 그 안쪽은 매우 영롱하고 매끄러운데, 햇빛에 비춰 보면 운모(雲母)처럼 빛난다. 속에는 방합(蚌蛤)의 살과 같은 소량의 속살이 들어 있다. 배 속에는 콩만 한 크기의 작은 붉은 게가 들어 있는데, 집게발까지 모두 갖추어져 있다. 해경이 배가 고프면 그 게가 나와서 먹이를 찾아 먹는데, 게가 배불리 먹고 해경의 배 속으로 돌아오면 해경도 배가 불러진다. 미 : 해경과 붉은 게는 서로 의지하는 것이 운명이다. 간혹 해경에 불을 가까이 대면 게가 밖으로 도망쳐 나오는데, 게는 해경의 배 속을 떠나면 곧 죽는다. 간혹 해경을 산 채로 갈라 보면 게가 그 배 속에 살아 있는데 잠시 후에 또한 죽는다.

　수모[해파리]를 광주 사람들은 "수모"라 부르고, 민(閩) 사람들은 "차(鮓)"라 부른다. 미 : 차(鮓)는 치(癡)와 가(駕)의 반절(反切)이다. 그 모양은 한데 응결해 하나의 물체를 이루고 있는데, 엷은 자주색인 것도 있고 흰색인 것도 있으며, 큰 것은 엎어 놓은 모자만 하고 작은 것은 주발만 하다. 창자 아래에는 매달아 놓은 솜 같은 것이 있는데, 민간에서는 그것을 다리라고 한다. 수모에는 입과 눈이 없다. 늘 수십 마리의 새우가 수모의 복부 아래에 기생하면서 그것이 흘리는 점액을 빨아 먹는다. 수모가 물 위에 떠 있을 때 어부가 간혹 그것을 만나면 순식간에 물속으로 들어가 버리는데, 이는 수모에 기생하고 있는 새우가 보기 때문이다.

평:《월절서(越絶書)》에서 이르길, "해경에 기생하는 게는 그것의 배가 되고, 수모에 기생하는 새우는 그것의 눈이 된다"라고 했다.

海鏡, 廣人呼爲"膏葉盤", 兩片合以成形. 殼圓, 中甚瑩滑, 日照如雲母光. 內有少肉, 如蚌胎. 腹中有紅蟹子, 其小如黃豆, 而螯其足. 海鏡饑, 則蟹出拾食, 蟹飽歸腹, 海鏡亦飽.
眉:海鏡·紅蟹相依爲命. 或迫之以火, 則蟹子走出, 離腸腹立斃. 或生剖之, 有蟹子活在腹中, 逡巡亦斃.
水母, 廣州謂之"水母", 閩謂之"𩶙". 眉:𩶙, 癡駕反. 其形乃渾然凝結一物, 有淡紫色者, 有白色者, 大如覆帽, 小者如碗. 腸下有物如懸絮, 俗謂之足. 而無口眼. 常有數十蝦寄腹下, 嗽食其涎. 浮泛水上, 捕者或遇之, 卽欻然而沒, 乃是蝦有所見耳.
評:《越絶書》云:"海鏡蟹爲腹, 水母蝦爲目."

* 이 고사는《태평광기》권465〈수족·해경〉·〈수모〉에 실려 있다.

에는 매달아 놓은 솜 같은 것이 있는데, 민간에서는 그것을 다리라고 한다. 수모에는 입과 눈이 없다. 늘 수십 마리의 새우가 수모의 복부 아래에 기생하면서 그것이 흘리는 점액을 빨아 먹는다. 수모가 물 위에 떠 있을 때 어부가 간혹 그것을 만나면 순식간에 물속으로 들어가 버리는데, 이는 수모에 기생하고 있는 새우가 보기 때문이다.

평 : 《월절서(越絶書)》에서 이르길, "해경에 기생하는 게는 그것의 배가 되고, 수모에 기생하는 새우는 그것의 눈이 된다"라고 했다.

海鏡, 廣人呼爲"膏葉盤", 兩片合以成形. 殼圓, 中甚瑩滑, 日照如雲母光. 內有少肉, 如蚌胎. 腹中有紅蟹子, 其小如黃豆, 而螯具足. 海鏡饑, 則蟹出拾食, 蟹飽歸腹, 海鏡亦飽. 眉:海鏡‧紅蟹相依爲命. 或迫之以火, 則蟹子走出, 離腸腹立斃. 或生剖之, 有蟹子活在腹中, 逡巡亦斃.
水母, 廣州謂之"水母", 閩謂之"鮀". 眉:鮀, 癡駕反. 其形乃渾然凝結一物, 有淡紫色者, 有白色者, 大如覆帽, 小者如碗. 腸下有物如懸絮, 俗謂之足. 而無口眼. 常有數十蝦寄腹下, 咂食其涎. 浮泛水上, 捕者或遇之, 卽欻然而沒, 乃是蝦有所見耳.
評:《越絶書》云:"海鏡蟹爲腹, 水母蝦爲目."

* 이 고사는《태평광기》권465 〈수족‧해경〉‧〈수모〉에 실려 있다.

태평광기초 14

엮은이 풍몽룡
옮긴이 김장환
펴낸이 박영률

초판 1쇄 펴낸날 2024년 11월 28일

커뮤니케이션북스(주)
출판등록 제313-2007-000166호(2007년 8월 17일)
02880 서울시 성북구 성북로 5-11
전화 (02) 7474 001, 팩스 (02) 736 5047
commbooks@commbooks.com
www.commbooks.com

ⓒ 김장환, 2024

지식을만드는지식은
커뮤니케이션북스(주)의 고전 출판 브랜드입니다.
이 책은 저작권자와 계약해 발행했으므로, 본사의 서면 허락 없이는
어떠한 형태나 수단으로도 이 책의 내용을 이용할 수 없습니다.

ISBN 979-11-7307-040-2 94820
979-11-7307-000-6 94820 (세트)

책값은 뒤표지에 있습니다.